CB017436

Franz Kafka: Um Judaísmo na Ponte do Impossível

Coleção Estudos
Dirigida por J. Guinsburg

Equipe de realização – Revisão: Eloisa Graziela Franco de Oliveira; Sobrecapa e diagramação: Sérgio Kon; Produção: Ricardo W. Neves, Heda Maria Lopes e Raquel Fernandes Abranches.

Enrique Mandelbaum

FRANZ KAFKA: UM JUDAÍSMO NA PONTE DO IMPOSSÍVEL

 PERSPECTIVA

Direitos reservados à
EDITORA PERSPECTIVA S.A.
Av. Brigadeiro Luís Antônio, 3025
01401-000 – São Paulo – SP – Brasil
Telefax: (0--11) 3885-8388
www.editoraperspectiva.com.br
2003

Todo este mundo é uma ponte muito estreita...

Para Belinda, Liora e Daniel

Liora e Daniel,

Neste trabalho, estudei os textos de Franz Kafka e de Rabi Nakhman de Bratzlav, dois autores judeus, um nascido em Praga, na Tchecoslováquia, e o outro, na pequena aldeia de Mezibush, na Ucrânia. Eles escreviam e contavam histórias para que os homens jamais possam esquecer de perguntar-se sobre si e o mundo. Porque, quando nos esquecemos de fazer perguntas, ficamos sozinhos e fechados em nós mesmos. E, no mundo em que vivemos, é fácil esquecer de fazer perguntas.

Eles acharam triste os homens serem tão distantes uns dos outros. Então, quiseram construir, escrevendo e contando, uma ponte por onde todos pudessem se encontrar.

Se estiverem correndo o risco de esquecer de perguntar-se sobre vocês e sobre a vida, não deixem de ler uma história de Kafka ou do Rabi Nakhman. Com certeza, então, uma pergunta surgirá e vocês terão que sair pelo mundo atrás de alguma resposta, que quase sempre está, como diz um outro escritor que se chama Levinas, no rosto dos homens e mulheres que encontramos todo dia.

Sumário

Agradecimento

Este livro é o resultado de meu trabalho de doutoramento na área de Língua Hebraica, Literatura e Cultura Judaicas, apresentado à Faculdade de Filosofia, Letras e Ciências Humanas da Universidade de São Paulo em maio de 2001. Sua realização e publicação só foram possíveis graças ao apoio e colaboração de muitas pessoas, que não posso deixar de citar. A todos, o meu agradecimento.

Ao meu orientador, Prof. Jacó Guinsburg, que, ouvindo a minha proposta de trabalho, soube me estimular e propor um caminho a seguir que fosse fiel ao texto. Seu amor pelos livros, uma erudição formada a partir de uma preocupação com a vida dos homens e a seriedade no trabalho de leitura construíram o percurso ao qual se atrelaram os meus passos.

Ao saudoso Prof. Walter Rehfeld (Z'L), meu primeiro orientador. Foi ele que me introduziu no fascinante estudo da Cultura Judaica, e foi a ele que apresentei meu projeto inicial de trabalho e sua generosidade foi em muito responsável por poder levá-lo adiante. Fica a dor do trabalho concluído não poder ser lido por ele.

À Prof.ª Berta Waldman, que, com extraordinária disponibilidade, afeto e domínio da palavra escrita, pôde, a todo momento, ouvir-me e sugerir passos importantes em meu trabalho de leitura.

Ao Centro de Estudos Judaicos da Universidade de São Paulo, em especial à Prof.ª Rifka Berezin, por propiciar e estimular minha formação nesse Centro, e à Ada Waldman, por seu afeto e extrema colaboração.

Ao saudoso José Paulo Paes, leitor e escritor exemplar.

Ao Prof. Modesto Carone, cujas traduções foram uma das minhas pontes para Franz Kafka.

Ao Prof. Mauricio Mogilnik, cuja dedicação ao ensino é a melhor prova da necessidade de crer numa ponte entre os homens.

Ao Rabino Chaim Ossouviecki e ao Michel Metzger, pelos estudos e leituras no interior do mar da tradição judaica.

Ao Prof. Elcio Loureiro Coinelsen e à Maria Mariani Soares Coinelsen, pela ajuda no trabalho de cotejar os textos de Kafka com seus originais em alemão.

À Helena Kon Rosenfeld, que ousou ler e comentar o trabalho enquanto ele se desenvolvia com dificuldades, sabendo estimular a sua continuidade.

Ao CNPq, pelo auxílio financeiro na etapa inicial de elaboração deste trabalho

Aos amigos Ike e Carlota Rahmani, Luis e Lilian Stuhlberger, Max e Adina Djemal, Isaias e Hinda Melsohn e Elias e Teresa Nigri, entre outros, cuja confiança em meu trabalho viabilizou esta publicação.

Introdução

Onde fui me meter! Mexer com Kafka, com sua literatura, mostrou-se um empreendimento nada fácil. Se insistimos, foi porque a companhia não é nada má. Pelo contrário, a leitura de sua obra é uma experiência no sentido pleno da palavra: lendo-a, não se é mais o mesmo. Aprendi com Kafka que a ficção exerce um impacto de grandes proporções sobre a vida. A ficção desperta, mobiliza, oferece nomes e torna a vida, nossa vida humana, uma vida com significado. Oferece referências, o que vemos não é mais apenas o que vemos e o que vivemos também não é mais uma vida solta. Encadeia contextos, outorgando aos atuais a densidade advinda da posse de uma referência simbólica. Foi essa a vivência que, através de Kafka, despertou-se em mim.

O espaço construído por sua escritura confere à sua letra uma eficácia difícil de encontrar em outro escritor. É que tão logo adentramos esse espaço, somos assaltados por uma perplexidade advinda da inevitabilidade de termos que nos haver com o que está escrito. É do nosso mundo humano que Kafka trata, mas é também de mais alguma coisa. Em Kafka, aspectos da vida humana mundana materializam-se em escritura, porém esta, por assim dizer, arrasta a vida mundana até os confins onde a origem, o nascedouro dos acontecimentos humanos ou o seu destino encontram guarida. Sua obra é do século XX, mas é também um relato sobre a construção da humanidade. São os nossos dias atuais que são descritos, mas é também uma espécie de reflexão sobre toda a ação humana. Kafka resgata a literatura da mera tarefa de legitimar os modos de vida e de ser das grandes cidades, lançando luzes e sombras sobre o poder e a autoridade que efetivam o contrato social das organizações humanas. Kafka é o milagre de uma escritura que consegue atravessar as rígidas muralhas da modernidade e inaugura uma ambientação supra-histórica através da qual eu, leitor, preso à modernidade, pude vislumbrar, por assim dizer, um diálogo com a eternidade. Em Kafka, uma cena cotidiana e banal emparelha-se a um acontecimento atemporal e a-histórico, sem que explicitamente saibamos se o acontecimento reduziu-se à banalidade ou se foi a banalidade que ofereceu abertura para o acontecimento. Emerge dessa operação de emparelhamento uma irradiação de amplo alcance que instiga violentamente os leitores. Da teologia à metafísica, da identidade à alienação, da individuação à sociedade de massas, os críticos encontram em Kafka mais e menos do que literatura. Mais, porque muitas vezes seus escritos servem para fundamentar a modernidade, como se ele fosse um teórico. Menos, no final das contas, pelo mesmo motivo, porque de alguma maneira lhe é usurpado o lugar de literatura.

No meu caso, essa irradiação produzida pelo texto de Kafka ganhou a vivência de profundas ressonâncias judaicas. Adorno diz que o texto de Kafka impõe ao leitor um esforço desesperado: compreendê-lo é uma questão de vida ou morte. Para mim, Kafka revitaliza algumas das questões presentes na Bíblia. Ao ler Kafka, aquela pergunta formulada pela divindade[1] em diversos contextos, às personagens bíblicas e, através delas, ao leitor – "Onde estás?" – ressurge com toda a sua força e imperiosidade. Contudo, não há Bíblia em Kafka. Mas, este trabalho foi mobilizado pela curiosidade de verificar até que ponto minhas impressões de que se realizam em sua obra aspectos da tradição judaica podiam de fato ser seriamente consideradas. Esse é um campo de investigações polêmico porque, como na obra ficcional desse autor não se encontram explicitados quaisquer elementos especificamente judaicos – nela não há judeus nem judaísmo objetivamente nomeados –, a incursão por esse campo significa também tomar posição quanto ao lugar do texto em relação ao contexto em que se insere, a como se dá a criação de sentidos no interior de um texto – uma discussão que nos leva a considerar a questão da forma e da instauração de uma organização textual singular e específica –, mas também ao problema da referência, ou seja, o modo como toda a organização interna ao texto alcança o poder de referir-se a uma realidade externa a ele. Não é difícil vincular judaísmo à obra de Kafka. O problema é que o modo como essa operação é realizada pressupõe um posicionamento

---

1. Neste trabalho, quando utilizamos o nome do Eterno, preferimos fazê-lo à maneira da tradição judaica, que deixa o significante que o designa em aberto, ou incompleto – D'us –, dando a entender assim que aquilo que está sendo reverenciado pelo nome não se deixa encerrar numa única palavra. É uma bonita realização poética e a deixamos assim.

do crítico em relação às questões acima levantadas, para que esse exercício não corra o risco de reduzir seriamente todas elas, na pressa de tentar estabelecer uma forte vinculação entre esses dois campos. Faz parte da expressão ficcional aquilo que Paul Ricoeur[2], ao referir-se à metáfora e para conferir-lhe um estatuto de verdade, ressalta como sendo o sentido "tensional" da "verdade". A expressão ficcional é sempre uma situação de tensão, em sua ação de recriar a realidade. A ficção, quando bem realizada – e, em Kafka, trata-se de uma realização levada ao nível da excelência –, mostra-se dotada de uma capacidade expressiva que parece estar centrada em si mesma, ganhando a possibilidade de emancipar-se de qualquer realidade externa a ela. E é justamente essa autonomia da criação poética, talvez a maior manifestação da habilidade artística do autor, que corre o risco de ser cancelada quando se quer vincular o texto a algo externo a ele. É toda a velha questão da *mímesis*, levantada já por Aristóteles, que está em pauta no problema que nos propomos a investigar. Porque o modo como iremos entrelaçar a obra de Kafka e judaísmo implica, como dizíamos, uma posição diante da produção de significados da obra textual e sua relação com uma realidade que lhe é exterior.

Compreendemos que literatura é, antes de mais nada, a realização de uma forma peculiar de organização do mundo e do homem advinda de sua textualidade, e não uma reflexão direta sobre eles. Portanto, se algo do campo judaico – e por campo judaico entendemos toda uma esfera que, em nosso caso, é bom que seja bem geral, em que se inclui tanto a cultura judaica, sua história e tradição, como questões referentes à identidade judaica – é realizado nessa literatura, esse algo deve ser encontrado no interior do texto, como parte da própria identidade textual. Este aspecto constitui-se no principal desafio que quisemos levar adiante. Porque só um movimento que opera com força no interior do campo textual, mantendo sempre em foco a singularidade dessa realização, poderá operar sem reduzir o amplo poder de significação do texto. Sendo o objetivo central deste trabalho demonstrar que é possível vincular Kafka à tradição judaica sem promover uma redução no significado de sua obra, a prioridade deve ser plenamente dada aos textos que serão objeto de análise. Este movimento confere ao nosso trabalho basicamente a característica de um exercício de leituras, que não tem a pretensão de oferecer algo assim como uma chave para a compreensão da obra de Franz Kafka. Tudo o que pretendemos é realizar uma boa leitura e ver se esta nos permite encontrar o que, aparentemente, seria da realidade externa – em nosso caso, o campo judaico –, realizado no próprio interior do texto. Por isso, nossa leitura deve possibilitar que o próprio texto se expresse, indo ao encontro dos detalhes, permanecendo atento a estes e deixando que surjam do

---

2. P. Ricoeur, *La Metáfora Viva*, Buenos Aires, Ediciones Megálopolis, 1977.

interior do texto, através de um exercício de desdobramentos que nos permita fazer deslizar o sentido, ensaiando novas relações, aspectos que mais tarde possamos referenciar ao judaísmo. Ao nosso ver, a ponte com o judaísmo pode ser estabelecida no interior da obra de Kafka e servir para o exercício de uma leitura que não apenas trabalhe em sintonia com os textos de sua escritura, mas também possibilite uma aproximação ao eixo estruturante dessa organização textual, para poder obter um acesso ao que lhe é mais específico, sem cristalizá-lo numa definição fechada, mas realizando um desenho analógico propício para as possibilidades de leitura que lhe são inerentes. E este poderá não ser um exercício redutor, se apresentarmos essa realização como um comentário não definitório que dê conta, respeite e resguarde esse *enigma originário* – o termo é de Derrida –, de onde emerge toda a potencialidade que a escrita de Kafka tem para fazer surgir uma literatura aberta à significação.

Em nosso trabalho, abordamos também três narrativas do Rabi Nakhman de Bratzlav (1772-1810), um autor plenamente inserido na tradição judaica e que, portanto, poderá permanecer no cenário de nossa pesquisa como um horizonte de referência para os nossos exercícios de leitura. Rabi Nakhman é o avesso de Kafka. É um homem que se orienta em total acordo com os pressupostos que lhe vêm de sua fé, apesar de ter tido uma vida marcada por enormes conflitos com a visão rabínica predominante. Mas, Nakhman é um praticante, enquanto Kafka é um autor que trabalha num terreno difuso. Nossa intenção não é trazer à cena a visão de mundo de Rabi Nakhman, mas o entendimento de seus textos e do modo como eles funcionam. Não se trata de aproximar dois universos textuais plenos – o de Kafka e o de Rabi Nakhman –, mas de deixar que os textos de Kafka gravitem no campo de forças de um autor certamente inserido na tradição judaica e ver como eles aí se comportam.

A peculiaridade da vida e da obra de Kafka faz com que diversos autores transitem entre uma e outra sem maiores impedimentos. É que, nesse autor, é difícil estabelecer limites entre sua criação literária e os escritos de cunho pessoal, tais como suas cartas e diários. Isto possibilitou a Marthe Robert (1982), por exemplo, fazer um brilhante estudo sobre a condição judaica em Kafka, porém não a partir de sua obra literária propriamente dita, mas aproximando-a, à maneira de uma ilustração, de sua vida e escritos de cunho pessoal. Fazemos aqui um caminho diferente: como me propôs o Prof. Jacó Guinsburg, aderimos com todas as forças ao texto escrito. Se a ficção, como afirma Ricoeur[3], cumpre uma função heurística, ou seja, estabelece-se como uma estratégia particular para afirmar algo sobre a realidade, nossa tarefa, antes de mais nada, é reconhecer essa função em atividade no interior do

3. *Idem, ibidem.*

texto, em toda a sua peculiaridade. Porque é a representação ficcional
o único canal de conhecimento que temos diante de nós quando nos
propomos a trabalhar com literatura. Ou, pelo menos, ela deve ser o
canal que devemos privilegiar acima de tudo. A oportunidade que a
realização deste trabalho me ofereceu de poder conviver junto ao Prof.
Jacó trouxe consigo o ensinamento de que trabalhar com literatura significa principalmente ir ao encontro do que o texto diz, tomando o
cuidado de não pôr em ação essa espécie de filtro de cor religioso-
política do qual fala Northop Frye em *Anatomía de la Crítica*[4]:

> [...] esses críticos filtradores [...] freqüentemente acreditam que estão deixando falar por
> si mesma a sua experiência literária e que mantêm em reserva as suas outras atitudes,
> sentindo-se silenciosamente satisfeitos pela coincidência entre suas avaliações críticas e
> suas opiniões religiosas e políticas, coincidências que, porém, não são tão evidentes
> para o leitor.

O Prof. Jacó Guinsburg ofereceu-me uma estrutura para a realização deste trabalho que pudesse operar partindo do texto, para desdobrar as reflexões em seu interior.

Na primeira parte, "Constelação de Textos", realizamos uma leitura de oito textos curtos escritos por Kafka entre os anos de 1916 e
1922. São textos nos quais Kafka realiza plenamente o seu estilo. Antonio Candido[5] lembra que "a obra de Kafka participa toda ela do espírito do fragmento". De fato, o fragmento está presente até mesmo em
suas novelas. Trabalhar com fragmentos permitirá também trazer o
texto em sua íntegra para o leitor, de forma a que este tenha diante de si
o texto que está sendo trabalhado. A escolha desses textos não foi
aleatória. Além de contarem com traduções consagradas para a nossa
língua – "Comunidade", "Desista!", "Uma Mensagem Imperial", "A
Próxima Aldeia", "A Partida", "A Preocupação do Pai de Família" e
"O Silêncio das Sereias" foram traduzidos pelo Prof. Modesto Carone
e "A Ponte", pelo saudoso José Paulo Paes[6] –, neles estão presentes
algumas das principais questões da obra kafkiana. Esses pequenos re-

---

4. N. Frye, *Anatomía de la Crítica*, Caracas, Monte Avila C. A., 1991.

5. A. Candido, "Na Muralha", *O Discurso e a Cidade*, São Paulo, Duas Cidades,
1993.

6. Nossa leitura foi operada a partir dessas traduções. "A Partida", "Comunidade" e "Desista!" foram publicados no Folhetim da Folha de São Paulo, em 3 de julho de
1983. "O Silêncio das Sereias" foi publicado no mesmo jornal, em 6 de maio de 1984.
Após a conclusão deste trabalho, esses textos foram reunidos no livro *Narrativas do
Espólio*, da Editora Companhia das Letras (2002), tendo Modesto Carone optado por
algumas pequenas modificações nas traduções. Nossa análise prioriza essencialmente
os elementos narrativos do texto, abrindo mão de considerações filológicas sobre o
sentido das palavras. Cada texto foi cotejado com o original em alemão e, quando se
fez necessário ressaltar alguma particularidade, o fizemos em nota, quando da leitura
dos textos.

latos, "contos de fadas para dialéticos", como os nomeou Walter Benjamin, constituem-se, segundo Modesto Carone, em "épicos em miniatura, que no entanto invocam insignificâncias para tratar dos grandes temas (às vezes, num único parágrafo), eles têm o dom de condensar a forma e a matéria das peças maiores, abrindo-se às iluminações que caracterizam as obras-primas"[7]. Esses textos, que "funcionam como quebra-cabeças para os intérpretes e analistas kafkianos"[8], versam sobre grandes empreendimentos, metamorfoses e surgimento de objetos bizarros, a impossibilidade de se atingir uma meta, a vida em sociedade, mal-entendidos cotidianos, a releitura de mitos e a transmissão de mensagens importantes. Quando dizemos que esses são os temas é porque, numa leitura ao pé da letra, de fato esses são os temas. O problema está em que, em Kafka, a maior dificuldade reside em lermos ao pé da letra. Daí ser brilhante, por exemplo, o resumo da trama de *O Castelo* realizado por Claude E. Magny[9]: "É a história de um pobre diabo agrimensor que trazem de muito longe prometendo-lhe emprego, bem como de sua decepção quando percebe que houve um mal-entendido e que, por caridade, o empregarão de servente do professor da escola". Numa descrição como essa, lateja mais vivamente a escrita de Kafka do que em maiores esquemas filosóficos, sociológicos ou mesmo advindos da crítica literária. Em Kafka, somos a cada parágrafo arrastados para além do texto, dando mais ouvidos às ressonâncias que o mesmo produz em nós do que ao fato escrito. Essa é uma armadilha própria do texto de Kafka, que deve ser driblada se quisermos chegar ao texto propriamente dito. Adorno já chamava a atenção, ironicamente, para o fato de Kafka ter se tornado "uma oficina de informações da situação do homem"[10]. Por isso, no primeiro capítulo, "Kafka: Escuta dos Textos", mantivemo-nos aferrados aos textos, realizando uma análise interna dos mesmos e seguindo o passo-a-passo da construção textual, esticando o que vem condensado. Aqui, é importante ressaltar que a análise de um texto deve ser realizada num estado de empatia com aquilo que Northop Frye denomina de *mood* do texto, ou seja, sua atmosfera, seu estado de espírito. Certa vez, comentei com um professor que estava trabalhando com Kafka. Ele me disse, de modo nada animador, que então eu deveria escrever como Kafka. Óbvio que isso é impossível, mas, em todo caso, o trabalho está feito num estilo que pretende acompanhar a sinuosidade de sua

---

7. M. Carone, "Contos de Fadas para Dialéticos", *Folha de S. Paulo*, 3.7.1983, Folhetim.

8. *Idem, ibidem.*

9. C. E. Magny, *Ensayos sobre los Limites de la Literatura*, Caracas, Monte Avila, 1970.

10. T. Adorno, "Apuntes sobre Kafka", *Critica Cultural y Sociedad*, Barcelona, Ediciones Ariel, 1973.

escrita, porque acredito ser esta uma necessidade de quem analisa uma obra: realizar a análise num encadeamento associativo que respeite a ação performativa do texto. É tarefa de quem analisa um texto encontrar a enunciação propícia para tratar com a obra.

A forma de apresentação pretende ser a mais simples, ou seja, apresentaremos o texto de Kafka a ser trabalhado seguido de uma análise nossa, sem recorrência a nenhuma outra referência externa ao texto.

No capítulo 2, "Kafka: Apontado pelos Textos", fazemos um processo de garimpagem que tenta integrar o conjunto de leituras a partir do reconhecimento de mecanismos e modos de articulação que estão presentes nos textos trabalhados e que permitem a estes dizer da maneira em que dizem.

Nos capítulos 3 e 4, "Rabi Nakhman de Bratzlav: Escuta dos Textos" e "Rabi Nakhman de Bratzlav: Apontado pelos Textos", leremos três narrativas curtas desse autor – "Uma Carta do Rei", "O Príncipe Peru" e "O Filho Único do Rabino"[11] –, submetendo-as à mesma forma de apresentação e abordagem utilizada com os textos de Kafka. É importante salientar que os relatos de Rabi Nakhman são originalmente orais, ditos em ídiche e posteriormente transpostos à forma escrita por Rabi Natan, seu discípulo mais próximo, no livro *Sipurei Mahasiyot* (Berdichev, 1815), editado numa versão bilíngüe ídiche-hebraico.

A primeira parte do nosso trabalho encerra-se com o capítulo 5: "Kafka e Rabi Nakhman: Aproximação de Leituras", no qual aproximamos os vetores do trabalho textual de cada um desses autores, suas linhas de força, bem como a matéria narrativa que as organiza.

A segunda parte do trabalho, "Kafka: Um Judaísmo em Situação", tem por intuito, em seu primeiro capítulo, "Uma Trajetória Judaica em Kafka", trazer à cena anotações de Kafka em que judeus e judaísmo são objeto de sua reflexão. Através delas, ao nosso ver, podemos encontrar aspectos importantes tanto para a elucidação da situação existencial do autor como para a compreensão da organização expressiva específica que seus escritos realizam. Não pretendemos fazer dessas passagens selecionadas algo assim como germes a partir dos quais desenvolver-se-ia o conjunto da escritura kafkiana, não vemos nelas uma origem capaz de produzir sua ficção. Tudo o que quisemos foi observar se os elementos que encontramos na análise de seus textos podem ser também reconhecidos quando de suas incursões sobre judeus e judaísmo. Tampouco pretendemos reduzir Kafka a essas passagens. Tratam-se apenas de fragmentos cuja análise não queremos fazer dissipar na generalidade de sua obra. A importância de cada passagem encerra-se em si própria e nossa seleção quis confi-

---

11. As traduções desses textos foram feitas por nós a partir de suas versões em inglês, cotejando com o original na edição bilíngüe ídiche-hebraico.

gurar algo assim como um arquipélago por cujo campo pudessem afluir as leituras realizadas.

No último capítulo, "Perspectivas Exegéticas", iniciamos trazendo à cena uma exegese feita pelo próprio Kafka sobre um trabalho literário de seu amigo Max Brod, a fim de deixar surgir, do interior de seus próprios escritos, um modelo que dê conta do modo de abordar o campo judaico no interior de sua obra, ou seja, um desenho que nos permita operar com os objetos textuais já trabalhados. O modelo encontrado mostrou-se, ao nosso ver, pertinente para estabelecer uma correspondência, dessa vez com um novo sistema de relações, aquele que constitui um gênero específico da tradição judaica, o *midrash* – uma forma de exegese bíblica que visa o esclarecimento e desdobramento de um versículo na forma de narrativa legal, *Halahá*, ou ficcional, *Hagadá*. Esse modelo, legítimo por emergir do interior do próprio texto de Kafka e, portanto, ser capaz de servir como um índice da função heurística de seus textos, permitirá observar a correspondência entre os elementos que nossas leituras trouxeram à cena nos textos de Kafka e o modo de funcionar do texto midráshico. Esse capítulo se encerra com as exegeses feitas por Max Brod, em sua biografia de Kafka, e Walter Benjamin, na carta para Gershom Scholem do dia 12 de junho de 1938, diante das quais realizamos um exercício de avaliação de nossas leituras.

O trabalho finaliza-se com "Um Apêndice à Maneira de Moldura", um ensaio que procura, ao acompanhar aspectos da história cultural judaica moderna, situar o leitor na problemática do difícil diálogo entre a tradição judaica e o Ocidente e as repercussões dessa interação no interior da cultura judaica, tendo como eixo o processo emancipatório em terras européias e as questões que emergiram a partir desse novo contexto. Parte desse processo, que é na verdade a história judaica na modernidade, teve seu paradeiro final no matadouro nazista, a outra parte desembocou no judaísmo de nossos dias, sendo ambas indissociáveis.

Se conseguirmos apresentar as ressonâncias judaicas sem, contudo, reduzir o amplo alcance de significação da obra de Kafka, estaremos satisfeitos. Adorno diz que, até não encontrarmos a palavra certa a respeito do que lemos em Kafka, mantemo-nos em dívida com ele. Este trabalho visa, de algum modo, saldar parte dessa dívida. E é Kafka quem diz que "todas as coisas podem ser ditas [...] as mais estranhas ocorrências"[12].

---

12. *Diários*, 23.9.1913.

Parte I

Constelação de Textos

1. Kafka: Escuta dos Textos

"COMUNIDADE"*

Somos cinco amigos, um dia saímos de uma casa um atrás do outro, primeiro saiu um e ficou ao lado do portão, depois saiu, ou melhor, deslizou do portão o segundo, leve como uma bolinha de mercúrio, e se colocou a pouca distância do primeiro, depois saiu o terceiro, depois o quarto, depois o quinto. Formamos finalmente uma fila. As pessoas repararam, apontaram para nós e disseram: "Os cinco acabaram de sair daquela casa". Desde então vivemos juntos – e seria uma vida pacífica se um sexto não se intrometesse sempre. Ele não nos faz mal algum, mas nos importuna, e este é um mal suficiente. Por que é que ele se imiscui, se não é desejado por nós? Não o conhecemos e não o queremos acolher no nosso meio. Nós cinco também não nos conhecíamos antes – se se quiser, até agora não nos conhecemos; mas o que é possível e tolerado entre os cinco, não é possível nem tolerado com o sexto[1]. E que sentido pode ter estar junto o tempo todo? Para nós cin-

---

* No original, *Gemeinschaft*, entitulado por Max Brod. Escrito entre 8 e 14 de setembro de 1920 e publicado na organização dos escritos de Kafka feita por Max Brod em "*Konvolut 1920*" (coletânea de fragmentos e folhas soltas). O original em alemão que consultamos encontra-se em *Die Erzählungen und andere ausegewählte Prosa*, Frankfurt, Fischer Taschenbuch Verlag, 1999, p. 373.

1. No original, segue-se aqui a seguinte oração: *Außerden sind wir fünf und wir wollen nicht sechs sein* (Além disso, somos cinco e não queremos ser seis).

co isso também não tem nenhum sentido, mas já estamos juntos e vamos continuar assim: não queremos uma nova união justamente por causa das nossas experiências. Como porém mostrar tudo isso ao sexto? Longas explicações significariam quase uma acolhida, então preferimos não explicar nada e não admiti-lo. Por mais que ele faça beicinho, nós o rechaçamos a cotoveladas: mas ele volta de novo por mais que a gente o rechace.

(Tradução de Modesto Carone[2])

O fragmento que temos diante de nós localiza-se num terreno de difícil acesso se quisermos definir algo a respeito do gênero literário a que pertence. Porém, se nos ativermos ao que nos é contado, o seu sentido é imediatamente captado por nós, tal a transparência com que a história é desenvolvida. O seu entendimento desliza em nós com a mesma facilidade com que as personagens apresentam-se ao sair da casa, no início da narrativa. Ele versa sobre a discriminação, e a simplicidade com que é narrado, ao mesmo tempo que deixa transparecer a violência da ação discriminatória, esconde em seu interior um modo complexo de escrita que acaba por realizar essa simplicidade.

É uma história, ou seja, temos personagens, algo nos é contado, existe um conflito e até um desenlace, mas é também um modelo de infindáveis histórias que a essa podem ser reduzidas sem que percam em nada o essencial, o que de mais pungente têm elas a dizer. O fragmento todo é construído na base da redução, como se o ponto a ser atingido fosse o de concentração máxima, no intuito de deixar o sentido da história aberto a um campo de máximas ressonâncias. Essa história abarca muitas histórias. Um aspecto da vida do homem ganha nesse texto um modelo.

As personagens, apesar de não terem um rosto humano definido e de só ao fim ganharem alguma corporeidade, são extremamente bem definidas. Chega-se ao requinte de apresentá-las uma a uma e, ao nosso ver, elas surgem com tamanha facilidade, deslizam, justamente por não terem os contornos e saliências de um rosto. Dos cinco que se apresentam, intuímos com facilidade que são humanos, não devido às suas biografias e/ou histórias passadas, das quais aliás o texto não diz nada, mas devido à maneira como relacionam-se entre si, à forma como estabelecem, por assim dizer, um conluio entre eles, e às tentativas de aproximação e rejeição desse sexto elemento.

Dizíamos anteriormente que não temos nenhum rosto humano definido e nem tampouco uma história claramente definida, uma trama assegurada num acontecer preenchido de significações outorgadas pelo desenvolver das personagens. Nada disso há no texto. Ou melhor, isso está,

2. Publicado na *Folha de S. Paulo*, 3.7.1983, Folhetim.

por assim dizer, presente enquanto potencialidade. Se se quiser, o texto opera reduzindo o contexto da história quase que à mecânica física da ação discriminatória, que constitui seu drama central. É a discriminação para além da história, mas sem ser reduzida a um sentido psicológico. Discriminar não é inerente a qualquer uma das personagens singularmente. Pelo menos, nada no texto nos levaria a poder chegar a essa conclusão. Quando muito, a única atitude singular, a do sexto, é a de realizar um esforço que é quase um imperativo por querer estar junto, congregar-se aos demais. A própria voz do narrador é uma voz que não é nenhum dos cinco em particular. "Somos cinco amigos", assim inicia o texto, com essa voz que já é um composto, um congregado de cinco singularidades. E é esse congregado que outorga à voz seu caráter de primeira pessoa do plural. "Somos cinco amigos", porém o que nos vai ser contado não é tanto a história dessa amizade, mas as tentativas de intromissão de um sexto e as repercussões dessas tentativas no grupo dos cinco. "Seria uma vida pacífica se um sexto não se intrometesse sempre". A maneira como essa frase é construída, introduzindo a possibilidade de uma vida pacífica à apresentação desse sexto, permite que entendamos a rejeição ao sexto como um modo de ganho de maior unidade dos outro cinco. À luz dessa idéia, podemos entender o início do texto da seguinte maneira: somos cinco amigos porque não queremos que um sexto entre. Não adianta perguntar-se do porquê dessa discriminação. O narrador textualmente diz: "Ele não nos faz mal algum, mas nos importuna, e este é um mal suficiente". Nomear esse repúdio ao ingresso do sexto como discriminação na verdade talvez seja uma elaboração já acima do nível da narrativa. Se optamos por esse termo, não é pensando que o que está em questão são algumas características determinadas ou alguma visão de mundo específica. Trata-se aqui de seu sentido mais concreto, mais reduzido, ou seja, que o indesejado é um sexto, alguém que não faz parte dos cinco. O nível das argumentações para o rechaço opera no sentido de acompanhar essa redução quase ao sem sentido dessa ação, a não ser pelo motivo de que o ingresso do sexto significaria que eles deixariam de ser cinco. Ser cinco assume, nesse campo de compactação de sentidos, o valor de uma identidade. É o máximo que sabemos deles, é o que lhes outorga quase que um valor em comum, um algo a compartilhar. São cinco e não há lugar para mais nenhum, porque senão seriam seis, o que, no modo como é narrado o texto, significaria deixar de ser o que se é para ser outra coisa. Porém isso é um artifício. É óbvio que ser cinco ou ser seis não quer dizer muito, ainda que cinco, no texto, ressoe como uma totalidade, como os dedos de uma mão, uma completude na qual não haveria lugar para ninguém mais. É desde esse princípio de totalidade que o narrador fala. Mas insistimos que não há nenhum sinal no texto da necessidade de serem cinco, a não ser o fato de saírem da mesma casa e, principalmente, o fato das pessoas fixarem-se neles e, apontando-os, dizerem: "Os cinco acabam de sair dessa casa".

Essa citação e a maneira como o grupo dos cinco comporta-se com o sexto mapeiam o texto, dando a entender que a discriminação, essa segregação, opera na forma de círculos concêntricos, onde um círculo maior destaca um círculo menor, que por sua vez destaca um só elemento.

O narrador é sensível aos incômodos que o querer do sexto provoca nos cinco, mas mostra-se completamente cego em relação ao impacto da violência do rechaço no sexto – violento na argumentação e violento na ação física com que é realizado. Como as personagens não têm corporeidade definida, a cotovelada com que se afasta o sexto oferece à atitude discriminatória um gesto, uma ação física humana que expressa tal atitude. Podemos dizer que o texto ganha uma concretude mais definida apenas no seu final – no beicinho do sexto e nas cotoveladas dos cinco. E se a violência da segregação é o tema desse texto, sua eficácia encontra-se na ação dessa voz narrativa que, no seu narrar fechado às motivações e impactos da ação sobre o sexto, põe em movimento a própria ação segregativa.

O texto é violento. Violentas são as argumentações: "Longas explicações significariam quase uma acolhida, então preferimos não explicar nada e não admiti-lo". Violenta é a redução do sentido dessa discriminação: cinco e não querer ser seis. Violenta é a ação sobre esse sexto cujas intenções nunca têm acolhimento na voz do narrador. Mas essa violência toda ganha um tom de ironia delicada pelo complexo estilo da narração. O afastamento da humanidade das personagens operada no início do texto, numa simples oração – "...deslizou do portão, leve como uma bolinha de mercúrio" –, mantém-se ressoando na leitura até o final, de modo que essa descrição oferece-se como imagem do que é narrado. O mercúrio é o único metal comum que é líquido em temperatura normal. Essa qualidade de ser metal e líquido ao mesmo tempo permite que vejamos essas gotas quase sólidas incorporando-se umas às outras com a maior facilidade e formando, por assim dizer, gotas maiores, ao mesmo tempo que resulta ser impossível essa mesma fusão com outros materiais. É a partir desse modelo, dessa qualidade do mercúrio, que emerge a ação do texto: a força agregadora comunitária e sua ação refratária agindo como o mercúrio. O narrador opera o tempo todo sob a lógica da ação do mercúrio e dá a ela significados da vida em sociedade, criando um distanciamento da ação humana concreta que permite que a violência ocorra sem violência, mas com delicada ironia, como dizíamos anteriormente. Essa ironia provém das argumentações: não o querem porque não o conhecem; querem estar juntos o tempo todo, não sabem o sentido disso mas já estão juntos e vão continuar assim. A violência ganha ímpeto no final, na cotovelada que faz com que um gesto especificamente humano surja na sua plenitude. E a violência é recrudescida pela oração final: "mas ele volta de novo por mais que a gente o rechace", eternizando assim a intolerância.

"DESISTA!"*

Era de manhã bem cedo, as ruas limpas e vazias, eu ia para a estação ferroviária. Quando confrontei um relógio de torre com o meu relógio, vi que já era muito mais tarde do que eu acreditara, o susto desta descoberta fez-me ficar inseguro no caminho, eu ainda não conhecia bem esta cidade, felizmente havia um guarda por perto, corri até ele e perguntei-lhe sem fôlego pelo caminho. Ele sorriu e disse: "De mim você quer saber o caminho?" "Sim", eu disse, "uma vez que eu mesmo não posso encontrá-lo". "Desista, desista", disse e virou-se com um grande ímpeto, como as pessoas que querem estar a sós com o seu riso.

(Tradução de Modesto Carone[3])

O que fazer com textos que, de alguma maneira, nos mandam desistir? Sim, porque a resposta e a postura do guarda em relação ao nosso narrador-personagem é também a postura e resposta do próprio narrador para nós, leitores. Nós, ao final do texto, ficamos tão desorientados quanto a personagem principal no transcorrer da cena narrada. E se insistirmos em perguntar para o narrador a respeito do melhor caminho para a compreensão do texto, ouviremos dele, em nossas aproximações, respostas próximas àquela do guarda: "De mim você quer saber o caminho?" E se, mesmo assim, o apertarmos ainda mais, então o nosso narrador parecerá exclamar: "Desista, desista".

"Era de manhã bem cedo, as ruas limpas e vazias, eu ia para a estação ferroviária". Até aqui, um relato simples, apesar de extremamente bem montado. Numa única oração, que nem extensa é, já damos de cara com uma personagem, sua ação e uma descrição do tempo e do local em que a ação se dá. Se o texto é curto, é pela genialidade com que os elementos conseguem ser compactados no estreito espaço de uma oração. E nós temos a impressão de que nada falta. Temos até detalhes: era bem cedo de manhã, as ruas estavam limpas e vazias e a personagem, que é ao mesmo tempo narrador, ia para a estação ferroviária. Até aqui, insistimos, nós, leitores, de nada podemos nos queixar. Trata-se de um relato em primeira pessoa, e o que nos faz, por

---

* No original, *Gibs auf!*, entitulado por Max Brod e publicado em Max Brod (org.), *Franz Kafka – Gesammelte Werke: Beschreibung eines Kampfes*, Frankfurt, Fischer Taschenbuch Verlag, 1995, p. 87. Foi esta a edição consultada.

3. Publicado na *Folha de S. Paulo*, 3.7.1983, Folhetim.

assim dizer, dar a mão ao narrador, é o tempo passado em que a cena é narrada. Se o narrador é a personagem e se ele está contando algo que já se passou, nossa impressão é a de estarmos diante de um narrador onisciente, que tem pleno domínio sobre tudo aquilo que narra e em quem, portanto, podemos confiar. Ou seja, acompanhando-o adequadamente, saberemos a respeito de suas intenções e obteremos todos os dados necessários para o bom entendimento do texto. O narrador, nesse caso, seria um bom guia em nosso percurso de leitura. E assim esse narrador parece ser. Porém, a longa oração que se segue modifica de forma inadvertida todo esse panorama anterior: "Quando confrontei um relógio de torre com o meu relógio, vi que já era muito mais tarde do que eu acreditara, o susto desta descoberta fez-me ficar inseguro no caminho, eu ainda não conhecia bem esta cidade, felizmente havia um guarda por perto, corri até ele e perguntei-lhe sem fôlego pelo caminho". Quando, lá pelo fim dessa oração, o narrador afirma que "felizmente havia um guarda por perto", se ele está contando no passado, se ele é aquele narrador onisciente que tínhamos ao iniciar-se o texto, então esse "felizmente" que nós, leitores, levamos tão a sério – porque não é a qualquer encontro que pode ser outorgado esse atributo – deveria concretizar-se no desenlace da história. Ou seja: o guarda deveria acolher nossa personagem e dar-lhe uma resposta que trouxesse o alívio suficiente para justificar que a palavra "felizmente" tenha sido utilizada. Mas sabemos, pela continuação do texto, que não é assim. O guarda da história recebe de outro modo a nossa personagem, em nada justificando o "felizmente" anterior. Então, o que se passou no meio dessa história?

A última oração citada inicia-se relatando o confronto entre o relógio do narrador-personagem e o relógio de torre. Eles não batem. Entre ambos, não há sincronia, o que afeta seriamente a personagem – ele fica assustado e inseguro, reconhecendo não conhecer ainda bem essa cidade – e transtorna o narrador, que abre mão de carregar uma história, de nos contar um acontecimento já ocorrido com aquela segurança presente na primeira oração. Apesar do texto, do início ao fim, ter lugar no passado, nessa segunda oração o narrador desloca-se no tempo em que narra. Ele não carrega mais uma história, não mais a narra propriamente, mas a expressa a partir do presente do seu suceder. Perde a sua onisciência, porque passa a não saber nada a mais do que nós, leitores. Em algum momento, ficamos sem narrador, pelo menos sem esse narrador com um horizonte tão amplo do início do texto. O "felizmente" não tem nada a ver com o desenlace. Ele é a expressão do achado súbito de um guarda, de um momento cheio de expectativa que não conhece o desenlace, à maneira como nos sentimos ao darmos de frente com algo que possa servir de referência quando estamos completamente desorientados. É um instante de esperança que personagem, leitor e narrador sustentam tão intensa quanto brevemente, no presente da escritura.

Em nenhum momento, o texto deixa de ser uma narrativa. Mas nós, leitores, que iniciamos ouvindo o relato de uma experiência, passamos a ter a experiência do que é relatado. É que o narrador aproximou-se de nós, abandonando todo o horizonte. Nessa longa oração, extraviou-nos, deixou-nos desamparados e sem fôlego no meio dessa cidade que, se ele, narrador, reconhece ainda não conhecer bem, nós com certeza não conhecemos de modo algum, a não ser por sabermos que tem suas ruas limpas e vazias, uma estação ferroviária e um relógio de torre. E nós no meio dela, grudados a um narrador que parece nos dizer: "Pode deixar, felizmente lá tem um guarda". Confiamos nesse narrador e perguntamos na leitura, junto com ele, a esse guarda que nos é apresentado. Nos damos mal. "De mim você quer saber o caminho?" Essa é a resposta que obtemos. Narrador e guarda emparelham-se não apenas por causa desse desfecho abrupto, desse virar-se com grande ímpeto de nós, leitores e personagem, mas também por guardarem para si o seu riso irônico diante de nossa perplexidade.

A diferença entre os dois relógios efetiva-se na leitura, uma vez que nós, acreditando na onisciência do narrador que surge ao abrir-se o texto, lemos com uma convicção mais apressada do que aquela que efetivamente manifesta-se no texto. O desfecho da história faz com que experimentemos a insegurança e o susto da personagem ao descobrir que tinha o seu relógio atrasado em relação ao relógio da torre. Nossa leitura passa a fazer parte da história que nos é contada. As respostas do guarda não são falas aleatórias, um artifício forçado. São expressões legítimas para com um leitor que percorre o texto com seus ponteiros dessincronizados.

Nosso narrador não carrega consigo uma experiência passada consistente o suficiente para ter uma história a narrar. Ele na verdade opera com seu campo de visão amarrado unicamente ao aqui-e-agora de sua escritura. E o riso do guarda ao final do texto é também a satisfação do narrador por ter conseguido que nós, leitores, vivamos a experiência de sermos pegos confundindo o relato de uma experiência passada com sermos totalmente encerrados no aqui-e-agora da experiência.

"A PONTE"*

Rígido e frio, eu era uma ponte, uma ponte estendida sobre o abismo. Deste lado estavam as pontas dos pés, do outro as mãos, que eu metera pelo barro adentro a fim de segurar-me. As abas de minha casaca tremulavam-me nos flancos. Lá no fundo corria, ruidoso, o gélido riacho de trutas. Turista algum errava por aquelas alturas intransitáveis; a ponte ainda não figurava nos mapas. – Assim, ali estava eu à espera; cumpria-me esperar. Sem desabar, ponte nenhuma pode, uma vez erigida, deixar de ser ponte.

Certa ocasião, foi ao anoitecer – era a primeira vez ou a milésima, não sei ao certo –, meus pensamentos andavam sempre a dar voltas, numa confusão. Num anoitecer de verão, em que o riacho murmurava, obscuro, ouvi passos de um ser humano. Vindo até mim, até mim. – Estica-te, ponte; coloca-te em posição; mantém-te confiante, trava sem parapeito. Busca compensar-lhe, sem que ele perceba, a insegurança do passo; depois, dá-te a conhecer e, como um deus das montanhas, arroja-o à terra.

Ele veio; percutiu-me com a ponta de ferro de sua bengala; a seguir, ergueu com ela as abas de minha casaca e as arrumou sobre mim. Correu a ponta da bengala pelo meu cabelo ramalhudo e, provavelmente olhando espantado à volta, deixou-a ali ficar por longo tempo. Mas por fim – eu o sonhara por montes e vales – pulou com ambos os pés para o meio do meu corpo. Totalmente ignorante, experimentei dor intensa. Quem era ele? Uma criança? Um sonho? Um salteador? Um suicida? Um tentador? Um exterminador? E virei-me para olhá-lo. – Uma ponte virar-se! Não chegara ainda a virar quando despenquei; despenquei e pronto me rasgaram e me furaram a carne os seixos pontudos que sempre me haviam fitado tão serenamente de dentro das águas frenéticas.

(Tradução de José Paulo Paes[4])

Nessa narrativa curta, quase um fragmento, a característica singular do que é contado está no fato de que um homem adquiriu a

---

* No original, *Die Brücke*, entitulado por Max Brod. Escrito possivelmente no mês de janeiro de 1917. O texto inaugura o Caderno 8B, o segundo dos oito cadernos em oitavo escritos por Kafka entre 1917 e 1922. O original em alemão que consultamos encontra-se em *Die Erzählungen und andere ausegewählte Prosa, op. cit.*, p. 264. O texto, no original, constitui um único parágrafo, mas nós mantivemos, na análise, a organização proposta pelo tradutor.

4. Publicado em José P. Paes, (org. e trad.), *Contos Fantásticos*, São Paulo, Ática.

disposição de ser uma ponte. Fala-se de uma ponte, mas fala-se também de um homem que é ponte. A voz que advém do narrador é a voz de um homem que adquiriu a funcionalidade e a tensão necessá-rias para ser ponte. Não se trata de uma ponte humanizada, de uma ponte que pense sobre si ao ser-lhe outorgada na narrativa uma voz reflexiva. O texto trata literalmente de um homem e trabalha com a lógica advinda da imagem concreta de uma ponte, de uma ponte da qual, apesar da pequena extensão do texto, sabemos a localização, sua função, o material de que é feita, a energia que a constitui e a mantém tensionada, a fragilidade com que se sustenta e a profundeza e o vazio sobre os quais se estende. E todos esses elementos outorgados à ponte explicitam um modo humano de estar em atividade. Entre a imagem da ponte e a descrição dessa atividade humana mantém-se uma tênue distância não superada, já que sabemos não se tratar de uma ponte, mas de um homem que é ponte. "Rígido e frio, eu era uma ponte, uma ponte estendida sobre o abismo". Assim inicia-se esse texto, no qual a idéia da ponte vai sendo organizada através da imagem de um corpo compreendido em sua horizontalidade. Dispor um corpo humano num plano único horizontal aproxima-nos de um estado de quase morte. Esse estado é reiterado pela voz direta do narrador, não só por descrever-se como rígido e frio, mas também por localizar-se num ponto quase inatingível, em "alturas intransitáveis" por onde nenhum turista errava, numa paisagem distante do fazer humano e que ainda não foi apropriada pelo conhecimento: "a ponte ainda não figurava nos mapas".

A indeterminação do tempo também trabalha na configuração desse estado próximo à morte. O narrador jaz na horizontalidade, tendo perdido a noção da passagem do tempo. Parece que o único referencial ainda presente é o ciclo do dia, ou melhor dito, a luminosidade que indica o transcorrer do dia. Assim, o acontecimento que altera a situação inicial dessa narrativa dá-se num anoitecer do qual ele não sabe dizer se "era a primeira vez, ou a milésima". O entorno, a paisagem que o circunscreve, é construído no sentido de salientar essa vivência temporal que nada tem a ver com o passar do tempo. Trata-se de uma paisagem natural. Os únicos elementos descritos – o barro e o gélido riacho de trutas que corria ruidosamente – reiteram um tempo que ganha essa qualidade indefinida principalmente a partir da imutabilidade. Aqui, o correr do riacho não quer dizer movimento, nem o barro fragilidade. O gélido congela a paisagem e a cristaliza num permanente fundo ruidoso. A idéia de morte instaura-se não pela proximidade com um tempo infinito ou com uma eternidade a fluir, mas com um tempo que não avança. Se o acontecimento tiver ocorrido no primeiro anoitecer ou no milésimo, tanto faz, porque o estar ali, esse estar rígido e frio, é antes de mais nada um estar ali, um permanecer aferrado.

Poderíamos dizer que é um tempo para aquém do tempo, um tempo desprovido das características do suceder. Na verdade, o primeiro parágrafo é construído na finalidade de definir um tempo de expectativa. É um tempo de espera. O acontecer que ocupa esse primeiro parágrafo e que outorga a vitalidade presente nele, que nos afasta da morte, ainda que dentro dos domínios dela, é o tremendo esforço que emerge da maneira em que é descrita a atividade da personagem a fim de se manter na função de ponte. Sobre um abismo, de um lado as pontas dos pés, do outro as mãos metidas barro adentro. Porém, todo esse esforço a serviço da manutenção de um frágil equilíbrio é descrito na concentração máxima de uma única frase, de maneira que esse esforço em si não parece fazer parte do acontecer narrado, reduzindo-se apenas à condição de uma descrição. Nada sabemos, ou pelo menos nada nos é dito, sobre o esforço em si, sobre a maneira como pés e mãos arranjam-se para manter-se encravados nessa frágil posição. O esforço não chega a constituir um acontecimento, mas é apenas um fato, poderíamos dizer uma ponte, entre os dois únicos acontecimentos para os quais a narrativa dá abertura: o de alguém ser uma ponte num lugar inviável e o acontecimento da espera, que é pautado pela expectativa de desabar, único acontecimento que parece poder pôr fim a essa condição. A referência a um terceiro, nomeado como turista, possibilita que a situação descrita ganhe sentido pela função que pode vir a desempenhar. A ponte serve para estabelecer uma ligação entre margens opostas e para que alguém possa atravessar de uma à outra. Mas, dada a sua localização, essa função fica restrita ao uso por assim dizer acidental de alguém que se aventurasse por essas paragens e topasse com essa ponte desprevenidamente – um turista, alguém sem qualquer familiaridade com o terreno. Aliás, a referência ao fato da ponte não figurar em nenhum mapa reforça a idéia de que o encontro com essa ponte só pode ocorrer de maneira acidental, sem um querer previamente planejado. À ponte só resta esperar. Se bem que sua espera, seu expectar anterior ao surgimento de alguém, é mais no sentido de que essa condição, essa maneira de estar horizontal, esse ter que esperar encravado, venha a ter fim, desabando – único modo, de acordo com o texto, em que uma ponte deixa de ser ponte. Se existe angústia nesse primeiro parágrafo, uma angústia que vai sendo apreendida dessa proximidade com a quase morte que impera no texto, ela não advém do esforço exercido com a finalidade de se constituir em ponte, mas da localização em que se implantou, nesse lugar quase inviável que outorga a esse esforço um sentido de inutilidade. O que a ponte quer é servir de passagem. O que uma ponte espera são homens a atravessá-la. Assim ela ganharia funcionalidade. Assim o esforço valeria a pena. Mas a ponte do texto, se bem que ainda espere, e espere porque lhe cumpre esperar, porque a essência de que é feita é esforço e espera – uma espera que parece sustentar-se na confusão dos pensamentos a dar voltas –, está a um passo de desesperar, vindo assim a desmoronar-se. O desespero não provém do esforço, mas de ninguém transitar por ali.

A chegada de alguém muda a voz do narrador, que fica excitado diante do prenúncio da presença humana: "Vindo até mim, até mim". A chegada de um homem concretizaria a ponte enquanto ponte, outorgando-lhe completude ao permiti-la ser utilizada como tal. A seguir, dirige-se exaltada para si própria, exigindo uma atenção necessária para o exercício de sua função, apesar do seu estado incompleto: "Estica-te, ponte; coloca-te em posição; mantém-te confiante, trave sem parapeito. Busca compensar-lhe, sem que ele perceba, a insegurança do passo [...]" O homem a quem essa ponte espera servir deve ser feito da mesma natureza insegura de que é feita a ponte. O passo dele deve ser inseguro. Na verdade, diante de tal homem, em sua presença, a ponte ganharia a potencialidade e a superioridade de um deus da montanha, capaz de arrojar esse homem de andar inseguro à terra firme.

O terceiro e último parágrafo é o desmoronar da expectativa. A ponte é utilizada, mas o homem que se apresenta, no lugar de ter um passo inseguro, maneja uma bengala com ponta de ferro. É um estranho para o qual parece que a ponte não estava preparada. Enquanto o homem a percute com sua bengala, a ponte o imagina olhando espantado ao redor. O homem não dá passos. Ele serve-se de um instrumento e pula, caindo com os dois pés no meio do corpo da ponte, após ter ordenado as abas da casaca e percorrido o cabelo ramalhudo. Esse pulo é a concretização da violência do encontro iniciada desde a descrição da ponta férrea do instrumento com que se aproxima, e que se opõe à expectativa de funcionalidade de que era feita a espera. O espanto provável do olhar desse homem transfere-se ao espanto da dor que faz estremecer a ponte e que a torna ignorante de tudo, de sua condição e da fragilidade de seu equilíbrio. Ela pergunta-se: "Quem era ele?" Não pergunta-se sobre si, mas sobre aquele que se implantou em seu corpo. "Uma criança? Um sonho? Um salteador? Um suicida? Um tentador? Um exterminador?" A resposta a cada uma dessas possibilidades outorga um sentido diferente ao fracasso da função que, nessas alturas do texto, já está presente. Se for uma criança, a violência advém de que ela não tem a experiência necessária para fazer uso de uma ponte; se for um sonho, a ponte está estremecida de dor por sua própria produção; se for um salteador, trata-se de alguém que a violenta na tentativa de escapar; se for um suicida, o faz para matar-se; um tentador faz com que a ponte esqueça do essencial; um exterminador a abala porque é de sua natureza destruir. Qualquer que seja o passante, o fato é que o encontro, no lugar de se dar de forma a emergir uma parceria harmoniosa, dá-se pelo assalto violento desse passante à ponte que se sabe frágil. Então a ponte se vira para olhá-lo.

Ao virar da ponte, retorna o entorno, o vazio e o abismo que envolvem o encontro da ponte com esse homem. Restaura-se o vazio como o cenário em que a violência desse encontro teve lugar. E antes de concretizar-se o pleno giro, ela despenca junto com o passante, rasgando-se e furando-se num novo encontro violento, dessa vez com os seixos pontudos que sempre a "haviam fitado tão serenamente de dentro das águas frenéticas". A voz reflexiva sustenta-se ainda nessa posição, dando a entender que o novo estado de uma ponte despencada e furada é uma reedição de um permanecer ali, dessa vez não mais com o esforço necessário para criar a tensão que atravessa o abismo e une duas margens, mas no repouso dos seixos pontudos. Do passante, nada mais sabemos.

"UMA MENSAGEM IMPERIAL"*

O imperador – assim consta – enviou a você, o só, o súdito lastimável, a minúscula sombra refugiada na mais remota distância diante do sol imperial, exatamente a você o imperador enviou do leito de morte uma mensagem. Fez o mensageiro se ajoelhar ao pé da cama e segredou-lhe a mensagem no ouvido; estava tão empenhado nela que o mandou ainda repeti-la no seu próprio ouvido. Com um aceno de cabeça confirmou a exatidão do que tinha sido dito. E perante todos os que assistem à sua morte – todas as paredes que impedem a vista foram derrubadas e nas amplas escadarias que se lançam ao alto os grandes do reino formam um círculo – perante todos eles o imperador despachou o mensageiro. Este se pôs imediatamente em marcha; é um homem robusto, infatigável; estendendo ora um, ora o outro braço, ele abre caminho na multidão; quando encontra resistência aponta para o peito onde está o símbolo do sol; avança fácil como nenhum outro. Mas a multidão é tão grande, suas moradas não têm fim. Fosse um campo livre que se abrisse, como ele voaria! – e certamente você logo ouviria a esplêndida batida dos seus punhos na porta. Ao invés disso porém – como são vãos os seus esforços; continua sempre forçando a passagem pelos aposentos do palácio mais interno; nunca irá ultrapassá-los; e se os conseguisse nada estaria ganho: teria de percor-

---

* No original, *Eine Kaiserliche Botschaft*. Publicado pela primeira vez no jornal *Selbstwehr*, em 24.9.1919. Faz parte do Caderno 8C. O original em alemão que consultamos encontra-se em *Die Erzählungen und andere ausegewählte Prosa*, op. cit., p. 305.

rer os pátios de ponta a ponta e depois dos pátios o segundo palácio
que os circunda; e outra vez escadas e pátios; e novamente um palá-
cio; e assim por diante, durante milênios; e se afinal ele se precipitasse
do mais externo dos portões – mas isso não pode acontecer jamais,
jamais – só então ele teria diante de si a cidade-sede, o centro do mun-
do, repleto da própria borra amontoada. Aqui ninguém penetra; mui-
to menos com a mensagem de um morto. – Você no entanto está senta-
do junto à janela e sonha com ela quando a noite chega.
(Tradução de Modesto Carone[5])

Que beleza de texto! Normalmente, fazer análises de textos leva a uma construção de pensamentos engenhosos e/ou esclarecedores que tentam desvendar o impacto que um texto exerceu em nós. Mas dificilmente expressamos de forma aberta o quanto ele nos emocionou. No texto que acabamos de ler, parece-me que o melhor caminho para a possibilidade de expressar em palavras tudo aquilo que a sua leitura suscitou-nos é iniciar reconhecendo o impacto da própria leitura.

Não podemos fazê-lo de outra maneira. Afinal, o texto é dirigido a nós, a um nós singularizado, a mim e a você, leitor. Raramente um texto ficcional assume um tom tão direto quanto ao iniciar-se e terminar essa narrativa. O campo ficcional é construído sobre um máximo de aproximação entre o narrador e o leitor – aproximação que ganha expressão no uso do pronome pessoal você. E este é um elemento que não pode deixar de ser levado em consideração quando o tema do texto é distância e incomunicabilidade.

De um narrador que se refere a nós – porque o você, por mais ficcional que seja, nos convoca – da maneira em que ele o faz na primeira oração, o que sentimos é sua enorme proximidade e contundência. "O imperador – assim consta – enviou a você, o só, o súdito lastimável, a minúscula sombra refugiada na mais remota distância diante do sol imperial, exatamente a você o imperador enviou do leito de morte uma mensagem". O narrador ergue-se diante de nós em toda a sua majestade à medida que o "você" vai sendo reduzido à sua pequenez diante do sol imperial. Essa redução é promovida priorizando aspectos espaciais, e não morais ou éticos. É a remota distância que funciona como arremate final de uma redução iniciada de forma impactante no início da frase "[...] enviou a você, o só". E a majestosidade do narrador advém exatamente dessa redução promovida. Por si só, essa oração é uma mensagem, uma comunicação efetivada para nós, os sós. E o "assim consta", essa interpolação no início da oração logo após a apresentação da figura do imperador, reforça a presença do narrador, que desse modo ganha o primeiro plano, ao não deixar

5. Publicado em F. Kafka, *Um Médico Rural*, São Paulo, Brasiliense, 1991.

que a história transcorra sem que saibamos claramente que se trata de um relato – um relato que soa como uma mensagem ao trazer à tona uma nomeação a respeito de nossa existência e ao fazer vibrar as cordas referentes ao próprio ato da leitura. O narrador ergue-se diante de nós, e fala-nos a respeito da enorme distância existente entre ele e nós, e do quão ínfimos somos por sermos sós e remotos em relação a ele. E por que não, também, remotos e sós em relação à existência como um todo. Mas exatamente a nós, a cada um de nós, anônimos leitores, esse narrador nos chega no solitário ato da leitura – a nós, leitores, sombras a receber faíscas de luz irradiadas pela proximidade de um narrador que, desde uma enorme distância, o texto, relata-nos algo. "[...] exatamente a você o imperador enviou do leito de morte uma mensagem". A ponte entre nós e o espaço ficcional está plenamente constituída. Nós passamos a fazer parte, viramos personagens para quem um imperador, desde o seu leito de morte, em seu momento derradeiro, envia uma mensagem.

O que vem a seguir problematiza tudo isso. Dada uma mensagem (a de que somos ínfimos, mas estamos vinculados de algum modo, ainda que impossível, ao imperador), falar-se-á da impossibilidade da mensagem imperial chegar até nós. O relato a seguir então funciona à maneira de um testemunho. Nosso narrador conta um acontecimento mas, se na primeira oração a sua fala era direta a nós, leitores, agora, ao distanciar-se de nós, ao sumir do texto o pronome você, fica apenas a obliqüidade por se constituir como relato de um acontecimento. Testemunha algo: um imperador moribundo segredando uma mensagem no ouvido de um mensageiro ajoelhado ao pé de sua cama. Mas nada sabe do que é essencial, ou seja, da própria mensagem. Temos então diante de nós um narrador que traz uma mensagem ao narrar a respeito da impossibilidade de uma mensagem chegar até nós, impossibilidade essa colocada já claramente desde o início: não foi ao nosso narrador que o imperador segredou a mensagem. Ele é um terceiro, é apenas uma testemunha, ele desconhece o teor da mensagem. Ele só sabe do acontecimento.

Esses dois aspectos do narrador – o que é competente para fazer chegar a nós uma mensagem e aquele que fica de fora do teor da própria mensagem – constituem as linhas de força principais sobre as quais o texto se articula. Se a mensagem imperial nunca chegará até nós, por outro lado através dessa impossibilidade uma série de mensagens são dadas. Nosso narrador comporta-se como sendo ao mesmo tempo um imperador segredando aos nossos ouvidos e um infatigável mensageiro, estendendo como braços ora uma oração, ora outra, abrindo um caminho impossível e avançando fácil como nenhum outro para tentar estabelecer uma ponte entre o imperador e nós. Essas duas linhas de força não se opõem, dado que o argumento do texto é que o imperador deixou uma mensagem "para você", mas ela nunca vai chegar, porque o nosso narrador desconhece o teor da mensagem.

Logo após a cena da transmissão da mensagem, o narrador ressalta o esforço do mensageiro e os entraves impossíveis que as complexas construções e aglomerações humanas colocam para a sua tarefa. Mas não nos adiantemos. Até a metade do texto, não há impedimento algum para que a mensagem chegue ao seu destinatário. As paredes, que poderiam dar à mensagem um cunho de segredo, foram derrubadas. A mensagem não é um segredo. Ela tem a configuração de um legado legitimado pelos grandes do reino que, postados nas amplas escadarias, formam um círculo ao redor da cena. Do mensageiro, já fizemos referência, ele "[...] se pôs imediatamente em marcha [...] quando encontra resistência, aponta para o peito onde está o símbolo do sol; avança fácil como nenhum outro". Insistimos: nada até aqui indica qualquer entrave, a não ser a constatação feita pelo narrador no início, sobre a enorme distância existente entre nós e o imperador – e aqui um elemento importante: é o narrador que nos considera minúsculos súditos lastimáveis do imperador, e não este último.

Sem qualquer ênfase, como se fosse um elemento de segundo plano, nessa altura do relato surge a primeira palavra que aponta para uma dificuldade: "resistência". Somos inteirados de que o mensageiro eventualmente encontra resistências. Mas ele está equipado com o devido passaporte: no seu peito está o símbolo do sol. E aí, então, a frase desconcertante, se temos em mente o relato por inteiro: "avança fácil como nenhum outro". Pegada a essa, a oração que irá reorganizar o texto todo: "Mas a multidão é tão grande, suas moradas não têm fim." A oração inicia-se com um adversativo, e o que temos a seguir será um levar ao pé da letra os termos dessa oração. A multidão é grande mesmo e as moradas não têm fim. E se elas são infindáveis, como achar ou como chegar àquela única e singular em que o minúsculo "você" habita? Essa oração, quando confrontada com a oração inicial, traz à luz a impossibilidade do empreendimento. Diante do fato da multidão ser tão grande e suas moradas não terem fim, a remota distância na qual "você", a minúscula sombra, se refugia, ganha sua plena expressão. Não leu direito até aqui quem achou que tudo iria correr bem.

Porém, eis que surge uma interpolação[6] na qual o subjuntivo cria um campo todo ele enunciado na virtualidade, em que novamente o "você" é nomeado tendo o mensageiro batendo às suas portas: "Fosse um campo livre que se abrisse, como ele voaria! – e certamente você

---

6. No original, a frase é construída sem o uso da interpolação. No entanto, nossa leitura, que opera de acordo com o texto traduzido, sustenta-se diante do original, uma vez que essa esperança virtual dada pela interpolação encontra-se no original, entre ponto-e-vírgulas, numa longa oração que vai adensando.

logo ouviria a esplêndida batida dos seus punhos na porta". Mas, essa interpolação esperançosa vem apenas reforçar o campo de turbulência que o texto atravessa nesse momento. Podemos fazer referência ao texto dizendo que ele se inicia com um modo de narrar que avança desimpedido e que, à medida que vai se desenvolvendo, dá-se um adensamento de elementos que vão cada vez mais dificultando o avanço do relato.

Após essa interpolação, segue-se mais uma torção – o ir e vir do texto, suas sinuosidades desenham uma paisagem textual que nada tem a ver com o campo livre. "Ao invés disso porém – como são vãos os seus esforços; continua sempre forçando a passagem pelos aposentos do palácio mais interno; nunca irá ultrapassá-los; e se os conseguisse, nada estaria ganho: teria de percorrer os pátios de ponta a ponta e depois dos pátios o segundo palácio que os circunda; e outra vez escadas e pátios; e novamente um palácio; e assim por diante, durante milênios; e se afinal ele se precipitasse do mais externo dos portões – mas isso não pode acontecer jamais, jamais – só então ele teria diante de si a cidade-sede, o centro do mundo, repleto da própria borra amontoada". Toda essa enorme oração não apenas relata a impossibilidade do mensageiro avançar. O modo como ela é construída outorga expressão viva à inutilidade dos esforços do mensageiro. Essa oração que nunca acaba traz à tona a própria distância intransponível. Ela a realiza. Entre aposentos, pátios, palácios, escadas e pátios e novamente palácios, a oração se contorce. Pontilhada por palavras tais como "nunca [...] e se [...] nada [...] teria [...] e outra vez [...] e novamente [...] e se afinal [...] jamais, jamais", e mesmo no seu aspecto formal – essa quantidade de pontos e vírgulas, dois pontos, vírgulas e travessões – tudo isso mapeia o longo e infindável percurso no qual o mensageiro fica enredado, sem poder sequer chegar à oração seguinte.

As imagens utilizadas a fim de comprovar a argumentação inicial de que todos os esforços serão vãos são sempre espaciais, ou construções materializadas no espaço. São resultados do trabalho dos homens que se antepõem como obstáculos ao avanço do mensageiro. Esse uso de figuras espaciais reitera a idéia de que a distância entre o emissor e o receptor que o mensageiro deve atravessar é uma distância espacial, e a impossibilidade de atravessá-la adviria de um estilo de argumentação próximo ao de Zenão, filósofo grego que argumentava que a flecha que voa não se move, porque em cada momento presente ocupa seu local exato e, no momento presente posterior, continua ocupando o seu lugar exato. Ou então, que o corredor num estádio nunca atingirá a sua meta, porque antes de atingir a outra extremidade do estádio, deve atingir a sua metade e, antes ainda, a metade da metade, e assim infinitamente. Mas o impacto dessa impossibilidade de avançar no espaço tem uma repercussão temporal: "[...] e assim por diante, durante milênios". A intransponível distância espacial entre emissor e receptor resulta num distanciamento temporal. Os milênios acumulam-se entre ambos e a demora do mensageiro transforma o imperador num distante e remotíssimo passado.

Apesar de todas as advertências de que o mensageiro nem sequer conseguiria aproximar-se do portão mais externo do palácio, "jamais, jamais", na virtualidade ele chega até a própria "borra amontoada", a multidão de homens na qual o narrador nos localiza. "Aqui ninguém penetra; muito menos com a mensagem de um morto. – Você no entanto está sentado junto à janela e sonha com ela quando a noite chega". Se as construções humanas eram empecilhos intransponíveis para o mensageiro, o que dizer então dos próprios homens? "Aqui ninguém penetra". E nesse campo, o da multidão, o empreendimento perde a sua aura. Transposta a enorme oração, o que chega – e o chegar é sempre virtual – é algo sem transcendência alguma. Na multidão, a mensagem do imperador vira mensagem de um morto. E nesse campo, o narrador torna a nos invocar e nos vê sentados junto à janela, sonhando com a mensagem imperial quando a noite chega. Ri de nós? De nós, tão pequenos e ainda assim esperançosos de que um imperador tenha algo para nos dizer, singularmente a cada um de nós? Ou quer que sonhemos? Que apesar de toda essa distância, quando a noite chega nos mantenhamos sentados junto à janela, abrindo uma fresta com a esperança de que uma mensagem importante chegue, marcando nossa vinculação com um remoto imperador a fim de que algo desse sol imperial ilumine a nossa noite? Ou o sonho que nos entretém é o texto que lemos?

Independentemente de qual seja a resposta, ou melhor, de qual seja a pergunta, após a leitura, nós, o imperador e o mensageiro estamos irremediavelmente envolvidos.

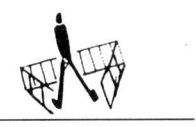

"A PRÓXIMA ALDEIA"*

Meu avô costumava dizer: "A vida é espantosamente curta. Para mim ela agora se contrai tanto na lembrança que eu por exemplo quase não compreendo como um jovem pode resolver ir a cavalo à próxima aldeia sem temer que – totalmente descontados os incidentes

---

* No original, *Das nächste Dorf*. Escrito entre dezembro de 1916 e janeiro de 1917 e publicado em 1919 em *Ein Landarzt: Kleine Erzählungen*, Berlim, Kurt Wolff Verlag, 1919. O original em alemão que consultamos encontra-se em *Die Erzählungen und andere ausegewählte Prosa*, *op. cit.*, p. 342.

desditosos – até o tempo de uma vida comum que transcorre feliz não seja nem de longe suficiente para uma cavalgada como essa".
(Tradução de Modesto Carone[7])

A brevidade engana. Essa peça, na verdade uma miniatura, tem em seu interior todas as complexidades das coisas grandes, porém finamente elaboradas e engenhosamente articuladas, à maneira daqueles artesãos que conseguem inserir toda uma complexa paisagem num simples grão de arroz. Produz-se o miúdo, de forma a caber na palma da mão e mantê-lo, do início ao fim, ao alcance de nosso olhar. Não precisamos virar a página, nem ir para o parágrafo seguinte, pois num só parágrafo, basta-se. Mas ao olhá-lo mais detidamente, é como se a complexidade da própria palma da mão emergisse diante de nós.

"Meu avô costumava dizer". Se ficção é o estabelecimento de um campo simbólico cujas tramas internas organizam-se umas em relação às outras de modo orgânico, o que temos em mãos é uma ficção, cujo tema é o relato por um neto de uma fala de seu avô. O narrador traz à cena uma personagem, seu avô, a fim de criar o vértice a partir do qual o seu relato organiza-se, e uma faceta importante da complexidade do texto advém do fato do narrador ser um neto. Esse aspecto problematiza tudo o que é narrado, ao potencializar ao máximo o campo de ressonâncias contidas no interior do relato. É no interior da moldura feita pela presentificação da voz de uma geração anterior na atual que é construído o miolo principal do texto. Porém, essa moldura não é apenas um suporte da tela construída. Ela dialoga com o seu interior, outorgando significações que, por sua vez, re-significam a própria moldura, num movimento que confere ao todo uma organicidade, uma pulsação de sentidos tão vital, tão ampla, que o ato de significar, de outorgar um sentido ao todo, corre o risco de ir contra ao que é mais próprio desse texto: ser uma erupção viva de sentidos à procura de um significado. O grandioso do texto, voltando à nossa imagem primeira, a do grão de arroz, não está na habilidade da impressão de uma paisagem num espaço tão minúsculo, mas em criar um grão de arroz capaz de conter paisagens tão diversas, dependendo da incidência do nosso olhar.

"Meu avô costumava dizer". A voz narrativa encerra-se no interior de uma voz passada, atualizada no presente. Poderíamos dizer que se trata de um presente que contém uma voz passada. Mas, como o relato encerra-se na fala do avô apresentada pelo neto, então podemos também dizer que se trata de um presente contido no interior de uma voz passada. O que o avô diz acelera esse ziguezague entre presente e passado, e as complexas sinuosidades que constroem a fala do

---

7. Publicado em F. Kafka, *Um Médico Rural, op. cit.*

avô dinamizam esse ziguezague ao ponto de criar um intricamento atordoante de relações entre passado, presente e futuro que é matriz do pulsar vivo da narrativa. A diversidade de paisagens a que nos referíamos anteriormente provém do modo como nós, leitores, operamos essas relações entre passado, presente e futuro. E o texto constitui-se de forma generosa, de modo a nos deixar estabelecer as relações que quisermos, porém também de forma implacável, ao não deixar que qualquer das possíveis relações que possamos estabelecer sosseguem ou outorguem equilíbrio a essas dimensões temporais. Esse último fato complica a tarefa de análise do relato. Mal sabemos por onde começar! Um novelo sem ponta. E tudo isso num texto em que não há nenhuma vírgula, nenhum ponto de inflexão a não ser dois pontos, uma enorme citação, uma pequena interpolação e um ponto final.

Analisar tem sempre um quê de ordenar as coisas, de outorgar uma sucessão, uma causalidade, de procurar um antes e um depois e estabelecer as relações entre eles. Porém aqui, antes de entrar de vez na fala do avô, devemos admitir nossa derrota. O texto nos enreda e esse efeito é a verdadeira manifestação da eficácia dele.

Iniciamos então pelo todo. Dizíamos que se trata de uma ficção, mas é também legitimamente um aforismo. A fala do avô tenta exprimir de maneira sucinta uma verdade, uma regra concernente à vida prática. Provém daí o seu forte chamado para que incursionemos num campo de reflexões a respeito da vida humana em geral, sob um manto que tem a ver com o suceder de gerações. Os aforismos costumam ser construções de extrema utilidade para os homens. A sua brevidade é parte inerente a serviço de sua eficácia. Normalmente, pretendem dirigir a atividade prática dos seus leitores, no sentido de prepará-los melhor para a tarefa de existir. São quase que instruções, indicadores do melhor caminho para fazer com que o existir produza melhores frutos.

"A vida é espantosamente curta". À maneira de um aforismo, o narrador, através da fala do avô, encurta a vida e coloca em cena um jovem – "[...] quase não compreendo como um jovem pode resolver ir a cavalo à próxima aldeia [...]". A palavra jovem é carregada da maior expectativa de vida a fazer, de horizontes à frente. De um lado o espantoso limite de uma vida curta, do outro a possibilidade vigorosa na resolução de um jovem, tendo ambos como pano de fundo uma sucessão de contrações: o neto contrai-se à fala do avô e este, à sua lembrança – "Meu avô costumava dizer: 'A vida é espantosamente curta. Para mim ela agora se contrai tanto na lembrança que eu por exemplo quase não compreendo como um jovem pode resolver ir a cavalo à próxima aldeia [...]' ". O tempo dessa fala é o presente. O agora em que a vida se contrai na lembrança do avô lembrado cria uma dissonância entre os tempos, ao plantar o presente no território do passado. Essa dissonância ganha em amplitude pelo "[...] como um jovem pode resolver ir a cavalo à próxima aldeia [...]", narrado num tempo hipotético aberto para o futuro. Resumindo: a narrativa inicia-se com uma voz do passado que se contrai em lembrança no tempo presente e fica quase sem compreender uma resolução para o futuro.

O texto cria uma corrente de idéias que fluem com enorme ímpeto para e desde esse ponto de contração situado no passado. É a partir dessa maneira de movimentar-se o texto que se torna incompreensível não apenas na lembrança do avô, mas no próprio desenrolar do texto, a resolução de um jovem sair de onde está e cavalgar até a próxima aldeia. O narrador olha para trás e esse olhar ganha o reforço do olhar para trás do avô. Nesse contexto, um redemoinho criado pela tremenda força de contração que promove uma inversão dos tempos na qual tudo parece ir para trás, como alguém pode querer ir para frente?

O que o avô não compreende é "como um jovem pode resolver ir a cavalo à próxima aldeia sem temer que – totalmente descontados os incidentes desditosos – até o tempo de uma vida comum que transcorre feliz não seja nem de longe suficiente para uma cavalgada como essa". Estamos diante de um projeto hipotético em meio a uma frase longa que avança desimpedida, sem sinais, até o seu final, com exceção apenas de uma pequena interpolação, tão carregada de significados[8]. Essa interpolação materializa graficamente aquilo que está sendo problematizado: o jovem, sem possibilidade de cavalgar rumo à próxima aldeia, fica encerrado na representação dessa interpolação que limita entre dois hífens tudo o que é desdita. Essa interpolação também é a expressão máxima da contração que opera no interior de todo o texto. Numa pequena oração, desconta quase a vida por inteiro. O que é dito a seguir, esse andar último da oração até o seu ponto final, transcorre feliz, sem mais quaisquer empecilhos, ao concluir que o tempo de uma vida comum não dá conta nem de longe de "uma cavalgada como essa".

Parece-nos legítimo entender a aldeia em que se está como o lugar de origem da força de contração que organiza o texto e a próxima aldeia, a tentativa de realizar um movimento em sentido contrário à força gerada por essa contração. Nossa referência ao tempo visa poder nomear esse movimento que o texto constrói.

Mas o que está literalmente escrito é tão relevante quanto o movimento interno que costura o texto. Na literalidade, o avô costumava dizer ao neto algo enganoso: não é verdade que um jovem não possa ir, se assim o quiser e ainda mais se a sua vida transcorre feliz, até a próxima aldeia. A fala do avô funcionaria coercitivamente, e o seu sentido seria o de conter e desestimular as cavalgadas dos jovens. E o texto neste caso problematizaria o estilo aforístico, ao lançar uma luz crítica sobre o impacto limitante de uma regra de conduta numa vida

---

8. A tradução que estamos utilizando mantém a mesma estrutura formal do original.

prenhe de possibilidades. Mas o aforismo também pode ter um sentido positivo, ou seja, ser uma aforismo que legitima a linguagem aforística. Nesse caso, a mensagem do avô é a de que o tamanho da vida que nos cabe só cabe na nossa aldeia, lugar onde avô e neto podem encontrar-se e onde o avô pode até alongar a sua vida na fala do neto.

Uma terceira leitura: a vida é tão curta que não se chega ao próximo. Encerrados em nós, não podemos levar legado algum adiante. Nessa leitura, um paradoxo: o legado do avô para o neto é de que não se pode levar legado algum adiante.

E tantas outras possíveis leituras, tudo porque o texto vincula passado, presente e futuro na voz do narrador e tematiza o deslocamento espacial no texto manifesto. Eta aforismo caleidoscópico!

"A PARTIDA"*

Mandei tirar meu cavalo do estábulo. O criado não me entendeu. Fui pessoalmente ao estábulo, selei o cavalo e montei-o. Ouvi uma trompa soar à distância, perguntei ao criado o que significava aquilo. Ele não sabia de nada, nem tinha ouvido nada. Deteve-me no portão e perguntou: "Para onde está indo, senhor?" "Não sei", respondi, "só sei que é para fora daqui, fora daqui. Sempre e sem parar fora daqui – só desse modo posso alcançar meu objetivo". "O senhor conhece então o objetivo?", ele perguntou. "Sim", respondi, "eu já falei: fora daqui é o meu objetivo". "O senhor não está levando nenhuma provisão", disse ele. "Não preciso de provisão. A viagem é tão longa que eu posso morrer de fome se não conseguir nada no caminho. Nenhuma provisão pode me salvar. Por sorte esta é uma viagem verdadeiramente imensa".

(Tradução de Modesto Carone[9])

O texto "A partida" apresenta-se como se estivesse suspenso no ar. Parecem faltar um antes e um depois que auxiliassem na explicitação

---

* No original, *Der Aufbruch*, entitulado por Max Brod. Escrito provavelmente quando da estadia de Kafka em Matliary, em fevereiro de 1921. Faz parte do mesmo caderno em que se encontra incluído o relato "Um Artista da Fome". O original em alemão que consultamos encontra-se em *Die Erzählungen und andere ausegewählte Prosa*, op. cit., p. 384.

9. Publicado na *Folha de S. Paulo*, 3.7.1983, Folhetim.

da ação e do diálogo nele presentes. Contudo, ele é completo em sua articulação. Dizer que se trata de um fragmento parece-nos inadequado. A peça completa-se na ausência em que está inserida. Descreve um momento: o instante em que a personagem é detida pelas perguntas de seu criado, antes de iniciar uma viagem. Estamos na fronteira entre o conhecido, através do que nos é explicitado pelo texto, e o desconhecido, a expectativa de realização da viagem a ser iniciada. O texto espreme-se no ínfimo limite do portão, entre o terreno conhecido e a extensão que se inicia para além dele, entre um aqui e o fora daqui.

E no entanto, apesar da brevidade, sobra tempo para algo assim como um prólogo para os instantes que antecedem a cena diante do portão. "Mandei tirar meu cavalo do estábulo". Com esse relato, somos inseridos como que de assalto dentro da ação do texto. Não se trata de reflexões, nem há lugar para apresentações. O texto abre-se com uma ordem que, com o mesmo impacto com que é relatada, é esvaziada pela oração seguinte: "O criado não me entendeu". Temos diante de nós, nessas duas orações, um narrador senhor: cavalo, estábulo e criado lhe pertencem. Mas o não entendimento do criado à sua ordem traz logo de início para a superfície um traço de fragilidade tão incisivo quanto o de senhor. "Fui pessoalmente ao estábulo, selei o cavalo e montei-o". Nosso frágil senhor só pode contar consigo mesmo. Agora, dispõe de um cavalo e ouve uma trompa soar à distância. Um chamado? Um sinal dirigido especialmente para ele? O texto passa a conter um tom fabular, quase lendário. Ressoam em nós ecos de uma literatura de cavalaria e o texto ganha uma contextualização atemporal. Nós, leitores, ouvimos uma trompa soar à distância. Afinal, é isso que está escrito. E a pergunta do narrador-personagem desperta em nós a mesma curiosidade: que significado tem aquilo? Já não estamos apenas acompanhando as vicissitudes da personagem. Agora, queremos também saber a respeito de um significado que o próprio narrador, na sua pergunta, deixa claro não saber. "[...] perguntei ao criado o que significava aquilo. Ele não sabia de nada, nem tinha ouvido nada". Além de ficar reiterado que o senhor só tem a si próprio, nossa confiança no narrador-personagem reduz-se à medida que o soar da trompa ganha mistério. Pois se a trompa não soou para o criado, então eventualmente não deveria ter soado para nós, leitores. Mas soou para o narrador-personagem. Um chamado à distância e incredulidade em relação a ele, esse é o campo sobre o qual o intrigante do texto assenta-se. E essa idéia de distância e chamado ganha força quando sabemos que o nosso narrador estás prestes a iniciar uma viagem que abarca a vida dele por inteiro, uma viagem tão imensa que ultrapassará sua vida. " 'Para onde está indo o senhor?' 'Não sei' ". É do interior da própria ação narrativa, sem nunca perder seu tom ficcional, que nós, leitores, deparamo-nos com questões que nos são colocadas para além da própria ação do texto. A idéia de um texto de fronteira ganha reforço. Estamos entre a metafísica, a religião e a ficção, e as palavras principais do texto, aquelas que vão circunscrevendo a ação e dirigindo a nossa atenção, ressoam com toda a sua força a partir desse ponto fronteiriço: objetivo e provisões são termos carregados de ressonâncias de sentidos advindos desses campos. " 'Só sei que é para fora daqui, fora daqui. Sempre e sem parar fora daqui – só desse modo posso alcançar meu objetivo' ". A repetição do "fora daqui", aliada ao não saber anterior, permite-nos agora agregar ao nosso frágil senhor os traços de obstinação advindos da imperiosidade que o "fora daqui" assume através de sua reiterada apresentação.

O texto, até o ponto em que estamos, vem sendo construído sobre um modelo pendular, no qual as orações vão oscilando entre uma expressão de vitalidade afirmativa do narrador-personagem e uma desvitalização que, ainda que não chegue a interromper em nenhum momento a ação da personagem, a localiza num terreno de desorientação e incerteza. Nesse terreno, o criado ganha um elemento de confiança justamente por sua condição de criado, por ter o seu horizonte de ação vinculado, ao que parece, apenas à função de servir a esse frágil senhor. Isso realiza-se em suas perguntas sempre ligadas à concretude da ação do narrador-personagem. O narrador, por sua vez, quer determinadamente sair de seus domínios, mas somos levados a desconfiar do domínio que tem de si próprio. " 'O senhor conhece então o objetivo?', ele perguntou. 'Sim', respondi, 'eu já falei: fora daqui é o meu objetivo' ". A essas alturas, as palavras do narrador ganham um grande poder de significação, apesar de perderem a sua precisão. O que é dito é simples: o objetivo é a própria viagem, sair de onde se está sem saber aonde se quer chegar, mas mantendo-se em movimento. O objetivo é fora daqui, e isso parece ser suficiente, mesmo que não se saiba aonde se quer chegar. " 'O senhor não está levando nenhuma provisão', disse ele. 'Não preciso de provisão. A viagem é tão longa que eu posso morrer de fome se não conseguir nada no caminho. Nenhuma provisão pode me salvar' ". Através da pergunta do criado, pensamos em elementos concretos que permitam a realização da viagem – alimentos ou qualquer outro material necessário para a jornada. Mas a resposta do narrador reitera a imprecisão da situação. A viagem é tão longa que nenhuma provisão é suficiente e, portanto, para que qualquer provisão? Agora sabemos que se trata de uma viagem para a qual as verdadeiras provisões devem ser conseguidas lá fora, no caminho. " '[...] Por sorte esta é uma viagem verdadeiramente imensa' ". A imensidão da viagem torna insignificante tudo aquilo que o nosso narrador poderia levar consigo para dar conta dessa jornada. Aqui termina o texto, e a imensidão desse horizonte que se avizinha para o narrador faz com que a vitalidade do mesmo volte fortalecida. O fora daqui ganha a concretude de uma viagem. O além, o lugar de uma realização e da possível existência de uma trompa. O aqui, o limite do criado e do não entendimento. E o próprio texto, narrado no passado, outorga à viagem o lugar de realização a partir do qual o narrador narra. O que nos é contado antecede a partida, mas o tempo da narrativa sugere que a escrita se dá já desde o fora daqui.

"A PREOCUPAÇÃO DO PAI DE FAMÍLIA"*

Alguns dizem que a palavra Odradek deriva do eslavo e com base nisso procuram demonstrar a formação dela. Outros por sua vez entendem que deriva do alemão, tendo sido apenas influenciada pelo eslavo. Mas a incerteza das duas interpretações permite concluir, sem dúvida com justiça, que nenhuma delas procede, sobretudo porque não se pode descobrir através de nenhuma um sentido para a palavra.

Naturalmente ninguém se ocuparia de estudos como esses se de fato não existisse um ser que se chama Odradek. À primeira vista ele tem o aspecto de um carretel de linha achatado e em forma de estrela, e com efeito parece também revestido de fios; de qualquer modo devem ser só pedaços de linha rebentados, velhos, atados uns aos outros, além de emaranhados e de tipo e cor os mais diversos. Não é contudo apenas um carretel, pois do centro da estrela sai uma varetinha e nela se encaixa depois uma outra, em ângulo reto. Com a ajuda desta última vareta de um lado e de um dos raios da estrela do outro, o conjunto é capaz de permanecer em pé como se estivesse sobre duas pernas.

Alguém poderia ficar tentado a acreditar que essa construção teria tido anteriormente alguma forma útil e que agora ela está apenas quebrada. Mas não parece ser este o caso; pelo menos não se encontra nenhum indício nesse sentido; em parte alguma podem ser vistas emendas ou rupturas assinalando algo dessa natureza; o todo na verdade se apresenta sem sentido, mas completo à sua maneira. Aliás não é possível dizer nada mais preciso a esse respeito, já que Odradek é extraordinariamente móvel e não se deixa capturar.

Ele se detém alternadamente no sótão, na escadaria, nos corredores, no vestíbulo. Às vezes fica meses sem ser visto; com certeza

---

* No original, *Die Sorge des Hausvaters*. Escrito provavelmente em abril de 1917 e publicado em *Ein Landarzt: Kleine Erzählungen, op. cit*. Foi também publicado no jornal *Selbstwehr* em 19.12.1919, no número dedicado à festividade de *Hanuhá*. O original em alemão que consultamos encontra-se em *Die Erzählungen und andere ausegewählte Prosa, op. cit.*, p. 343.

mudou-se então para outras casas; depois porém volta infalivelmente à nossa casa. Às vezes, quando se sai pela porta e ele está inclinado sobre o corrimão logo embaixo, tem-se vontade de interpelá-lo. É natural que não se façam perguntas difíceis, mas sim que ele seja tratado – já o seu minúsculo tamanho induz a isso – como uma crian-ça. "Como você se chama?" pergunta-se a ele. "Odradek", ele res-ponde. "E onde você mora?" "Domicílio incerto", diz e ri; mas é um riso como só se pode emitir sem pulmões. Soa talvez como o farfalhar de folhas caídas. Em geral com isso a conversa termina. Aliás mesmo essas respostas nem sempre podem ser obtidas; muitas vezes ele se conserva mudo por muito tempo como a madeira que parece ser.

Inutilmente eu me pergunto o que vai acontecer com ele. Será que pode morrer? Tudo o que morre teve antes uma espécie de meta, um tipo de atividade e nela se desgastou; não é assim com Odradek. Será então que a seu tempo ele ainda irá rolar escada abaixo diantes dos pés dos meus filhos e dos filhos dos meus filhos, arrastando atrás de si os fios do carretel? Evidentemente ele não prejudica ninguém, mas a idéia de que ainda por cima ele deva me sobreviver me é quase dolorosa.

(Tradução de Modesto Carone[10])

Após a leitura do texto, a preocupação do pai de família passa a ser nossa também. Sabemos pouco sobre Odradek e sua configuração nos é estranha. É um texto que cria uma preocupação em nós, e o título outorgado a ele destaca tal intencionalidade. Na Idade Média, costu-mava-se fazer livros que reuniam descrições e histórias de animais reais e imaginários, os Bestiários, textos que se constituíam nas únicas paisagens capazes de serem habitadas por animais tão singulares. Os Bestiários criavam animais e os dotavam de um mundo onde podiam ter uma forma de existência. Odradek com certeza não faria parte des-ses livros, ele assemelha-se mais aos humanos do que aos animais. O que o torna um ser vivo são particularidades provenientes da vida hu-mana: fora ser capaz de permanecer em pé "como se estivesse sobre duas pernas" e ser "extraordinariamente móvel" a ponto de não se deixar capturar, ele passa o que parecem ser longas temporadas em residências humanas e, sobretudo, o que é determinante nessa famili-aridade para com os humanos, Odradek sabe responder seu nome e tem exata noção do lugar em que reside. E mais um detalhe: ele ri, apesar dos pulmões.

Num Bestiário humano, talvez Odradek tivesse lugar, e um bom desenhista não encontraria maiores dificuldades em ilustrá-lo, utilizan-do para tanto os dados apresentados. Porém, classificar Odradek não

---

10. Publicado em F. Kafka, *Um Médico Rural, op. cit.*

auxilia em nada o entendimento desse texto. Que ele tem a ver com os homens, é algo já dado. Esse esforço de classificar, na verdade, já é um aspecto de nossa identificação com o pai de família. Queremos dar um sentido ao que lemos e passamos a fazer uso de um procedimento classificatório. Conseguimos pouco com isso, apenas um desdobramento que aproxima e distancia o nosso texto dos antigos Bestiários.

Uma vez que aproximar a nossa preocupação à do pai de família não parece levar a um bom final na tentativa de dar conta do texto, tentemos nomear a sua preocupação, para desse modo talvez podermos nos desprender desse pai e apreciar quem sabe melhor o texto que nos preocupa.

O que preocupa o nosso pai de família? Certamente, tem a ver com Odradek. E não é propriamente a origem desse. Bem que ele leva em consideração indagações a respeito da procedência do nome, mas diferentemente de "alguns" que pretendem remontar a palavra Odradek ao eslavo e de "outros" que situam sua origem no alemão, o pai de família já abriu mão de determinar a origem de Odradek para poder conhecê-lo mais ou compreendê-lo melhor, ou apenas para poder outorgar-lhe um sentido. Apresentar Odradek como uma peça solta, como um nome desvinculado das línguas do entorno, não é apenas o início do texto, mas o princípio das preocupações do pai de família.

Se fracassa a tentativa de propiciar uma origem a Odradek que o vincule a alguma língua, a preocupação desloca-se para outro aspecto dele. Não a respeito da existência em si de Odradek. "Naturalmente ninguém se ocuparia de estudos como esse se de fato não existisse um ser que se chama Odradek". Esse é um ponto inquestionável, talvez o único que, somado à preocupação do pai, tem existência inegável. Mesmo que a origem da palavra seja desconhecida e a forma desse ser nos seja descrita de um modo que, apesar de contundente, é feito por aproximações que mais circunscrevem o objeto do que o descrevem em si, sua existência é inegável. E essa não é uma preocupação, mas apenas um suporte para a sua expressão. Odradek é. E aí iniciam-se as preocupações. Sua forma final, apesar dos elementos que o compõem serem apresentados como um conjunto de retalhos, pedaços entrelaçados e emaranhados entre si, sustenta-se de pé, equilibra-se de modo perfeito a ponto de poder lhe ser outorgado o atributo de uma extraordinária mobilidade que o torna incapturável.

Desprende-se uma certa admiração pela composição dessa construção e a agilidade final que ela obtém. Mas essa admiração não chega a ganhar um primeiro plano nem traz à cena uma perplexidade maior, e sim apenas uma inquietação em relação a qual deveria ter sido a sua forma original; ou seja, levanta-se uma sugestão de que Odradek possa ser, na sua forma presente, uma quebra, uma fratura de uma forma anterior. Volta-se a querer vinculá-lo a uma origem, dessa vez não no sentido etimológico, mas com o intuito de aparentá-lo a alguma forma anterior cuja utilidade indique algo que já se conhece ou se domina. Porém imediatamente essa sugestão é deixada de lado. Isso, no entanto, é feito sem arranhar ainda mais a fragilidade de Odradek que, apesar de todas as aproximações e relativizações de que é construído, vai sempre se implantando com força maior, através da leitura, em nós. Odradek é, está diante de nós do mesmo modo em que está diante do pai-narrador.

O modo de atuar de Odradek, apesar de ser descrito na extrema condensação de um pequeno parágrafo, também não parece ocupar o lugar central na preocupação do pai de família. Aqui, o tom é de familiaridade. O pai de família convive com Odradek. Ou melhor, Odradek faz parte não apenas da vida do narrador, mas implanta-se na sua própria casa, e não apenas de um modo genérico, mas na concretude dos espaços que nos permitem mapear, através dos seus movimentos, a própria casa. Assim, sabemos, através da mobilidade de Odradek, que a casa possui sótão, escadaria, corredores e vestíbulo. E quando ele se encontra inclinado sobre o corrimão, não apenas fala-se de uma casa, mas algo da coloração familiar que a impregna vem à cena: "Às vezes, quando se sai pela porta e ele está inclinado sobre o corrimão logo embaixo, tem-se vontade de interpelá-lo". Nesse momento, nosso narrador deixa de ser apenas uma voz e, por um instante fugaz, "quando se sai pela porta", o vemos numa ação que o materializa enquanto personagem. E o seu trato com Odradek é carregado de familiaridade, de uma familiaridade em ressonância com a de um pai para com um filho. Isso porque a relação é vertical, tanto por posicionar Odradek "inclinado sobre o corrimão logo embaixo", quanto pela referência a uma criança que advém do "seu minúsculo tamanho" e da demanda de razoabilidade para que não se lhe dirijam perguntas difíceis. De qualquer modo, o que queremos enfatizar é que os hábitos de Odradek, tanto quando na casa do narrador como quando do seu sumiço – "às vezes fica meses sem ser visto" –, também não constituem propriamente a preocupação do pai de família.

É claro que todos esses aspectos que estamos levantando vão construindo a preocupação atrás da qual estamos indo. Mas, até agora, não conseguimos nomeá-la. Ela se mantém um passo além do que até agora vimos. Se Odradek responde as perguntas e isso atiça a nossa curiosidade, incrementando em nós a preocupação pelo que nos está sendo narrado, para o narrador isso é familiar. Pelo menos, esse é o tom com que nos é narrado e isso é tudo o que temos em mãos. O pai-narrador, que é a totalidade dessa narrativa, a plena paternidade do texto, não se surpreende por Odradek falar. Pelo contrário, sabe tão bem do poder de enunciação de que Odradek é capaz que se permite indicar de que forma devem ser feitas as perguntas. Não devemos nos esquecer que é através desse narrador preocupado que Odradek, principiando por ser uma palavra de origem desconhecida, assume uma forma, equilibra-se e ganha o poder da enunciação.

As perguntas formuladas, bem como as respostas obtidas, essas sim nos descolam do narrador. Para ele, é óbvio que Odradek responda, quando perguntado como se chama, "Odradek". E "domicílio incerto", quando perguntado onde mora. Para nós, isso é quase uma cacofonia, um espelho aproximado a outro espelho. Odradek ser Odradek e seu domicílio ser incerto preocupa-nos porque Odradek é ficção, e nossa tentativa é a de vinculá-lo a algo. Porém, a resposta de Odradek é que sua vinculação é apenas consigo próprio, como os fios de que é revestido no seu aspecto de carretel de linha achatado, "como os pedaços de linha rebentados, velhos, atados uns aos outros, além de emaranhados e de tipo e cor os mais diversos", um emaranhado que entrelaça o narrador-personagem e sujeito da enunciação com Odradek-objeto da narrativa. Se Odradek é a preocupação do pai de família e se quase a totalidade do texto é a apresentação de Odradek, então o texto é a preocupação do narrador, uma preocupação posta em funcionamento à maneira desses fios todos que a escritura entretece, atando palavras, orações e frases umas às outras.

A descrição da risada que acompanha a resposta sobre o domicílio incerto, além de colocar em atividade a extraordinária mobilidade de Odradek – suas respostas não permitem que o capturemos, devido à extrema concretude e imediatez com que responde –, afasta-o ligeira porém decisivamente do humano. Tem a ver com os homens mas não com a biologia dos homens. Odradek é escritura, seu riso é feito da mesma substância poética que uma frase, tal como "o farfalhar de folhas caídas" é capaz de emitir. O narrador sabe disso. Nós levamos algum tempo para sabê-lo, se é que estamos conseguindo saber algo sobre esse texto.

"Inutilmente eu me pergunto o que vai acontecer com ele". Assim inicia-se o parágrafo final e aqui sim adentramos uma zona de inquietações manifestas do narrador. "Será que pode morrer?" Eis uma pergunta inquietante. Mas o que confere a ela o tom de inquietação não é a resposta afirmativa, como seria de se supor, e sim a negativa: não, Odradek não pode morrer. "Tudo o que morre teve antes uma espécie de meta, um tipo de atividade e nela se desgastou; não é assim com Odradek". Odradek não se desgasta, ele é o que é. Ele é esse emaranhado de fios bem equilibrado, extraordinariamente ágil e incapturável. Ele é Odradek, a preocupação do pai de família de domicílio incerto. E ele será sempre esse emaranhado de fios bem equilibrado, extraordinariamente ágil e incapturável. Ele será Odradek, a preocupação do pai de família de domicílio incerto. Porém, aqui sim vislumbramos a possibilidade de enunciar a verdadeira preocupação. O modo como ele justifica a impossibilidade de Odradek morrer traz à cena uma preocupação utilitária. A preocupação dele nesse sentido parece ser: para que Odradek? E essa é uma péssima preocupação quando lemos literatura. Não se peça à ficção um para quê. Ou será que queremos ser leitores-pais de família? O para que que o pai-narrador lança transforma Odradek num doloroso sobrevivente. Aos olhos desse pai-narrador, Odradek reduzido a Odradek, ainda que não prejudique ninguém, prejudica por ser apenas Odradek. E a nós, o que resta? Se a preocupação do para que do pai de família não nos serve, e se visávamos no início distanciarmo-nos da preocupação desse pai para dar conta do texto, qual então a pergunta que torna legítima a nossa preocupação e nos aproxima de Odradek, respeitando no entanto o seu atributo de incapturável – coisa difícil de respeitar quando se trata de outorgar significações, sentidos que no fundo visam capturar e conter em seu interior o texto lido, mas que deve ser respeitado à risca se queremos lidar com Odradek? Talvez a melhor pregunta seja: Como? Como é Odradek? Como funciona? Como é apresentado? Como é narrado o que nos é narrado? O texto que lemos pode ser compreendido como versando sobre o texto ficcional, e a preocupação do pai de família pode ser aproximada às preocupações referentes à boa leitura de um texto ficcional. Odradek é uma construção ficcional, à maneira que todo texto ficcional o é. E o narrador incorpora a voz de uma autoridade paterna que visa legitimar o direito à existência, o para que, dessa ficção. O texto problematiza esse ato de legitimização, até porque no fundo talvez não haja nem o que legitimar. De Odradek, o que temos de concreto é apenas essa palavra, duas respostas e um sorriso. Sua forma, como já dizíamos anteriormente, é feita por aproximações; o material que lhe é conferido é apresentado utilizando expressões tais como "à primeira vista [...]", "e com efeito parece também [...]", "de qualquer modo devem ser só [...]" seguido de um contundente "não é contudo apenas um [...]". É pura ficção. Odradek é uma palavra carregada de significações feitas por aproximações que mais induzem do que nomeiam, mais sugerem do que explicam. Odradek é ficção. Então, senhor pai de família, por que a preocupação?

Porém, não nos queixemos desse narrador. Ele é grandioso na sua capacidade de iludir-nos ao fazer-nos, numa primeira leitura, pensar que existe de fato uma distância entre o narrador e o objeto da narrativa. Isso é o essencial desse texto. Porque, ao final, o que podemos dizer é que a preocupação do narrador é com a sua narrativa. É um texto que se debruça sobre si próprio e pergunta-se sobre a sua origem e seu modo de configurar-se. Reconhece-se equilibrado e com forte poder de significação, mas encerrado em si próprio. E esse metadiálogo, esse texto que avança debruçando-se sobre o seu próprio desenrolar, materializa-se na fantasmagoria da descrição de um objeto outro do narrador, dando-lhe um par, um algo a partir do qual pode refletir a respeito de si próprio. É um texto que tem a si próprio como objeto, mas que realiza essa operação como se fosse à distância. Daí o seu impacto em nós. Lido o texto, nunca mais esqueceremos de Odradek. Porque Odradek não é apenas aquilo próximo a um carretel, nem tampouco a preocupação do pai de família. Odradek é ambos. Odradek é a totalidade do texto.

"O SILÊNCIO DAS SEREIAS"*

Prova de que até meios insuficientes – infantis mesmo podem servir à salvação:
Para se defender das sereias, Ulisses tapou os ouvidos com cera e se fez amarrar ao mastro. Naturalmente – e desde sempre – todos os viajantes poderiam ter feito coisa semelhante, exceto aqueles a quem as sereias já atraíam à distância; mas era sabido no mundo inteiro que isso não podia ajudar em nada. O canto das sereias penetrava tudo e a paixão dos seduzidos teria rebentado mais que cadeias e mastro. Ulisses porém não pensou nisso, embora talvez tivesse ouvido coisas a esse respeito. Confiou plenamente no punhado de cera e no molho de correntes e, com alegria inocente, foi ao encontro das sereias levando seus pequenos recursos.
As sereias entretanto têm uma arma ainda mais terrível que o canto: o seu silêncio. Apesar de não ter acontecido isso, é imaginável que alguém tenha escapado ao seu canto; mas do seu silêncio certamente não. Contra o sentimento de ter vencido com as próprias forças e contra a altivez daí resultante – que tudo arrasta consigo – não há na terra o que resista.
E de fato, quando Ulisses chegou, as poderosas cantoras não cantaram, seja porque julgavam que só o silêncio poderia conseguir alguma coisa desse adversário, seja porque o ar de felicidade no rosto de Ulisses – que não pensava em outra coisa a não ser em cera e correntes – as fez esquecer de todo e qualquer canto.
Ulisses no entanto – se é que se pode exprimir assim – não ouviu o seu silêncio, acreditou que elas cantavam e que só ele estava protegido contra o perigo de escutá-las. Por um instante, viu os movimentos dos pescoços, a respiração funda, os olhos cheios de lágrimas, as bocas semi-abertas, mas achou que tudo isso estava relacionado com as árias que soavam inaudíveis em torno dele. Logo, porém, tudo deslizou do seu olhar dirigido para a distância, as sereias literalmente

     * No original, *Das Schweigen der Sirenen*, entitulado por Max Brod. Escrito por volta de novembro de 1917, faz parte do Caderno 8G. O original em alemão que consultamos encontra-se em *Die Erzählungen und andere ausegewählte Prosa*, op. cit., p. 351.

*desapareceram diante da sua determinação, e quando ele estava no
ponto mais próximo delas, já não as levava em conta.*

*Mas elas – mais belas do que nunca – esticaram o corpo e se
contorceram, deixaram o cabelo horripilante voar livre no vento e
distenderam as garras sobre os rochedos. Já não queriam seduzir,
desejavam apenas capturar, o mais longamente possível, o brilho do
grande par de olhos de Ulisses.*

*Se as sereias tivessem consciência, teriam sido então aniquila-
das. Mas permaneceram assim e só Ulisses escapou delas.*

*De resto, chegou até nós mais um apêndice. Diz-se que Ulisses
era tão astucioso, uma raposa tão ladina, que mesmo a deusa do destino não conseguia devassar seu íntimo. Talvez ele tivesse realmente
percebido – embora isso não possa ser captado pela razão humana –
que as sereias haviam silenciado e se opôs a elas e aos deuses usando
como escudo o jogo de aparências acima descrito.*

(Tradução de Modesto Carone[11])

Conhecemos o texto original sobre o qual Kafka opera. Trata-se
de uma passagem do Canto XII da *Odisséia*, de Homero[12]. E para
apreciarmos melhor o texto de Kafka, devemos começar por relembrar
o original, o material com que Kafka trabalha. Porque, sem uma visita
inicial ao Canto XII, de nada valeria dizer que o texto de Kafka é uma
releitura dessa passagem. Isso é óbvio, e assim colocado não significa
nada. Precisamos então apresentar essa passagem do Canto XII e ver
como, nesse texto, Ulisses, sereias, cera e correntes interagem. Temos
certeza de que parte da riqueza do texto de Kafka deve-se à reorganização que ele faz da interação entre os elementos originais.

Ulisses está na ilha de Eéia, "onde se encontram a casa de Aurora,
filha da manhã, suas cirandas e o nascer do sol". Ele e sua tripulação
realizam as honras funerárias do falecido Elpenor, cujo corpo foram
buscar na casa de Circe. Ulisses vinha de regresso do Hades e toma as
medidas necessárias para que Circe se inteire disso. "– Homens formi-
dáveis sois vós, que descestes vivos à mansão de Hades e assim tereis
duas mortes, quando os demais morrem apenas uma vez", diz Circe
enquanto lhes oferece um banquete de carne abundante e vinho suave.
Ela pede-lhes que fiquem um dia inteiro e propõe-se a indicar-lhes a rota
a seguir, "esclarecendo todas as minúcias, a fim de que nenhuma trama
funesta no mar ou em terra vos faça sofrer com tribulações". Enquanto
a tripulação descansa junto às amarras do barco, Circe leva pela mão
Ulisses a um lugar reservado. Estirada ao seu lado, o interroga sobre tudo
e ele lhe narra todos os fatos. Então, a augusta Circe diz textualmente:

11. Publicado na *Folha de S. Paulo*, 6.5.1984, Folhetim.
12. Homero, *Odisséia*, São Paulo, Cultrix.

"– Assim, pois, tudo isso já se passou. Agora, escuta; o que te vou dizer um deus mesmo te fará lembrar. Primeiro, encontrarás as duas Sereias; elas fascinam todos os homens que se aproximam. Se alguém, por ignorância, se avizinha e escuta a voz das Sereias, adeus regresso! Não tornará a ver a esposa e os filhos inocentes sentados alegres a seu lado porque, com seu canto melodioso, elas o fascinam, sentadas na campina, em meio a montões de ossos de corpos em decomposição, cobertos de peles amarfanhadas. Toca para diante; amassa cera doce de mel e veda os ouvidos de teus tripulantes para que mais ninguém as ouça. Se tu próprio as quiseres ouvir, que eles te amarrem de pés e mãos, de pé no mastro do barco veloz, e que as pontas das cordas pendam fora de teu alcance, para te deleitares ouvindo o canto das Sereias; se insistires com teus companheiros para te soltarem, que eles te prendam com laços ainda mais numerosos". Circe continua sua fala relatando a Ulisses os perigos que o esperam a seguir, em sua viagem à ilha Trinácia, uma vez superado o episódio com as Sereias. Assim ela falou até a chegada da Aurora "de trono de ouro". E enquanto a augusta deusa parte para o interior da ilha, Ulisses dirige-se para o barco e acorda seus companheiros para prontamente prepararem a embarcação. Enquanto vento e piloto dirigem o barco, Ulisses relata aos seus companheiros o que da voz de Circe escutou: "[...] Vou contar-lhes, para que, cientes do perigo, ou morramos ou nos protejamos da morte e escapemos ao fado. Ela nos recomenda, em primeiro lugar, que nos defendamos do canto das maravilhosas Sereias e de seu florido vergel. Aconselhou que só eu lhes ouvisse a voz; por isso, amarrai-me de pé sobre o mastro, com rudes laços, para que eu daqui não saia, e pendam fora de meu alcance as pontas das cordas. Se eu insistir convosco para que me solteis, apertai-me, então, em laços mais numerosos". Enquanto Ulisses assim explica, "o bem construído barco avança rápido rumo à ilha das Sereias". De repente, segue-se uma calma sem ventos. Ouçamos o próprio Ulisses:

"Entrementes, eu, com meu afiado bronze, cortei em pequenos pedaços um grande pão de cera e pisei-os com minhas robustas mãos; logo se aqueceu a cera e amoleceu com a grande força e com o calor de Hélio soberano, filho de Hipérion; eles ataram-me de mãos e pés, de pé no mastro, suspenderam fora de meu alcance as pontas das cordas e, sentados, feriram com os remos o mar cinzento.

Estávamos à distância de um grito, avançando rapidamente, quando elas perceberam o ligeiro barco singrando perto e ergueram um canto maravilhoso:

– Dirige-te para cá, decantado Ulisses, grande glória dos aqueus; detém o teu barco para ouvir-nos cantar. Até hoje ninguém passou vogando além daqui, sem antes ouvir a doce voz de nossos lábios e quem a ouviu partiu deleitado e mais sábio. Nós sabemos, com efeito, tudo quanto os argivos e troianos sofreram na extensa Tróia pela vontade dos deuses e sabemos tudo quanto se passa na terra fecunda. Assim diziam, entoando um belo cantar. Meu coração desejava escutá-las; eu pedia aos companheiros que me soltassem, acenando-lhes com os sobrolhos; eles, porém, acurvando-se, remavam. Súbito, Perimedes e Euríloco levantaram-se e prenderam-me com laços mais numerosos e apertados. Quando, afinal, eles tinham passado além das Sereias e já não ouvíamos a sua voz e o seu canto, sem demora meus leais companheiros retiraram a cera com que eu lhes vedara os ouvidos e soltaram-me dos laços".

Até aqui, a passagem da Odisséia. Essa passagem penetrou fundo na mente do Ocidente, tornando-se parte de seu arquivo onírico, sob a forma condensada da sentença de amplo teor e entendimento, "canto de sereias". Sua brevidade e esse foco de luz nítido lançado sobre o conflito entre o homem e as forças míticas, bem como a simplicidade e contundência das soluções encontradas, auxiliaram a transformar essa passagem num emblema da possibilidade de superação das forças que condicionam o destino do homem se este fizer uso de sua astúcia racional. Acorrentando Ulisses e ensurdecendo a tripulação com cera, essa passagem inclui-se na coleção das diversas narrativas que acabaram por ser assimiladas como ensinamentos sobre a necessidade de se exercer um controle sobre si próprio para, dessa forma, sobrepor-se ao limite externo – em nosso caso, a implacável ação das forças míticas. Ulisses deve acorrentar-se para poder escutar literalmente quieto, e a sua tripulação deve ensurdecer-se para permanecer em atividade. Assim a embarcação continua a viagem, outorgando a todos o privilégio de ter podido superar o terrível e melodioso canto e a Ulisses, o líder da embarcação, a oportunidade de maravilhar-se escutando esse canto e ainda assim permanecer.

Contudo, não esqueçamos que a ardilosa solução encontrada não provém do próprio Ulisses. Ele é capaz de superar as forças míticas porque escuta a voz mítica que lhe aconselha. Sua astúcia não provém de si próprio, a sabedoria tem origem em Circe. O que Ulisses sabe é como aproximar favoravelmente Circe de si, e isso só não é suficiente. Ulisses precisa da lealdade de seus companheiros. Na hora de seu maravilhamento, são eles que deverão redobrar as amarras, apesar do anseio de Ulisses em contrário, motivado por um estado de total fascínio. No Canto XII, Ulisses vincula os homens às forças míticas de um modo que permite à embarcação como um todo dar conta dessas forças. Mas não só: ele não representa apenas uma forma de vinculação propícia que põe em movimento a ação dos deuses a favor das viagens do homem. Ulisses não é símbolo nem emblema. No texto, ele é uma personagem dotada de intencionalidade própria, é um sujeito que não está sozinho e que, para ser bem-sucedido precisa, como dizíamos, dos favores dos deuses e da lealdade de seus companheiros. E são esses aspectos, favor e lealdade, os principais responsáveis por Ulisses atravessar o canto das Sereias.

Kafka, em seu texto, re-dinamiza essa antiga imagem e transforma Ulisses. O Ulisses de Kafka não é mais o Ulisses de Homero. O texto de Kafka é uma prova, um exercício de argumentação e um testemunho de que, ao final das contas, salvar-se não é difícil. Sua versão dessa passagem do Canto XII funciona à maneira de argumentos em favor dessa tese. Ou seja, Kafka pega o original a partir da tradição de leitura mais freqüentemente realizada, a de ser uma ilustração da necessidade de dar conta de si para permanecer – na linguagem de Kafka, para salvar-se. Kafka faz dessa moral da história, desse *a posteriori*, um *a priori*, e é de dentro dessa leitura já consagrada pelo Ocidente que ele reorganiza a história inicial, levando à inutilidade a tradição das leituras realizadas. Através de Ulisses, aprendemos um modo de não ceder ao canto das sereias. Achávamos essa uma grande descoberta. É a partir do vértice dessa leitura que Kafka retoma Ulisses envolvido no episódio das sereias. Só que a consagração dessa leitura significa também uma banalização dela, e o texto de Kafka, justamente por se colocar como uma decorrência dessa leitura, a arranha: todos podem se salvar, mesmo através de meios insuficientes, infantis.

Esclareçamos melhor o que vimos dizendo: a passagem do Canto XII tornou-se um emblema da superação das concepções míticas pelo homem. Kafka, partindo do lugar-comum dessa idéia, aponta para uma não verdadeira superação da concepção mítica e, sim, para um deslocamento no qual a certeza que Ulisses tem da sua capacidade de superar cantos de sereias, ainda que talvez derrote sereias, transforma-se ela própria numa nova sereia que detém Ulisses. O narrador no texto de Kafka é uma voz crítica dessa leitura que faz Ulisses superior às sereias. Por isso, o texto traz à cena uma argumentação estranha, que aniquila e revigora as sereias ao mesmo tempo, enquanto Ulisses tem no triunfo o sinal de sua derrota.

Kafka inicia colocando em pauta o argumento principal: a salvação está ao alcance de todos, porque não exige muito. Para provar essa tese, ele apresenta um Ulisses que, para se defender das sereias, tapa os ouvidos com cera e se faz amarrar ao mastro. Esse Ulisses é apresentado solitariamente, mas principalmente surdo. O sarcasmo dessa imagem é brutal. A intenção do narrador é a de desmascarar a ação desse Ulisses diante das sereias, ou sua atribuída vitória diante dessas representantes do universo mítico. A forma de argumentação escolhida quer ser a mais objetiva possível: o texto organiza-se à maneira de um procedimento que visa estabelecer um conhecimento válido, quer ser uma prova, uma forma de enunciar um conhecimento de modo diferente daquele proveniente do universo mítico. Esse modo lógico de construção do texto, que pretende dar à idéia apresentada um valor de verdade e cuida de que os enunciados apresentados derivem-se logicamente uns dos outros, já por si próprio coloca em confronto aberto o mito e a razão – pretende-se uma demonstração racional e propõe-se um rigor em relação às conseqüências das idéias apresentadas. Trata o mito com a razão. Para quê? Não para compreendê-lo melhor, nem propriamente para esclarecê-lo, mas para re-mitificá-lo. Esse quase silogismo chega ao extremo de inverter as polaridades, transformando o seduzido em sedutor, Ulisses em sereia, e as sedutoras sereias em seduzidas. E nessa radicalidade alcançada através de um uso lógico do discurso, o procedimento utilizado por Ulisses transforma-se na expressão de uma arrogância infantil, arrogância essa que, por sua vez, é a vivência da superação das sereias.

As sereias colocam um paradoxo para Ulisses: seu canto fascina e aniquila. Sem escutá-las, não se as supera propriamente. Quem não ouviu uma sereia, nunca a enfrentou. O Ulisses de Kafka quer escutá-las indo ao seu encontro surdo, e é exatamente essa incongruência que abre espaço para a possibilidade de construção de um canto de sereias silenciado. Ulisses não escuta e as sereias não cantam. No entanto, dentro da lógica de mais essa inversão, mantém-se a tensão, porque o que permanece em jogo é a questão do fascínio, do encantamento, porém deslocado: o que encanta não é mais o canto e, sim, a astúcia com que se pretende superá-lo. E é essa astúcia que, ao mesmo tempo, silencia as sereias e substitui o seu canto por um novo canto que arrasta Ulisses consigo. "Contra o sentimento de ter vencido com as próprias forças e contra a altivez daí resultante – que tudo arrasta consigo – não há na terra o que resista". Esse sentimento de altivez, essa descrição da arrogância a que anteriormente nos referíamos, esse resultado proveniente do silêncio das sereias, constitui-se em seu novo canto, diante do qual Ulisses soçobra sem saber que soçobrou, do mesmo modo como acreditou ter ouvido o canto que elas não cantaram, deixando de ouvir o silêncio delas. A ironia dessa verdadeira comédia de enganos atinge o seu clímax na descrição do fascínio e perplexidade com que as sereias testemunham o agir desse Ulisses. Elas não querem mais seduzir, esqueceram. "Se as sereias tivessem consciência, teriam sido então aniquiladas". Ulisses, o sereio, as faria soçobrar. "Mas permaneceram assim e só Ulisses escapou delas". As sereias sustentam-se, porém Ulisses, o que escapou, escapou mesmo? Ele escutou uma ilusão e ficou encerrado no maravilhamento admirado de uma vivência delirante.

O último parágrafo do texto – um apêndice, no dizer do narrador – é um arremate final, mais um desdobramento da argumentação que vinha sendo entretecida, dessa vez transformando a história toda numa farsa: Ulisses sabe que as sereias silenciaram porém, num jogo de aparências, realiza toda a sua ação para opor-se a elas e aos deuses. Esse final, que explicita um Ulisses astucioso, "uma raposa tão ladina, que mesmo a deusa do destino não conseguia devassar seu íntimo", permite-nos que dirijamos o nosso olhar para a ação do narrador. Ele é tão astucioso quanto o Ulisses que nos apresenta. Seu raciocínio estabelece um campo propício para as alterações dos sentidos mais comuns referentes a Ulisses e às sereias. Seu agir coloca às avessas as significações das principais ações que atravessam o texto. E assim o faz levando seriamente em consideração a força do canto das sereias. "O canto das sereias penetrava tudo e a paixão dos seduzidos teria rebentado mais que cadeias e mastro". Essa ação do canto, apresentada no texto à maneira de um verdadeiro axioma, define e organiza a construção textual, servindo de eixo de referência para o completo revirar de significações que é operado ao seu redor. É o imbatível canto das sereias que o narrador, no deslocamento de sentidos que realiza, põe em evidência. A lógica de sua construção também nos seduz. E sua voz encanta-nos pela astúcia persuasiva com que opera. E, então, escutamos sereias ao darmos ouvidos a esse narrador?

A pergunta nos parece adequada, uma vez que a questão central desse texto é, ao nosso ver, a de quais são os elementos que dão legitimidade a essa voz narrativa, conferindo-lhe autoridade para promover tamanha inversão no interior do texto. Se o texto organiza-se à maneira de uma prova, de um enunciado que procede em perfeita conexão para descobrir o que consegue mediante o uso de premissas estabelecidas, opera assim para adquirir legitimidade. O rigor presente na forma em que é desenvolvido o texto outorga a ele essa credibilidade necessária. Essa é a astúcia do narrador. Suas conclusões derivam estritamente das premissas colocadas. Se o canto das sereias é intransponível, segue-se então que não há Ulisses na terra que o transponha. E se ocorreu uma transposição, então há um engano.

O que nos resta ver agora é se de fato podemos assemelhar a astúcia do narrador à astúcia do Ulisses apresentado. Parece-nos que não. Ulisses engana-se e quer enganar. Pelo menos, é isso que o narrador nos leva a concluir. Somos tocados pelo impacto persuasivo de sua demonstração. Enquanto um tapa-se com cera, o outro a retira, mesmo que para efetuar essa ação precise ensurdecer Ulisses no início do texto. "Para se defender das sereias, Ulisses tapou os ouvidos com cera e se fez amarrar ao mastro". Esse texto, verdadeiro exercício de des-obturação, funda-se num encher de cera o próprio ouvido de Ulisses. Portanto, se existe uma astúcia enganadora ao pôr cera no ouvido de Ulisses a fim de destacar a pobreza dos seus recursos, por outro lado a ação do narrador pretende ir ao encontro da enunciação de uma verdade – se pensarmos na forma escolhida para a apresentação do texto, uma prova –, ou de uma resignificação operada no interior da passagem do Canto XII que a redinamiza ao deslocar nossa atenção: as leituras consagradas, como diria Kafka, não pensavam em outra coisa a não ser cera e correntes, esquecendo de todo e qualquer canto. Kafka relembra o canto e, então, cera e correntes saem arranhadas.

2. Kafka: Apontado pelos Textos

Cabe-nos agora integrar o conjunto de leituras a partir do reconhecimento de mecanismos ou modos de articulação que estejam presentes nos textos trabalhados. Admitamos uma primeira constatação que é, em si, um entrave para o que deve ser realizado, mas também já uma característica importante: os textos, quando observados no conjunto, adquirem, cada um deles, uma singularidade bem demarcada. Inadvertidamente, ao nosso ver, alguns críticos afirmam que Kafka seria um autor eficaz, porém restrito a um modo de operar específico. Não é isso o que vemos. Cada um dos textos que analisamos apresenta uma fisionomia que lhe é própria, resultante do material temático mobilizado, da tonalidade com que esse material é tratado e da modelagem que lhe é oferecida. Kafka demonstra uma enorme versatilidade nos exercícios textuais que realiza, ao ponto de dificultar a síntese no exercício crítico. Pegue-se, por exemplo, três textos seus de maior fôlego: *América*[1], *O Processo*[2] e *A Construção*[3]. São três universos textuais tão completamente diferentes entre si, que tentar aparentá-los por um ou outro elemento de vinculação reduz em muito as proprie-

1. F. Kafka, *América*, Madrid, Alianza Editorial, 1971. Tradução de D. J. Vogelmann.

2. F. Kafka, *O Processo*, São Paulo, Brasiliense, 1989. Tradução de Modesto Carone.

3. F. Kafka, *Um Artista da Fome* e *A Construção*, São Paulo, Brasiliense, 1984. Tradução de Modesto Carone.

dades de cada um. A voz reflexiva que ocupa por inteiro *A Constru-ção* não tem nada a ver com o modo como se constrói a narrativa na novela *América*, que por sua vez desconhece a singularidade do narrador de *O Processo*. Nos breves textos que analisamos, talvez as fronteiras entre os temas tratados não sejam tão demarcadas assim. Porém, não devemos perder de vista que estamos diante de uma vasta pluralidade de formas textuais: uma narrativa que executa a forma aforística em "A Próxima Aldeia", ressonâncias de uma literatura de cavalaria com tom lendário em "A Partida", uma prova construída por proposições que se deduzem umas das outras a partir de um axioma inicial em "O Silêncio das Sereias", uma narrativa irônica em "Desis-ta!". Cada um desses textos, bem como os demais, guarda uma intencionalidade própria e constitui-se num exercício único de escri-tura. Lidaremos com eles, seguindo a orientação do Prof. Jacó Guinsburg, de forma constelar, sabendo que se trata de singularidades que guardam posições relativas no conjunto e possibilitam estabele-cer assim uma incursão parcial na ampla região da escrita kafkiana.

Kafka é um autor que faz da escrita uma séria experimentação. A escrita não é apenas um meio para a expressão de uma idéia ou con-cepção que esteja fora do terreno da escritura. Ainda que o dominante na operação textual desse autor se dê no campo dos significados, ao ponto do impacto da leitura de seus textos despertar em nós principal-mente uma premência de compreender o sentido do que está sendo dito, esse destaque outorgado ao conteúdo expresso tem, na forma ex-pressiva particular assumida, a fonte de sua eficácia. Se Kafka é um magistral escritor, é exatamente por esse motivo. É porque, nele, for-ma e conteúdo imbricam-se de tal maneira, potencializando-se mutua-mente num interjogo tão complexo, que ambos vêm a constituir uma forte unidade indissociável. Não queremos ser mal-entendidos, não pretendemos apresentar Kafka como um esteta cuja preocupação maior fosse com a forma estilística. Dirigir nossa atenção apenas à forma textual seria solapar a urgente demanda de entendimento que o texto traz à cena, de posicionamento ativo frente a este, desviando-nos do impacto do que nos é dito e correndo o risco de pôr um véu sobre a intencionalidade textual. Esses textos, bem como toda a obra de Kafka, querem que o leitor preocupe-se com o significado, querem que nós ousemos sempre dizer o que significa tudo isso que nos é contado: o que quer dizer que alguém acorde um dia transformado num gigantes-co inseto? Por que Joseph K. é sentenciado à morte ao final de *O Pro-cesso*, tendo uma faca cravada em seu coração diante de uma janela que, como uma luz que tremula, abre as suas folhas de par em par, deixando surgir à distância e à altura uma pessoa que desperta uma série de nove perguntas, como que querendo congestionar intencional-mente o final da novela com um ponto de interrogação e deixando que este, na forma de múltiplas perguntas, paire firmemente por sobre todo o território textual? Mesmo dos oito textos por nós lidos, cinco, apesar de sua brevidade, contêm interrogações, perguntas que, mais do que serem um recurso para o desenrolar textual, constituem-se em efetivas propostas problematizadoras que exacerbam o campo de indagações. Se a crítica, no transcorrer dos anos, saturou de tentativas de respostas o transparente enigma da obra de Kafka, isto em si não constitui um equívoco. A leitura de Kafka é um exercício hermenêutico. Não ousar preencher as perguntas lançadas com um posicionamento pessoal, através da ainda que frágil tentativa de balbuciar algumas respostas, seria apenas intelectualizar a leitura, sem ter que se haver de frente com as demandas de respostas que o texto emite. E esse movimento de preocupação primordial com a forma do texto, também ele seria uma tentativa de domesticação dos textos kafkianos. Isso quer dizer que não podemos nos furtar a perguntarmo-nos sobre Odradek em "A Preocupação do Pai de Família", tornando-o também nossa preocupação; sobre o significado literal do dito do avô em "A Próxima Aldeia"; de por que um homem-ponte aguarda esticado em alturas intransitáveis pela chegada de um ser humano em "A Ponte"; e por que cinco amigos não toleram que um sexto se imiscua entre eles, em "Comunidade".

Kafka demanda termos que nos haver com as questões essenciais de nossa vida. São as coordenadas maiores de referência do nosso existir que são tocadas através da leitura de seus textos: nossa vida familiar e nossa vida de trabalho, a dinâmica do poder na vida organizada e sua potencialidade totalitária sempre prestes a irromper, nosso insulamento interno e o difícil diálogo que estabelecemos com os demais homens, tão sujeito ao equívoco, nosso ceticismo ou nossa crença. Seus escritos, não esqueçamos, fazem vibrar e questionam toda essa área de referências, ao pôr em cena, problematizando, essas questões e outras adjacentes, na forma poético-ficcional. Porém, querer imediatamente após a leitura refletir sobre essas questões todas que dizem respeito à vida dos homens far-nos-ia deixar de lado os textos, mergulhando em questões vitais, é verdade, para as quais Kafka parece estar apontando. O erro seria que, nesse movimento, estaríamos abandonando o território organizado por Kafka, perdendo de vista o modo como esse autor singulariza, num arranjo pessoal, um modo de tratar todas essas questões. Sairíamos do campo da literatura para adentrarmos um território estranho e indiferente ao texto poético-ficcional. Se soubermos ficar no campo da literatura propriamente dita, se fixarmos nosso olhar nos textos de Kafka com que estamos operando, todas essas indagações, todas essas coordenadas existenciais e sociopolíticas que admitimos que Kafka remete a pensar, terão a sua vez de serem abordadas, pois é da natureza do texto ficcional, da sua eficácia, poder conter dentro de si o intricado mundo dos homens e todas as suas possibilidades de significação, da mesma maneira como um espelho acolhe por inteiro a imagem do que se coloca diante dele. E o texto kafkiano é um espelho translúcido que deixa surgir uma cena propícia para a observação de nossa contemporaneidade, cena na qual essas coordenadas existenciais são atualizadas, possibilitando aquilo que Harold Bloom, ao falar de Shakespeare, denominou de reinvenção do homem.

Num magnífico texto de Maurice Blanchot, "A Ponte de Madeira"[4], um comentário a partir dos comentários de Marthe Robert expostos no livro *L'Ancien et le Nouveau; de Don Quichotte à Franz Kafka*, sobre a dinâmica dos comentários na atividade literária em geral e seu papel de destaque na obra de Kafka, em particular na novela *O Castelo* que, como ele diz, "não está constituída por uma série de acontecimentos ou de peripécias mais ou menos ligadas, mas por uma sucessão cada vez mais relaxada de versões exegéticas que, ao final, somente tratam da possibilidade mesma da exegese: a possibilidade de escrever (e de interpretar) *O Castelo*", o autor, numa longa nota de rodapé, problematiza todos os antecedentes dessa novela, "todos os livros aos quais remete". Encontra, graças às indicações de Max Brod, uma novela intitulada *A Avó*, escrita pela novelista checa Bozena Nemcova, que teria encantado Kafka na adolescência e que narra as difíceis relações do Castelo com a aldeia que se mantém sob a dependência deste. Após apresentar os elementos da trama com os quais a novela de Kafka guarda familiaridade, Blanchot destaca a diferença:

> se K., tal como a avó, pertencesse à aldeia, seu papel seria claro, sua personagem transparente, fosse rebelde, decidido a pôr fim às injustiças da classe alta, fosse homem de salvação, destinado a pôr simbolicamente à prova a distância infinita entre a terra e o céu. Porém, K. provém de um terceiro mundo, é uma duplicação e triplicação estranha, estranho à estranheza do castelo, estranho à da aldeia e estranho a si próprio, dado que, de um modo incompreensível, decide romper com sua própria familiaridade, como que atraído por aquelas paragens que, no entanto, eram carentes de atratĩvos, por uma exigência que não pode explicar.

Nesse ponto, na mesma nota de rodapé, o autor afirma que "a partir dessa perspectiva, estaríamos tentados a dizer que todo o sentido do livro é transmitido já pelo primeiro parágrafo, transmitido pela *ponte de madeira* que conduz do caminho principal à aldeia e sobre a qual 'K. permaneceu um longo instante, com o olhar erguido para o aparente vazio'" (p. 258).

O modo como Blanchot opera transforma essa cena sobre a ponte de madeira numa poderosa introdução à novela *O Castelo*. Entre o caminho principal e a aldeia, estende-se uma ponte de madeira e, sobre essa ponte, o olhar de uma personagem deslocada de si, do caminho e da aldeia. E as tentativas de vincular o caminho principal à al-

---

4. Em M. Blanchot, *De Kafka a Kafka*, Mexico, Ed. Fondo de Cultura Economica, 1991.

deia, de estabelecer uma ponte entre um ponto e outro numa paisagem envolvida por brumas, névoa, escuridão e neve – "Já era de noite quando K. chegou. A aldeia jazia afundada na neve. Nada se via da colina; bruma e névoa rodeavam-na; nem o mais débil resplendor revelava o grande castelo. K. permaneceu um longo instante, com o olhar erguido para o aparente vazio"[5] – outorgam, mais do que um sentido, um possível modelo de aproximação e de experiência de leitura da escritura de Kafka. Em sua obra, encontramos em reiteradas variações a mesma situação presente nesse primeiro parágrafo. Nele, nos é apresentada uma personagem, uma aldeia e o castelo. Porém, da personagem temos apenas uma frágil letra inicial, um nome por se constituir, mas que sabemos tratar-se-á de um condensado de estranhezas, um estado de fratura com sua familiaridade e em intensa negociação com o meio para vir a reconstruir uma familiaridade. Da aldeia, destaca-se apenas a neve que a encobre, da mesma maneira como, do castelo, o resplendor que não está presente. Tudo é vago e por ser construído, com exceção da noite, da bruma, da névoa, do não resplendor do castelo e da ponte de madeira desde onde se ergue um olhar para o aparente vazio. Essa ponte compreendida mais como espaço de vinculação do que lugar de passagem é significativa e quem sabe possamos utilizá-la como lugar de encontro do conteúdo e da forma da escritura de Kafka. Não pela ponte em si, mas pelo significado que esse lugar confere ao olhar que sobre ele opera. É no aparente vazio que se descortina que esse olhar transmudado em escritura tentará, através da configuração do castelo e da aldeia, significar as relações que se estabelecem entre estes e estabelecer seu lugar de vinculação na aldeia e em relação ao castelo.

Se, aceitando a sugestão de Blanchot, chegamos à ponte de madeira do início da novela *O Castelo*, é porque parece-nos vir a ser profícuo estabelecer nesse lugar um ponto de observação preliminar dos elementos que operam no interior das análises que realizamos quando das leituras dos textos selecionados. Por ponto de observação, não queremos dar a entender um espaço privilegiado exterior que permitiria uma observação mais apurada dos espaços textuais por nós já trabalhados. A ponte de madeira, reiteramos, não é um lugar, nem queremos utilizá-la como uma figuração, mas, sim, como uma intenção que pressupõe planos a serem vinculados, margens separadas e uma atividade de trânsito, ligação, contato e comunicação, e também de saída e transição. Observar daqui significa reler nossas leituras em ressonância com essa intencionalidade que nos parece estar presente no interior dos textos com que trabalhamos.

---

5. Tradução nossa para o português a partir da versão espanhola: F. Kafka, *El Castillo*, Madrid, Alianza Editorial, 1972.

Alguns desses textos têm como tema o deslocamento de uma personagem. Em "Desista!", a personagem, andando pela cidade, perde o caminho. Em "Uma Mensagem Imperial", um mensageiro põe-se em marcha para fazer chegar uma mensagem. Em "A Partida", a personagem está na iminência de dar o fora daqui. Em todos esses relatos, são exatamente essas explicitações de movimento, miniaturas de grandes jornadas, que conferem a esses textos um parentesco com o gênero épico. Mesmo no mais breve deles, "A Próxima Aldeia", nos é apresentada, na forma de lembrança, constituída portanto em fato memorável, uma atividade extraordinária, que demanda da personagem envolvida um esforço fora do comum. Mas não é propriamente a ação narrada que pode ser aparentada ao gênero épico. Que épica pode ser construída numa cavalgada à próxima aldeia ou na andança à procura de uma rua na cidade? Essas, de fato, podem ser atividades rotineiras, descrições fragmentárias de aspectos do cotidiano. Porém, a próxima aldeia, o caminho para a estação ferroviária, o fora daqui, o "você" a quem deve chegar a mensagem – a outra margem, a meta cuja possibilidade de ser ou não alcançada constitui-se no tema central dos textos –, nos são apresentados numa fração espaço-temporal tão distante, que chegar ou não a eles é um fato épico, uma ação incomum, porém, aqui, sem heróis.

Nesses textos em que a atividade central manifesta é o deslocamento de uma personagem, o seu ir – "A Próxima Aldeia", "A Partida", "Desista!" – ou seu vir – "Uma Mensagem Imperial" – de um lugar para o outro, o elemento que problematiza e confere a densidade peculiar à jornada que nos é narrada não advém propriamente da atividade descrita, mas do modo como as frases articulam e organizam o que é narrado, criando um interjogo ambíguo, uma tensão entre distância e proximidade.

Numa linguagem transparente, em que o que nos é dito, cada uma das palavras, significa sem ambiguidade e, numa primeira leitura, com um grau baixo de polissemia, o conjunto textual no seu todo, no entanto, atinge um nível tão elevado de significação aberta que chega quase a adquirir o caráter de uma charada. E se isso ocorre como estamos indicando, não é porque as palavras utilizadas têm sua possibilidade de nomear fragilizada. A palavra, nos textos que trabalhamos, é utilizada de modo preciso, possibilitando, no ato da leitura, um entendimento imediato. Uma ressalva ao que estamos dizendo pode provir do texto "A Partida", em que, no diálogo que se estabelece entre o senhor e o criado, este perguntando e aquele respondendo – "Para onde está indo, senhor? Não sei [...] O senhor conhece então o objetivo? Sim [...] Fora daqui é o meu objetivo. O senhor não está levando nenhuma provisão [...] Não preciso de provisão. A viagem é tão longa [...]" –, as palavras ganham um grande poder de significação, perdendo a sua precisão e implantando esse diálogo num terreno fronteiriço que aponta indiscriminadamente para a metafísica, a religião e a ficção. Porém, nos demais textos, as palavras são precisas, a escrita progride num contínuo, sem quebras aparentes e, no entanto, somos conduzidos a uma vivência de estranheza, ambigüidade e paradoxo, enredados num texto ramalhudo, como são os cabelos desse homem-ponte em "A Ponte", que tem os seus pensamentos a dar voltas numa confusão, ou emaranhados nesse conjunto incapturável de retalhos, pedaços entrelaçados de extraordinária mobilidade que é Odradek.

Como nessa escrita tão contínua e precisa, nessa ágil e firme progressão de sentenças, desembocamos no inquietante e intrigante resultado de uma leitura que fica em aberto, em suspensão, demandando de nós um posicionamento diante de um texto que nos acena com desafio, ao abrir-se quando na verdade deveria fechar-se?

Talvez um bom início de resposta possível a essa indagação seja apontar para o fato de que Kafka, nesses textos, opera criando planos que se relacionam de forma intricada, sem que nunca um se reduza ao outro. Mesmo no menor dos fragmentos, nesse quase aforismo que é "A Próxima Aldeia", o texto é um interjogo de planos posicionados em frações espaço-temporais diferentes, que tornam complexa e problematizam a trama que nos é narrada. Kafka trabalha com esses diferentes planos sem uma quebra, à primeira vista, no interior da totalidade do texto. Numa primeira leitura, os planos parecem estar apresentados numa mesma linha do suceder textual. Mas a minuciosa operação que Kafka realiza, no interior das frases, com o tempo verbal das palavras que utiliza, promove uma descontinuidade no fluxo temporal. Jean Pouillon, em *O Tempo no Romance*[6], mostra que o tempo verbal nas narrativas não apenas exprime as relações temporais, mas também uma relação de posição entre o que está sendo contado e aquele que conta e, portanto, conosco, leitores. Assim, ele mostra que a utilização do imperfeito torna possível apresentar a ação como um espetáculo.

> Não se trata de um sentido temporal, mas, por assim dizer, de um sentido espacial; ele nos distancia do que estamos olhando. Não quer isto dizer que a ação esteja passada, pois o que se pretende é, pelo contrário, fazer-nos assistir à mesma: significa que ela está diante de nós, à distância, sendo justamente por isto que podemos presenciá-la (p. 115).

Nos textos de que estamos tratando, a narrativa é organizada pelo uso de diversos tempos verbais que realizam verdadeiras reviravoltas no interior da frase e transtornam aquilo que Pouillon denomina de relação de posição entre o que está sendo contado e nós, leitores. Essas modificações na relação de posição são ativadas pelo interjogo de frações espaço-temporais inassimiláveis entre si o qual questiona as con-

---

6. J. Pouillon, *O Tempo no Romance*, São Paulo, Editora Cultrix/Edusp, 1974.

cepções espaço-temporais do senso comum ao mudar continuamente o foco de leitura, fazendo-nos oscilar da contemplação em perspectiva da ação narrada para o atrelamento no interior dela, perdendo então a perspectiva de espetáculo a que Pouillon faz referência. Como dizíamos ao analisar o texto "Desista!", nós, leitores, que iniciamos ouvindo o relato de uma experiência, passamos a ter a experiência do que é relatado, ao ter sido o nosso foco de leitura nivelado às coordenadas da ação da personagem. Assim, é freqüente em Kafka iniciarem-se as frases sob a ação das coordenadas de uma fração espaço-temporal e, com fluidez e simplicidade, passar a outra. Um exemplo disso que estamos tentando apontar podemos encontrar em "Desista!", em que o impacto desse procedimento realiza o tema central do texto. A voz narrativa do início deste, que nos posiciona numa fração espaço-temporal específica através do uso do pretérito imperfeito – "Era de manhã bem cedo, as ruas limpas e vazias [...]" –, faz surgir diante de nós uma cena abrangente. É isso o que torna esse narrador do início do texto um narrador onisciente, ao situar-nos, por assim dizer, num ponto elevado do qual podemos contemplar, em repouso, de fora da cena e com visão panorâmica, o movimento da ação. A oração de abertura citada acima cria as coordenadas espaço-temporais que posicionam, concomitantemente, o que está sendo contado e nós, leitores. As "ruas limpas e vazias" oferecem-se como imagem propícia para esse olhar desimpedido e com horizonte de que fomos dotados. Essas coordenadas iniciais funcionarão à medida que o texto avança. Porém, sub-repticiamente e, nesse caso, sem sequer se dar uma mudança no uso do tempo verbal, sempre no passado, alteram-se as coordenadas espaço-temporais que organizavam de início o texto e nossa relação com ele, dando lugar a um novo eixo de coordenadas em que nós não mais estamos em repouso nesse ponto alto do início, mas imbricados no relato, em movimento, colados à personagem. Detectamos, no uso da palavra "felizmente", o momento de passagem para essa nova fração espaço-temporal. A manobra operada por Kafka é extremamente sutil, porque na verdade ele não nos retira propriamente do lugar em que tinha nos situado no início. Nossa posição em relação ao texto continua sendo regida pelo tempo pretérito se bem que tendo oscilado do imperfeito para o perfeito e, novamente, para o imperfeito[7]. O que se dá aqui é algo mais desnorteador: o narrador abruptamente deixa de carregar a narrativa e passa a expressá-la a partir do aqui-e-agora do seu suceder. Perdemos o narrador onisciente, isto é, modifica-se nossa posição em relação ao texto. E isto sem sairmos do lugar! Deixamos de ter aquele horizonte em perspectiva, tendo, jun-

---

7. Talvez seja importante salientar que todas as vezes que nos referimos à utilização e alteração do tempo verbal como recurso para modificar a posição do leitor em relação à cena narada, tivemos o cuidado de conferir que é isto mesmo o que ocorre no original, em alemão.

to com o narrador, agora à nossa frente apenas um guarda por perto. O narrador veio até nós e capturou-nos num instante de esperança sustentada tão intensa quanto brevemente através da palavra "felizmente". Ele se aproximou de nós, abandonando todo o horizonte, e modificou as coordenadas espaço-temporais de nossa leitura, encerrando-nos em suas próprias e novas coordenadas de narrador-personagem. Na história narrada, temos dois relógios, um fixo e outro em movimento: o da torre e o da personagem. Nós, num primeiro momento, líamos o texto, por assim dizer, a partir do referencial da torre. (Ou melhor dizendo, era desde o início a partir do referencial da personagem. Só que esta acreditava estar sincrônica à torre). Agora, após o "felizmente", nossas coordenadas de leitura são regidas pelo relógio da personagem, ou seja, desde um outro referencial e numa nova fração espaço-temporal. As coordenadas espaço-temporais que nos permitiam ver a narrativa com a mesma amplitude de perspectiva, que temos desde o alto de uma torre, alteraram-se e a nova fração espaço-temporal que passamos a vivenciar é a do narrador sem uma narrativa para frente ou para trás, encerrado em seu aqui-e-agora. O que estamos destacando é que, aqui, não se trata de uma mudança de foco narrativo, mas de um verdadeiro transtorno promovido em função de um andar diferente do narrador, que muda a sua velocidade ao sair em corrida na direção do guarda e altera as coordenadas espaço-temporais que organizavam o texto. E desde esse referencial, agora encapsulados numa narrativa que tem como único horizonte possível o aqui-e-agora, é lógico que um terceiro responda para esse narrador e, junto com ele, para nós, "De mim você quer saber o caminho?" É claro, se o narrador não sabe, quem mais saberá?

Permitam-nos ficar um pouco mais nesse texto. Se estamos perseverando na análise dele, capturados em meio a tantas coordenadas, é porque estamos tentando significar o quanto o seu funcionamento nos imbrica num interjogo de frações espaço-temporais inassimiláveis entre si. Então, tenhamos paciência e voltemos um pouco mais a ele, porque, em "Desista!", sugerimos que Kafka faz uma brincadeira muito séria, ao transformar em tema sua habilidade de manejar um texto que, sem cisão aparente, ou seja, no âmbito de uma totalidade, cria uma espécie de ilusão de leitura através dessa justaposição de frações espaço-temporais diferentes. É por isso que, em Kafka, é tão fácil encontrarmos essa comunicação equivocada que se estabelece entre as personagens. É que, em diversos dos seus textos, cada uma delas opera a partir do interior de um referencial próprio e não sincrônico com o da outra. Mas ainda não é o momento de implantarmo-nos sobre a nossa ponte de madeira entre as personagens, para observar com maior atenção o difícil trânsito de comunicação entre elas. Permaneçamos ainda fazendo dessas frações espaço-temporais as extremidades de nossa ponte-ponto de observação.

No caso de "Desista!", a ilusão textual gerada é a de um narrador que anda em coordenadas diferentes daquelas da narrativa. E a história narrada adquire a sua genialidade porque, exatamente ao tematizar uma personagem que erra desorientada pelas ruas de uma cidade, outorga uma figuração propícia para esse narrador perdido e isolado em sua própria narrativa. A ilusão de leitura que temos diante de nós é a de que, em certo momento do texto, narrador e narrativa despregam-se, ao passarem ambos a operar a partir de frações espaço-temporais diferentes. Fração em vinculação absoluta com o todo, através da ininterrupta troca que estabelece com o meio, mesmo a mais isolada das personagens, o homem-ponte disposto em alturas intransitáveis, tem que se haver com o meio, nesse caso para dispor os seus pés e mãos a fim de poder segurar-se numa situação de expectativa de que um ser humano chegue. Frações e todo que, tanto na forma quanto no conteúdo, ativam simultaneamente distância e proximidade, comunicação e incomunicabilidade, troca e isolamento. Frações que fazem parte da totalidade textual, porosas para o meio e, contudo, não tanto isoladas quanto encerradas em si próprias. Por isso, o guarda de "Desista!" tem tão pouco a dizer ao nosso narrador. O guarda faz parte da narrativa, de uma fração espaço-temporal estranha à do narrador. Nesse texto, e isto parece-nos ocorrer com freqüência na escrita de Kafka, o narrador não constitui o centro da narrativa. Também, em "A Partida", nesse texto de fronteira espremido no ínfimo limite do portão, nós, leitores, aproximamo-nos com dúvida do senhor-narrador, que age com uma motivação e desde um referencial que não inclui o criado, que por sua vez não o entende, num diálogo no qual compartilham-se palavras mas não propriamente compreensão, dado que cada um está encerrado em seus próprios domínios. Na relação entre eles, existe ignorância, porque um não coincide com o outro. A voz narrativa, mais do que narrar uma história, configura um território representacional no qual o narrador é o todo e é parte. O que mais intriga em Kafka é essa voz narrativa que assume para si e outorga a nós, leitores, distância e proximidade, singularidade e visão aberta. Essa voz narra em primeira pessoa em "Comunidade", "Desista!", "A Ponte", "A Próxima Aldeia" e "A Partida". É uma voz intimista, porque constrói o texto querendo contar o que se passou com ele. Ele. Não podemos evitar singularizar. O narrador é um ele. Mas a narrativa resultante supera-o, atravessa-o, mesmo na dimensão temporal. O homem-ponte de "A Ponte" despenca, rasga-se e fura-se, porém o ele que narra sustenta a mesma voz. A ponte cai, mas esse não é um desfecho final. A voz continua aberta a narrar.

O ele-voz narrativa é um ponto de vista que se debruça sobre si com perspectiva, abrindo mão de ser o todo da narrativa para incluir-se como parte em ação no território representacional que gera. Mais do que um narrador nos moldes tradicionais, temos um ponto de vista.

Daí porque temos tão pouco a dizer sobre as qualidades ou defeitos das personagens dos textos que lemos. Elas não apresentam propriamente um caráter e não se prestam a análises psicológicas, dada a total falta de elementos subjetivos. O ele que narra é um ponto de vista eficaz para a construção de uma narrativa que parece superar o narrador, sobrepondo à história pessoal uma narrativa em perspectiva. É um narrador altamente eficaz para contar uma ação e restringe-se a isso, quase não intervindo para analisá-la ou comentá-la. Por isso, consegue estender um campo representacional amplo e assumir-se como uma mera parte em ação no interior desse campo. E esse ponto de vista posiciona-nos, da mesma maneira, próximos e distantes do que é contado. A ilusão de leitura que temos como resultado desse ponto de vista é a de estarmos diante de uma narrativa que contém o narrador, mesmo quando a voz narrativa narra em primeira pessoa. Ela narra uma história pessoal a partir de um eixo atemporal, podendo criar delimitações internas no texto, recortes que serão sempre fracionais em relação ao todo. Em "A Próxima Aldeia", o lugar a partir de onde o avô fala confere legitimidade ao que ele diz. A fração que lhe cabe no texto é a de ser uma lembrança. E desde esse lugar, contraída numa lembrança, faz sentido pensar que a vida é muito curta, tão curta que não seja nem de longe suficiente para uma cavalgada. Porém, apesar da fala do avô ocupar quase que o texto por inteiro, o narrador é o neto, um outro fragmento, uma outra fração espaço-temporal. A ampla ressonância significativa desse texto provém exatamente do interjogo dessas duas frações que contrapõem uma vida em aberto, a do jovem, do neto, e uma vida contraída em lembrança, a do avô. Do mesmo modo, em "Uma Mensagem Imperial", o que se problematiza é a possibilidade de comunicação entre o imperador e o súdito lastimável refugiado na mais remota distância, você. A um só tempo, tematiza-se uma distância intransponível e estabelece-se um máximo de proximidade, através do uso do pronome pessoal você. Dá-se uma mensagem – a de que somos ínfimos, mas estamos vinculados de algum modo, ainda que impossível, ao imperador – e fala-se da impossibilidade dessa mensagem chegar até nós.

Em ambas as histórias, da mesma forma como em "Desista!" e "A Partida" e também em "Comunidade", o que nos é contado presta-se como figuração adequada para lidar com temas que versam sobre comunicação e incomunicabilidade, proximidade e distância, utilizando e operando sobre metáforas espaciais de inclusão, exclusão e deslocamento. Nesse terreno textual, as personagens estão aí muito mais para realizar uma ação e configurar uma situação representacional, sem que nos seja dada nenhuma abertura para desvendar o que quer que seja sobre algo assim como uma vida pessoal delas. Dizíamos que não encontrávamos abertura para análises psicológicas. Complementemos dizendo que essas personagens não parecem ser dotadas de um

passado. Pouco temos também sobre suas fisionomias. Em "Comunidade", isso exacerba-se, ao apagar-se todo e qualquer contorno ou
saliência de um rosto para falar de um aspecto da ação humana. A
complexidade dessas personagens advém inteiramente da ação em que
nos são apresentadas e, por outro lado, nada dessa ação permite-nos
dotá-las de uma história, no sentido de podermos vinculá-las a um
passado ou encaminhá-las a um futuro. Se os textos são fragmentos,
não podemos dizer que se trata de fragmentos da vida dessas personagens. Mesmo que elas sejam postas, no início dos textos, imediatamente em atividade – tirando o cavalo do estábulo, saindo de casa um
atrás do outro, indo para a estação ferroviária ou estendida sobre um
abismo –, o essencial dar-se-á no que nos será contado, estabelecen-
do-se uma absoluta prioridade do presente da ação narrada. Nenhum
dos textos propõe-se a descrever a evolução das personagens, nem
nos sentimos empenhados em desvendar o que precederia as formas
peculiares através das quais cada uma delas atua. A situação em que
aparecem envolvidas é tudo o que delas temos. Por isso, não podemos
dizer que a personagem perdida pelas ruas da cidade tenha mais a ver
com os homens do que o homem-ponte, ou o senhor prestes a dar o
fora do que a comunidade de cinco. Todos eles parecem ser constitu-
ídos da mesma essência e à mesma maneira, modelados com referência à atividade humana. Salvo a pequena evocação feita pelo homem-
ponte – uma voz presente reflexiva, quase um monólogo interno
("Estica-te, ponte, coloca-te em posição [...]") –, nenhuma dessas personagens é descrita com interioridade. Ou seja, não apenas estamos
carentes de fisionomias externas mais nítidas, como também as
fisionomias internas que nos são oferecidas são muito vagas para que
essas personagens possam ser dotadas de um caráter específico mais
complexo, como vínhamos apontando. Delas, nos relatos, destaca-se
apenas uma qualidade que se constitui quase que numa única motivação, o que empresta esse tom obstinado a cada uma delas. O senhor
quer dar o fora daqui, o pai de família preocupa-se por saber de
Odradek e Ulisses também é um obstinado.

Estas e as demais personagens terão, na cena que nos é narrada,
sua obstinação arranhada. Mesmo a personagem de "A Partida", esse
frágil senhor que só pode contar consigo mesmo dado o não entendimento do criado, ele, que quer determinadamente sair de seus domínios, tem arranhada a sua determinação porque somos levados a desconfiar do domínio que tem de si próprio. Todas essas personagens
parecem delineadas à maneira desse Ulisses que, obstinado, tapa os
ouvidos com cera e, com inocência, confia em seus pequenos recursos.
Ou melhor, não desconfia de seus pequenos recursos. São quase silhue-
tas, porém extremamente complexas em seu minimalismo. Fora Ulisses e Odradek, nenhuma nos é apresentada com nome próprio, e esse
fato impede que as identifiquemos com uma pessoa singular, apesar

de, por estarem tão encerradas em si próprias, atuarem principalmente sob a marca de uma singularidade. Em "O Silêncio das Sereias", essa singularidade, esse encerramento feito de surdez e amarras, denota arrogância. Ele e os demais são sós como o sexto, que teima em fazer parte dos cinco. De todos os mais próximos do humano no sentido de, explicitamente, estarem sujeitos às vicissitudes do passar do tempo e, portanto, sujeitos à morte, são o pai de família, que tem como quase dolorosa preocupação a idéia de que Odradek lhe sobreviva e o imperador, que do leito de morte sussurra uma mensagem que lhe sobrevivia. Para os demais, a finitude não está em questão. O problema deles, como dizíamos, é a impossibilidade de atingir os seus propósitos, o fato de não poderem realizar o que querem. Tal como o mensageiro imperial, todos têm iniciativa, mas desembocam em resultados extremamente distantes dos pretendidos.

As personagens parecem, de início, ter liberdade de movimentos. O mensageiro imperial avança fácil como nenhum outro, e as demais personagens também são postas em atividade desimpedidamente, andando pelas ruas, saindo de casa, estendidas sobre o abismo, em posição para o enfrentamento com as sereias. Esse traço obstinado que reconhecemos parece fazê-las atuar com determinação própria e, como são singularidades, mostram-se como se fossem sujeitos da própria ação, com uma liberdade de movimentos que ganha a sua manifestação por parecerem estar desconectadas das paisagens em que estão inseridas, uma desconexão proveniente da própria estranheza em relação a essas paisagens, perdendo-se nelas, como em "Desista!", ou implantando-se em lugares desconhecidos, como em "A Ponte". Algo da condição de estrangeiro faz parte delas, tanto nesse homem-ponte – e também no ser humano que, com sua bengala, vai até ele – quanto nos cinco que saem de casa sob o reparo e o apontamento das pessoas em volta e no sexto, que teima em fazer parte dessa comunidade. E a mesma condição de estrangeiro está presente em relação às metas que visam alcançar, como em "A Partida" e "A Próxima Aldeia". Contudo, essa mesma obstinação as amarra fortemente aos esforços que realizam. Auden[8] diz que as personagens em Kafka estão "sob o efeito de alguma forma de condenação". E, de fato, à ponte cumpre esperar, ao mensageiro, fazer chegar a mensagem, ao senhor, ir para o fora daqui, ao sexto, intrometer-se sempre, àquele que se perde na cidade, ir para a estação, ao pai de família, ocupar-se de estudos sobre Odradek e a Ulisses, enfrentar as sereias. Soltos em relação ao contexto, mas completamente atados à atividade que obstinadamente realizam, a tal ponto que nós não podemos desprendê-los de suas atividades, porque elas são não nas atividades que realizam, mas através dessas próprias atividades, que nos são apresentadas, como dizíamos antes, desde um ponto de vista que se

8. W. H. Auden, *A Mão do Artista*, São Paulo, Siciliano, 1993.

debruça sobre si com perspectiva. Esse debruçar-se sobre si vai gerando o desenvolvimento da atividade e essa perspectiva confere-lhe o território textual para a sua ocorrência, permitindo não apenas uma figuração adequada para lidar com temas que versam sobre comunicação e incomunicabilidade, proximidade e distância, mas também uma experiência na escrita com esses temas, numa narrativa na qual a voz do narrador, personagens e enredo confluem para deixar surgir uma atualização viva e dinâmica de operações com metáforas espaciais de inclusão, exclusão e deslocamento.

Vimos que as personagens nos são apresentadas com um mínimo de traços, tanto físicos quanto caracterológicos. Queremos dizer algo também sobre os cenários em que estão envolvidas, sobre as paisagens – sua descrição e localização – em que as cenas se passam. Essas também definem-se com poucos elementos, são ativas e ativadas na configuração do interjogo das frações espaço-temporais operado pelo ponto de vista do narrador. Em "A Próxima Aldeia", ao narrador em si, o neto, não é concedido qualquer cenário, deixando a voz narrativa operar como pura voz, sem anteparo de figuração alguma em que pudesse se materializar como estrutura ficcional. Apenas uma relação de parentesco dá ao narrador um substrato material. E o que o avô diz condensa tanto os elementos da paisagem, que podemos imaginar que se trate apenas de um problema de mensuração do tempo de deslocamento de um jovem a cavalo de um ponto de repouso inicial a um ponto de chegada. A próxima aldeia está tão condensada que se torna um ponto num sistema de coordenadas. E do lugar de onde esse jovem pode resolver sair a cavalo, não se diz nada, constituindo-se apenas num outro ponto. Em "Desista!", a paisagem geral que envolve o acontecimento também é mais apresentada do que descrita. Trata-se de um ambiente de ruas limpas e vazias, cedo de manhã. Destaca-se a estação ferroviária, que serve como referência para o andar do narrador, sem que nada mais nos seja dito sobre ela. Aqui novamente instaura-se algo para estabelecer um ponto de referência. Temos também uma torre com um relógio fixo e temos o relógio da personagem, em movimento. Esse é o conjunto de elementos mais concretos que temos. São pontos de referência e relógios. Podemos ver, no enredo dessa narrativa, uma construção em analogia à nova cinemática apresentada por Einstein em sua teoria da relatividade restrita, de 1905. Einstein observou que, se dois relógios sincronizados, C1 e C2, estão na mesma posição inicial, e C2 deixa A e se move segundo uma órbita fechada, então, ao regressar a A, C2 estará atrasado em relação a C1. Esse resultado passou a ser conhecido pela expressão *paradoxo dos relógios*[9], e nosso texto assemelha-se a um exemplo figurado que realiza esse

9. Abraham Pais, *"Sutil é o Senhor..." A Ciência e a Vida de Albert Einstein*, São Paulo, Nova Fronteira, 1995, p. 166.

paradoxo, uma apresentação viva da variação de referenciais espaço-temporais em função da velocidade, numa organização textual na qual o andar do narrador parece desdizer a concepção newtoniana de um "tempo absoluto", desse tempo verdadeiro, absoluto e matemático, de si mesmo e por sua própria natureza, que flui invariavelmente sem relação com qualquer coisa externa. "Desista!" é um texto de poucos elementos figurativos, e seu caráter de parábola advém dessa geometria interna que é criada e problematiza o encerramento em sistemas de referência espaço-temporais singulares.

"A Ponte" dá-se num ambiente natural em que se destacam, num anoitecer de verão, o barro e um ruidoso e gélido riacho de trutas. Configuram-se aqui não tanto um cenário de fundo, mas, acompanhando o sentido horizontal da ponte, um acima e um abaixo, e emerge com mais detalhe o de baixo, o ruidoso e gélido riacho de trutas. Ou seja, o pano de fundo do acontecer dá-se a partir do referencial da ponte, na horizontalidade de um corpo esticado de bruços, com o olhar fixo lá no fundo, tendo à sua frente o limite do barro onde mete adentro as mãos. Não temos uma visão panorâmica, o ponto de vista olha para baixo e assim constrói o cenário, numa ambientação de pouca luz e um som de murmúrio. A chegada do ser humano, na verdade uma irrupção, um entrar em cena abrupto, pois não sabemos de onde vem, altera a paisagem. O cenário agora é o interior das águas frenéticas, com os seixos pontudos que rasgaram e furaram a carne do homem-ponte. O que era uma paisagem observada horizontalmente e a distância, constitui-se agora num contexto que se funde ao narrador.

Em "Uma Mensagem Imperial", a paisagem geral também é vagamente construída, materializando-se apenas alguns elementos de referência mais concretos, e não um contexto figurativo mais amplo. Temos um leito de morte, mas nenhuma descrição mais objetiva de um aposento. Aliás, é explicitamente dito que "todas as paredes que impedem a vista foram derrubadas". Mais uma vez, as figurações funcionam como pontos de referência para a atividade de deslocamento que deve se dar. Simultaneamente, estabelecem-se o ponto inicial e o ponto de chegada, a cama do imperador e você. O mensageiro deverá deslocar-se entre esses dois pontos. De elementos concretos, temos as escadarias que se lançam ao alto, "onde os grandes do reino formam um círculo", e a multidão e suas moradas transformadas em obstáculo material e, dada a ordem de apresentação, incluídas como partes dos aposentos do palácio mais interno. O mensageiro avançará sempre encerrado nesse palácio e, no tempo hipotético do subjuntivo, cria-se uma paisagem de pátios e castelos, de longas extensões e pontos, fazendo surgir uma enorme distância espacial em cujo fim hipotético localiza-se um portão e, para além dele, num lugar impossível, "a cidade-sede, o centro do mundo, repleto da própria borra amontoada". Novamente, encontramos aqui a mesma maneira de, mais do que descrever uma paisagem, estabelecer um ponto referencial numa extensão espacial, através de uma extrema condensação. No último parágrafo, descreve-se o você, sentado junto a uma janela a sonhar, ponto final dessa extensão impossível de ser percorrida pelo mensageiro. Nesses textos todos, temos uma geometria através da qual se reiteram dificuldades de deslocamentos espaciais com repercussões temporais, uma geometria do impossível ou, pelo menos, uma geometria na qual a comunicação se impossibilita.

Como vimos até aqui, personagens e paisagens são descritas com traços precisos e econômicos, num exercício textual que opera através de condensações, criando pequenos textos, mas com uma organização que beira o recurso lógico-matemático. É desse terreno que emerge uma parábola, ao problematizar-se a vinculação, o trânsito e a comunicação entre planos que são apresentados em frações espaço-temporais diferentes, criadas e justapostas por uma voz narrativa eficaz para esse exercício. O tom de parábola que inegavelmente esses textos têm advém das adversidades que as personagens encontram para atingir seus propósitos – adversidades e propósitos configurados numa narrativa que se debruça sobre si com perspectiva. Contribui também para o estabelecimento desse tom de parábola o freqüente uso de interrogações que, ao levantarem questões, lançam-nos à procura de respostas, suscitando em nós, leitores, a necessidade de adentrar o território textual e desdobrá-lo, na tentativa de estabelecer uma vinculação de sentido. O paradoxal é que, enquanto parábola, pressupõe-se uma vinculação, mas, nos textos, o que freqüentemente se realiza é a impossibilidade dessa vinculação. Não apenas as personagens encontram-se desvinculadas nesses textos. Nem apenas entre elas cria-se uma relação em que falta sincronia ou alguma mediação. Todo o texto suscita uma agitação, uma incerteza, e estabelece um espaço de jogo resultante de uma preocupação com seu caráter vago. São as próprias fronteiras do texto que são questionadas pela instabilidade de significados que ele assume. Entre a singularidade narrada e o caráter polissêmico que lhe parece inerente, estabelece-se uma ponte, uma ponte impossível, se levarmos seriamente em consideração esse irremediável isolamento apresentado de um modo tão preciso. Contudo, estabelece-se uma ponte, não apenas porque os textos não abrem mão de lançar-nos à procura de uma significação, mas porque se debruçam sobre si próprios e sobre sua eficácia enquanto textos na sua relação conosco. Nós, leitores, somos também uma das margens que o narrador visa atingir, e ele se preocupa tanto a respeito de sua eficácia para chegar até nós quanto em estabelecer-se como ponte entre nós e algo superior. Espera-nos enquanto escritura, com seus pensamentos andando sempre a dar voltas, mas teme desabar com a nossa chegada. Resulta-lhe quase doloroso que o observemos como o pai de família, como se fosse Odradek. Compreende-se como uma ponte, ou uma mensagem, ou um mensageiro, com uma impossibilidade de sê-lo, dado o lugar em que se localiza, como em "A Ponte", a dificuldade de alcançar o leitor pela Babel das construções humanas, em "Uma mensagem imperial", ou ser esse incapturável carretel de linhas arrebentadas, velhas e atadas umas às outras. Teme não chegar à próxima aldeia, não poder sair de seus limites, em "A Partida". Trata-se de uma escritura que, por estar condenada a ser solta, lança uma ponte para o impossível.

3. Rabi Nakhman de Bratzlav: Escuta dos Textos

"UMA CARTA DO REI"*

Era uma vez o filho de um rei que vivia longe de seu pai, com muitas saudades dele. Porém, não podia vê-lo, dada a enorme distância que os separava. Um dia, chegou-lhe uma carta do pai. O filho ficou tomado de alegria e nostalgia. "Ah, se eu pudesse ver meu pai novamente!", exclamou o jovem. "Se pudesse tocá-lo, se somente estendesse para mim a sua mão! Com que alegria beijaria, um a um, todos os seus dedos! Oh, pai! Oh, mestre! Oh, luz dos meus olhos! O que eu daria para tocar a sua mão!" Enquanto ansiava por seu pai e desejava o contato com a mão dele, passou por sua mente: "Eis aqui, em minhas mãos, a carta de meu pai. E a carta não foi escrita por suas próprias mãos? E a escritura do rei não é fruto de suas mãos?" O filho acariciou a carta, aproximou-a de seu coração e disse, novamente: "A escritura do rei é a mão do rei".

"Era uma vez [...]" Esse início, expresso à maneira de um conto popular, inaugura o texto criando uma delimitação precisa entre o que nos será narrado e a concretude das ocorrências humanas. Estabelece

---

* Tradução nossa realizada a partir da versão inglesa publicada em Rabi Nakhman de Bratzlav, *The thirteen stories of Rabi Nakhman de Bratzlav*, Jerusalém, Hillel Press, 1978. Tradução para o inglês de Ester Koenig.

um pretérito que, em sua plena generalização, retira a narrativa do acontecer histórico, rarefazendo os elementos referentes àquilo que é exterior à narrativa, restando apenas a figura de um rei e de seu filho e, mesmo esses, descontextualizados de um espaço e tempo históricos. O eclipse do referente, que um pretérito tão vasto estabelece, fortalece o que nos será contado, ao ampliar ao máximo as propriedades constitutivas internas do texto, uma vez que se desprendeu de um substrato histórico mais definido. As evocações que o sentido das palavras suscita trabalham integralmente em direção ao interior do texto, ao se ter conseguido um alto grau de descolamento das representações externas.

Através desse pretérito inesgotável, somos introduzidos por inteiro no aqui-e-agora da narrativa. Esta põe em cena o filho de um rei que vive longe de seu pai e tem muitas saudades dele, por não poder vê-lo, dada a enorme distância que os separa. Nossa personagem, o filho do rei, é identificada mas não descrita. Constitui-se em personagem porque é o filho de um rei, uma alusão a um sujeito humano, não a descrição mais nítida de sua configuração. E mesmo a operação através da qual identifica-se a personagem é indireta. Ele é filho do rei, um príncipe, um elo numa hierarquia nobiliárquica. Ao ser posto em cena, ele põe em cena o rei que, mesmo que não apresentado diretamente, já se estabelece como referência forte, através da qual se identifica a personagem: o filho do rei. Nossa personagem se estabelece no campo dos humanos pela nomeação de um grau de parentesco que a define em relação ao pai, sua origem. Viver longe do pai localiza a nossa personagem longe de sua origem. Por outro lado, identificá-lo como filho é apresentá-lo através dessa origem, em proximidade com ela. O pai-rei funciona como a coordenada a partir da qual não apenas define-se a personagem, mas também sua localização. E não só: o rei é também o objeto do desejo da personagem, expresso através das saudades resultantes da impossibilidade de vê-lo, dada a enorme distância que o separava dele.

Pelo que recolhemos até aqui em nossa leitura, vimos que, na primeira oração da narrativa, o uso do pretérito fortalece o campo textual, ao des-historicizar o evento que nos será narrado. Dentro desse campo textual, estabelece-se uma coordenada de referência – o pai-rei – e uma personagem que obtém sua identificação a partir dessa coordenada, em relação à qual é filho, vive longe e tem saudades. O interjogo entre a proximidade que é enunciada pelo uso do grau de parentesco – filho – e a distância, por viver longe, oferece os elementos para a ação da narrativa. O espaço entre o filho e seu pai, um intervalo que é amplificado na reiteração "vivia longe" e "não podia vê-lo, dada a enorme distância que os separava", promove o desequilíbrio inicial que dará origem à ação do texto: a enorme distância que os separa mobiliza a narrativa. As saudades e a enorme distância são os elementos que, em tensão, organizam o cenário inicial –

uma tensão proveniente do fato da personagem "viver longe" da referência principal, o rei.

Desde o início, distância e proximidade conflitam-se. A personagem vive longe, mas as saudades apontam para um anseio de proximidade. Esse conflito se expressa através do desequilíbrio que o viver longe do pai provoca. Nada sabemos sobre o que levou nossa personagem a se localizar longe de seu pai, mas o que o mobiliza dá-se no sentido contrário a esse distanciamento. Nessa oração inicial, o desequilíbrio apontado por nós parece ser insuperável: as saudades, de início, não vencem o intervalo que o separa do pai.

"Um dia, chegou-lhe uma carta do pai." O pai-rei toma a iniciativa, reafirmando mais uma vez a sua função de referência central da narrativa. Do teor da carta, nada nos é dito. Seriam expressões de saudades? Reprimendas pelo filho viver longe? Ou um estímulo para isso? Indicações para o caminho de volta? Ou um relato sobre como as coisas estariam pelo lado de lá? Não sabemos e o texto não traz nenhuma indicação. O único fato que a narrativa traz é o de fazer do pai-rei um emissor e, do filho, um receptor de uma missiva, um texto escrito, uma letra capaz de estabelecer uma ponte na distância.

De posse da carta, o interjogo entre distância e proximidade, que mobiliza o texto desde o início, em vez de se resolver, ganha uma nova organização, enunciada por meio dos sentimentos que a carta desperta no filho: alegria e nostalgia. O filho, agora, é o receptor de uma carta emitida pelo pai-rei. A carta, se não elimina a distância, exacerba tanto a alegria como a nostalgia e suscita no filho uma demanda maior de presença do pai, presença que se concretizaria se fosse acompanhada do olhar e do toque. "[...] Se eu pudesse ver o meu pai novamente [...] Se pudesse tocá-lo [...]", um movimento que é acompanhado do desejo de que o pai tomasse a iniciativa, estendendo-lhe a mão. "Com que alegria beijaria, um a um, todos os seus dedos!" A carta excita o filho que, em sua exaltação, passa do desejo de ver o pai a uma realização, no futuro do pretérito, em que se lançaria a essa mão estendida, pleno de alegria e sem nostalgia, a beijar, um a um, todos os seus dedos. No contexto desse pretérito do futuro, a exaltação chega ao seu apogeu: "Oh, mestre! Oh, luz dos meus olhos!", colocando o que já detectávamos como sendo a coordenada de referência central do texto em plena evidência. O pai-rei é apresentado como mestre e luz. Não só origem, nem apenas uma referência de localização ou o destino almejado. Mas, também, através das palavras "mestre" e "luz", a fonte do conhecimento e do esclarecimento, a radiação que ilumina, para o filho, o mundo.

A ânsia pelo pai e o desejo de tocar a sua mão deixam surgir, na mente do filho, um pensamento, uma solução capaz de realizar, em idéia, o encontro almejado. O pensamento é apresentado seguindo um raciocínio dedutivo, na forma de um monólogo interno que avança através de perguntas cujas respostas não explicitadas desembocam numa solução que realiza o encontro almejado: "Eis aqui, em minhas mãos, a carta de meu pai. E a carta não foi escrita por suas próprias mãos? E a escritura do rei não é fruto de suas mãos?" Podemos dizer que esse monólogo avança como se fosse um diálogo, motivado pelo surgimento de uma pergunta que requer resposta. É à maneira de um diálogo porque o texto bifurca-se entre uma instância que pergunta e uma outra que, mobilizada por querer chegar ao pai-rei, lança-se em direção à resposta certa, tendo a pergunta como referência de percurso. A resposta, se bem que não apareça explicitada no texto, é levada em consideração na enunciação da segunda pergunta, cuja formulação pressupõe uma resposta afirmativa à primeira pergunta. E é esta resposta afirmativa que permite o avançar, o deslizar, a aproximação do filho em direção ao pai-rei. Essa resposta positiva permite que o movimento de saudade, tristeza e nostalgia lance o filho para fora de onde está em direção ao querido pai-rei, para um lugar que, mesmo sem sabermos nada sobre sua determinação – do mesmo modo como nos é desconhecido o lugar onde o filho se localiza –, assume com convicção, para o filho, o lugar de sua plena realização. Dada a falta de qualquer elemento que nos permitisse localizar mais concretamente tanto o lugar em que o filho se encontra quanto o lugar ocupado pelo pai-rei, o ato de perguntar constitui-se no único veículo capaz de promover àquela instância que não sabe, àquela instância que, com nostalgia, almeja o instante de alegria da junção com o pai-rei, a possibilidade de lançar-se ao encontro almejado, um dar as mãos ou sentir as mãos do pai-rei.

O que promoverá uma transformação do contexto inicial da narrativa, desse contexto em que uma distância intransponível organizava a cena, não será nenhuma atitude exterior, nenhum ato aventureiro empreendido pelo filho. As ferramentas postas em ação para vencer a distância são os próprios sentimentos. Saudades, desejo de tocar o pai-rei, alegria e nostalgia e um profundo anseio: sob a ação desses sentimentos, emerge um pensamento, à maneira de um movimento que parece guardar semelhança com o ato de estudar, de se perguntar e responder, que promove o deslizamento em aproximação ao pai-rei, transformando distância em presença. Se a carta vincula e suas letras são escrituras do pai-rei, extensão de suas próprias mãos, e se a carta já se encontra em mãos do filho, então o elemento referente a que esta carta alude, a parte ausente, o pai-rei, transforma-se, no pensamento do filho, em propriedade constitutiva do próprio sentido das palavras que, na forma de carta, repousa na mão do filho: a mão do rei e a mão do filho se tocam enquanto o filho tem a carta em suas mãos. Esta solução presentifica o pai-rei na forma de letra e se a carta, no início, podia apenas aludir, agora ela vincula e presentifica.

"O PRÍNCIPE PERU"*

Certa vez, um príncipe real enlouqueceu e pensou que era um peru. Ele se sentia compelido a sentar-se nu, debaixo da mesa, bicando ossos e migalhas de pão, como um peru. Todos os médicos da Corte desistiram de curá-lo dessa loucura, e o rei sentia um enorme pesar.

Um sábio veio, então, e disse: "Eu vou me encarregar de curá-lo".

O sábio despiu-se e sentou-se nu debaixo da mesa, próximo ao príncipe, bicando migalhas e ossos.

"Quem é você?", perguntou o príncipe. "O que está fazendo aqui?"

"E você?", respondeu o sábio. "O que está fazendo aqui?"

"Eu sou um peru", disse o príncipe.

"Eu também sou um peru", respondeu o sábio.

Eles permaneceram sentados assim por algum tempo, até que se tornaram bons amigos. Um dia, o sábio sinalizou aos servos do rei para que lhe trouxessem camisas. Ele disse ao príncipe: "O que te faz pensar que um peru não possa vestir uma camisa? Você pode vestir uma camisa e ainda assim continuar sendo um peru". Com isso, os dois vestiram camisas.

Depois de algum tempo, o sábio sinalizou-lhes novamente, e os servos atiraram-lhe dois pares de calças. Tal como antes, ele disse: "O que te faz pensar que você não possa ser um peru se vestir calças?"

O sábio prosseguiu dessa forma, até que ambos estavam completamente vestidos. Então, ele sinalizou novamente aos servos, que lhes trouxeram da comida servida à mesa. Novamente, o sábio disse: "O que te faz pensar que você deixaria de ser um peru se comesse boa comida? Você pode comer o que quiser e continuar sendo um peru!" Ambos comeram a refeição. Finalmente, o sábio disse: "O que te faz pensar que um peru precisa sentar debaixo da mesa? Até mesmo um peru pode sentar-se à mesa". O sábio prosseguiu dessa forma, até que o príncipe ficou completamente curado.

"Certa vez [...]" O pretérito que abre a oração com que se inicia a nossa narrativa serve para, mais do que localizar espaço-temporalmente a nossa história ou fixar o ponto de vista específico a partir do qual o narrador a desenvolve, nos pôr diante de um acontecimento oral. Aguça a nossa curiosidade, demanda a nossa atenção, desperta a nossa escuta. Por outro lado, o "certa vez [...]" pressupõe um acontecido,

* Tradução feita por nós a partir da versão inglesa publicada em David Sear, *Tales from Rabi Nakhman*, Nova Iorque, Artscroll Mesorah.

uma narrativa prestes a se iniciar. O seu caráter vago – que vez? – não impede a sua eficácia como abertura, ao instaurar a moldura necessária para a construção desse acontecimento oral. E o acontecer que nos é narrado, a ficção oral que nos é relatada, precipita-se em nossa direção com pleno ímpeto desde o início. "Um príncipe real enlouqueceu e pensou que era um peru." Alguém enlouquece, reduzindo-se ao que pensa de si. E, se se pensa peru, reduz-se, nessa metamorfose, à situação de um peru.

Uma das condições para a boa escuta de um texto oral é não interromper o narrador, lançando-lhe perguntas e desviando-lhe assim de sua narrativa. Seu encanto está no ato de narrar em si, na história que nos conta. O interesse de nós, leitores-ouvintes, prende-se ao acontecer que nos é narrado, à ação que a narrativa desdobra. O que nos é contado nos encanta e, aceitando os argumentos, corremos atrás do desdobrar da ação. Porém, esse nosso movimento não é monocórdico, porque, no texto que temos diante de nós, logo de início somos sobressaltados pela vontade de lançar perguntas ao nosso narrador, no sentido de querer saber dele mais do que nos é dito. Que príncipe? Como assim, enlouqueceu? Por que peru? Ou seja, esse nosso texto oral sustenta-se num acontecer ao qual é dedicado todo o campo textual. Mas o rastro de busca de um sentido que suscita em nós, leitores-ouvintes, terminará por atravessar o texto como um todo, transbordando e deixando o acontecer como um suporte para um especular intenso sobre o que nos é contado.

Logo de cara, nos é relatado que se deu uma transformação: algo desequilibrou-se, denegriu-se, numa metamorfose de queda. O primeiro parágrafo, de forma sintética nas três orações que o compõem, aponta, na primeira oração, a quem e o que lhe ocorreu – a metamorfose. Na segunda oração, descreve-se o estado a que a metamorfose do príncipe conduziu. A terceira fala da perseverança desse estado e da impotência dos médicos para "curá-lo dessa loucura". À maneira de um epílogo, de uma conclusão diante da ação que nos é narrada, o final da terceira oração conclui exprimindo o enorme pesar que o rei sentia. Nesse curto parágrafo, estão presentes todos os elementos responsáveis pela tensão que organiza o desenrolar do texto. Um príncipe adoece, metamorfoseando-se em peru, num contexto de profunda preocupação para com ele, preocupação que esbarra na impotência de "todos os médicos da Corte" em curá-lo e promove o enorme pesar do rei.

Que o ato de enlouquecer tenha algo de degradante, nos é confirmado pela descrição da situação do príncipe real ao pensar que era um peru. Senta-se nu – abre mão de suas vestimentas reais –, debaixo da mesa – no lado oposto da tábua coberta de fartura onde, para se servir, faz-se necessário conhecer e praticar regras do convívio humano imprescindíveis para negociar os bocados de alimento e o lugar entre os comensais. "Debaixo da mesa", em solidão, numa ambientação em que as regras do estar à mesa são anuladas com a inversão. Se o nosso príncipe é o que pensa de si, o seu contexto situacional lhe é dado apenas pela percepção do mundo que o "debaixo da mesa" gera. E nosso príncipe peru reduz o mundo a essa percepção. Restam ossos e migalhas de pão do que poderia ter sido uma alimentação mais farta. Essa é a loucura: a redução de si e do mundo a osso e migalha, despido de vestimentas e sozinho. E se o rei sente um enorme pesar e se todos os médicos da Corte fizeram de tudo para curá-lo, então nosso príncipe enlouqueceu num contexto de muita atenção para com ele. Tanto assim que a tensão que dizíamos estar presente nesse primeiro parágrafo e que organiza o desenrolar do texto é justamente aquela proveniente de que um filho real enlouquece, mobilizando toda a Corte à procura de uma cura, uma cura que pressupõe um resgate de um sujeito – o príncipe real – que se vê reduzido à experiência de uma aparência enganadora.

Dentro do contexto de preocupação e atenção, surge um sábio que toma para si a tarefa da cura – "Eu vou me encarregar de curá-lo". A atitude do sábio surpreende. Sua iniciativa é a de estabelecer-se próximo ao príncipe, e isso como uma estratégia, um modo de operar do qual possa emergir uma comunicação. O sábio sabe que só poderá reerguer o príncipe se conseguir se conectar com ele no estado em que este se encontra, em sua condição de peru. E o sábio é suficientemente sábio para se permitir descer até debaixo da mesa, onde se encontra o príncipe enclausurado na percepção que tem de si e do mundo.

Talvez, o que diferencie o nosso sábio dos demais médicos da Corte seja a sua disponibilidade para deixar-se vivenciar a mesma loucura que acomete o príncipe. Sua disponibilidade se expressa no texto ao sabermos que ele "despiu-se e sentou-se nu debaixo da mesa, próximo ao príncipe". Podemos imaginar que todos os outros da Corte, médicos, familiares e demais serviçais, deviam ter chamado ao príncipe, implorando para que ele retomasse suas obrigações diárias, como as realizava antes de sua transformação – convocações essas que podem ter sido feitas num espectro que vai da súplica pesarosa à ordem irada e que, esgotadas na impotência da resposta insatisfatória, ou melhor, da não resposta, da distância incomensurável que separa o príncipe dos seus, terminaram por reduzir-se às migalhas de pão e ossos que furtivamente iam caindo da mesa real e das quais dispunha o nosso príncipe peru. A novidade que o sábio instaura é a possibilidade de estabelecer uma comunicação, de chegar até aonde o príncipe se encontra.

O príncipe peru acusa a presença de alguém. "Quem é você? O que está fazendo aqui?" Ele estranha o sujeito que está ao seu lado e o fato de ele estar ali. O sábio espelha o seu estranhamento, retornando-lhe as mesmas perguntas. É um estranhamento advindo da presença de um outro que orienta a atenção e que demanda ser incluído na percepção do príncipe peru, mas que o faz facilitando-lhe a tarefa, uma vez que, dado que a loucura do príncipe real consiste em ater-se ao que pensa de si e em reduzir o mundo à sua percepção, o sábio apresenta-se como idêntico, como mais um peru num mundo de perus. "Eu sou um peru", disse o príncipe. "Eu também sou um peru", respondeu o sábio. O príncipe peru ganha um outro feito à medida de seus limites, tendo assim a possibilidade de ver legitimado o arranjo da estrutura em que se encontra encerrado. Pode, então, passar a integrar novos aspectos na realidade que lhe acomete. "Eles permaneceram sentados assim por algum tempo, até que se tornaram bons amigos." O sábio sabe esperar, oferecendo o tempo para a atualização de uma amizade, para o estabelecimento de um acordo em que um outro peru possa oferecer novos elementos, sem desestruturar o sistema no qual um peru é um peru. O príncipe peru passa a ter como horizonte um peru sábio, um suporte de espelhamento para o surgimento de seu reflexo, instaurando-se assim a abertura para a reflexão. Porque o outro, mesmo reconhecido como peru, abre espaço para o novo, já que é um outro, e não o mesmo peru.

"Um dia, o sábio sinalizou aos servos do rei para que lhe trouxessem camisas. Ele disse ao príncipe: 'O que te faz pensar que um peru não possa vestir uma camisa? Você pode vestir uma camisa e ainda assim continuar sendo um peru'. Com isso, os dois vestiram camisas." O sábio não esquece, apesar do tempo que dedica à sua transformação, a amplitude do mundo, e mantém a comunicação com os servos. Seu intuito – agora se torna claro para nós – não é o de curar o príncipe real de sua loucura, extraindo-o da condição de peru a que se viu reduzido, mas a de ampliar essa condição, de maneira a que nela caibam traços de atitudes rotineiras da Corte da qual ele abdicara. E esse intuito fica explicitado pelo modo como o sábio se expressa ao príncipe peru, garantindo-lhe que sua condição de peru não está ameaçada pelo fato de vestir uma camisa, ao mesmo tempo que demanda dele um pensar sobre aqueles aspectos que poderiam vir a explodir o limitado e frágil sistema sobre o qual nosso príncipe se suporta. Para o príncipe peru, nada de diferente pode vir a ocorrer. O novo, nessa condição, se surgir, só pode dar-se desde que se mantenha atualizada a estranha metamorfose acontecida. Esse é o desafio do sábio: oferecer o novo sem aniquilar a condição na qual vive encapsulado o príncipe.

O trabalho do sábio consiste em fazer com que o príncipe peru possa vir a exteriorizar traços de sua nobreza ameaçada pelo estado situacional em que está inserido. Vestir as roupas reais outorga a possibilidade de inserção de nosso príncipe peru no convívio da nobreza. Enquanto para todos tratava-se de um príncipe que virou peru, para o nosso sábio o tema é o de permitir a um peru resgatar a sua condição de príncipe. Se o estado de peru é uma aparência enganadora ou não,

não vem ao caso. O sábio não demanda uma verdade, não requisita de nosso príncipe algo assim como um despertar de um pesadelo enganoso. Em vez disso, ele se oferece como um guardião da condição de peru de nosso príncipe. "O que te faz pensar que você não possa ser um peru se vestir calças?" Ao compartilhar da responsabilidade para com o estado de peru do príncipe, o sábio abre uma fenda por onde se perfuram as limitações, sem estremecer a situação do príncipe *peruzado*. Paciência e discurso constituem os elementos com que o sábio opera. Sabe esperar e sabe o momento das coisas. Uma estranha lógica parece indicar porque primeiro a camisa e depois as calças, como se o vestir fosse um ato a ser efetivado de cima para baixo, como se o estado de peru tivesse que ser recoberto da superfície para o interior, do mais externo, a camisa, aos elementos mais íntimos, o par de calças.

Nosso sábio também opera com astúcia. Emite sinais para os servos, põe em cena todo um cenário que vincula a exterioridade humana da qual o príncipe se afastou e que passa agora a atuar mais eficazmente, substituindo as furtivas migalhas e ossos que deixava escapar – fazer chegar – ao príncipe por instrumentos mais adequados para o seu retorno.

"O sábio prosseguiu dessa forma, até que ambos estavam completamente vestidos." Nosso sábio engana o príncipe peru? O que quer dizer isso? O que quer dizer esse movimento de ir colocando, uma a uma, as vestimentas do humano, levando o príncipe a ver reassegurada, apesar de cada nova peça, a sua estranha metamorfose, o seu estado de peru? Ludibria-o? Não nos parece. Ao contrário, essa estratégia reflete a posição de compromisso e responsabilidade de nosso sábio para com o estado de seu interlocutor. As vestimentas não estão aqui para ocultar ou abafar a situação do príncipe. Sobre todas as transformações que pudessem vir a ocorrer, o sábio zela para que a condição de príncipe peru se mantenha. Ou seja, ele promove uma ampliação a partir da especificidade do príncipe, de seu estranho privilégio.

A última oração que citamos é construída com a função de garantir que nós, leitores-ouvintes, já nos apropriamos do método que o sábio utiliza, deixando-nos a tarefa – como se fôssemos os servos aos quais ele sinaliza – de deixar fazer surgir para o príncipe peru meias, calças, a capa real ou qualquer outro apetrecho que acharmos conveniente, mas sempre sabendo que não podemos ameaçar o estado de peru de nosso príncipe. Nós adquirimos um conhecimento.

"Então, ele sinalizou novamente aos servos, que lhe trouxeram da comida servida à mesa." Logo após as vestimentas, agora que nosso príncipe peru se exterioriza em vestes reais, é a vez de cuidar do que digere, um aprendizado da receptividade para com os bocados que são servidos à mesa, uma preparação para que o príncipe peru possa ocupar o seu lugar entre os comensais humanos da Corte do rei. O príncipe extrapola o que de peru há nele, incorporando uma refeição que sobrepassa os ossos e as migalhas de pão. Finalmente, é chegada a hora de des-inverter o contexto. A exteriorização de nobres traços, bem como a disponibilidade para a recepção de bons bocados de alimentos, outorga agora a possibilidade de nosso príncipe vir a compartilhar de um lugar na nobre mesa, entre os seus semelhantes. O príncipe em nenhum momento deixa de continuar sendo um peru. Mas, agora, recuperou a qualidade de poder fazer parte da realeza. "O sábio prosseguiu dessa forma, até que o príncipe ficou completamente curado." Assim termina a nossa narrativa. O refrão fixa-se em nós: o sábio convida o príncipe a se envolver cada vez mais nos assuntos que costumam fazer parte dos encontros entre humanos, ao redor de uma mesa, e que abarcam a totalidade da vida humana – "o que te faz pensar que você deixaria de ser um peru [...]" Assim, até chegar o momento em que o sábio talvez possa dizer: "O que te faz pensar que você deixaria de ser um peru se se tornar um príncipe pleno?", para alívio e alegria do rei.

"O FILHO ÚNICO DO RABINO"*

Era uma vez um rabino que, por muito tempo, não pôde ter filhos. Mais tarde, teve um único filho. Ele o criou e o casou. O filho único costumava sentar-se num sótão e estudar, tal como era o costume dos ricos, e costumava estudar e rezar o tempo todo. Só que ele sentia que lhe faltava algo e não sabia o quê. E ele não sentia nenhum gosto nos estudos e nas rezas. Contou isso a dois jovens, que lhe aconselharam a viajar até um determinado tzadik[1].

---

* Tradução nossa realizada a partir da versão inglesa publicada em Rabi Nakhman de Bratzlav, *op. cit.* No original, *Sipnei Maasiot*, aparece como o relato de número 8, "M'rav u'ben ichid". Rabi Nakhman de Bratzlav, *Sipnei Maasiot*, Jerusalém, Bratzlav Research Institute, 1998.

1. Palavra hebraica que significa homem justo, íntegro, reto; capaz de cumprir a Lei com plenitude e sabedoria. Uma antiga tradição judaica apresenta o *tzadik* como sendo o fundamento do mundo, e são seus méritos os responsáveis pela sustentação deste. No movimento hassídico, ao qual o Rabi Nakhman pertencia, o *tzadik* passa a assumir o papel de chefe religioso, que tem o seu valor derivado não apenas de seu conhecimento, mas de sua vida como um todo. De acordo com Gershom Scholem, o *tzadik* hassídico "é a encarnação viva da Torá". Na obra de Rabi Nakhman, o *tzadik* ocupa um lugar central no trabalho de elevação espiritual. Assim, por exemplo, ele diz: "Cada homem precisa vincular suas orações ao *tzadik* de sua geração. Porque o *tzadik* sabe como abrir os portões (celestiais) e como elevar cada uma das orações até o seu devido portão" (*Likutey Moharan* 9, 4).

O filho único cumpriu uma mitzvá[2], *através da qual chegou à condição de Pequena Luz. E ele foi e disse ao seu pai que não sentia nenhum gosto em seu serviço (em seu serviço ao Senhor), como por exemplo ao rezar e estudar e ao cumprir outras* mitzvot, *que lhe faltava algo e ele não sabia o quê. Portanto, ele queria viajar até o tzadik (de quem lhe haviam dito).*

O seu pai lhe respondeu: "Como é que você quer ir até ele? Afinal, você é mais estudioso do que ele e de uma descendência mais elevada. Não é adequado você viajar até ele. Saia desse caminho". O pai prosseguiu assim, até impedi-lo de viajar até o tzadik.

O filho único novamente pôs-se a estudar e novamente sentiu a falta, conforme mencionado anteriormente. Então, novamente consultou as mesmas pessoas e novamente elas lhe aconselharam a viajar até o tzadik. E ele novamente foi ao seu pai e seu pai novamente o frustrou e não o deixou ir. Isso aconteceu diversas vezes.

O filho único continuava sentindo que lhe faltava algo e ansiava muito poder preencher essa falta (ele devia, de algum modo, acertar as coisas, de modo a não sentir a falta), e ele não sabia o que era essa falta, conforme mencionado. Então, ele foi outra vez ao seu pai e pediu-lhe veementemente, até que o pai teve que viajar com ele, porque o pai não queria deixá-lo viajar sozinho, pois era seu filho único. Então, o pai lhe disse: "Veja, eu vou viajar com você e vou te mostrar que ele não é nada (que o tzadik não é nada)". Então, eles prepararam a carruagem e partiram. O pai disse ao filho: "Vou fazer uma prova. Se tudo correr bem, então é providência do céu. Mas, se não, então não é vontade do céu que nós viajemos, e nós deveremos voltar".

E eles partiram. Conforme viajavam, chegaram a uma pequena ponte. Um cavalo caiu, a carruagem virou e eles quase se afogaram. Então, o pai disse: "Você está vendo que as coisas não correm como deveriam e que esta viagem não é providência do céu?". Então, eles voltaram.

Novamente, o filho único sentou-se a estudar e mais uma vez percebeu que lhe faltava algo e ele não sabia o que, então novamente implorou ao pai, e o pai teve outra vez que viajar com ele. Enquanto viajavam, o pai novamente fez da viagem uma prova, se tudo correr bem..., conforme mencionado. Durante a viagem, quebraram-se ambos os eixos das rodas. Então, o pai disse: "Veja como tudo indica que não devemos viajar, pois é normal que ambos os eixos se que-

---

2. Palavra hebraica que significa mandamento, ordenação, procedimento. Originalmente, esse termo era utilizado para referir-se aos mandamentos divinos descritos nos cinco livros da Torá. Mais tarde, passou-se a utilizar o termo para referir-se a qualquer boa ação. Nos cinco livros da Torá, encontramos 613 ordenações, *mitzvot*, que são distinguidas por sua qualidade afirmativa (ordenações que mandam fazer algo) ou negativa (ordenações que proíbem fazer algo). As ordenações ou *mitzvot* estão sempre relacionadas a um fazer.

brem? Quantas vezes viajamos nesta carruagem, e algo assim nunca ocorreu?" E eles novamente voltaram para trás.

Mais uma vez, o filho único retomou seus estudos, etc. ..., conforme mencionado, e novamente sentiu a falta, e os jovens continuaram persuadindo-o a viajar. E o filho único mais uma vez foi ao seu pai e insistiu com ele. E o pai teve outra vez que viajar com ele. O filho único disse ao pai que eles já não deveriam fazer qualquer prova, pois pode ocorrer que um cavalo caia ou os eixos se partam. "Desta vez, a menos que algo muito incomum ocorra, nós devemos continuar".

Eles partiram. Pernoitaram numa pensão e lá encontraram um mercador. E começaram a conversar com ele, tal como é costume entre os mercadores, e não lhe contaram que estavam viajando para lá (para um bom judeu), pois o rabino tinha vergonha de dizer que estava viajando até esse bom judeu. Eles discutiram sobre assuntos mundanos, até que, na conversa, eles começaram a falar sobre bons judeus, sobre onde se encontram bons judeus. Então, o mercador lhes contou que em tal lugar se encontra um bom judeu, e também ali e acolá, e assim eles começaram a falar sobre o bom judeu em direção a quem estavam viajando. O mercador lhes respondeu: "Esse?! (em tom de surpresa). Ele não é um verdadeiro judeu (não é um judeu observante). Eu venho agora dele, e eu estava presente quando ele cometeu uma transgressão".

Então, o pai disse ao seu filho (ao filho único): "Você vê, meu filho, o que o mercador conta imparcialmente (ele não tencionou falar coisas ruins desse bom judeu, foi só por causa de nossa conversa que ele contou isso). Ele está vindo de lá".

Eles voltaram para casa (o rabino e o filho único) e o filho morreu e veio num sonho ao seu pai. O pai viu que ele estava muito zangado. Então, o pai lhe perguntou: "Por que você está tão zangado?", e ele lhe respondeu – o filho que morrera respondeu num sonho ao seu pai – que ele deveria viajar até aquele bom judeu (para o qual eles quiseram viajar anteriormente) "e ele lhe dirá porque eu estou zangado". Então, ele acordou e pensou que fora apenas um incidente – era apenas um sonho e não realidade. Depois disso, ele novamente teve o mesmo sonho, e mais uma vez pensou que era um sonho sem sentido, e assim foi três vezes. Então, ele compreendeu que isso não era coisa sem sentido.

Ele então viajou para lá – o rabino viajou até o bom judeu para o qual ele viajara anteriormente com o filho. No caminho, ele novamente topou com o mercador que encontrara antes, quando viajara com seu filho. O rabino o reconheceu e disse ao mercador: "Você é aquele que eu vi na pensão".

O mercador respondeu-lhe: "Lógico que você me viu", e abriu a boca e lhe disse: "Se você quiser, eu te engolirei". E ele lhe disse – o rabino ao mercador –: "O que você está dizendo?"

E ele lhe respondeu: "Você se lembra que viajou com o seu filho e primeiro um cavalo caiu na ponte, e você retornou? Depois, os eixos das rodas se quebraram e depois vocês me encontraram. Eu lhes disse que ele não era um verdadeiro judeu. Agora que eu já me livrei do seu filho, você pode viajar! Pois seu filho era como uma Pequena Luz, e o tzadik *até quem ele queria viajar era como uma Grande Luz. E, se ambos se encontrassem, o Messias teria vindo. Agora que eu me livrei dele, você pode viajar".*

Ao dizer essas palavras, ele desapareceu – com essa fala, o mercador desapareceu repentinamente, e o rabino não teve com quem falar. Então, ele viajou até o tzadik *e lamentou-se em voz alta: "Pena pelo que foi perdido e não pode ser encontrado".*

Que história! Guarda o encanto de um conto de fadas. Conta-nos uma sucessão de acontecimentos, todos eles vinculados a uma personagem – um homem – e seu pai. Um homem que nos é apresentado atado, enlaçado à condição de filho e à condição de estudante e praticante da lei da Torá, das ordenações de D'us, Eterno e Único. Porém, esses laços estruturam-se no relato de um modo singular e estranho e operam implacavelmente no passo a passo de cada uma das situações narradas, levando, através do equívoco, ao fracasso. Na verdade, parece que a organização dos laços configurou-se às avessas, tendo um de seus elementos, uma de suas redes – aquela que ata nossa personagem a seu pai – se ampliado, instaurando, sobre toda a estrutura e sua Lei – que nossa personagem estuda e pratica –, uma lei menor. E se isso resulta em fracasso e morte para o filho, é porque o mesmo desarranjo estrutural, um nó de laços semelhantes, um equívoco, suporta a ação do pai, o rabino, que tem como tragédia vivenciar a experiência que percorre o caminho inteiro que vai da bênção do nascimento difícil de um filho profundamente almejado à morte prematura deste e à tomada de consciência da responsabilidade por ter dado suporte e permitido que o engano se instalasse tão fortemente, de forma a frustrar as oportunidades oferecidas para um desfecho de realização tanto do filho amado quanto das esperanças proclamadas pela Lei a que ele, o rabino, também permanece o tempo todo fiel. E tudo isso – toda essa ameaça que nos é transmitida, de que o engano pode se sobrepor a tudo, bem como a expectativa de reparação possível – nos é relatado com a continência necessária para criar um tecido narrativo simples, de fácil escuta, visto que todas as conexões de sentido possíveis se nos apresentam involucradas na história do filho único de um rabino, selecionando-se pouquíssimas situações para apresentar as personagens e, mesmo essas poucas situações, podendo ser contraídas numa só, repetida em variações que levam ao mesmo desfecho e terminam por encerrar num círculo mortal o que poderia ter sido uma vida com horizonte em aberto. Se o relato é de fácil absorção, é porque coloca em funcionamento um mecanismo simples, do qual desde o começo nós nos apercebemos e somos capazes de antecipar seus desfechos parciais. O relato encerra toda uma situação – da qual nos inteiramos logo no início – num esquema cíclico e repetitivo em que as iniciativas se frustram, promovendo sempre um retorno à situação de tensão inicial, à mesma ordem conflitiva em ciclos sucessivos. Mas estamos indo rápido demais, talvez construindo precipitadamente algumas abstrações sobre o relato antes de nos apropriarmos mais intimamente do que nos é contado. Porém, não é de todo mau iniciar nossa análise impactados pela pungência do que é relatado. E essa pungência somente se revela a nós se nos apropriarmos do todo que nos é dito, da idéia que o relato contém: a de que tudo pode confabular contra a verdadeira realização, incluindo aqui tanto as ações dos tementes e cumpridores da Lei quanto a leitura que fazem dos eventos naturais, e de que o mal tende a se sobrepor ao próprio bem, por contar com o engano inconsciente ao qual são atados os dois praticantes da Lei de nosso relato – a de que a meta a ser atingida, apesar de bem demarcada e disponível, está um pouco além das possibilidades de ação dos sujeitos implicados.

"Era uma vez um rabino que, por muito tempo, não pôde ter filhos. Mais tarde, teve um único filho. Ele o criou e o casou." Nessas três orações, nos são apresentadas as duas personagens centrais do relato – um rabino e seu filho –, ambos não propriamente caracterizados mas apenas apontados, o primeiro como um rabino e o segundo como o resultado único de uma longa espera do primeiro. A passagem do tempo, desde o nascimento do filho único até o momento de vida em que o relato localiza o conflito que mobiliza a nossa narrativa, é condensada na breve oração que nos inteira que o rabino criou e casou seu único filho. Desde o início, a interdição tem um papel relevante no que nos é narrado. No princípio, ela se expressa na impossibilidade de nosso rabino vir a ter filhos, interdição essa superada pelo passar do tempo e pela bênção da chegada de um filho, fortalecido em sua importância por se tratar do único com que nosso rabino é agraciado. Se ele o criou e o casou, soube conduzi-lo dentro de seus parâmetros. Aliás, ao não oferecer nenhum nome próprio à nossa segunda personagem, ao restringi-lo à condição de filho único do rabino, o relato sustenta seu modo de ser, seu estado e circunstâncias como estando atrelados fortemente à primeira personagem, o rabino, seu pai. O que define a nossa personagem é seu grau de parentesco, é a condição de filho único, quase equiparada à condição de nome próprio.

A enorme economia de detalhes na apresentação das personagens, bem como a descrição dos acontecimentos feita com poucas e grossas pinceladas, parecem estar a serviço da ambição do relato em criar uma situação exemplar, mais do que contar de fato uma história. O que se segue às três orações iniciais tem exatamente essa função de definir a situação a que o relato quer nos remeter. Assim, inteira-nos de que o filho único comporta-se realizando a expectativa do contexto em que está inserido, "tal como era o costume dos ricos, e costumava estudar e rezar o tempo todo". Ou seja, nosso relato, mais do que contar uma história, introduz para nós uma ambientação, e os elementos que delineia estão aí com o intuito de apresentar um cenário e não uma ação. Sem justificar-se, apresentam-se os elementos que constituem esse cenário, a situação a que somos remetidos. As personagens emergem como que abstraídas de qualquer sucessão de acontecimentos, e delas – permitam-nos mais uma vez adiantarmo-nos, saindo do parágrafo inicial ao qual, no momento, estamos nos atendo – não saberemos, ao finalizar o relato, nada a mais do que nos é informado nesse início. O desenvolvimento é, na verdade, uma problematização da situação que nos é apresentada no início e não uma história. Aliás, o drama do relato é que não ocorre uma história, não se dá uma transformação.

"O filho único costumava sentar-se no sótão." Mais um detalhe na configuração da ambientação a que fazíamos referência e que contribui para a caracterização do contexto: o filho único atrelado ao pai e isolado, encerrado num quarto reservado, realizando suas atividades em concordância com a Lei, "tal como era o costume dos ricos". Ou seja, configura-se um cenário que não é só exemplar no sentido de nos remeter a uma situação específica, mas que é também exemplar por configurar uma situação que pode ser generalizada para um determinado estrato social, o dos ricos.

"Só que ele sentia que lhe faltava algo e não sabia o quê. E ele não sentia nenhum gosto nos estudos e nas rezas." Se dizíamos que o início do nosso relato colocava-nos diante de um ambiente, a locução "só que" com que se inicia a oração que agora destacamos serve, em sua função limitadora, para disparar a narrativa. Da descrição de uma situação, passamos para o desenvolvimento de uma ação engatilhada por essa introdução – "só que [...]". Um sentimento de falta, uma insatisfação indefinida, problematiza o cenário inicialmente apresentado, demandando uma transformação. Assim, abre-se o espaço para o desenvolvimento da ação propriamente dita. O desgosto que o filho sente na realização das atividades em que está implicado caracteriza o cenário previamente apresentado como insuficiente, demandando uma mudança, uma abertura no círculo que o encerra. "Contou isso a dois jovens, que lhe aconselharam a viajar até um determinado *tzadik*." O filho único do rabino compartilha com dois jovens o seu desgosto e estes lhe indicam uma viagem até um determinado *tzadik*. Eis aqui apresentado o núcleo do que deveria constituir a ação de nossa narrativa: essa viagem, uma ida até um local bem-determinado. Porém, o que o relato irá narrar é a problematização dessa viagem, a dificuldade em levá-la adiante, deixando o filho único para sempre distante do *tzadik*, de quem esses dois jovens tentavam aproximá-lo. Dois jovens? Nada nos é dito sobre eles. Talvez a pluralidade confira maior autoridade ao conselho que oferecem, mas, por outro lado, o imediatismo com que emergem no relato, bem como o atributo da juventude, arranha logo de início essa autoridade na enunciação do conselho.

Mas a ação do relato propriamente dita – a problematização da viagem sugerida em direção ao *tzadik* – somente será retomada logo após uma interpolação que serve para nos pôr a par do enorme empenho e da eficácia com que o filho único realizava seus deveres, com que cumpria as *mitzvot*, empenho e eficácia tão magnânimos que lhe permitem atingir uma qualidade nova de experiência na imersão solitária de estudo e reza que realiza – chegara à condição de Pequena Luz. Mas, como o filho único não encontra a paz nesse retiro de estudo e oração, "ele foi e disse ao seu pai que não sentia nenhum gosto em seu serviço [...] que lhe faltava algo e ele não sabia o quê. Portanto, queria viajar até o *tzadik*". O pai refuta o pedido de seu filho, pondo em ação uma interdição que distanciará o filho do *tzadik* almejado e o atará ao seu desgosto. As argumentações do pai no sentido de dissuadir o filho de seguir o caminho ansiado parecem emergir de um estado de altivez e orgulho, em relação ao qual a viagem do filho se constitui numa queda, dado que o pai dá mostras de conhecer o *tzadik*, que seria, segundo ele, menos estudioso e de uma descendência menos elevada. É a obstinada vinculação do pai a esse estado altivo que, sem dissuadir completamente o filho, impede-o, contudo, de viajar. E, ao se impedir a viagem, impede-se também a continuação da ação do relato, ao qual só resta retornar ao "conforme mencionado anteriormente". O quarto parágrafo é todo ele construído no sentido de salientar a imobilidade provocada pelo impedimento do pai. O encerramento é destacado pelo reiniciar obstinado manifesto na profusão do uso da palavra "novamente" para a descrição da mesma situação já descrita no início do relato: "O filho único novamente pôs-se a estudar e novamente sentiu a falta [...] novamente consultou as mesmas pessoas e novamente elas lhe aconselharam a viajar até o *tzadik* [...] novamente foi a seu pai e seu pai novamente o frustrou e não o deixou ir. Isso aconteceu diversas vezes". Nesse encerramento, a falta que o filho sente também obstina, o que impede o fechamento total do relato. Apesar da forte interdição paterna, a falta desperta no filho único uma ânsia poderosa por preenchê-la. O texto apresenta, à maneira de um comentário, uma explicação entre parênteses que legitima a obstinação do filho – que "ele devia, de algum modo, acertar as coisas, de modo a não sentir a falta". Talvez esse comentário, mais do que legitimar a obstinação do filho, esteja lhe oferecendo uma legitimação para a realização de um corte mais abrupto e definitivo com esse estado de coisas, para a realização de uma viagem, apesar da oposição paterna. Mas, como o comentário está entre parênteses e, portanto, num nível diferente do relato propriamente dito, nosso filho único não tem acesso a essa interpolação do narrador, uma explicação feita "em *off*" para nós, leitores. O filho único acode novamente ao pai. Nós não sabemos ao certo quantas vezes essas tentativas se repetem. O texto não as retrata com maior precisão. Apenas reveste de significação uma delas, destacando a veemência com que o filho pede ao pai, "até que o pai teve que viajar com ele, porque o pai não queria deixá-lo viajar sozinho, pois era seu filho único". Deixa sem deixá-lo. Oferece-se uma possibilidade de a ação progredir, porém sem que ocorra a dissolução dos elementos que sustentam essa situação de encerramento. Diz o pai para o filho: "Eu vou viajar contigo e vou te mostrar que ele não é nada". Antes de iniciá-la, o pai emite um veredicto que, na verdade, bifurca o objetivo da viagem e o torce. O pai não está indo em direção ao *tzadik*, mas em direção à demonstração da sua crença, da crença de que o *tzadik* é nada. Uma viagem para o nada, uma viagem que dará em nada. "Então, eles prepararam a carruagem e partiram."

"O pai disse ao filho: Vou fazer uma prova. Se tudo correr bem, então é providência do céu. Mas, se não, então não é vontade do céu que nós viajemos, e nós deveremos voltar." O relato versa sobre a profunda falta que um homem sente e suas tentativas de preencher essa falta. Mas, a personagem que aciona as modificações do texto não é propriamente o sujeito que sente a falta, o filho único, mas seu pai, o rabino. É ele quem atua com autoridade, uma autoridade conservadora que restringe as possibilidades de modificação. Suas opiniões são as de uma autoridade, e é enquanto autoridade religiosa que ele faz da viagem uma prova, vinculando de forma arbitrária a vontade do céu ao sucesso da viagem. Arbitrária por não englobar dentro da providência do céu, por exemplo, também a carência que o filho sente. E eles partem logo após o pai rabino ter encerrado a natureza da realidade dessa viagem e todo o seu potencial de ocorrências no interior de sua estreita concepção, derivada de sua altivez.

A viagem não transcorre bem: "[...] chegaram a uma pequena ponte. Um cavalo caiu, a carruagem virou e eles quase se afogaram". Como é o pai quem manda, então todo esse transtorno é providência do céu. "Então, eles voltaram." Da mesma forma que o quarto parágrafo, o sétimo de nosso relato está construído no sentido de marcar a força com que a configuração inicial da narrativa encerra e constrange a ação das personagens. Assim, voltaram para novamente ressurgir diante de nós o cenário inicial desse filho único sentado a estudar, novamente percebendo que lhe falta algo e novamente sem saber o que e, então, novamente implorando ao pai. Nada muda. O texto, propositadamente, não varia a descrição, nem sequer através do uso das palavras, em relação à estrutura estabelecida no início do texto, que passa a assumir quase que uma função modelar. Não precisamos de uma maior descrição do desalento provável do filho único, nem da emergência de uma atitude desesperada, tampouco da descrição mais minuciosa do intolerável dilaceramento que supostamente o acomete. Também está quase que inteiramente contraído o violento conflito existente entre pai e filho. Não há choque nem indisposição. Contudo, nessas repetições, todas essas emoções atuam num crescendo, transformando a situação inicial num sufoco cada vez maior. Um único elemento vai marcando esse acréscimo de desespero a cada momento em que a cena se repete. Assim, no segundo parágrafo, quando da primeira vez que o filho fala com seu pai, o relato diz que "ele foi e disse". Da segunda vez descrita, no quarto parágrafo, o relato menciona a aproximação do filho ao pai, dizendo: "e ele novamente foi ao seu pai". Já na terceira vez, "ele foi novamente ao seu pai e pediu-lhe veementemente". A quarta vez, que se encontra no parágrafo em que agora estamos trabalhando, o sétimo, diz: "Então, novamente implorou ao pai". O relato vai sugerindo esse incremento de tensão, como dissemos, apenas pela variação desse único elemento, que vai do pedido reiterado ao pedido veemente e chega na imploração. O pai não é de todo surdo aos pedidos do filho e sua atitude, de algum modo, acompanha a ação do filho, mas num descompasso que nunca é superado. Desse modo, a imploração do filho único mobiliza o pai, retirando-o do cenário no qual ele se sustenta e tanto teima em sustentar. "Então, novamente (o filho único) implorou ao pai, e o pai teve outra vez que viajar com ele." Mas, mesmo assim, nada muda. "Enquanto viajavam, o pai novamente fez da viagem uma prova, se tudo correr bem..., conforme mencionado." Novamente, a viagem interrompeu-se. Na primeira tentativa, diante de uma pequena ponte, cai o cavalo. Agora, num instante indeterminado, quebram-se ambos os eixos da roda. O pai vê assim confirmada a inutilidade da viagem e o descomedimento do pedido do filho, mostrando-lhe que a providência do céu atua em conformidade com o pensamento dele, pai. "Veja como tudo indica que não devemos viajar, pois é normal que ambos os eixos se quebrem? Quantas vezes viajamos nessa carruagem, e algo assim nunca ocorreu? E eles novamente voltaram para trás." O pai argumenta; o filho, submetido, o relato o silencia.

"Mais uma vez, o filho único retomou os seus estudos, etc. ..., conforme mencionado". Conhecemos tão bem essa situação, que o narrador não precisa mais detalhá-la. Ele sabe que nós já dela nos apropriamos, e assim opera. Porém, o narrador reitera a falta que o filho único sente, talvez porque nós tenhamos, na tranqüilidade da leitura, fixado a situação e menosprezado a terrível falta que o filho sente. "[...] e os jovens continuaram persuadindo-o a viajar." Novamente, ressurgem essas personagens, tratadas da mesma maneira que quando da primeira vez, de forma tão secundária, sem outorgar-lhes maior relevância, a não ser a de que eles têm a capacidade de excitar o filho único, motivando-o para almejar muito ir em direção ao *tzadik*, do qual agora, no meio do texto, não se faz menção, talvez porque o excesso de impedimentos que vão se aglomerando instilem uma bruma que o esvanece. Mas sabemos que é em direção a ele que o filho quer agir e é em oposição a essa conduta que o pai atua.

E o filho único mais uma vez acode ao pai. O relato dessa vez o apresenta dizendo que "insistiu com ele". A insistência surte efeito, mobiliza o pai, que "teve que viajar com ele". O verbo utilizado – "ter que" – sugere que a oposição paterna ainda está presente, não é um verdadeiro querer que o agiliza para a viagem, é a insistência do filho. Surge um elemento novo: o filho faz um pedido ao seu pai, no sentido de não transformar a viagem em prova qualquer, "pois pode ocorrer que um cavalo caia ou os eixos se partam". Ou seja, pede ao pai que a intenção da viagem não atole nas intempéries naturais que possam ocorrer. Surge aqui o filho único numa atitude mais decidida, pondo em questão um dos modos do pai conceber as coisas. O relato nos oferece, nesse instante, a única enunciação do filho em voz direta: "Desta vez, a menos que algo muito incomum ocorra, nós devemos continuar." Então, eles partem pela terceira vez.

Param numa pensão – nada nos é dito sobre qualquer ocorrência na viagem até esse ponto – e lá encontram um mercador com quem se inicia uma conversa, "tal como é o costume entre os mercadores". O rabino, envergonhado com o propósito da viagem, evita esse assunto, mantendo a conversa apenas sobre "assuntos mundanos". Mas, na conversa, uma coisa puxa a outra, e eles começaram a falar sobre *tzadikim*[3] – no texto apresentados como "bons judeus" –, sobre onde encontrá-los. O mercador passa a contar "que em tal lugar se encontra um bom judeu, e também ali e acolá".

Como nós estamos trabalhando com o texto a partir de uma segunda leitura do mesmo, ou seja, já conhecendo o seu desfecho final, sabemos agora que, na verdade, esse mercador, uma personagem de traços demoníacos, está, nessa conversa, assuntando pai e filho com o intuito de interromper a continuidade da viagem e impedir o encontro do filho com o *tzadik*. Mas nada disso transparece a essa altura do relato. O mercador vai destacando os "bons judeus", introduzindo-os na conversa, até que termina por levar para dentro dela "o bom judeu em direção a quem estavam viajando" e que a vergonha do pai evitava introduzir, tornando-se este assim, por ignorância, guardião da viagem, até o momento em que é enredado junto com o filho na conversa do mercador. Porém, o relato guarda sempre um tom de naturalidade no diálogo travado pela dupla pai-filho com o mercador, atendo-se apenas a expor o que um disse e o que o outro respondeu, sem nos dar qualquer indício de toda essa sinuosa insídia. "[...] e assim eles (pai e

---

3. Palavra em hebraico, plural de *tzadik*.

filho) começaram a falar sobre o bom judeu em direção a quem estavam viajando." Então, a dupla se excita e, abertamente, expõe a intenção da viagem, revelando para o mercador aquele em direção a quem se mobilizam. O mercador se surpreende: "Esse?! Ele não é um verdadeiro judeu. Eu venho agora dele, e eu estava presente quando ele cometeu uma transgressão". O mercador não só o conhece, como acabou de estar com ele e testemunhou que o mesmo é displicente no cumprimento das ordenações divinas. Sem que nada, no relato, explicite suas verdadeiras intenções, o mercador adverte diretamente os viajantes sobre o engano na apreciação que faziam em relação a esse bom judeu. A cilada está em seu apogeu, o mercador soube introduzir-se sutilmente com o intuito de interromper a viagem, mas, nós, leitores, tal como o filho único e o pai, somos distanciados de seus verdadeiros motivos pelo modo como o relato apresenta esse diálogo ocorrido à noite, numa pensão, a caminho do *tzadik*. A oposição do pai à realização da viagem ganha um aliado, o relato do mercador fortalece a argumentação paterna. "Você vê, meu filho, o que o mercador conta imparcialmente." E, entre parênteses, reforçando ainda mais: "(ele não tencionou falar coisas ruins desse bom judeu, foi só por causa da nossa conversa que ele contou isso)". O filho único tinha pedido, antes de iniciar mais essa tentativa de ida até o *tzadik*, para o pai não fazer da viagem uma prova, para não atrelar a leitura dos acontecimentos da viagem às suas concepções pessoais e não legitimar essas últimas vinculando-as à vontade do céu. Porém, o próprio filho único é quem tinha enunciado o provável limite que, se ocorresse, poria fim à viagem. Dissera ele, lembremos: "[...] a menos que algo muito incomum ocorra [...]". E algo muito incomum havia ocorrido. Ambos são inteirados por um mercador desconhecido, a quem o pai dá crédito, de que o *tzadik* é um transgressor da Lei. Novamente, é o pai quem argumenta e novamente o filho, submetido, o relato silencia. Nós, leitores, não saberemos nada sobre sua apreciação das palavras do mercador em relação ao *tzadik*. Teria ele aberto mão de seu desejo de vinculação com o *tzadik*?

Então, voltam para casa. "[...] e o filho morreu e veio num sonho ao seu pai". Em nenhum momento, o relato muda o seu tom, sustentando sempre essa voz que relata com objetividade e aguçado poder de síntese. Nem precisa nos apresentar de novo a cena que encerra – agora sabemos, mortalmente – o filho único. Nem precisa nos lembrar da terrível falta que o acometia. O relato destaca somente a morte do filho, sem se deter numa descrição de seu definhar ou do impacto desse terrível acontecimento no pai. Apenas engata imediatamente num sonho do pai, no qual emerge, zangado, o filho único. O contexto onírico que se segue guarda, contudo, a mesma ambientação textual que o relato mantinha até esse momento, em nada se alterando. "Por que você está tão zangado?", pergunta o pai ao filho. É no sonho que o pai pode reconhecer o aborrecimento do filho e lhe pergunta do motivo. O filho responde demandando do pai que faça a viagem até aquele bom judeu ao qual ele, filho, não tinha conseguido chegar. "Ele lhe dirá porque eu estou zangado." Apesar da morte do filho único, o pai continua sendo o mesmo. Achou que tinha sido apenas um incidente, "[...] era apenas um sonho e não realidade". O pai tende a fazer uma leitura racional dos acontecimentos, separando o sonho da realidade e, nesse empenho, promove uma redução do sentido dos mesmos, chegando ao ponto de descaracterizá-lo e silenciá-lo. Assim age por duas vezes. Porém, o sonho, da mesma maneira que a falta que acometia o filho único, teima em manifestar-se, até que o pai "compreendeu que isso não era coisa sem sentido". O pai deve realizar a viagem que o filho não pôde fazer. Na verdade, apesar do título do texto fazer menção ao filho único e ser este o que sente a falta que mobiliza o acontecer da história, é o pai rabino que, como personagem, transita por todo o relato, sendo o único a estar presente em todos os acontecimentos narrados, ao ponto de, finalizado o relato, sermos levados a refletir mais sobre o pai do que sobre o filho. É o pai que a leitura predominantemente problematiza. São suas concepções, ou melhor, seu modo de lidar com os acontecimentos, que o texto apresenta de uma forma que obriga a nós, leitores, questionar. Agora é só ele, sob a demanda suscitada em seus sonhos pelo filho morto, que deve realizar a difícil viagem de ida até o *tzadik*. Agora, é ele quem sente uma terrível falta e é mobilizado a ir até o *tzadik*. "No caminho, novamente topou com o mercador que encontrara antes, quando viajara com seu filho." O rabino o reconhece e lhe diz: "Você é aquele que eu vi na pensão".

"O mercador respondeu-lhe: 'Lógico que você me viu', e abriu a boca e lhe disse: 'Se você quiser, eu te engolirei'. E ele lhe disse – o rabino ao mercador –: 'O que você está dizendo?'" A surpresa e a incredulidade do pai diante da resposta do mercador realçam a força da revelação que se segue e que implica o pai por inteiro. A revelação virá da boca do mercador. Ele abre a boca e, como o que irá dizer golpeará profundamente o pai, essa revelação, por assim dizer, o irá engolir.

Essas nossas reflexões são tentativas de penetração no interior de um texto que caminha liso, sem nunca mudar de foco nem de profundidade, mantendo-se sempre numa linearidade ininterrupta. Mesmo nesse parágrafo, onde está tendo origem uma verdadeira reviravolta de todo o texto, o relato mantém a mesma postura, funciona o mesmo equilíbrio, sustenta a mesma voz. Como o rabino perguntou, o mercador lhe responde, e sua resposta condensa todos os percalços que promoveram a interrupção da viagem, tornando o próprio mercador o ponto de encontro de tudo aquilo que impedia a ida do filho único até o *tzadik*. Ele sabe do que se passou e motiva a lembrança do pai para os instantes em que o cavalo caiu na ponte e, depois, quando os eixos das rodas se quebraram. Ele sugere ao pai tê-los enganado (a ele e ao filho) quando lhes dissera "que ele (o *tzadik*) não era um verdadeiro judeu", e afirma qual era o seu verdadeiro intuito – impedir o encontro do filho único com o *tzadik* – ao dizer-lhe que "agora que eu já me livrei de seu filho, você pode viajar". Dá-lhe também (o mercador ao rabino) o motivo de sua conduta: se ambos se encontrassem, se a Pequena Luz, o filho único, e a Grande Luz, o *tzadik*, viessem a se reunir, seria tão grande o alumbramento, jorraria tanta luz, seria a chegada do Messias. "Agora que eu me livrei dele (do filho único), você (o pai rabino) pode viajar". As palavras do mercador não apenas oferecem um significado aos percalços ocorridos nas diversas tentativas de viagem até o *tzadik*, transformando-os em "instrumentos" a serviço de um impedimento, de uma interdição de um encontro· de profundas implicações redentoras, mas são também a revelação, para o pai – mesmo que nada disso seja explicitado no texto –, de que sua atitude, de alguma maneira, trabalhava em ressonância com todos esses instrumentos impeditivos do encontro redentor. Também ele tinha atuado como o mercador, também ele tinha dito ao filho que o *tzadik* "não é nada", também ele tinha tentado dissuadi-lo de viajar. O mal pôde operar através do pai, por mais que ele amasse o filho e pensasse estar vinculado ao bem.

Depois de dizer essas palavras, o mercador desapareceu repentinamente, "e o rabino não teve com quem falar". A quem responder? Talvez, a si próprio. Filho único e mercador, duas forças em oposição, quem sabe personificações de motivações do pai em conflito. Sugerimos essa possível leitura porque, ao final da história, o que temos é a viagem de um pai rabino que chega atrasado ao encontro com o *tzadik*. Como dizíamos antes, é ele, o pai, quem aciona as modificações, é ele quem atua com autoridade, é ele quem não soube o momento certo de vincular sua Pequena Luz à Grande Luz. Claro que o relato ultrapassa essa leitura. O filho único também é uma personagem plena e, enquanto tal, implicada com responsabilidade por ausentar-se do encontro almejado. Mas, ao fim da história, o que temos é um lamento em voz alta do pai, junto ao *tzadik*: "Pena pelo que foi perdido e não pode ser encontrado". Uma dor profunda pela oportunidade perdida, pelo tamanho do engano, uma falta experimentada junto ao *tzadik*. O filho motivou a viagem do pai até o *tzadik* dizendo-lhe, em sonho, que ele, o *tzadik*, "lhe dirá porque eu estou zangado". Mas foi a caminho do *tzadik* que o pai pôde saber o motivo da zanga do filho, através das palavras do mercador. O que o *tzadik* disse ao pai, o relato silencia, interrompendo-se em lamento expresso em voz alta e demandando de nós, leitores, a sua releitura, porque o que o mercador disse ao pai ressignifica tudo o que, até esse ponto, tínhamos lido.

"Era uma vez um rabino que, por muito tempo, não pôde ter filhos. Mais tarde, teve um único filho [...]"

4. Rabi Nakhman de Bratzlav: Apontado pelos Textos

Os textos do Rabi Nakhman costumam se iniciar fazendo uso de uma voz que lança os leitores para um pretérito, espécie de contexto onde será ambientada a ação narrada. Assim, o "era uma vez [...]" que serve de abertura tanto para o relato "Uma Carta do Rei" quanto para "O Filho Único do Rabino", bem como a variante "certa vez [...]" em "O Príncipe Peru", constitui-se em estratégia formular que, advinda da tradição oral, inaugura um espaço que outorgará à narrativa que se seguirá sua ambientação, à maneira de uma moldura. Ou seja, esse pretérito inicial não chega a constituir-se propriamente num ponto de vista, num posicionamento a partir do qual a voz do narrador adquirisse sua peculiaridade e viés para narrar. Esse pretérito, por um lado, estabelece um cenário ao qual remete os ouvintes-leitores, apontando assim para a ação que será relatada. Funciona à maneira de um convite à nossa atenção, que se vê lançada para o acontecer que se seguirá. Por outro lado, outorga à narrativa um tom de recordação que potencializa a implicação dos ouvintes com o relato – uma recordação oferecida como um testemunho, o que confere autoridade à voz que narra, por ser portadora do conhecimento das situações que serão em seguida apresentadas. Trata-se de uma convenção particular, que permite dotar a comunicação oral de uma legitimidade à qual nos engajamos. O uso desse pretérito serve para, ao mesmo tempo, introduzir a narrativa e estabelecer uma delimitação entre o que nos será narrado e a concretude das ocorrências humanas, fortalecendo, como dizíamos quando da análise do relato "Uma Carta do Rei", o que será contado, ao ampliar ao máximo as propriedades constitutivas internas do texto. As evocações que o sentido das palavras suscitam poderão assim trabalhar integralmente em direção ao interior textual. Referimo-nos anteriormente a esse modo de iniciar a história como se tratando de uma estratégia formular e, de fato, são diversos os autores (Scholes & Kellog[1]) que detectaram que a organização da arte verbal dá-se no interior de formas sólidas, extensas às vezes, e que são razoavelmente duradouras, bem como em grande parte responsáveis pela sua permanência no tempo, pois funcionariam também como facilitadores mnemônicos. Assim, o "era uma vez" que abre as nossas histórias é proveniente de um exercício de arte oral e a escolha desse padrão formular traz já consigo uma sucessividade, se não de motivos (Vladimir Propp[2]), de modos de se dar o encadeamento entre eles, disseminando por todo o relato o impacto de sua utilização e estabelecendo um narrador cujo engenho opera contido no interior do esquema formular, a partir do qual ele emerge. Sua habilidade – portanto, sua especificidade e grandeza narrativa – não deve ser procurada tanto na forma que a narrativa assume, pois esta subsiste à própria narrativa, à maneira de uma forma fundamental (Propp) a que a forma das narrativas do Rabi Nakhman encontra-se vinculada, sendo dela, na verdade, uma forma derivada. A habilidade desse narrador, sua especificidade e modo de funcionar, devem então ser procurados por nós no modo como ele seleciona, apresenta e vincula os materiais com que trabalha, para que possamos nos apropriar dos elementos centrais que caracterizam sua narrativa. Rabi Nakhman não é criador de uma forma nova e original, de um modo singular de dizer as coisas. Ele, como bom representante da poesia oral, se vale de formas tradicionais e tem seu relato suportado no interior das mesmas, estando sua grandeza na habilidade e maestria com que aí se movimenta. É aí que devemos procurar a novidade promovida por Rabi Nakhman. E tem novidade, pois mesmo que a forma anteceda sua narrativa, mesmo que esta seja, como diz Bachelard[3], talhada em lugares-comuns, ela é habitada com propósitos próprios e específicos. Por isso, para analisarmos nossos relatos, não os aproximaremos das funções – as ações que as personagens realizam – e elementos – partes constitutivas do conto – que permitiram a Vladimir Propp oferecer uma visão sistêmica dos contos populares, estabelecendo assim as leis gerais de sua composição, bem como

1. R. Scholes & R. Kellogg, *A Natureza da Narrativa*, São Paulo, McGraw-hill, 1977.

2. Deste autor, utilizamos em nossa pesquisa as seguintes obras: V. Propp, *As Raízes Históricas do Conto Maravilhoso*, São Paulo, Martins Fontes, 1997; *Morfologia do Conto*, Lisboa, Vega, 1992; "As Transformações dos Contos Fantásticos", in *Teoria da Literatura – Formalistas Russos*, Porto Alegre, Globo, 1976.

3. Gaston Bachelard, *A Poética do Espaço*, Rio de Janeiro, Eldorado/Tijuca Ltda.

os pré-requisitos a partir dos quais essa forma de relato pode vir a se manifestar. Para os fins com que estamos operando, não nos seria de utilidade remontar as funções que as personagens desempenham nos relatos de Rabi Nakhman àquelas que Propp conseguiu listar. Ainda que pudéssemos aproveitar o amplo painel de motivos – e as funções e elementos com que esses motivos são trabalhados nessa forma de narrativa – organizado por Propp e, nesse exercício, encontrar os motivos essenciais que a narrativa de Rabi Nakhman põe em ação, aproximando-os assim das formas fundamentais e permitindo que surjam as transformações essenciais operadas pelo autor, conseguiríamos pouco para aquilo de que almejamos nos apropriar. Não é pelo levantamento dos motivos que queremos trabalhar – pelo menos, não na sua forma pura e nem tendo-os como ponto de partida. Situações de afastamento, por exemplo, estão presentes enquanto motivos dos textos do Rabi Nakhman, em suas variantes de isolamento ("O Filho Único do Rabino" e "Uma Carta do Rei") e confinamento ("O Príncipe Peru"). A tarefa de busca, outro motivo elencado por Propp, está presente em "O Filho Único do Rabino", e até o tema da mesa posta, problematizando as formas de consumir o alimento, isoladamente ou em comunidade, presente em "O Príncipe Peru", é possível de ser encontrado em Propp[4]. Mas a detecção da presença desses motivos não é um bom início para o trabalho com os textos do Rabi Nakhman porque, se eles estão aí, é com o intuito, ao nosso ver, de dar conta de um propósito mais específico do autor, obedecendo a uma dinâmica que, para ser posta em movimento, os introduz, exprimindo-se através deles. Atendo-nos aos motivos, poderíamos dispersar, sem nos permitir chegar ao movimento mais geral das narrativas que, por enquanto, estamos apresentando como se tratando de uma dinâmica a serviço da qual cada uma das partes – os motivos – opera. Devemos ingressar nos textos atentos ao tratamento que os elementos que os compõem recebem dos mesmos. Assim, iniciaremos por analisar o modo como o tempo, a ambientação e as personagens se apresentam para nós, a partir da forma como a narrativa se constrói.

O narrador desses contos que selecionamos é um apresentador de fatos que faz pouco ou nenhum uso de uma descrição mais detalhada, atendo-se à apresentação de uma cena que, apesar da brevidade com que é construída, expressa com complexidade a situação que narra. Sua habilidade manifesta-se na concisão com que apresenta situações complexas desde as primeiras orações. Assim, já nas aberturas, monta-se de forma abrupta e compacta toda a situação que o texto a seguir irá problematizar. E essa concisão com que o narrador trabalha outorga ao que é dito uma forma de objetividade que permite a nós, leitores, aceitar o que é narrado com certa naturalidade, sem turbulências. "Cer-

---

4. V. Propp, *As Raízes Históricas do Conto Maravilhoso, op. cit.*

ta vez, um príncipe real enlouqueceu e pensou que era um peru." Sem que nos sejam dados quaisquer elementos sobre o que teria motivado a configuração de tal situação, a voz narrativa introduz de imediato uma ação que, na simplicidade de sua apresentação, guarda uma fantástica e enigmática metamorfose. A voz que se dá a conhecer nessa abertura apresenta uma intensidade contida, advinda da orientação que parece tomar para si, de ser um apresentador de fatos, um loçutor de ações diante das quais não se antecipa e às quais responde com sutileza e de forma não direta. Para esclarecer melhor o que estamos querendo apontar, é necessário salientar que seus relatos apresentam os acontecimentos respeitando o tempo do suceder deles. Tanto "O Príncipe Peru" quanto "Uma Carta do Rei" e "O Filho Único do Rabino" são narrativas em que o suceder progride com uma direção claramente definida, na qual os acontecimentos relatados guardam uma conexão que, ainda que não chegue a criar um campo de previsibilidade, arma cenas de maneira que uma se deduza da outra que lhe antecede. É certo que o narrador opera saltos, cria repetições, abre mão do discurso indireto para dar voz plena à personagem, tal como iremos ver mais adiante. Porém, as nuanças associativas com que opera criam uma noção de temporalidade onde o acontecer flui sempre para adiante, outorgando à narrativa uma direção. No entanto, em nenhuma das histórias temos a utilização de algum elemento que ajude a fixar com maior precisão o tempo do acontecer. Sabemos que o filho de um rei vivia longe de seu pai, mas nada nos é dito sobre a passagem do tempo que levou para essa situação configurar-se. E quando nos é dito que "um dia, chegou-lhe uma carta do pai", essa marcação – "um dia" – nada esclarece sobre a passagem do tempo – quanto tempo demorou para chegar a carta: alguns dias, meses ou o transcorrer de diversas gerações? –, significando apenas uma pontuação, um marco para a implantação da nova cena: a do filho de posse da carta do pai. Mesmo a frase "Era uma vez um rabino que, por muito tempo, não pôde ter filhos [...]", em "O Filho Único do Rabino", não toma o tempo como um *a priori* mergulhado no qual a narrativa irá acontecer. O rabino assume uma característica – a de ser alguém com dificuldade para gerar filhos – ao ser apontado um intervalo de tempo através do qual essa característica pode ser apresentada com convicção no interior da narrativa. Porém, aqui também o intervalo de tempo tão vagamente apresentado serve para que nos seja possível, ao entrar em contato com a narrativa, executar algo assim como um sanfonar do tempo. A narrativa admite que pensemos tanto no intervalo de meses ou anos ou que a estiquemos até um horizonte em que é possível abarcar a própria história humana e, neste último registro, compreenderemos a história de nosso rabino e seu filho com esse pano de fundo – um tempo que abarca a história. E quanto tempo leva para um príncipe real enlouquecer? E, uma vez enlouquecido, pensando ser peru, quanto tempo pode estar nu debaixo da mesa, bicando ossos e migalhas de pão, até que surja um sábio? A narrativa permite que a compreendamos como contida no intervalo de tempo de uma vida humana. Mas, também se oferece sugestivamente aberta para que, querendo, a estiquemos até o velho Adão que, também nu, teve de se haver com o pão. Esse vago registro sobre o tempo do acontecer das coisas, esse arranjo de fatos cujo tempo do acontecer, de tão vago que é, quase que permite um desprendimento em que o fato parece imperar sem tempo, esse suceder das ações, a continuidade que é acionada, cria, contudo, uma impressão de montagem do tempo que faz surgir algo assim como um destino, apesar da narrativa como um todo guardar uma contextualização extratemporal. O narrador apresenta fatos num contexto atemporal, vinculando-os a partir de uma relação de causalidade que acaba por promover à narrativa como um todo uma organização causal à qual ficam subordinados cada um dos fatos. Não é o tempo que os costura, mas é uma certa lógica na relação entre os fatos que vai constituindo uma orientação temporal. Se as narrativas desdobram-se numa ambientação atemporal, na qual os elementos que servem para marcar o tempo do acontecido rareiam ao ponto de, em "Uma Carta do Rei", fora a expressão formular "era uma vez" com que se inicia, contarmos com apenas um apontar sobre o tempo – "Um dia, chegou-lhe uma carta do pai" – que, como dizíamos, funciona mais no sentido de inaugurar um novo fato do que significar uma passagem de tempo; se a única dimensão de tempo em que essa história parece funcionar é no sentido de suscitar um "antes" e um "depois" mais associados à argumentação em si do que à determinação de um desdobramento, de um acontecer no tempo; e se esse mesmo fenômeno vemos presente nas outras duas histórias, nas quais também a voz narrativa manifesta-se do início ao fim no pretérito, fazendo pouco uso de marcações de tempo e realizando um suceder de causa e efeito, talvez essa atemporalidade em que a narrativa transcorre seja uma manifestação, um marcador da situação de oralidade, origem dessas narrativas. Porque, na oralidade, "a língua tende ao imediatismo, a uma transparência"[5]. O tempo dessas narrativas é a atualidade da enunciação, visando manifestar num presente a emergência de um sentido.

O que está emergindo em nossa análise dessas narrativas é que o acontecer das mesmas, os fatos que nos são narrados e o próprio enredo que a montagem desses fatos cria desenvolvem-se sem ter uma ancoragem temporal mais precisa. Isto não quer dizer apenas que os acontecimentos dão-se inteiramente fora do mundo dos eventos históricos, até porque o enredo dessas narrativas parece ser regido por leis passíveis de serem transferidas para o mundo real. As narrativas têm a ver

5. P. Zumthor, *Introdução à Poesia Oral*, São Paulo, Hucitec, 1997.

com o mundo dos homens. Se as suas contextualizações temporais são reduzidas aos mínimos elementos possíveis, é para, ao nosso ver, permitir contextualizar o presente em que a narrativa é atualizada. A narrativa transcorre solta no tempo, à espera de uma re-contextualização que a signifique, uma contextualização que será efetivada de acordo com o modo como contrairmos ou expandirmos esse tempo do acontecer.

Dá-se também a mesma rarefação de elementos no que diz respeito à ambientação espacial. "Uma Carta do Rei" expõe-se a nós sem que qualquer referência nos seja oferecida a respeito de sua ambientação. A distância do filho do rei em relação ao seu pai é problematizada sem que seja necessário oferecer qualquer localização, nem a mais mínima descrição sobre o entorno no qual a história se passa, apresentando-se, à mesma maneira do que diz respeito à configuração temporal, para ser disposta no aqui do momento da apropriação pela escuta. E o mesmo se dá com o conjunto da narrativa "O Príncipe Peru", em que o elemento de ambientação mais preciso é uma mesa disposta em algum ambiente da corte. Não que se tenha eliminado plenamente os ecos de uma ambientação mais ampla, até porque a tensão toda dessa narrativa advém da tarefa de retirar o príncipe do contexto de debaixo da mesa para restituir-lhe seu viver no contexto mais amplo da corte. Mas essa foi tão poderosamente abstraída que consegue oferecer-se sem ser exposta. Aqui, também, a ambientação que o debaixo de uma mesa pode gerar apresenta-se para ser considerada no momento do contato de nossa escuta com a narrativa. A mesa, tanto na dimensão de seu significado de ser um móvel quanto na compreensão de sua forma, de ser uma superfície plana delimitada e que separa um acima e um abaixo, dá-se como disponibilidade para ser instalada na ambientação que o aqui-e-agora do contato com a narrativa suscita. O importante para que isto se dê, tanto com essa narrativa quanto com "Uma Carta do Rei", é que guardemos uma certa familiaridade com a hierarquia nobiliárquica a que elas fazem referência e que é, em última instância, a contextualização mais precisa a partir da qual as personagens ganham definição.

"O Filho Único do Rabino" explicita mais os ambientes onde as ações se dão. Contudo, como também não há descrições, ficamos com algumas referências possíveis de serem mobilizadas quando da escuta/leitura, podendo, tal como a mesa de "O Príncipe Peru", transformar-se num mobiliário que outorgue ao aqui-e-agora da escuta/leitura um sentido específico. Em "O Filho Único do Rabino", o que temos como elementos de ambientação espacial são fragmentos de cenários que o narrador supõe familiares aos seus ouvintes, "tal como era o costume dos ricos". Esse modo de expressar de que o narrador se vale quando da descrição da rotina do filho único por um lado o localiza num conjunto de semelhantes – os ricos –, caracterizando-o assim e oferecendo-o, por outro, para que os ouvintes/leitores o caracterizem a partir de seus próprios repertórios. Nada sabemos sobre a casa do rabino, e nem se o filho único continuou, depois de casado, a morar com ele. O único espaço a que o texto nos dá acesso é o sótão, no qual ele costumava estudar e rezar o tempo todo, dispondo assim a nossa personagem num ambiente reservado, que põe em destaque seu isolamento. À ambientação de estudos que é montada, segue-se a da viagem até o *tzadik*, que é sugerida para o filho único pelos dois jovens. Dessa viagem, do seu roteiro, cujo trajeto nossas personagens não conseguem vencer por três vezes, também ficamos sem saber maiores detalhes. Tal como quando da ambientação da casa, tudo o que nos é dado são apenas alguns fragmentos, contextos de ocorrências de insucessos que a interrompem: uma pequena ponte sob a qual o cavalo cai e a carruagem vira, e uma pensão, na qual pai e filho encontram o mercador que, na conversa, desmotiva o pai a seguir viagem. Todas essas ambientações são seguidas, na narrativa, do sonho que o pai sonha três vezes, no qual aparece o filho zangado. Segue-se a viagem do pai até o *tzadik*, na qual novamente encontra o mercador, através de quem se inteira do engano que significou o impedimento das viagens do filho até o *tzadik*.

Nessa narrativa, bem como nas outras, a falta de descrição desmaterializa os lugares onde ocorrem os fatos, deixando-os, por assim dizer, em aberto para serem atualizados na situação de leitura/escuta. Não que os textos não contenham potência e vitalidade necessárias para expressarem-se com autonomia, ou seja, para criarem um campo interno de referências múltiplas que dinamizam cada uma das narrativas por si só, gerando um movimento próprio. Mas, o que estamos sugerindo é que cada uma dessas peças é montada levando em consideração o instante da recepção. E se oferecem para serem acolhidas nesse instante, devido ao alto grau de abstração dos referenciais espaço-temporais com que operam, possibilitando que a ação narrada, na sua literalidade, seja capaz de acolher as referências espaço-temporais das possíveis situações de recepção.

A rarefação dos elementos espaço-temporais é acompanhada ou, quem sabe, talvez suscitada pelo modo como são apresentadas e dinamizadas as diversas personagens. Mais do que serem portadoras de uma história, elas são o suporte para a problematização de uma situação. Se as marcações de tempo e de cenário são escassas, no caso das personagens carecemos de qualquer elemento que as descreva fisionomicamente. Elas não têm nome, nos são apresentadas pela função que exercem ou pela posição que ocupam numa hierarquia nobiliárquica. Trata-se de príncipes, reis, um rabino e seu filho, um sábio, um *tzadik*, dois jovens. Se estes ganham uma singularidade, é graças ao lugar que ocupam nas narrativas. Mas, são despossuídos de história. Poucas palavras bastam para que nos sejam apresentados. Tamanha é a economia de detalhes, que eles apenas são nas situações em que nos são apresentados. Porém, como o narrador deixa que eles se apresentem sem interpor-se diretamente na ação, oferecendo às personagens a plenitude do espaço textual, estas revelam-se para nós com forte intensidade, suscitando a convicção de que estamos diante não apenas de situações de vida complexas, mas de personagens envolvidas com complexidade nas situações montadas. Elas são, apesar do rápido, simples e pontual traçado de que são feitas, afirmações orgânicas, ou seja, capazes de fazer repercutir a intensidade de uma afirmação de ser conflitiva. Dizíamos que elas são na situação em que estão inseridas. Se, anteriormente, detectamos que essas narrativas permitem o deslocamento por diversos referenciais espaço-temporais, das personagens não nos é permitido abstraí-las das situações em que estão implicadas. Elas, em si, são a materialização dessas situações, mas trabalhadas com tal maestria narrativa que parecem ser dotadas de uma organicidade para além dos limites da situação narrada. Isso porque, apesar de serem tão vagamente apresentadas, o narrador outorga-lhes uma voz própria e, em nenhum momento, as comenta ou explica, deixando que se apresentem para nós em sua peculiar manifestação. Elas são e estão ali não como uma voz alheia, mas como um condensado dotado de complexidade, através do qual oferecem-se para que possamos nos apropriar de um sentido, sem que o narrador se introduza propriamente. É sóbria a apresentação delas e são pontuais as falas que lhes são outorgadas. No entanto, dada a potente particularidade com que são construídas, assumem uma maneira individual e específica.

Também vemos, no modo como as personagens são apresentadas, indícios de oralidade. A voz das personagens é o meio privilegiado de acesso a elas. O narrador se orienta em direção à fala das personagens deixando que esta se manifeste para que, através dela, nos apropriemos das particularidades de que são feitas as personagens. Aqui, é importante não apenas o que dizem, mas é necessário também – para que possamos nos apropriar dessa particularidade – reconstituir a entonação, num esforço que permita recuperar o gesto a que essa fala direta alude. "Quem é você? O que está fazendo aqui?", pergunta o príncipe ao sábio em "O Príncipe Peru". Perdemos a poderosa carga expressiva dessa pergunta se não levarmos em consideração a entonação. O príncipe peru e o sábio levantam a mesma questão, palavra por palavra. O sábio responde: "E você? [...] O que está fazendo aqui?" Nesse diálogo, apresentação direta de uma forma oral de comunicação sem mediação, algo da dimensão do gesto humano, através da entonação, deve ser recuperado. E a afirmativa "Eu sou um peru" com que o príncipe responde guarda sua ironia ou seu humor se recorrermos ao exercício de resgate da entonação.

É também característica dos textos com que estamos lidando a brevidade e objetividade da voz direta com que o narrador dota as personagens. São sempre frases curtas, em que o que é dito é o essencial para que, através da frase, nos seja possível captar de modo imediato a motivação das personagens. Assim, sabemos das motivações e do modo de atuar do rabino, em "O Filho Único do Rabino", sempre através da voz direta. Sua fala enuncia seu ponto de vista e sua valorização pessoal sobre a questão em que está implicado – no caso, a necessidade de seu filho viajar até o *tzadik*, na tentativa de preencher a falta que sentia. Tudo o que o pai diz tem a ver com essa questão; ou seja, aqui, como nos demais textos, tudo gira em torno de um problema central. Narra-se um simples evento, nesse caso a tentativa de um filho viajar até um *tzadik* e a oposição de seu pai; em "O Príncipe Peru", a ação de um sábio para fazer sentar à mesa um príncipe que, enlouquecido, pensava ser peru e vivia debaixo da mesa; e, em "Uma Carta do Rei", o encontro ansiado, na distância, com o pai, através de uma reflexão suscitada pela chegada de uma carta dele. O que as personagens têm para nos dizer é pouco e, basicamente, logo após a primeira apresentação delas em voz direta, suas verbalizações seguintes são, quando não repetições, variações da primeira enunciação. Quando o filho acode ao pai para lhe falar sobre a viagem até o *tzadik*, ele lhe responde: "Como é que você quer ir até ele? Afinal, você é mais estudioso do que ele, e de uma descendência mais elevada. Não é adequado você viajar até ele. Saia desse caminho". Diante da insistência do filho, o pai cede e decide acompanhá-lo, dizendo-lhe: "Vou fazer uma prova. Se tudo correr bem, então é providência do céu. Mas, se não, então não é vontade do céu que nós viajemos, e nós deveremos voltar". Basicamente, isso é tudo o que sabemos do rabino: sua oposição à viagem e sua necessidade de convocar os fatos para ter confirmadas as suas concepções. E, no entanto, a ressonância dessas falas no interior da situação-problema que a narrativa expõe gera, pela reiteração, não a fixação de uma característica a que a personagem se visse reduzida, mas uma abertura por onde nos é possível problematizar a situação da própria personagem. O campo de acesso às personagens nos é dado de forma muito limitada e, no caso da personagem do filho do rabino, quase não temos nada em si mais explicitamente apresentado, a não ser a falta que sente e a demanda que faz ao pai para viajar até o *tzadik*, em cenas nas quais ele (o filho) está presente como um interlocutor invisível diante das falas do pai, essas sim explicitadas. No entanto, sentimos profundamente a sua presença, como estando dotada de uma profunda complexidade e intenso mistério, e somos levados a tentar estabelecer um contato mais íntimo com uma personagem que sabemos com certeza que reage fortemente ao que é explicitamente manifesto no texto. A carruagem vira, pai e filho quase se afogam, "o pai diz: 'Você está vendo que as coisas não correm como deveriam, e que esta viagem não é providência do céu'. Então, eles voltaram". Nada é dito sobre a reação do filho. O impacto é sugerido pela continuação da narrativa, que volta a pôr em cena o filho sentado a estudar e, mais uma vez, sentindo a falta. O que o narrador silencia, aquilo que ele omite no recorte com que opera, intensifica em nós o horizonte da falta que o filho sente. O filho do rabino é uma personagem cuja complexidade é insinuada não através da escolha de alguns elementos, mas de tudo aquilo que não é dito, de tudo aquilo que, ao ser omitido, apresenta a falta que sabemos que ele sente, a qual, através do modo como o narrador opera, salta das profundezas da personagem para se sustentar de forma aberta como horizonte do texto, como uma das pontas desse simples, porém quase impossível, percurso, em cuja outra ponta encontra-se o *tzadik*.

Como dissemos, das personagens apenas nos são oferecidos alguns fragmentos – que nos são dados através de uma conversa na qual se manifestam na voz direta, de uma ação e alguma informação que o narrador oferece –, os quais reafirmam certas características suas, fixando um modo de proceder – no caso do sábio de "O Príncipe Peru", assumindo uma característica formular: "O que te faz pensar que [...]?" Aqui, talvez, encontremos uma das maiores habilidades desse narrador. Apesar de poucos e repetitivos, esses elementos não reduzem a personagem a um estereótipo, não são caricaturas nem tipos, mas dão abertura para que os levemos em consideração com complexidade. A narrativa cria uma unidade na qual as motivações das personagens se confrontam e, nesse confronto, bem como no lugar e papel que ocupam nessa unidade, as personagens ganham uma complexidade que não se encerra em si, mas que se sustenta em aberto, se não pelo que é dito, pelos saltos, silêncios e omissões com que o narrador opera. O sábio é complexo porque abre mão do seu lugar ou, melhor dizendo, de acordo com a lógica do texto, porque assume o seu lugar ao abrir mão de suas vestimentas e se permite enlouquecer para estabelecer um diálogo, uma proximidade com o príncipe peru. Suas repetições, enunciadas através da voz direta, apresentam não tanto o essencial de uma argumentação, mas o essencial de um modo de proceder, que se oferece para nós de forma tal que, através da simplicidade com que as personagens são esboçadas, somos lançados a levar em consideração uma suposta complexidade cujos dados não estão à mostra. E das motivações do pai-rabino, das reiterações com que nos é apresentada sua oposição à viagem do filho, abre-se um campo onde nos é possível problematizar o encerramento do mundo numa concepção pessoal e orgulhosa, encerramento este que ganha uma possível imagem através do filho distanciado da vida e restrito aos estudos e orações, num sótão. E o mal que o orgulho realiza ganha figuração no mercador, cuja ação impeditiva do encontro entre o filho e o *tzadik* materializa a indisponibilidade do pai para a renovação de suas concepções. Difícil depreender desses textos uma tipologia. As personagens estão para além de um modelo e é inadequado reduzi-las, apesar da pouca variância de que são feitas. E quanto mais resignadas as personagens se mostram, tal como o filho do rabino ou o príncipe peru – que são as personagens centrais de seus textos –, mais enigmáticas elas são. Não pela falta de saída – esta indicada nos textos, tanto na convocação a ir até o *tzadik* quanto no aparecimento do sábio, capaz de, aos poucos, resgatar o príncipe peru de seu isolamento –, mas porque se sustenta quase à maneira de um enigma tanto o que leva o filho do rabino a suportar com passividade a oposição do pai como, no príncipe, as razões de seu enlouquecimento. O texto não oferece elemento algum para que esses aspectos possam ser esclarecidos. É da condição deles e pronto. E, justamente por esse motivo, impõem-se com força à nossa recepção.

Ao narrador, não interessa apresentar uma visão mais ampla das personagens. O que ele quer é dar vazão à expressão peculiar de um ponto de vista restrito à situação que ele problematiza, criando assim uma modelagem para a apresentação de uma idéia, no interior de uma unidade na qual cada personagem reage de forma entranhada ao contexto e às demais personagens. Se, aqui em nosso texto, iniciamos por fazer uma análise de seus elementos constituintes – do tempo, da ambientação e das personagens –, é porque o todo se mostra tão indissoluvelmente unido que, para entender o modo como funcionam os textos, pareceu-nos necessário primeiro destacar esses elementos e mantê-los sob observação com proximidade. Mas, o específico deles é o modo como funcionam em unidade, em que cada uma das personagens, mais do que singularidades autônomas, são partes que integram o todo do campo textual construído pela narrativa. O príncipe peru precisa do sábio para retornar à mesa tanto quanto o sábio precisa desse sujeito isolado para expor seu modo de funcionar. O filho do rabino deve sair de seu isolamento para preencher a sua falta, mas essa narrativa também expõe a falta que o pai suscita pelo isolamento ao qual suas concepções o confinam. Em todos os textos, o diálogo é essencial para que os sujeitos saiam das situações em que vivem isolados e nas quais assumem uma certa condição de extravio e estranheza. Mesmo a personagem mais isolada, aquela que, distante, anseia pelo encontro com o pai, encontra uma saída para a sua situação através de um diálogo reflexivo no qual parece argumentar com um outro. Na voz direta, ele pensa: "[...] e a carta não foi escrita por suas próprias mãos? E a escritura do rei não é fruto de suas mãos?" As respostas são omitidas, mas pressupõem um interlocutor que, invisivelmente, também aqui está presente. Podemos ser nós, leitores/ouvintes, interlocutores que, mobilizados pelas interrogativas que a voz da personagem lança, somos chamados a nos posicionar e, ao ocuparmo-nos assim com a personagem, ao emitirmos respostas que funcionam como estágios na construção de um acesso para um estar em proximidade com o pai-rei, lançamo-nos num movimento de proximidade maior para com a personagem e para com o próprio texto. A personagem, para aproximar-se de seu pai-rei, aproxima-se de nós, lançando-nos perguntas cujas respostas servem para que ele se achegue, na argumentação, ao seu saudoso pai-rei e nos tornam testemunhas ativas do caminho de volta até o pai, suscitado pela carta. A personagem rompe o seu isolamento, convocando-nos, ao lançar perguntas que estremecem as fronteiras entre o texto e o leitor, ou a voz e o ouvinte.

Se os textos apresentam a situação de isolamento a que as personagens estão expostas – o príncipe extraviado e com saudades do pai, o príncipe que, enlouquecido, pensa-se peru, e o filho do rabino que estuda encerrado no sótão –, é para indicar a cada um deles a possibilidade de reintegração que pode ser conseguida. As personagens vivem encerradas ou isoladas de um exterior que é também uma distância que deve ser vencida. Suas situações são de um encaracolamento implacável. A loucura do príncipe peru, a distância do filho do rei e o isolamento do filho do rabino são manifestações de uma situação de enclausuramento, de um recolhimento em que poderosas e rígidas forças invisíveis e confinadoras parecem atuar. Dessas três personagens, apenas a do príncipe peru não lança, de algum modo, uma exclamação evocativa, que é também a procura de uma perfuração por onde algo desse processo de concentração, que no texto significa isolamento e recolhimento, alcance a expansão onde possa se dar a realização de uma ampliação. A figura do rei presente no texto "Uma Carta do Rei" e em "O Príncipe Peru" parece funcionar à maneira de um aval sobre a existência de uma extensão capaz de demandar um movimento de desencaracolamento das personagens que, por algum motivo não explicitado, ganharam essa condição de estarem encerradas em si. E todo o enredo é construído a partir dessa tarefa: a de expor a tensão entre um processo de contração a que estão sujeitas as personagens encerradas em seu isolamento e a possibilidade de expansão e vinculação, sugerida de diversas maneiras, num contexto que vai se estabelecendo pautado por uma oposição binária entre contração e expansão, isolamento e vinculação, morte e vida. Em "Uma Carta do Rei", é a própria personagem que, desde o âmago de seu isolamento, lança uma evocação que lhe permite organizar uma argumentação através da qual a própria carta – um registro textual – elimina a distância e propicia a vinculação, transformando o afastamento da origem em proximidade. O meio para essa transformação é, por um lado, a iniciativa do pai, manifesta na carta que envia ao filho e, por outro, o reconhecimento, por parte do filho, da distância que o separa do pai e sua capacidade de dar vazão aos seus sentimentos de saudades e expectativas de reencontro numa expressão viva, numa formulação que se movimenta na tentativa de ir ao encontro do pai ansiado. Nesse movimento, dinamiza-se o próprio alvo de seu querer – o pai desejado –, que não só tem fortalecido seu lugar como origem, referência e destino almejado, mas ganha também a propriedade de ser mestre e luz, a fonte do conhecimento e do esclarecimento, a radiação que ilumina, para o filho, o mundo. Esse modo de proceder do filho permite-lhe reencontrar o pai-rei na forma da carta que repousa em suas mãos. Aqui, a distância não é propriamente vencida. Nossa personagem não realiza um caminho de volta propriamente dito, que demande uma mobilidade física. O reencontro é possível pelo modo como ele passa a significar a carta que lhe chega. Podemos dizer que é um modo de ler as coisas que o retira da situação de distância em que se via inserido. A narrativa aponta para a possibilidade da aquisição de uma atitude capaz de propiciar a um texto ser a ponte através da qual aquele que está isolado pode, em seu processo de desencaracolamento, vencer a distância e sair de sua situação de isolamento.

Em "O Príncipe Peru", problematiza-se a mesma situação de isolamento e possibilidade de expansão. Aqui, é a loucura de se reduzir à condição de peru a figuração montada para explicitar a distância a que o príncipe se relegou em relação ao rei e à corte da qual fazia parte. Nesse texto, a distância parece ter penetrado o próprio âmago do espaço íntimo da personagem. Essa não reage diante de sua situação, atendo-se a ser nesse recolhimento perpetrado no qual é confinado, para pesar do rei, uma vez que "todos os médicos da corte desistiram de curá-lo dessa loucura". A chegada do sábio põe em cena o antagonismo de duas forças: aquela que tende à contração e uma outra que demanda expansão. O sábio é eficaz porque sua ação tende a ultrapassar a contradição inerente a essas duas forças. Algo em sua ação é também aceitação dessa distância e da própria contração. Quando ele se despe e senta-se nu debaixo da mesa, quando se aproxima do príncipe peru, o faz no intuito de aceitar o cerceamento e a restrição presentes. E toda a operação de expansão que virá a realizar, em direção à mesa posta, será feita sem nunca perder de vista a necessária proximidade dessa situação de encerramento. O sábio precisa de uma estratégia porque sabe que a alteração dessa situação de contração, dessa profunda falta que estremece a relação do príncipe com os seus e com o rei, não é tarefa fácil. Trata-se de um círculo difícil de ser perfurado. Daí, a ação do sábio funcionar à maneira de uma orientação oferecida às forças que limitam, promovendo um modo de avançar que aceita a tremenda distância que está presente. Na verdade, o sábio, se é que perfura o círculo que isola o nosso príncipe peru, não é para extraí-lo de lá, mas para que o sábio tenha a possibilidade de adentrar o interior desse círculo e dinamizar, lá de dentro, uma possibilidade de retorno à mesa dos comensais. Todas as vestimentas com que o nosso sábio dota o príncipe peru são sempre acompanhadas de uma enunciação que assegura a este último que a sua situação de peru não está ameaçada. A distância em que o príncipe peru se confinou é também o seu refúgio, sua restrição é sua possibilidade de ser. De forma análoga ao texto "Uma Carta do Rei", aqui também avança-se sem propriamente reduzir a distância. A condição de peru do príncipe nunca é ameaçada, apesar do texto concluir dizendo que "o sábio prosseguiu dessa forma, até que o príncipe ficou completamente curado". Ou seja, no final do texto, coloca-se uma expectativa de que a ação do sábio tenha promovido a eliminação desse círculo que encerra nossa personagem. Mas, na ação narrada, o círculo sustenta-se e o sábio é sábio porque atua em seu interior. O que o nosso sábio faz é dotar o príncipe de vestimentas e da predisposição necessária para que possa, num futuro, participar da mesa, em companhia do rei.

No terceiro e último texto que selecionamos, "O Filho Único do Rabino", a ação das forças que contraem manifesta-se no isolamento a que é submetido o filho do rabino e em seu encerramento no interior das concepções do pai. Nesse texto, a possibilidade de expansão representada pelo encontro com o *tzadik* não consegue se realizar. O *tzadik* parece estar disponível, mas um tanto além das possibilidades das personagens. O filho, pressionado pela falta que sente, demanda uma abertura do círculo que o encerra, demanda esta impossível de ser realizada pelo pai que, por sua vez, apresenta-se restrito ao círculo de suas concepções, as quais, por oporem-se à abertura dessa situação de isolamento em que o filho vive, ao interditarem o encontro deste com o *tzadik*, emparelham-se ao mal que atua no intuito de manter separadas a pequena luz do filho e a luz do *tzadik*, luminescências essas que, se juntas, alterariam radicalmente o estado das coisas. O filho morre sem conseguir vencer as amarras que o prendem ao interior de seu círculo, apesar de, por três vezes, tentar empreender a viagem e vencer a distância que o separa do *tzadik*. Aqui, nossa personagem mobiliza-se fisicamente e vê-se sujeita aos percalços presentes na ação de ir de um lugar ao outro. A carruagem vira diante de uma pequena ponte, os eixos das rodas quebram-se e uma personagem encontrada fortuitamente oferece informações equivocadas. Contudo, o principal estorvo advém da atitude do pai, que permanece indisponível à realização dessa viagem. E, como o filho vive encerrado nas concepções do pai, apesar de se movimentar, mantém-se sempre no interior do campo que o pai organiza. Assim, um excesso de impedimentos que vão se aglomerando tornam fútil todo movimento na tentativa de sair do isolamento que o prende.

Todos esses textos parecem apontar para uma situação em que os homens vivem encerrados em privação, cativos, de alguma forma, de si próprios. O que eles não podem ou não conseguem é sair de si mesmos. Essa é a sua tragédia, a de estarem desamparadamente desgarrados da trama maior da qual originalmente fazem parte e encadeados a si próprios. A voz narrativa deixa surgir, ao mesmo tempo um estado de solidão – uma contração que detém, em seu interior, um sujeito incapaz de abrir-se para o mundo –, e uma proposta capaz de perfurar essas muralhas quase intransponíveis que encerram as personagens. Em relação a essas personagens, o pai ansiado, a mesa posta e a possibilidade de preencher a falta que se sente são exterioridades, um além para o qual a carta, o sábio e o *tzadik* se oferecem como uma ponte capaz de extrair essas personagens da situação de perdição, desamparo e isolamento, possibilitando-lhes resgatar um encadeamento, não apenas restrito a si próprios, mas com uma história maior, com suas origens, com o pai-rei. Sozinhas, as personagens de "O Filho Único do Rabino" e de "Uma Carta do Rei" não são capazes de atingir os seus propósitos. O pai-rei e o preenchimento da falta são as metas que essas personagens procuram alcançar. Mas, sua tendência é permanecerem fixos em seus lugares, com dificuldades para realizar os deslocamentos necessários, tanto quanto o príncipe peru, para o qual a mesa posta é tão distante que nem tem lugar em seu horizonte.

A voz narrativa, ao mesmo tempo que apresenta o problema – o encerramento em si próprio e a dificuldade de vinculação –, propõe um caminho – uma ponte para um além de si –, parecendo atuar seguindo uma dupla orientação: a de, por um lado, narrar a história em si, e, por outro, mobilizar os leitores/ouvintes através dessas narrativas. Nos três textos, nós, leitores/ouvintes, somos chamados a participar da narrativa como se esta quisesse nos extrair de nossa condição de leitores/ouvintes passivos. O relato "O Filho Único do Rabino" se constrói de um modo que nos obriga a realizar uma segunda leitura, reservando o esclarecimento da situação toda para nós. Quando o pai se apercebe de seu engano, já é tarde. Mas, para nós, as nuanças associativas despertadas suscitam uma espécie de reflexão. Em "O Príncipe Peru", as repetições formulares com que o sábio opera fixam-se em nós à maneira de um ensinamento. E, em "Uma Carta do Rei", torna-mo-nos os interlocutores aos quais as indagações do filho são também dirigidas. Sob esta ótica, os próprios textos apresentam-se como uma ponte através da qual nos é comunicado algo sobre a solidão, a distância e o isolamento, mas também sobre a possibilidade de uma tênue vinculação que mobiliza um processo de desencaracolamento e ampliação em direção a algo que está além de nós.

Apesar de os textos acima trabalhados terem passado por uma transformação, saindo do domínio da oralidade para o da escrita, devemos ter presente que, mesmo na sua origem, esses textos já faziam parte do que Zumthor denomina de oralidade *segunda*. Ou seja, não se trata propriamente de uma alteração categórica, uma vez que os discursos do Rabi Nakhman já ocorriam num contexto fortemente marcado pela cultura letrada – todas as fontes, remontando-se ao próprio Pentateuco, a Torá, são marcadas pela presença da escrita. Talvez por isso possamos dizer sobre os nossos textos, citando ainda Zumthor em sua referência à oralidade, que "sentimos intensamente que uma voz vibrava originariamente em sua escritura e que eles [os textos] exigem ser pronunciados"[6]. Se no início era uma voz que dava a conhecer, através do relato, uma história, agora temos uma história que, enquanto texto, dá a conhecer uma voz cujo dizer é o objeto de nosso interesse. Zumthor emite a opinião de que

> O texto poético oral, na medida em que engaja um corpo pela voz que o leva, rejeita, mais do que o texto escrito, qualquer análise. Esta o dissociaria de sua função social e do lugar que ela lhe confere na comunidade real; da tradição que, talvez, explícita ou implicitamente, ele reivindique; e, finalmente, das circunstâncias nas quais ele se faz ouvir[7].

Apesar de Zumthor rejeitar "conclusões tão claramente contrastivas" entre a voz e a letra, mesmo assim quisemos trazer à tona essa parte de sua argumentação, para justamente fixar os argumentos de nosso modo de operar sobre uma dicotomia tão claramente exposta. Ao nosso ver, no texto, se bem que perdemos o corpo e toda a gestualidade que é própria à emissão da voz – e, com isso, não queremos dizer que perdemos pouco, porque vai-se junto com ela a ação coletiva que subjaz todo relato oral –, obtemos um registro que, sem ser a voz original, mesmo assim, mais do que uma repercussão daquela primeira, é uma ressonância e, portanto, uma extensão que agora, plasmada num corpo textual, pode ainda assim reivindicar seu diálogo com a tradição e seu lugar nela, da mesma maneira como o discurso original o fazia, principalmente porque, como já afirmamos anteriormente, a tradição em que se insere, a tradição judaica, é letrada.

Mas, apresentemos agora o autor cujos relatos foram objeto de nossas análises: Rabi Nakhman de Bratzlav. Ele não era propriamente um escritor de ficção. Sua preocupação primeira nunca foi estética, nem tinha como intenção central a emergência de um modo de dizer as coisas do mundo e do homem que fosse singular e próprio. Rabi Nakhman era um homem de fé, tendo se tornado um dos principais expoentes do movimento hassídico, outorgando a este uma manifestação peculiar, através de seus atos, escritos e ensinamentos proferidos no alvorecer do século XIX. Sua principal intenção era a de promover a devoção, seu horizonte de envolvimento consistia em manter-se firmemente enlaçado com D'us, submetendo-se a provações e superando-as, fazendo de si e de sua experiência de vida o ponto de convergência de uma maneira de atuar que almejava a sua própria anulação numa vinculação profunda com o Eterno, no interior da malha urdida pela tradição. Essa maneira de ser era acompanhada da imperiosidade de compartilhá-la com seus seguidores, transformando sua experiência em ensinamento e a si próprio em ilustração viva dos caminhos do homem em direção ao cumprimento da vontade divina.

---

6. *Idem*, p. 40.
7. *Idem*, p. 41.

De acordo com Gershom Scholem[8], um dos aspectos que caracterizaram o movimento hassídico foi o fato de que "os místicos que alcançaram seu alvo espiritual [...] voltaram-se para o povo com seu conhecimento místico, seu 'cabalismo convertido em *ethos*', e, em vez de acalentar como um mistério a mais pessoal de todas as experiências, puseram-se a ensinar seu segredo a todos os homens de boa vontade"[9]. De fato, Rabi Nakhman, o bisneto do fundador desse movimento – Baal Schem Tov, o mestre do bom nome –, atingiu a condição de *tzadik*, de homem cujo exemplo seus fiéis esforçavam-se em seguir, situando-o no centro de sua relação com D'us. Ou seja, Rabi Nakhman fazia de si "a prova real da possibilidade de viver de acordo com o ideal"[10]. E é a partir desse lugar que ele tomou para si a tarefa de promover o ensinamento do arcabouço espiritual do mundo compreendido como criação divina, um ensinamento plenamente vinculado à tradição mística judaica, à qual Rabi Nakhman oferece, se assim pudermos nos expressar, sua compreensão pessoal.

Durante o ano de 1798, Rabi Nakhman empreende uma atribulada viagem a Israel. Quando de seu retorno, em 1799, passa a proferir com freqüência uma série de lições, grande parte delas publicadas pela primeira vez enquanto era ele ainda vivo, em Ostrog, uma província da Volonia próxima de Vilna, no ano de 1808. Se bem que alguns desses ensinamentos surjam diretamente da sua pena, a maioria constitui-se de discursos proferidos nas diversas situações que ritmam o acontecer da vida religiosa de seu grupo, tendo sido transcritos por seu fiel discípulo, o Rabi Natan.

Perto do final de sua curta vida – Rabi Nakhman viveu 38 anos –, ele passa a narrar contos com o intuito de, como ele costumava dizer, despertar os que estão dormindo. Agindo assim, ele nada mais está fazendo do que levar adiante a forma privilegiada de compartilhar a tradição dentro do movimento hassídico. Novamente, é Gershom Scholem quem diz que, "no lugar da dissertação teórica, ou ao menos lado a lado com ela, passa a circular o conto hassídico. Nada permaneceu teoria, tudo tornou-se história"[11]. Nesse gênero, Rabi Nakhman mostrou-se um genial expositor, oferecendo aos seus ensinamentos, que compreendem uma complexa gnose e um sofisticado simbolismo místico, a materialidade de uma figuração narrativa. Em seus relatos, narrativas de fácil recepção, abriga-se toda uma arquitetura espiritual que, graças a essa nova vestimenta que recebe, tem aberta a possibilidade de uma ampla difusão, permitindo ao ouvinte das mesmas apropriar-se, enquanto acompanha o desenrolar da história, de velhas idéias

---

8. G. Scholem, *A Mística Judaica*, São Paulo, Perspectiva, 1972.
9. *Idem*, p. 343.
10. *Idem*, p. 344.
11. *Idem*, p. 350.

e concepções, que se realizam em elaborado desdobramento na ação narrada.

Rabi Nakhman costumava contar oralmente suas histórias aos seus discípulos, num contexto certamente em muito responsável pelas profundas impressões que as mesmas suscitavam nos ouvintes e pela profusão de lampejos intuitivos que emergiam em suas mentes. Assim, o redator da coletânea de histórias – vertidas à forma escrita a pedido do próprio Rabi Nakhman, numa edição em que figuravam os contos no idioma original em que foram proferidos, o ídiche, e sua tradução para o hebraico –, o fiel Rabi Natan, diz na introdução, referindo-se a essas histórias, que "cada palavra, nos contos, guarda uma grande lição, as bocas não podem pronunciá-las, nem os corações concebê-las [...] por mais inspirado que estejas, nunca poderás colocar em palavras seu impressionante significado"[12]. Essas palavras não devem ser compreendidas apenas como mera apologia à obra do Rabi Nakhman, mas como uma aproximação efetiva ao impacto do ato de sua fala. Aqui, vale a pena lembrarmos o conceito de *performance*, tal como enunciado por Paul Zumthor[13]: "a *performance* é a ação complexa pela qual uma mensagem poética é simultaneamente, aqui e agora, transmitida e percebida. Locutor, destinatário e circunstâncias [...] se encontram concretamente confrontados, indiscutíveis". Ou seja, na *performance* oral convergem com imediatez a transmissão e a recepção. As histórias do Rabi Nakhman por certo faziam parte, como um elemento primordial, da ambientação que sua ação suscitava entre os seus. Suas histórias não encerravam em si a plenitude do sentido que carregavam, sendo também responsáveis por esse sentido o lugar que o *tzadik* ocupava, sua voz, sua enunciação e toda uma celebração de gestos promotores de uma forma de contato, uma *performance* na qual a narrativa de um conto se manifesta como uma gnose sobre o mundo e os homens. Seus contos, nesse contexto, não seriam então a fonte exclusiva do sentido que deles parece emergir. Os contos são parte da narrativa posta em ação pelo *tzadik* e seus *hassidim*. O sentido que se manifesta dá-se, por assim dizer, na circunstância da fala que a voz do Rabi enuncia para os seus e na recepção dessa fala, carregada de expectativas bem-definidas, pelos ouvintes. Devemos ter presente que quem contava essas histórias era um *tzadik*, que as mesmas são enunciações proferidas pela sua voz. As histórias, por serem produções desse líder espiritual, são também, de algum modo, uma extensão dele, ao transferir para a voz narrativa a autoridade que tinha entre os seus.

Dessa forma, seus relatos, apesar de conterem uma figuração não propriamente advinda da tradição, podem passar a ser territórios tex-

12. Rabi Nakhman de Bratzlav, *The thirteen stories of Rabi Nakhman de Bratzlav*, Jerusalém, Hillel Press, 1978. Tradução para o ingles de Ester Koenig.

13. P. Zumthor, *op. cit.*

tuais propícios para a especulação de concepções e idéias dessa tradição. Suas narrativas podem ser entendidas como exercícios de atualização das ansiadas expectativas de redenção, de aperfeiçoamento do mundo e do homem, para o contexto situacional em que ele e parte do coletivo judaico estavam inseridos, oferecendo à paisagem existencial, tal como se delineava naquela época, um veio através do qual pôde fluir uma infusão dc vida. Seus textos visavam o coletivo judaico como um todo, mas, assim como a voz precisa da escuta de um outro para se realizar plenamente, do mesmo modo é o engajamento pessoal de cada um de seus ouvintes que a voz de suas narrativas visava, outorgando a eles um território novo – o da ficção narrativa – que os podia arrancar da desesperança a que estavam submetidos, tanto pelas restrições sócio-culturais e econômicas gerais quanto pela crise de autoridade e os impasses internos do mundo judaico. O relato se apresenta como uma nova ambientação em que o ouvinte, ao acolher a narração que a voz expande, passa a se haver com suas personagens, temas e situações e, nesse imiscuir-se, nesse tomar para si uma narrativa – demanda principal que a voz da narrativa lança –, encontra um sistema de valores e ensinamentos que mapeiam e oferecem referências não apenas à condição em que se vê inserido, mas às profundezas de seu próprio ser. Ocorre que, agora, o ouvinte não tinha diante de si uma lição sobre abstrações acerca do agir de D'us, nem uma expectativa puramente apologética sobre o cumprimento de uma promessa profética de redenção, nem tampouco um tratado edificante e moralizador. A ficção narrativa permitia, por assim dizer, que todas essas dimensões se manifestassem como novidade, ao serem postas em cena com o dinamismo que só a vestimenta de uma ficção pode suscitar. A *performance* não fica restrita apenas à contingência ritualizante que o *tzadik* instaura entre os seus. Ela também se dá na narrativa, que, por sua vez, é uma *performance* de todos esses elementos, deixando assim que o ouvinte, ao ter despertada a sua imaginação, os veja em ação. E, quando isso se dá, é ele próprio que se põe em ação, evocando o seu interior para responder ao apelo de escuta que a narrativa lança. Então, tudo pode virar movimento. Como indica Bachelard[14] ao falar sobre a narrativa, sem ter que sair de si, o ouvinte pode, ao acompanhar a história, pôr em movimento, em ressonância, aspectos de si próprio e de sua relação com o mundo que agora, ao ganharem a carona da figuração sugerida pela narrativa, podem, à maneira da experiência do ato de sonhar, apresentar-se na peculiar realidade de serem um interior exteriorizado, deixando surgir um estreito e estranho paralelismo entre o cosmo e si próprio. Ao errar pela narrativa, o ouvinte erra por si próprio, numa errância que lhe permite se haver com aspec-

---

14. G. Bachelard, *A Poética do Espaço*, Rio de Janeiro, Eldorado/Tijuca Ltda.

tos de seu mundo interno agora capazes de serem percebidos com naturalidade, graças ao suporte que a narrativa oferece. E se o *tzadik* visa suscitar o aperfeiçoamento dos seus ouvintes, o caminho do conto os convoca por inteiro para essa ação transformadora. Por isso, Scholem pode afirmar que "a feição característica da nova escola (o hassidismo) encontra-se no fato de que os segredos da divindade e seus infinitos revestimentos, vestimentas e mundos, tudo isso recebe aqui novas cores, ao ser apresentado como psicologia mística"[15]. E é o Rabi Nakhman que diz que "tudo no mundo pode ser expresso como palavra da Torá e revelação da vontade de D'us".

Todos os apontamentos acima expostos sobre o Rabi Nakhman e o hassidismo visaram apresentar, ainda que de modo sucinto, as intenções do autor das três histórias com que trabalhamos. Não foi nossa pretensão reler seus textos à luz de toda a sua obra. Não fez parte de nosso intuito mapear a poderosa dinamização simbólica que mobiliza e é mobilizada pela ficção construída por Rabi Nakhman. Quisemos nos ater à paisagem textual que emerge do interior dessas narrativas – obedecendo à dinâmica imediata das mesmas e realizando uma espécie de novo desdobramento das leituras, o que nos permitiu ir ao encontro dos modos de funcionar e das situações e temas presentes nesses textos –, já que, enquanto estruturas discursivas, instauram uma forma que lhes é peculiar, a partir da qual podem dizer o que dizem, dotadas de propósitos próprios e específicos. Ou seja, a voz narrativa que constrói cada uma dessas histórias realiza uma novidade, uma organicidade textual capaz de se destacar de seu contexto de origem, uma vez que legitimamente o contém, performatizado figurativamente em seu interior.

---

15. *Idem*, p. 342.

5. Kafka e Rabi Nakhman: Aproximação de Leituras

Nosso trabalho, até o momento, tem se configurado num exercício de leituras. Os objetos diante dos quais nossa atenção, com maior ou menor dificuldade, se ateve, foram os textos específicos com que trabalhamos. E o que, até este momento, pudemos recolher, foram alguns comentários, todos eles capazes de ganhar legitimidade pelo fato de se originarem e se mobilizarem na superfície textual das narrativas lidas, superfície abordada a partir de suas estruturas narrativas, acompanhando as operações que a escritura realiza e que são as responsáveis pela configuração do singular equilíbrio que o sistema textual assume. Não estamos fazendo propriamente uma crítica literária, pelo menos não no intuito de colher elementos que permitissem formular algo assim como uma teoria geral sobre a obra de Kafka ou do Rabi Nakhman. Nosso método limitou-se à leitura dos textos, deixando que dela surgissem os possíveis desdobramentos, que nada mais são do que um exercício do ato de ler.

A intenção primeira, contudo, não é tão aberta quanto o processo que acima descrevemos. É que este trabalho, na verdade, pretende ser um exercício de releitura, ou seja, uma retomada de algumas narrativas de Kafka com o intuito de ver até que ponto as ressonâncias com questões próprias do campo da tradição judaica, que eu intuía da minha experiência de leitura desse autor, estavam de fato presentes no interior de seus textos.

Não é hora de lembrar em demasia o insucesso que pode estar andando às escondidas no exercício que estou realizando, pelo fato de ele ter sua origem plantada numa hipótese inicial seriamente levada em consideração. Mas, se o exercício de leitura fosse desimpedido de qualquer eixo inicial prévio, como fazer do ato de ler uma matéria de estudo? São sempre algumas indagações concernentes aos textos que, levadas em consideração, vão dirigindo a nossa atenção, mesmo quando temos como questão a intenção de ir ao encontro apenas da especificidade do texto, compreendendo-o como um campo expressivo singular capaz de significação. Parece-nos que perguntarmos sobre aspectos da tradição judaica presentes na obra de Kafka é tão legítimo quanto qualquer outra pergunta que pudesse se lançar ao texto. No pior dos casos, a obra silencia, não sabendo o que dizer, ou se contorce por inteiro, perdendo o seu equilíbrio peculiar e dando-se a conhecer num resultado transfigurado que testemunha assim, se não tanto a inadequação da pergunta, o transtorno do processo de resposta percorrido.

Os textos de Kafka perguntam impiedosamente, demandam. São impiedosos porque acenam para tudo quanto é lado e em diversas dimensões. Eles se oferecem e deixam-se manusear mas, infalivelmente, acolhem e registram, no entendimento que é sempre nosso, dos leitores, cada visada que damos. E, em sua condição de plena recepção, registram também todas as visadas que deixamos de dar, ou seja, registram tanto os caminhos que percorremos quanto os que, em nossas limitações, deixamos de trilhar, pelo egoísmo inerente à peculiar visada que lançamos. A experiência de leitura dos textos de Kafka caracteriza-se por tornar manifesto que nosso registro de leitura é sempre apenas uma frágil impressão num campo bem mais amplo, sujeita à crítica de outros leitores, outras visadas de leitura. Diante do texto de Kafka, somos apenas comentadores, e isto suscita em nós a tendência a sentirmo-nos derrotados, porque nossa leitura não abarcou a plenitude do texto. O texto de Kafka ergue-se à condição de universo. Nossa leitura, um frágil exercício de inserção. A literatura de Kafka tem, em sua absoluta disponibilidade, a prova mais contundente do rigor de que é feita. Porque leitura é sempre torção, pelo menos quando a compreendemos a partir da escrita kafkiana, que revela, da literatura, sua dimensão de ser obra em aberto. Dizíamos que os textos de Kafka perguntam impiedosamente e, de fato, eles erguem-se diante de nós à maneira de uma interrogação que nos é lançada e nos compromete, porque as respostas que ousamos construir assumem, diante do texto, um lugar inevitavelmente fragmentário e inacabado. Como salienta Harold Bloom[1], o texto kafkiano tem, em sua capacidade de evadir-se à interpretação, uma de suas principais características – o que ele, Bloom, um excelente leitor de Kafka, ergue à condição de princípio de trabalho em sua leitura desse autor. Essa

---

1. H. Bloom, *The Strong Light of the Canonical*, Harold Bloom's lectures at The City College of New York, 1987.

evasão à interpretação, ao nosso ver, problematiza, em última instância, o ato de ler. Porque, na escritura de Kafka, se por um lado o texto teima em evadir-se da interpretação, por outro, não menos importante, o texto manifesta-se como uma charada, como um aglomerado de perguntas que pode, numa generalização possível, ser assim formulado: o que significo para você? Talvez seja a dificuldade em responder com eficácia a esse aglomerado de perguntas que tenha levado os leitores atuais a responder ao texto de Kafka lançando-lhe outra pergunta – como é que você funciona? Seja como for, eu, leitor, escarvando os textos de Kafka, encontro neles uma problematização do próprio texto e do exercício de sua leitura. O texto "A Ponte" serve para figurar a dificuldade de transitar por sua escritura. Podemos aproximar o homem-ponte da condição de texto e ler, ao pé da letra, o que ali está escrito: "Rígido e frio, eu era uma ponte, uma ponte estendida sobre o abismo". Ou seja, a escritura que esse texto é era uma ponte. Não é só estranho, nesse texto, o lugar em que essa ponte teria se fixado. Estranho é também que houvessem passantes andando por ali. E o relato é o insucesso desse encontro de estranhamentos. A voz dessa narrativa ergue-se a partir de sua condição de ponte despencada e furada, deixando fluir a ação num estranho presente já passado. Porque a voz narra agora a ponte que era, o que lhe sucedeu e ocasionou o seu desfecho, a partir do desfecho. Ou seja, ela já despencou quando conta tudo o que conta, sendo, portanto, o final da narrativa o ponto de observação e o lugar onde se localiza a voz que narra desde o início. Como dizíamos quando da análise desse texto, enquanto acompanhávamos o suceder da narrativa, logo após o encontro com os seixos pontudos, a voz reflexiva sustenta-se ainda nessa nova posição, dando a entender que o novo estado de uma ponte despencada e furada é uma reedição de um permanecer ali, dessa vez não mais com o esforço necessário para criar a tensão que atravessa o abismo e une duas margens, mas no repouso dos seixos pontudos. O que agora estamos querendo ampliar é que essa voz reflexiva sustenta-se a tal ponto que é fruto dela a totalidade do texto que narra. Narra o que virá a ser um insucesso desde o insucesso já plenamente configurado. O modo como o texto é elaborado é admirável, dado que o narrador ergue-se do desfecho da história narrada para narrar a sua própria história. Mas, como salienta Borges[2], mais admirável que a elaboração é o poder de evocação que o texto promove, dada a linha argumentativa criada e o ambiente configurado. Em "A Ponte", seu poder evocativo nos aproxima da escritura, do texto escrito – a narrativa compreendida como uma ponte, o próprio narrador assumindo sua condição de ter sido ponte capaz de permitir aos homens o acesso a uma

---

2. No prólogo do autor em J. L. Borges, *El Buitre*, Madrid, Ediciones Siruela, 1985.

nova margem, atravessando o abismo. O paradoxal implanta-se em que a voz narra com sucesso o insucesso de sua função. É eficaz não apenas para falar de sua ineficácia, para auto-nomear-se como tendo sido a condição de ponte um circuito em que seus "pensamentos andavam sempre a dar voltas, numa confusão", mas também, pela metamorfose apresentada – a de uma voz narrativa que, humanizada, é ponte –, para figurar a concepção de que a narrativa é uma ponte para ser utilizada por seres humanos. E é com vistas a essa função, levando em consideração essa característica, que a narrativa do texto ergue-se para enunciar sua impossibilidade. Ela diz ser uma ponte despencada, destroçada e espalhada por entre as frenéticas águas do gélido riacho de trutas situado no fundo do abismo. E nós, os leitores desse texto, ou melhor, a leitura que tentamos recolher percorrendo o corpo do texto, também encontra já ali performatizado o seu resultado. O texto não apenas enuncia-se como uma ponte despencada mas, ao narrar seu estado anterior de ponte, reatualiza, a cada leitura, a fragilidade que lhe era inerente e o momento do encontro da ponte com o passante, do texto com o leitor. Assim, inscrito no corpo do texto o momento em que ele se vira para nós, em que surge, por entre seus cabelos ramalhudos, o olhar que, ao reconhecer-nos, é reconhecido – situação essa que suscita o seu virar-se e despencar –, registra-se a leitura como a responsável pela ruína da frágil ponte. Pensamos atravessá-la? Terminamos por derrubá-la. E, a partir dali, atravessada pelos seixos pontudos aos quais nós a aproximamos, a ponte-texto ergue-se para narrar o insucesso de seu encontro conosco. De acordo com o texto, ou melhor, de acordo com a evocação que esse texto suscita em nós, lê-lo é promover sua ruína, seja porque o mesmo não agüenta o nosso peso ou porque, ao atravessá-la, interrompemos o circuito confuso de pensamentos a dar voltas. O que sobra de nossa andança por esse corpo textual estendido para nós não é a margem que esperávamos, mas o frio das frenéticas águas do gélido riacho de trutas, uma terceira margem. Destruímos Kafka quando o lemos? Pode ser. Muda a nossa ambientação, ainda de acordo com o texto. Se antes andávamos errando por alturas intransitáveis, agora sentimos o gelado das frenéticas águas. Mas, ao cair, ao despencar junto com o texto, ficamos ouvindo que o texto deve ser uma ponte que atravesse o abismo, e é com essa novidade que mergulhamos nas águas, nessa terceira margem a que fomos conduzidos.

Mais uma vez, a imagem da ponte impõe-se em nossa leitura. Blanchot já tinha chamado a nossa atenção, ao afirmar que todo o sentido do livro *O Castelo* estaria sendo transmitido em seu primeiro parágrafo, por aquela ponte de madeira que conduz do caminho principal à aldeia e sobre a qual "K permaneceu um longo instante, com o olhar erguido para o aparente vazio". Nós, aceitando a sugestão de Blanchot, trabalhamos, na análise dos elementos encontrados em nossas leituras dos textos de Kafka, estabelecendo na ponte o nosso ponto de observação. Dizíamos que não compreendíamos a ponte de madeira como um lugar, nem como uma figuração, mas, sim, como uma intenção que pressupõe planos a serem vinculados, margens separadas e uma atividade de trânsito, ligação, contato e comunicação, e também de saída e transição. Foi com ressonância a essa intencionalidade que relemos as leituras que tínhamos realizado dos textos de Kafka. Agora, ao pensarmos na ruína que nossa leitura pode ter deixado emergir, novamente encontramos a ponte. Nem nós nem K desta vez estamos sobre ela. A ponte que agora encontramos, e que é o próprio texto, situa-se para além de nós, na intenção que se realiza não se realizando. O que estamos expressando é o quão instável o exercício da leitura de Kafka é, instabilidade essa que lhe é inerente, pelo poder de evasão que o texto tem, por ser uma construção que, tal como Odradek, a preocupação do pai de família, "é extraordinariamente móvel e não se deixa capturar". E, porque se povoa de interrogações que nos provocam, demandando respostas, criando um jogo insuportável; porque responder, de alguma maneira, é tentar capturar algo, mas o texto teima em não se deixar capturar; e, contudo, se o aceitamos móvel, pura agilidade, mesmo então, não o capturamos. Porque, nesse caso, são as perguntas que, em torno dessa agilidade toda, erguem-se, clamando inutilmente por respostas.

Nossa intenção agora é aproximar outras narrativas, outro autor, a Kafka. A tarefa, que já era difícil, corre o risco de tornar-se impossível. A voz narrativa dos textos de Kafka costuma trazer a solidão como um dos temas centrais, não apenas do enredo que é criado, mas também do ponto de vista que tem sobre si, na reflexão sobre a forma que deixa surgir. A ponte instala-se em alturas intransitáveis, longe do circuito das vias de circulação mais corriqueiras. O fluxo de influências de outros autores para com Kafka não é fácil de ser apreendido. Para ficar apenas nos exemplos mais conhecidos, quanto de Kleist ou Flaubert ou Dickens ou Dostoiévski ou Ibsen ou de textos da literatura chinesa tradicional ou mesmo de Kierkegaard encontramos em Kafka? Não há dúvida de que a leitura desses autores exerceu um profundo impacto na abordagem e uso que Kafka fazia em literatura. Contudo, seu exercício textual ganha tamanha singularidade, que dificilmente pode-se mapear seu lugar numa constelação de autores. Seus textos são o resultado de um exercício de metamorfoses da escrita tão poderosas, que terminam por executar uma particularidade que veementemente afasta-se da estrada principal das influências na literatura. Tal como a palavra Odradek em "A Preocupação do Pai de Família", é difícil saber de onde sua escritura deriva-se, de onde ela procede. Borges, em "Kafka e seus Precursores"[3], lança-se à procura dos precursores de Kafka. Diz que, no princípio, o pensava tão singular como

---

3. J. L. Borges, *Otras Inquisiciones. Prosa Completa*, vol. 2, Barcelona, Bruguera, 1980.

uma fênix, como essa ave rara e única em seu gênero que, solitária, quando queimada, renascia das suas próprias cinzas. Mais tarde, crê reconhecer a voz de Kafka "em textos de diversas literaturas e de diversas épocas". Descobre Kafka em Zenão e seus paradoxos sobre o movimento, num escritor chinês do século IX, Han Yu, nas parábolas de Kierkegaard, num poema de Browning, num conto de Léon Bloy e em outro de Lord Dunsany. Conclui dizendo que "cada escritor cria seus precursores. Seu trabalho modifica a nossa concepção do passado, do mesmo modo como há de modificar o futuro". O que Borges está sinalizando é que a obra de Kafka lança luzes em virtude das quais aspectos dessa obra, tanto no que diz respeito à sua forma como ao seu conteúdo e tom, podem ser reconhecidos incrustados em superfícies textuais estranhas. A leitura de um texto pode impactar de tal maneira que re-significa a apreensão de outros textos, deixando surgir uma espécie de rede associativa entre autores e obras, *après coup*. Ou seja, a entrada em cena de um autor com a força expressiva de Kafka é capaz de reorganizar todo o campo da literatura, possibilitando a esta dizer de um modo novo o que já anteriormente dizia. Zenão não tem nada a ver com Kafka. Sua corrida é outra, bem como diferentes são seus alvos. Porém, uma vez que atravessamos a leitura de Kafka, a corrida e o alvo de Zenão são capazes de lançar significações que, de algum modo, aproximam-se da problemática de Kafka. Assim, essa escritura solitária, essa ave rara, essa ponte isolada, quando inserida num campo de textos, engendra precursores, situações textuais nas quais se reconhece, ao difundir-se entre elas pelas mediações efetivadas pelas leituras.

Kafka e Rabi Nakhman assumem ambos posições bem-definidas, no interior de sistemas bem-diferenciados. Um tinha como horizonte e empenho diário o campo da escrita e a prática da literatura, e é para dentro desse campo que arrasta as contingências centrais de seu existir, para fazer delas o material e o ambiente de sua incursão textual. O outro fazia de sua conexão com D'us o eixo de suas incursões investigativas e, da atualização da adesão de seu povo aos imperativos da Lei da Torá, o campo de sua atuação. Rabi Nakhman era um homem plenamente inserido numa tradição, que se orienta em total acordo com os pressupostos que lhe vêm de sua fé, na condição de praticante. Kafka era um homem que se interrogava sobre a condição espiritual num terreno difuso e laico. De ambos, em nosso trabalho, ativemo-nos apenas a fragmentos reduzidos da totalidade de suas obras, fragmentos esses que, talvez, não nos permitam levantar teses mais gerais sobre cada um dos autores em particular. Essa constatação assume maior veemência diante da reduzida seleção de textos de autoria do Rabi Nakhman, bem como do tratamento que a eles dedicamos em nossas análises. Os textos que selecionamos deixaram de lado outros muitos característicos da produção desse autor, nos quais as narrativas são construídas de forma a que as histórias evoquem outras histórias, à maneira das narrativas orientais compiladas no livro das *Mil e Uma Noites*. E, em nossa análise, ativemo-nos às narrativas propriamente ditas, sem incursionar pela potente simbologia a serviço da qual todas essas narrativas são montadas, dada a intenção de outorgar uma vestimenta figurativa e ficcional a uma elaborada concepção sobre a ação de D'us no mundo e a função do homem. Porém, o estudo das narrativas desse autor adentrou nosso trabalho não como um fim em si, mas como um horizonte diante do qual nos fosse dado reconhecer e lidar com as possíveis ressonâncias judaicas presente nas narrativas de Kafka. Ou seja, não se trata de aproximar dois universos textuais plenos, mas deixar que um deles, o de Kafka, gravite no campo de forças provenientes de um autor certamente inserido no interior da tradição judaica e ver como ele aí se comporta.

Partimos, ao trabalhar com Kafka e Rabi Nakhman, da certeza de que estamos aproximando distâncias. Por isso, a inteligibilidade que pudermos obter dessa aproximação deve sempre levar em consideração a irredutível distância que o campo de ação desses dois autores realiza – um no interior da literatura, o outro no da prática da tradição judaica –, estabelecendo entre eles não tanto uma situação de espelhamento na qual um reflita o outro, mas de diálogo no qual, diante das diferenças, o texto de Kafka se sustente sem que lhe seja mitigada sua singularidade. Com esse intuito, aproximaremos os vetores do trabalho textual de cada um desses autores, suas linhas de força, bem como a matéria narrativa que as organiza. Por estarmos atendo-nos ao estudo das narrativas, acreditamos que, no diálogo que iremos estabelecer, haverá lugar também para uma abordagem homológica, dado que fixamos nossa atenção na superfície das narrativas e, nesse nível, propomos estar diante de duas estruturas que se correspondem, permitindo-nos abordar os elementos que agem em seu interior e sua efetivação de forma homóloga, como numa geometria, onde, diante de duas figuras semelhantes, é possível fazer corresponder os elementos que as compõem, tais como os seus lados, ângulos, vértices etc. Claro que estamos levando em consideração a diferença existente entre a narrativa escrita e a oral. E sabemos que os textos de Rabi Nakhman assentam-se sobre aquilo que Zumthor[4] nomeia de estrutura modal, uma estrutura capaz de conter e dar vazão às artes da voz, enquanto que os textos de Kafka são explicitações de uma estrutura textual, na qual domina a arte da escrita. Esta é bem mais versátil e, como Kafka é um exímio escritor, ele é capaz de dotar a sua narrativa de configurações tão diversas, que cada um de seus textos constitui-se num exercício único de escritura, abarcando uma vasta pluralidade narrativa que vai,

---

4. P. Zumthor, *Introdução à Poesia Oral*, São Paulo, Hucitec, 1997.

por exemplo, da forma aforística de "A Próxima Aldeia" à prova
construída por proposições que se deduzem umas das outras a partir
de um axioma inicial, em "O Silêncio das Sereias", ou ainda à realização de uma narrativa irônica em "Desista!". Já em Rabi Nakhman, por
ter uma origem oral, o exercício formal fica limitado pela situação de
que a mensagem transmitida pela voz deve ser imediatamente compreendida pela escuta dos ouvintes, à medida que esta mensagem se
desenvolve concreta e progressivamente, tal como aponta Zumthor[5].
Mas, no recorte que queremos realizar, ao aproximarmos esses dois
autores, estaremos lidando com uma compreensão mais genérica e
abrangente dos discursos textuais.

Iniciemos, então, pela distância, e deixemos que a letra das narrativas
que selecionamos de Kafka aproxime-se da voz de Rabi Nakhman, tal como
esta se apresenta materializada nas narrativas que dele selecionamos. Através dessa aproximação, ambos os sistemas irão dinamizar-se mutuamente,
e a nós cabe acompanhar a dinâmica dessa interpenetração.

A voz das narrativas de Rabi Nakhman constitui-se numa espécie
de meditação, uma abstração realizada sobre o confronto dos homens
com a distância. Nos três textos que dele selecionamos, a ação que se
narra é o empenho por vincular personagens que, por motivos nunca
plenamente explicitados, encontram-se numa situação insular. E é em
relação a essa situação que a narrativa parece querer oferecer um caminho para vincular, uma abertura por onde o que é solitário, distante
e contraído possa achar a expansão propícia para um reencontro. São
dois príncipes que, nessas narrativas, são apresentados num estado de
fratura com sua familiaridade, num contexto de isolamento. Deles, um,
o de "Uma Carta do Rei", é capaz de emitir uma exclamação comovente
que expressa a verdade da distância que o separa de seu pai-rei. O
segundo, de "O Príncipe Peru", vive a implacável distância de seu enlouquecimento na condensada estranheza de sua metamorfose em peru.
O filho do rabino e o próprio rabino, seu pai, de "O Filho Único do
Rabino", vêem impedida a realização plena de suas potencialidades e
expectativas no isolamento a que estão submetidos. Nenhuma dessas
personagens é capaz de romper a distância com seus próprios recursos. A todas elas é oferecido um meio com o qual devem se conectar,
se comunicar, para que o círculo em que estão encerradas seja perfurado. Um recebe uma carta, o outro, a disponibilidade de um sábio e,
para o filho do rabino, a tragédia está em não ter conseguido chegar ao
tzadik, ao qual só pôde ir o pai, após iluminar-se para ele sua responsabilidade pela profunda dor da perda de seu filho único.

Em diversos dos textos de Kafka com que lidamos, vimos que a
atividade central é o deslocamento de uma personagem, o seu ir – "A

---

5. *Idem, ibidem.*

Próxima Aldeia", "A Partida", "Desista!" – ou vir – "Uma Mensagem Imperial" – de um lugar para outro. Trata-se de personagens que, fazendo uso de seus recursos, tentam atingir uma meta que, quase sempre, mostra-se um passo além da plenitude dos esforços que os impele. O que se problematiza são essas jornadas, jornadas solitárias, não porque não existam outros a quem recorrer, como o guarda de "Desista!" ou o criado de "A Partida", mas porque a comunicação apresenta-se impossível, dado que a distância não se dá apenas em relação à meta que pretendem alcançar, mas também ao outro com quem interagem. As personagens que estão em jornada tentam estabelecer um caminho para vincular, como o mensageiro em "Uma Mensagem Imperial", o narrador de "Desista!" a caminho da estação ou aquele outro narrador, o senhor de "A Partida", pronto para ir embora e dar o fora daqui. Em "Comunidade", afirma-se a vinculação de cinco que teriam saído de uma mesma casa e, ao ser esse fato reparado e apontado pelas pessoas, passam a viver juntos, mas têm que se haver com as tentativas de intromissão de um sexto que quer vincular-se a eles, os cinco. Em "A Ponte", a personagem quer servir de passagem por sobre o abismo, vinculando margens em alturas intransitáveis. Em "A Próxima Aldeia", o narrador lembra do avô ter dito que a vida é muito curta para sequer pensar que seja possível, mesmo a cavalo, atingir a próxima aldeia. A preocupação do pai de família é como vincular Odradek a algum sentido. E o Ulisses que Kafka apresenta é alguém que, encerrado em ceras e correntes, vincula-se estreitamente aos seus recursos, passando a emitir o canto que as sereias silenciam. O que estamos tentando pôr de manifesto é que, em todos esses textos, a atividade das personagens sustenta uma intenção que pressupõe a realização de uma vinculação. Em diversos deles, o tema é o deslocamento delas, e é essa tarefa de deslocamento que outorga ao texto uma proximidade do gênero épico, dada a profunda problematização a que essa tarefa é exposta. Porém, essa ação de deslocamento, apesar de não levar à meta desejada, materializa o profundo empenho com que, nesse textos, Kafka dota as personagens, empenho esse que nós reconhecemos como sendo uma obstinação que as amarra fortemente aos esforços que realizam. Diferentemente das personagens nas histórias de Rabi Nakhman, essas personagens obstinadamente procuram levar adiante a tarefa na qual estão empenhadas – mesmo a mais quieta delas, o homem-ponte que, rígido e frio, tem que se haver com o barro para fincar pés e mãos. Algumas dessas personagens, tais como o mensageiro, a personagem de "Desista!" e aquele outro de "A Partida", põem-se em movimento como o Ulisses que Kafka relê, plenamente confiantes de levar a um bom termo o esforço desempenhado. O estranho é que o insucesso vai se aglomerando, arranhando ou distanciando ou efetivamente impedindo a consecução da meta almejada, apesar das personagens narrarem em primeira pessoa, como em "A Partida" e "Desista!", e mostrarem-se sujeitos de sua própria ação, com plena liberdade de movimentos. Em Kafka, os impedimentos da ação das personagens, mais do que serem enunciados, são presentificados na própria forma que a narrativa circunscreve. Na análise dos textos de Rabi Nakhman, pudemos encontrar, na tensão entre o processo de contração a que estão sujeitas as personagens encerradas em seu isolamento e a possibilidade de expansão e vinculação que são sugeridas, uma matriz de forças capaz de ser depreendida de cada um dos textos. De um modo bem diverso, essa oposição binária entre contração e expansão também está presente em Kafka, na dimensão do modo como o narrador opera a narrativa em alguns de seus relatos, principalmente naqueles narrados em primeira pessoa. Por um lado, criando, no todo das narrativas – pela descontinuidade no fluxo temporal realizada no interior das frases, através das alterações do tempo verbal das palavras que utiliza –, planos que se relacionam de forma intricada, sem que nunca um se reduza ao outro, planos esses que, ao estarem posicionados em frações espaço-temporais diferentes, tornam complexa e problematizam a trama que nos é narrada; e, por outro, sendo essa voz narrativa, como pudemos ver no capítulo dedicado à análise de nossas leituras de Kafka, um ponto de vista que se debruça sobre si com perspectiva, abrindo mão de ser o todo da narrativa para incluir-se como parte em ação no território representacional que gera. A voz narrativa é um ponto de vista eficaz para a construção de uma narrativa que parece superar o narrador, sobrepondo a uma história pessoal, a essa voz em primeira pessoa, uma narrativa em perspectiva. Desse modo, o narrador, mesmo em primeira pessoa, apresenta-se como um estranho no interior da totalidade do campo textual que narra, como em "Desista!", onde ele se perde nas ruas que ele próprio dispõe. Esse modo de construir a narrativa cria uma ressonância propícia para que forma e conteúdo se imbriquem, deixando surgir uma configuração que versa, simultaneamente, sobre distância e proximidade, comunicação e incomunicabilidade, troca e isolamento – o desenho de um oximoro, uma reunião de contraditórios em que é possível entrar em contato e reconhecer uma situação em que se combinam uma distante proximidade e uma íntima distância, ao mesmo tempo. Não é isso que, em "A Próxima Aldeia", é tematizado? O próximo está a uma distância para além do "tempo de uma vida comum que transcorre feliz". E não é isto também que "Uma Mensagem Imperial" suscita, um oximoro em que o texto nos sussurra a mensagem de que essa mensagem não chegará até nós, dado que "a multidão é tão grande, suas moradas não têm fim", diríamos nós: dado o amontoado de história que nos separa?

Esse jogo entre distância e proximidade, vinculação e encerramento, não é apenas tematizado nas narrativas, mas experimentado por nós no ato da leitura. É que cada fração que o tempo verbal utilizado faz emergir vincula-se à totalidade textual, mas permanece encerrada em si própria. E a leitura sofre o impacto desse modo de construção narrativa porque, ao mudar o tempo verbal, altera-se, como vimos através de Jean Pouillon, a relação de posição entre o que está sendo contado e aquele que conta e, portanto, conosco, leitores.

Em Rabi Nakhman, a voz do relato avança fazendo pouco uso de marcações de tempo, num contexto atemporal no qual o suceder das ações sustenta-se mais numa cadeia de causas e efeitos do que na própria passagem do tempo ou na problematização deste. Como dizíamos quando da análise de seus textos, o tempo dessas narrativas é a atualidade da enunciação, sendo o relato um suceder que progride – apesar dos saltos operados, das repetições criadas e das mudanças da voz narrativa, que passa do discurso indireto à voz direta – numa direção, sem transtornos, impulsionado pela linha argumentativa do relato. Se, em Rabi Nakhman, as personagens encontram-se encerradas em sua distância, a voz narrativa apresenta-se como uma extensão com direção definida que, sem transtornos, como dissemos, realiza a possibilidade de expansão que lhes é oferecida. Em Kafka, a permanente atividade das personagens, suas tentativas de expansão, encontra, nas alterações de tempo dos verbos que constroem as frases, na complexa organização das orações e no reiterado uso de conjunções adversativas, a realização do limite a que estão sujeitas, impedidas de se vincularem, apesar de todo o seu agito – se não uma contração, um recolhimento para dentro de si, como no caso de Rabi Nakhman, a impossibilidade de transpor o círculo em que vivem encerradas. Lembremos que o caráter problematizador de "A Próxima Aldeia" advém de duas frações espaço-temporais que se contrapõem: a da vida em aberto, a do neto, e a de uma vida contraída em lembrança, a do avô. É nesse contexto que faz sentido pensar que a vida é tão curta que não seja nem de longe suficiente para uma cavalgada.

Se, por acaso, o sábio e o príncipe peru fossem parar no interior de um texto de Kafka, o que possivelmente ocorreria, dada a configuração textual, seria não tanto a ascensão do príncipe peru à mesa, mas uma multiplicação de perus, porque, em Kafka, a estrutura textual realiza o encerramento de cada uma das personagens. E se o sábio ficasse encerrado em sua sabedoria, tal como ficou o Ulisses de Kafka em sua astúcia, perderia a capacidade de aconselhar, ruindo assim por inteiro o que faz, de um sábio, um sábio. Nos textos de Kafka, ninguém pode receber conselhos. Por outro lado, se a personagem de "Desista!", por acaso, fosse parar no interior da voz de Rabi Nakhman e perguntasse pelo caminho para a estação, desde que essa estação apontasse em sintonia com o horizonte a que a voz se lança, com certeza alguém acudiria e lhe daria uma indicação capaz de levá-lo até lá. A menos que encontre o pai de "O Filho Único do Rabino". Nesse caso, talvez a personagem não chegue lá, porém nós, leitores, aprenderemos algo mais sobre como não perder o caminho à estação.

Se ousamos transplantar hipoteticamente personagens da paisagem textual de um autor para a do outro, é porque, apesar das enormes diferenças textuais entre ambos e do lugar que as personagens ocupam nessas paisagens textuais, algo do modo como elas são operacionalizadas instaura certa proximidade. Tanto em Kafka quanto em Rabi Nakhman, as personagens são postas imediatamente em atividade. Fora Ulisses e Odradek, nenhuma delas é portadora de um nome próprio e, se possuem uma intensa força expressiva, essa força não advém propriamente de sua caracterização. Em Kafka, as personagens chegam até a perder qualquer configuração humana, como em "Comunidade". Em Rabi Nakhman, elas se recluem tanto que se extingue a voz, e é no silêncio que manifestam sua presença, como em "O Filho Único do Rabino". Poucos elementos figurativos, quase nenhum traço de interioridade e a apresentação e sustentação da ação num contexto aistórico fazem emergir essas personagens, tanto em Kafka como em Rabi Nakhman, de uma condição de anonimato, a partir da qual podem se expressar com força e singularidade e são dotados de uma enorme complexidade. O narrador, em ambos os autores, deixa as personagens atuarem e se manifestarem sem que em nenhum momento se intrometa para comentá-las ou explicá-las, permitindo sempre que elas sejam, para nós, apenas através de sua peculiar manifestação. Em todos os textos, narra-se ou comenta-se um simples evento. Porém, em Rabi Nakhman nos é possível, após a leitura do texto, ou seja, a partir da totalidade que é narrada, configurar melhor os traços específicos de cada personagem. O príncipe peru ganha contornos mais definidos quando confrontado com a totalidade do texto. Ele se atualiza mais plenamente *a posteriori*. O sentido que conseguimos obter através da leitura de todo o texto nos oferece elementos para poder pensar o príncipe peru, para podermos levar um pouco mais adiante uma incursão sobre a situação em que essa personagem está encerrada. É que, como a ação do sábio tem um impacto sobre ele, podemos, levando em consideração o modo como o sábio opera, especular sobre a loucura que acomete o príncipe peru. E, se bem que nada nos dê acesso aos motivos que promoveram tão estranha metamorfose, podemos pensar em suas implicações. Por isso, quando da análise desse relato, pudemos observar que a loucura do príncipe peru consistia em promover a redução de si e do mundo a osso e migalha, despido de vestimentas e sozinho. Ou seja, a totalidade textual permitiu-nos, se não explicar a personagem, especular sobre ela e sua dinâmica peculiar. O mesmo se dá com as demais personagens de Rabi Nakhman. O príncipe distante que descobre, no modo de ler a carta que lhe chega, o acesso a uma proximidade maior de seu saudoso pai-rei, também torna acessível à nossa investigação a complexidade que lhe é inerente. Não que o situemos melhor ou cheguemos a conhecê-lo mais definidamente. Mas a transformação que realiza permite que, diante do todo da narrativa, pensemos, através dele, sobre distância, saudades e proximidade. Isso porque as personagens são suportes para a problematização do evento que nos é narrado – elas são a própria materialização da situação. Já em Kafka, a leitura plena do texto, ainda que nos faça retornar a cada personagem para pensar mais detidamente sobre ela, não nos serve para incursionar com maior eficácia na complexidade que lhe é inerente. Esta parece mostrar-se sempre um pouco além das perguntas que lhe lançamos. Podemos ler "Desista!" quantas vezes for, que a personagem se mostrará sempre dotada da mesma estranheza, estará sempre ali, andando primeiramente num ritmo, depois agilizando-se apressadamente, perdida em busca da estação, mas nada do texto permitirá que a levemos em consideração quanto aos seus recursos ou sua complexidade. O mesmo podemos dizer do senhor de "A Partida". Suas motivações, a falta de entendimento entre ele e seu criado, não ficam para nada mais explicitadas através da leitura total do texto. A errância a que o senhor se lança ao querer dar o fora é a própria expressão da distância em que essa personagem se posiciona diante de nós: ele está sempre fora de uma compreensão nossa, nunca ganhando contornos mais nítidos do que aqueles que já possui. Qualquer pergunta nossa sobre onde ele pretende ir ou por que ele quer tanto sair dali ou que roteiro de viagem o preocupa é tão distante desse senhor quanto as perguntas que o criado lhe faz. Ele é, para nós, apenas isso: um senhor dando o fora daqui. E esse fato que estamos observando, o da impenetrabilidade em algo assim como um mundo das motivações das personagens de Kafka, não é característico apenas desses textos curtos com que estamos tratando. Mesmo em seus textos de maior fôlego, como *A Metamorfose*[6] ou *O Processo*, por exemplo, essa refração também está presente. A narrativa distancia uma análise psicológica de cada uma das personagens em particular, se bem que, levando em consideração o contexto geral, seja-nos possível reconhecer uma figuração de dinâmicas emocionais complexas. Assim, em *O Veredicto*[7], seu primeiro texto a apresentar um domínio da sua forma de escrita mais plenamente realizado, as motivações de Georg Bendemann ou as de seu pai ficam sempre para além da nossa compreensão, mas a dinâmica que se estabelece entre filho e pai e o lugar que amigo, noiva e mãe ocupam no embate entre ambos oferecem a toda a cena uma unidade capaz de ser abordada como um interjogo de forças emocionais. Nesse aspecto que estamos trabalhando, o da dificuldade de penetrarmos em sua complexidade, podemos dizer que as personagens de Kafka mostram-se também impossibilitadas de desenvolver-se através de nossas leituras.

6. F. Kafka, *A Metamorfose*, São Paulo, Brasiliense, 1985. Tradução de Modesto Carone.
7. F. Kafka, *O Veredicto* e *Na Colônia Penal*, São Paulo, Brasiliense, 1986. Tradução de Modesto Carone.

Elas não ganham maior compreensão nossa à medida que as lemos. Elas estão encerradas no modo como se apresentam. O que eventualmente abre-se para uma investigação maior nossa é a situação em que estão envolvidas – no caso de "A Partida", a possível fragilidade de todo o evento configurado. E de "Desista!", a impossível geometria que parece sustentar o texto. Em Rabi Nakhman, as personagens são capazes de receber as incidências de nossas leituras. Nós chegamos a elas através da totalidade do texto e, portanto, elas podem, por assim dizer, se desenvolver à medida que as lemos. Por mais que permaneçam numa certa dimensão de anonimato, elas servem de suporte para a nossa investigação e, desse modo, dinamizam-se em relação às suas motivações, seus limites e possibilidades. O Ulisses de Kafka, ao derrotar as sereias, acredita-se vitorioso. O que o narrador nos explica é que seu encerramento em ceras e correntes, na verdade, transtorna o mundo, seduz o que era feito para seduzir, as próprias sereias, mas não significa propriamente que Ulisses mudou. Como diz o apêndice do mesmo texto, "Ulisses era tão astucioso [...] que mesmo a deusa do destino não conseguia devassar seu íntimo". Ulisses fica, para sempre, encerrado em si, impossível de ser devassado, assim como as demais personagens de Kafka, que, com a mesma complexidade com que nos acenam para que as levemos em consideração, são refratárias às nossas incursões para esclarecê-las. Em Kafka, não encontramos abertura para análises psicológicas, para desvendar o que quer que seja sobre algo assim como uma vida pessoal delas. O que delas temos, por outro lado, não é um mero fragmento. Nada nos permite dotá-las de uma história, no sentido de vinculá-las a um passado ou encaminhá-las a um futuro. O essencial dá-se no que nos é contado, estabelecendo uma absoluta prioridade do presente da ação narrada. Com as personagens de Rabi Nakhman, algo de semelhante ocorre. Em seus textos, também não temos elementos que permitam vinculá-los a um passado e, se ocorre uma evolução, se o príncipe peru consegue chegar à mesa e se o pai-rabino pôde reconhecer seu engano, não é, se assim pudermos nos expressar, por mérito próprio delas, mas pela intervenção do suceder. É o sábio que possibilita a evolução da personagem, garantindo-lhe que sua transformação inicial em príncipe peru não será ameaçada se ele retornar ao convívio na mesa, entre os seus. Da mesma forma, o pai-rabino apropria-se de seus limites não por esforço próprio, mas pela demanda que o filho morto promove nele. Rabi Nakhman narra uma evolução de personagens que tendem tão pouco a evoluir quanto as personagens que Kafka apresenta. Dizíamos que, em Kafka, as personagens estão imperiosamente postas em atividade e, contudo, não ocorre propriamente uma transformação. Elas, por assim dizer, não aprendem com a experiência. Em Rabi Nakhman, a transformação que se dá pressupõe um reconhecimento da situação em que estão inseridos, reconhecimento esse difícil de ser atingido, porque deve tomar em consideração a distância e o tamanho de seu encerramento, como em "Uma Carta do Rei", em que a personagem consegue transformar-se e reduzir a distância de seu saudoso pai através da plena expressão da verdade de sua distância. Mas, tanto o príncipe peru quanto o pai-rabino vivem, na distância, encerrados em si e, portanto, amarrados às percepções que têm de si e do mundo e limitados em suas concepções. Por isso, sozinhos eles não conseguiriam realizar nenhuma transformação.

Kafka, em seus textos, não problematiza abertamente esse isolamento ao qual os textos de Rabi Nakhman permitem uma exposição maior. O isolamento é mais tematizado do que argumentado. Se bem que a solidão do sexto, em "Comunidade", ou as alturas intransitáveis em que a ponte se assenta explicitem de forma aberta essa condição. Mas a solidão também é, de alguma forma, o resultado da resposta do guarda à personagem à procura de uma indicação sobre o caminho, em "Desista!" – "De mim você quer saber o caminho? [...] Desista, desista" –, ou a total falta de entendimento em "A Partida", o encerramento na aldeia em que se está, em "A Próxima Aldeia", a impossibilidade da mensagem do imperador chegar até você, "o só, o súdito lastimável, a minúscula sombra refugiada na mais remota distância diante do sol imperial", em "Uma Mensagem Imperial". Só é também a palavra Odradek, apesar de alguns quererem derivá-la do eslavo e outros do alemão, e sua extraordinária e interminável mobilidade também é solitária. Só é também Ulisses em sua vitória, em "O Silêncio das Sereias". Ou seja, se ao nível do conteúdo, o que é tematizado é a atividade de personagens que sustentam uma intenção que pressupõe a realização de uma vinculação, realiza-se também, pelos desfechos das narrativas e através dos meios expressivos específicos de cada uma delas, a exposição, na forma ficcional, de um estado de solidão. Em Rabi Nakhman, propõe-se um contexto de expansão para personagens contraídas, uma relação para romper a solidão. Em Kafka, realiza-se um contexto de limite diante das tentativas de expansão das personagens, a solidão como resultado do empenho por estabelecer uma relação.

Ambos os autores conferem às suas narrativas uma extrema compactação. São peças curtas, e este não é um fator irrelevante para que as captemos de uma só vez, de modo a que possamos nos apropriar da força expressiva imanente que lhes é conferida pela totalidade do conjunto. Apresentam-se como fragmentos, como pedaços de narrativas, em Kafka soltas em sua completude, performatizando uma situação de encerramento. Em Rabi Nakhman, também soltas, mas à espera de uma contextualização que as signifique e que, através desse ato de significação, se revitalize. Suas narrativas funcionam como uma ponte que permite a expansão do contexto de recepção. Se erguemos os textos de Kafka à condição de ponte, encontramos a elaboração de um espaço textual que se problematiza enquanto espaço de vinculação, tal como o Odradek de "A Preocupação do Pai de Família" ou o homem-ponte de "A Ponte".

Toda a figuração dos textos de Kafka parece servir de suporte para a realização de uma geometria impossível, na qual se problematizam os deslocamentos. "A Próxima Aldeia", como dissemos, pode ser compreendida como um problema de mensuração do tempo de deslocamento de um jovem a cavalo, desde um ponto de repouso inicial a um ponto de chegada, num contexto de aproximação de dois sistemas de coordenadas nos quais o tempo flui diferentemente: o da lembrança, que tende a contrair tudo tão violentamente, à maneira dessas linhas do tempo nas quais, numa escala de poucos centímetros, cabe a história da humanidade por inteiro, e, por outro lado, o sistema de coordenadas dos eventos. É nesse conflito entre tempos que o aforismo ganha expressividade. Em Kafka, não existe esse referencial tão claro e poderoso que parece orientar todo o desenvolvimento da ação dos textos de Rabi Nakhman. As próprias personagens deste último assumem seu lugar numa hierarquia claramente organizada. O rei de "Uma Carta do Rei" funciona como referência forte que serve não apenas para definir a personagem, mas também a sua localização e o seu objeto de desejo. Tudo no texto organiza-se em relação ao rei. É a partir dele que a distância é apontada e é também a partir dele que a proximidade é nomeada, num texto que, tal qual o de Kafka, é pobre em descrições figurativas. Mas, aqui, a física não confabula contra o deslocamento. Porque o espaço que o texto sugere é único e, portanto, capaz de permitir o encontro do príncipe com seu pai, mesmo que seja através da leitura. A distância que os textos de Rabi Nakhman parecem abordar não é a de um intervalo de tempo entre dois momentos, nem a de um espaço que separe dois objetos. Por isso, as personagens não precisam se deslocar. A distância que elas devem atravessar é uma superação de si, de seus limites pessoais. O que as separa do mundo, o que as mantém longe de sua familiaridade, não é um transtorno do mundo, mas algo assim como um transtorno de si, um enlouquecer, como o do príncipe peru, ou um encerramento em suas concepções pessoais, como o do pai-rabino. Em Kafka, é o mundo que se apresenta com a disposição necessária para impedir a realização de uma vinculação. Sua literatura permite a emergência de uma linguagem que realiza uma física na qual existem tantos tempos quantos sejam os referenciais inerciais. O tempo se dilata ou contrai conforme seja considerado a partir de um referencial ou outro. Por isso, encontramos em "Desista!" a realização da nova cinemática elaborada por Einstein, uma elaboração ficcional do famoso paradoxo dos tempos múltiplos ligados, cada um deles, às coordenadas de referência do observador. Nos textos de Kafka, não há psicologia. Problematiza-se a vinculação, o trânsito e a comunicação, a partir de uma física que apresenta planos dispostos em frações espaço-temporais diferentes. Em "Uma Mensagem Imperial", problematiza-se o impossível deslocamento de um mensageiro entre dois pontos, um deslocamento espacial com repercussões temporais tão profundas que deslocam o imperador, ponto inicial, a milênios de distância de você, impossível ponto de chegada dessa mensagem. Em Kafka, é a organização espaço-temporal do mundo que cria uma geometria na qual a comunicação se impossibilita. Cada um está encerrado em suas próprias coordenadas, e isto inclui texto e leitor, dois pontos localizados em coordenadas espaço-temporais diferentes, sendo a leitura, portanto, um exercício sujeito ao equívoco.

Pode o exercício de leitura ser contido como problema no texto que lemos? Em Kafka, sugerimos fortemente que sim, porque seus textos não abrem mão de lançar-nos à procura de uma significação, forçando a nossa intromissão no acontecer textual despertando a imperiosidade de que estabeleçamos uma significação. Quer-nos comentadores, realizadores de um exercício de desdobramento, na tentativa de estabelecer uma vinculação de sentido. Responder ao texto é um desafio que não pode ser evitado, dada a eficácia com que mobiliza, a partir da singularidade narrada, um poderoso redemoinho polissêmico incapaz de repousar. Mas, esse imiscuir-nos enquanto leitores não é o único movimento que legitima a inclusão dos problemas da leitura para dentro do espaço textual. O que legitima também essa ação é o fato de se tratarem de textos que se debruçam sobre si próprios e sobre a sua eficácia enquanto texto em sua relação conosco, sobre a sua habilitação enquanto texto para o exercício de transmissão de uma mensagem. Nós, leitores, somos uma das margens que o narrador visa atingir, e ele preocupa-se tanto a respeito de sua eficácia para chegar até nós quanto em estabelecer-se como ponte entre nós e algo para além de nós.

Os relatos de Rabi Nakhman também lidam com temas que versam sobre comunicação e incomunicabilidade, proximidade e distância, mas a voz se reconhece com legitimidade para transmitir uma mensagem que, em suas variações, parece querer dizer que aquele que está isolado pode também ser alcançado por essa voz que, à maneira do sábio que se deixa enlouquecer para poder chegar até o isolado príncipe peru, deixa-se também enlouquecer, metamorfoseando-se em ficção. E assim o faz para reconquistar sua potência, porque diante de um príncipe peru, um sábio, para continuar sendo um sábio, deve saber se transformar num sábio peru. Senão, entre o sábio e o príncipe, mais do que distância, coloca-se a impossibilidade da transmissão, a ruína da ponte. E, nesse caso, o patrimônio do sábio, toda a sua sabedoria, localizada numa margem impossível, encerrada em si, transtornar-se-ia na mesma condição de isolamento das personagens para as quais se lança como convite.

Dizíamos anteriormente que os relatos de Rabi Nakhman constituem-se numa espécie de meditação sobre o confronto dos homens com a distância. A ficção que ele cria constitui-se na estratégia propícia para a transmissão de uma mensagem. Em Kafka, se há alguma meditação, ela é sobre si enquanto texto e sobre sua possibilidade de transmitir uma mensagem. A figuração que ele cria, se for uma estratégia, não o é para transmitir uma mensagem, mas para problematizar a transmissibilidade. Os problemas da transmissibilidade pressupõem uma distância a ser vencida. Nos textos de Kafka, problematiza-se essa distância de um modo que não é psicológico, mas físico, porque afeta os próprios instrumentos que estão implicados na transmissão, a saber, mensagem, texto e leitor. Esses textos esperam-nos enquanto escritura, como a ponte, com seus pensamentos andando sempre a dar voltas, mas temem desabar com a nossa chegada. Resulta-lhes quase doloroso que os observemos como o faz o pai de família, como se fossem Odradek, esse emaranhado de fios bem equilibrado, extraordinariamente ágil e incapturável, reduzido a ser apenas Odradek que, tal como o sexto em "Comunidade", ainda que não prejudique ninguém, prejudica por ser apenas Odradek, por ser um espaço de transmissão solto, dotado de forte poder de significação, mas encerrado em si próprio. Odradek, para além de preocupação de um pai de família, é a preocupação de um narrador para com a sua narrativa, para com a sua identidade textual. Os textos de Kafka temem não chegar até nós ou não poderem sair de seus limites, ou nos encerrarem em seu interior.

A voz de Rabi Nakhman, ao incursionar no terreno ficcional, ao estabelecer como paisagem uma ambientação não propriamente advinda da tradição judaica, levando para dentro de um gênero literário oral, o do conto popular do leste europeu, uma reflexão sobre questões concernentes àquela tradição, não apenas amplia o campo em que podem ser nomeadas suas concepções, outorgando legitimidade para a ficção lidar com temas advindos da tradição judaica, mas ela própria, a voz, tende à letra, à escritura, ao achado de uma forma que, em sua especificidade, seja capaz de dizer com organicidade própria o que tem a dizer. É por este motivo que Rabi Nakhman tende a ser um autor e é também por isso que suas narrativas, apesar de estarem plenamente inseridas no conjunto de seus ensinamentos e serem manifestações expressivas eficazes dos mesmos, podem também ser consideradas com autonomia.

Na análise de seus textos, vimos estar presente uma organização que visa expor a tensão entre um processo de contração a que estão sujeitas as personagens encerradas em seu isolamento e a possibilidade de expansão e vinculação sugeridas de diversas maneiras, num contexto que vai se estabelecendo por uma oposição binária entre contração e expansão, isolamento e vinculação, morte e vida. Essa organização apresenta-se com a disposição e propensão de assumir a condição de uma forma, da qual cada uma das narrativas constitui-se numa realização específica. Essa forma tende a se sobrepor à própria forma do relato oral, que tem seus procedimentos, temas e modos de operar específicos colocados a serviço da intenção expressiva de Rabi Nakhman e, portanto, com aptidão a gerar uma literatura. Nas estratégias que Rabi Nakhman encontra para falar do isolamento do homem e lhe propor um modo de vinculação, ele se aproxima da ficção. Os textos de Kafka, plantados no campo da ficção, ao se debruçarem sobre si próprios e sobre a sua eficácia enquanto textos na sua relação conosco, leitores – tal como pudemos observar na análise dos textos que realizamos –, apresentam-se com disposição para considerar os limites de sua ação e, na produção de uma forma eficaz, compreendem-se isolados, tendendo a deixar surgir uma voz que enuncia a distância inerente ao espaço íntimo do texto.

O que estamos concebendo neste momento advém da aproximação desses dois autores, para os quais as referências das produções textuais parecem estar dispostas em campos diferentes: para Rabi Nakhman, a referência é a realidade em que está inserido e, para Kafka, por se tratar de uma produção literária, as referências estão inseridas plenamente no interior de seus textos. No entanto, quando aproximados, um exerce uma força de atração sobre o outro, com repercussões que nos levam a considerar as intenções textuais de ambos os autores. Em *Anatomía de la Crítica*[8], Northorp Frye salienta que a obra literária orienta-se em sentido inverso à direção centrífuga dos discursos referenciais, daquela que lançaria as palavras em direção às coisas. A obra literária seria orientada por uma ação centrípeta, que promoveria um movimento das palavras em direção a configurações verbais mais extensas, que constituiriam a obra literária na sua totalidade. Aproximando essa idéia de Frye da que estamos tentando enunciar, diríamos que Rabi Nakhman, ao querer nomear a concretude de uma situação espiritual através de uma ficção, deixa surgir uma organização textual que, apesar de visar a realidade em que estava inserida, passa a constituir um sentido que tende a se emancipar dessa realidade, ou seja, se a ação criadora de Rabi Nakhman inaugura-se num movimento centrífugo que pretende ir das palavras às coisas, tende, por ficcionalizar, a dinamizar-se de forma centrípeta, num campo textual que atrai suas referências centrais para o seu próprio interior, incorporando o próprio contexto no qual era originalmente apresentado como voz viva e, por este motivo, com disposição para ganhar autonomia expressiva.

Kafka, por sua vez, opera no interior da ficção, num campo textual em que o discurso é a resultante de uma estrutura dependente por inteiro de suas relações internas. Mas, ao problematizar-se em sua função de texto, ao debruçar-se, como dissemos, sobre si próprio e sua eficácia enquanto texto na sua relação conosco, leitores, tende a romper o limite interno de referências de seu discurso centrípeto e criar um movimento centrífugo, das palavras às coisas – no caso de Kafka, da realidade textual interna à problematização de si próprio como exercí-

---

8. N. Frye, *Anatomía de la Crítica*, Caracas, Monte Avila C. A., 1991.

cio textual no campo concreto das leituras. Nossas leituras dos textos de Kafka levaram-nos a considerar que, nessas escrituras são, como dissemos, as próprias fronteiras do texto que são questionadas pela instabilidade de significados que este assume. Emerge, da ação desse narrador, não apenas uma figuração adequada para lidar com temas que versam sobre comunicação e incomunicabilidade, proximidade e distância, mas, também, uma experiência na escrita com esses temas, numa narrativa na qual a voz do narrador, personagens e enredo confluem para deixar surgir uma atualização viva e dinâmica de operações com metáforas espaciais de inclusão, exclusão e deslocamento, um registro sobre os transtornos da transmissão de uma mensagem num contexto de homens encerrados em si e, portanto, isolados e sós. Soltos e impossibilitados de alcançar a outra margem, aquela que lhes permitiria colher uma mensagem ou vincular-se com algo ou outros para além de si.

Parte II

Kafka: Um Judaísmo em Situação

6. Uma Trajetória Judaica em Kafka

Marthe Robert, em seu extraordinário e esclarecedor livro *Franz Kafka o la Soledad*[1], expõe de forma extremamente convincente "as medidas técnicas rigorosas que lhe permitem [a Kafka] inscrever as anomalias de sua situação no próprio contexto de sua obra"[2]. Fariam parte dessas medidas técnicas rigorosas a separação entre o homem real e o escritor, separação essa que não apenas silencia, em sua obra, o contexto real em que Kafka estava inserido, mas o leva a construir uma narrativa na qual "ele mesmo se abstém de julgar"[3]. De fato, como vimos, o narrador de Kafka nunca se intromete na ação que narra, não interpreta as personagens, não comenta os acontecimentos, nada esclarece sobre o que se passa nem cria alguma instância em que um suposto saber maior sobre as coisas que são narradas pudesse servir de referência para a emissão de algum juízo sobre o que nos é dito. Kafka, segundo a autora, parece seguir o imperativo de um "princípio de não intervenção"[4] tão radicalmente, que nem sequer "dá-se a licença de pôr, no caráter de suas personagens, algo que lembre diretamente seus próprios gostos, suas fobias, as extravagâncias de comporta-

---

1. M. Robert, *Franz Kafka o la Soledad*, México, Fondo de Cultura Económica, 1982. As citações desse livro que se seguem são traduções nossas.
2. *Idem*, p. 245.
3. *Idem*, p. 222.
4. *Idem*, p. 222.

mento a que é arrastado por sua nostalgia da lei perdida"[5]. O hiato que separa o homem real do escritor seria um dos três recursos[6] responsáveis por outorgar aos textos de Kafka sua familiaridade com os relatos tradicionais, pois o clássico narrador antigo, seja como autor de poemas épicos, fábulas, memórias, parábolas ou crônicas, para assumir o lugar de porta-voz do geral, deve necessariamente permanecer ausente de sua história.

O simples fato de falar por todos lhe proíbe falar de si próprio, e não somente trata de não aparecer em cena, mas realiza todo o esforço para conseguir que o esqueçam, adotando o estilo e às vezes até o nome de mestres venerados pela tradição [...] o menor traço de vinculação ao seu tempo somente conseguiria debilitar o alcance de sua mensagem universal; por isso, abre mão da originalidade, a fim de incluir-se no coletivo de expoentes que, através dos tempos são, para seus contemporâneos, os únicos detentores da autoridade[7].

5. *Idem*, p. 222. Para a autora, "Kafka estaria infinitamente mais sujeito à sua falta de lei do que qualquer crente o está às regras severas de sua ortodoxia" (p. 148). E continua: "Ali onde os judeus assimilados não têm nada mais urgente do que se liberar das restrições rituálisticas incompatíveis com seu desejo de fundir-se com o meio, Kafka lamenta as restrições que não recebeu em sua educação e às quais, portanto, mesmo que se visse tentado a vincular-se, nem sequer saberia bem como, por que e em que medida fazê-lo. E ainda, para ele, o mandamento de forma alguma fica abolido pela desaparição do mandante que tempos atrás o enunciava, mas, sim, de certo modo, sobrevive à sua própria necessidade e não somente é o único que continua se pronunciando, mas que, tendo se emancipado totalmente da ordem divina [...], se faz mais restritivo do que nunca e tão tirânico que suas exigências já não conhecem nem medidas, nem limites" (p. 149). Apesar da extensão que esta nota de rodapé vem tomando, vale a pena continuar seguindo as argumentações de Marthe Robert para que compreendamos como essa autora vincula o que ela denomina de "extravagâncias de comportamento" de Kafka e sua nostalgia da lei perdida. Diz ela: "Ímpio e, no entanto, preso desse resto essencial da fé judaica que é a necessidade imperiosa de uma vida legalizada [...], Kafka se esforça por remediar essa situação insustentável criando para si, a partir de um vazio, um código para seu próprio uso". Kafka teria tido que reinventar um conjunto de procedimentos "emergentes do fundo de sua subjetividade", que lhe permitissem orientar-se entre o justo e o injusto, o puro e o impuro, o permitido e o proibido. Como ele não sabe nada desse mapa, "amplia positivamente ao infinito as esferas das coisas impuras e dos atos proibidos". Essa ampliação teria repercussão em todas as dimensões da vida de Kafka, desde seus extravagantes hábitos alimentares, suas inclinações por idéias naturalistas, a preferência pela vida no campo à vida urbana, o modo de vincular-se à sua família, sua concepção da vida sexual, seu relacionamento com as mulheres, o sentido que dava à sua doença, a forma de desempenhar sua vida profissional, sua própria compreensão da tarefa que lhe cabia enquanto escritor e, agreguemos nós, a própria compreensão que ele ia obtendo sobre os seus escritos. Ou seja, é toda a sua vida e produção que seriam arrastadas por sua nostalgia da lei perdida.

6. Os outros dois seriam o uso que ele faz das palavras e seu pleno leque de ressonâncias, consideradas fora de qualquer circunscrição histórica e social, e a utilização de uma linguagem administrativa erguida à condição de língua universal.

7. M. Robert, *op. cit.*, p. 245.

Assim, Kafka, ao seu modo, teria também conseguido escrever fábulas, contos de fadas, lendas, parábolas, crônicas, mitos e épicos.

Graças à sua linguagem universal e à impessoalidade técnica que lhe impõe sua condição, Kafka disponibiliza-se para apegar-se a essa regra essencial do relato antigo que exige o desvanecimento do autor diante da tradição, não exatamente por humildade, mas com a finalidade de que nada pessoal, nada temporal venha a desmentir a eternidade do acontecer ficcional[8].

Em nossas análises dos textos de Kafka, pudemos encontrar de fato esse total eclipsamento das opiniões do autor, deixando que a narrativa se manifeste como que desimpedida da pressão de uma intencionalidade autoral outra que não seja a de apenas dar forma e vazão à ação narrada. E foi a eficácia com que Kafka trabalha esse recurso que nos permitiu aproximar suas narrativas às de Rabi Nakhman, um autor que opera no interior das regras do relato tradicional. No rigor de sua técnica, Kafka e seu contexto metamorfoseiam-se em pura narrativa ficcional.

O trabalho de Marthe Robert realiza uma competente análise da situação de vida de Kafka, levando em consideração elementos de sua biografia pessoal e de sua história familiar, situando ambos no contexto político e sociocultural da Praga em que vivia e construindo assim um pano de fundo para o estudo detalhado dos diários de Kafka, texto que ela traduziu para o francês. Emerge dessa investigação algo assim como um percurso singular de Kafka na tentativa de afirmação de uma identidade pessoal que tem como um de seus elementos centrais seu núcleo judaico e o posicionar-se diante dele – um percurso que entrelaça o que a autora denomina de "mal da identidade" (a queixa de Kafka de que lhe falta chão, ar e mandamento) e a ousadia de se plantar com toda sua carência diante da lei. Resulta daí um desenho cuja impressão a autora reconhece, ao final de seu livro, no interior da ficção de Kafka. Seu capítulo final, "Ficção e Realidade", completa-se com a análise do relato "A Preocupação do Pai de Família". Sua análise realiza uma leitura da qual a nossa em muito se aproxima. Ou seja, Marthe Robert vai construindo com minúcia um retrato das preocupações de Kafka, entrelaçando com simultaneidade materiais advindos de diversas camadas do real: sua produção literária, seus diários, fatos históricos, testemunhos de amigos e gente próxima, panorama literário da época etc. Nós estamos nos atendo à análise textual, talvez na falta de um conhecimento tão amplo, mas principalmente pela convicção de que nossa preocupação de estudo pode encontrar resposta se ousarmos adentrar o interior textual, apesar das ameaças que todo o nosso não saber interpõe entre nós e o texto.

---

8. *Idem*, pp. 245-246.

Queremos agora observar alguns recortes dos diários e cartas nos quais aparecem de forma explícita elementos concernentes à questão judaica. Marthe Robert nos lembra de que uma das maiores singularidades desse autor é a completa separação entre o homem real e o escritor. Isso poderia significar, em nosso caso, uma fronteira que não deveria ser transposta entre sua criação literária e seus diários e cartas, principalmente se entendermos que estes são exclusivos do campo do homem real. Mas, Kafka é singular inclusive nesse aspecto. Nele, é difícil estabelecer limites entre sua criação literária e os escritos de cunho pessoal[9]. Sua carta ao pai, por exemplo, é tão magistral como documento textual quanto qualquer de suas obras ficcionais. E estas ganham muito da densidade que têm porque sobre elas, de algum modo, a sombra da carta ao pai repousa. Aliás, a carta ao pai, na crueza de um acerto de contas entre filho e pai concretos, constitui-se num documento único. Que outro autor expôs sua relação com o pai de modo tão contundente, sem mediação alguma, deixando-a exposta em carne viva, num modelo que em muito se aproxima ao de Jó em sua queixa a D'us? Só que, aqui, Jó é um filho e, mais do que uma personagem, é o próprio Kafka implantado no campo textual, através do pronome pessoal *eu*, que em tamanha profusão percorre o texto todo. D'us não está. Em seu lugar, implanta-se a tão potente figura do pai, tão potente quanto equivocada, tão incompetente em sua magnificência, tão incoerente em sua exigência, tão egoísta em sua generosidade, tão orgulhoso em seu amor – pai esse também metamorfoseado em texto através do pronome pessoal *você*, ao qual o *eu* se dirige. Um velho conto de crianças já ensinava que, em torno de toda a pompa e cerimônia que acompanha o desenrolar do cortejo real, um dedo infantil pode encontrar e denunciar a nudez do rei. A novidade não está apenas em que o rei virou pai e o menino, um adulto de 36 anos. E nem em que toda a pompa e circunstância tenham se transferido para o interior de uma residência típica de uma família burguesa judaica situada no centro da cidade de Praga, no início do século XX. A intensa originalidade está em que a figura do poder tem nome e sobrenome e o autor da missiva não é um súdito anônimo, mas o próprio filho, e aquilo que seria roupa suja pra ser lavada em casa transborda, dada a peculiaridade da história das publicações da obra desse autor, para o público em geral, podendo vir a ser encarado como o epicentro legítimo de uma situação

---

9. Lembremos que é o próprio Kafka quem seleciona para publicação no *Herderblätter*, uma revista literária mensal de Praga, em outubro de 1912, uma passagem de seu diário escrita no dia 5 de novembro de 1911, que registra com força poética o intenso circuito de ruídos que os membros de sua família criam enquanto ele tenta escrever, sem omitir sequer o nome de uma de suas irmãs, Valli. Esse circuito de ruídos constitui-se ao mesmo tempo no transtorno para a sua atividade de escritor e na própria matéria e inspiração de seu escrito.

kafkiana, um terremoto em versão escrita com força capaz de ultrapassar os limites da história familiar pessoal e propagar-se com ímpeto para expor a estrutura de poder que subjaz e organiza as ações dos homens em nosso tempo, no que ela tem ao mesmo tempo de frágil e vigorosa em sua potencialidade para se manifestar como força totalitária. A partir desse texto, legitima-se questionar o pai como um modo de afirmar uma construção pessoal de si e do mundo. Hamlet, de Shakespeare, não chegara a tanto. O espectro do pai, que o imobiliza, ainda ronda, envolvido em vestes reais.

Tornemos a dizer: em Kafka, é difícil estabelecer limites entre sua criação literária e os escritos de cunho pessoal. Lembremos seu estranho testamento, em que mandava que seu melhor amigo, Max Brod, queimasse todas as páginas por ele escritas, sem distinção entre o que seria criação literária e anotações pessoais. Por outro lado, fragmentos de textos maiores encontram-se espalhados em seus diários pessoais e idéias embrionárias de relatos originam-se nesses mesmos diários. Aliás, uma das poucas certezas que o conjunto de suas obras nos oferece é a de que Kafka fazia de si próprio a sua matéria. Esta idéia encontra-se expressa em diversos trechos de seus diários e cartas e Kafka parecia necessitar retomá-la sempre, criando para ela um sem fim de significados. Gostaria de trazer um deles, não apenas para exemplificar mas, principalmente, para nos colocarmos diante da pungência com que ele expressava sua tarefa:

> Agora sinto, e já o sentira à tarde, um grande desejo de arrancar de mim, escrevendo, todo este estado de desassossego e, tal como ele vem das profundezas, afundá-lo nas profundezas do papel, ou então deixar uma escrita consistente de um modo que permitisse incorporar o escrito integralmente em meu interior. Não se trata aqui de um anseio artístico [...][10].

Seus escritos são um mergulho em si próprio, em sua condição e em seu corpo. Ele fazia de si mesmo o problema ou a charada central. Sua história e seu corpo são o território da indagação, o espaço para onde lança as respostas e de onde advêm as insaciáveis perguntas. Quantas e quantas passagens dos seus diários e das suas cartas são observações meticulosas dos seus estados de ânimo, dos seus afazeres cotidianos e até das situações mais triviais, como por exemplo lavar as

---

10. *Diários*, 8 de dezembro de 1911. As traduções para o português das passagens dos diários de Kafka foram feitas por nós a partir das versões em inglês e espanhol: M. Brod (org.), *The Diaries of Franz Kafka*, vol. 1 (1910-1913) e vol. 2 (1914-1923), Nova York, Schocken Books, 1971 (tradução de Joseph Kresh) e M. Brod (org.), *Diários*, vol. 1 (1910-1913) e vol. 2 (1914-1923), Barcelona, Editorial Lumen, 1975 (tradução de Feliu Formosa), seguidas de uma revisão técnica no original, utilizando a seguinte edição: M. Brod, (org.), *Gesammelte Werke*, Frankfurt, Fischer Taschenbuch Verlag, 1995.

mãos, sentar numa cadeira, observar os reflexos das luzes da cidade que adentram o seu quarto pela janela na hora de deitar, escutar os passos e conversas de seus familiares enquanto ele próprio permanece sentado à escrivaninha. Parece um imperativo a necessidade de transformar corpo, cotidiano e atividade em escritura. Nisso parece consistir a sua tarefa, e é nela que Kafka encontra os referenciais críticos de sua escrita: assim, exige que seus sonhos apareçam na escrita sem perder em nada a intensidade que tinham quando sonhados e atribui aos seus escritos um valor de verdadeira literatura ou de falsidade de acordo com a capacidade dos mesmos terem ou não capturado o seu estado emotivo de momento. O diário é, para Kafka, o espaço de um exercício da escrita que aponta, essencialmente, para si próprio, numa prática que não erraríamos muito em chamar de auto-análise, se essa palavra não viesse já tão carregada do aparelho técnico-teórico que Freud fez emergir de um processo de escrita consigo próprio aparentado ao realizado por Kafka. Freud lança a escrita atrás de si e de seus sonhos e, na tentativa de compreendê-los, cria a ciência da psicanálise. Kafka, que leu Freud, também vai atrás de si e de seus sonhos, porém não com o intuito de explicar-se, mas de derramar-se na escrita, numa espécie de diálogo pessoal de desvelamento e de desafio de expor suas "mais estranhas ocorrências", como ele dizia, através da forma escrita. Assim, Kafka registra seus sonhos sem nunca explicá-los, nunca analisá-los, mas realizando um incrível esforço em apresentá-los de modo vivo, como que querendo que a intensidade da cena do sonho sonhado se sustente no registro, criando uma escrita familiar ao sonho. Não seria a análise de um sonho o que melhor o explicaria, nem o que melhor o apresentaria. A melhor maneira de mostrar o sentido de um sonho é deixar que o sonho se manifeste na plena singularidade de sua enunciação. O sonho, em si, é a melhor explicação do sonho, ou seja, a melhor maneira de apresentá-lo tal como é.

> 13 de fevereiro de 1914.
> Sonhos
> [...]
> Em Berlim, em alguma pensão onde, ao que parece, residem jovens judeus poloneses; as habitações são bem pequenas. Derramo uma garrafa de água. Um deles escreve sem cessar numa pequena máquina de escrever, vira a cabeça apenas quando alguém lhe pede algo. Impossível encontrar um mapa de Berlim. Vejo sempre na mão de alguns deles um livro que se assemelha a um mapa. Porém, ocorre que sempre contém algo diverso, uma lista de escolas de Berlim, uma estatística de impostos ou algo assim. Não quero acreditar, mas o demonstram para mim, sem que haja lugar para dúvidas, com um sorriso.

Um estranho entre estranhos, todos estrangeiros, hóspedes de uma cidade cujo mapa querem, mas não conseguem encontrar, apesar de terem – não ele, Kafka – à mão livros que parecem ser o mapa da cidade. "Porém, ocorre que sempre contém algo diverso", fragmentos de informações, "uma lista de escolas de Berlim, uma estatística de impostos ou algo assim", alguns dados, pequenos recursos que não preenchem plenamente a necessidade de encontrar um mapa. Tal como a água da garrafa, o sonho se derrama no papel, em alemão. Kafka domina a língua de Berlim com tal maestria que, dela, conhece não apenas as vias principais por onde pode fluir, mas também aquelas vias mais retiradas. Ou seja, na língua, ele porta um mapa capaz de pô-lo em movimento, de escrever sem cessar. E, contudo, junto aos judeus poloneses, reside desorientado em habitações bem pequenas e temporárias, um ambiente extremamente familiar ao de *O Castelo*, obra que ele viria a escrever oito anos depois. Seu sonho não requer explicações. Ele é, em si, a expressão de aspectos de sua situação de vida. Se esses judeus poloneses ousarem sair pelas ruas de Berlim, talvez o façam como os cinco de "Comunidade", apontados por toda a gente; e se ele, Kafka, que não tem à mão, tal como alguns deles, um livro que parece um mapa da cidade, quiser se intrometer, como o sexto, possivelmente encontre rechaço; e se ousar perguntar pela estação de trem a um guarda...

O conteúdo manifesto do sonho é o que Kafka prioriza. Seu esforço está em capturá-lo, tal como se apresenta, na forma escrita. Porque, assim como emerge, em sua peculiar figuração, o sonho registrado já é, ao mesmo tempo, expressão de sua situação de vida e criação ficcional. Kafka, se conseguiu, como afirma Marthe Robert, emparelhar seus relatos aos relatos clássicos através do esvaecimento do autor, o faz de um modo muito singular: aqui, o autor não se contrai para deixar que a tradição e todo o rastro de sabedoria que o contato com ela vai deixando surgir tomem conta do escrito por inteiro, transformando este em mais uma veia por onde a própria tradição passe a circular. Como judeu emancipado, Kafka conhece pouco da tradição judaica e muito menos sente-se um legítimo herdeiro da tradição alemã, e conhecer a tradição é essencial para um autor tornar-se, através de seus escritos, porta-voz dela, realizador pleno de alegorias, fábulas, parábolas, aforismos, etc., criações que legitimamente apresentam o relato como acesso ao real das visões de mundo e de homem de uma dada civilização. Em Kafka, sua contração deixa emergir seu sonho. O autor esvai-se no recurso mais à mão de que dispõe: seus sonhos, suas ocorrências pessoais. Se o sonho é a expressão de aspectos que estruturam a posição do sujeito no mundo, com seus limites e possibilidades, seus conflitos e particularidades; se o sonho é um comentário pessoal sobre o estar no mundo, uma leitura sobre como nos encontramos, uma figuração que atualiza algo da nossa vida, à maneira de um *midrasch* na tradição judaica – um exercício de exegese do texto principal realizado não sob a forma de uma definição clara e precisa que o concretize na abstração de uma variante de alguma forma teórica, mas no fluir de uma representação figurativa que mais aponta do que cristaliza, sugerindo mais do que objetivando –, então, a apresentação do sonho pode ser o modelo para a construção de uma literatura que, se na Antigüidade, quando os autores estavam plenamente inseridos na lei, era território legítimo para o deslizar da tradição, agora comenta, através de si, o estar plantado diante da lei sem ter sido realizado o pleno ingresso nela. Se aproximamos a literatura de Kafka ao sonho, não é tanto para fazer emergir essa ambientação onírica tão marcante em seus principais escritos, mas para expressar nossa impressão de que os escritos de Kafka apresentam em sua figuração, de modo imediato, algo sobre a situação de vida dele com a mesma verdade com que um sonho expressa algo sobre o sonhador. Porque, assim como o sonho não é uma dispersão do sonhador, mas a irrupção de uma verdade sobre si, a literatura de Kafka também não é uma dispersão de sua situação particular, mas uma maneira de expressá-la. Um *midrasch* pode nos ajudar a dizer melhor o que estamos tentando dizer:

> Rabi Ióssi costumava dizer: quando eu morrer e encontrar o Eterno, Ele não me dirá: "Ióssi, por que você não foi como Moisés?", e, sim, "Ióssi, por que você não foi Ióssi?"

Kafka, com certeza, se não conheceu esse *midrasch*, o atualizou em seu modo de ser com todas as suas energias. Do ponto de vista judaico, o fez plantando-se diante da lei, ainda que sem maior conhecimento dela, sem recursos para ser um canal por onde a tradição judaica pudesse fluir. Aprisionado no "mal da identidade", numa confusão que é viver em Praga, cidade checa, falando e escrevendo em alemão e relacionando-se basicamente com pessoas que, também falantes do alemão, são, em sua grande maioria, judeus como ele, ele se via só e seus textos deveriam explicitar essa solidão. Ele se via incomunicável e seus textos concretizam essa situação. Ele se via solteiro e, nessa condição, como ele próprio diz, "[...] o solteiro não tem nada diante de si e, por isso, não tem nada atrás. O solteiro não tem mais do que o momento [...]"[11].

Sua criação literária é um exercício de figurações que, ficcionalmente, performatizam essa condição de solteiro a que se vê relegado, e o faz com tamanha força que, da especificidade de uma biografia que contém em seu interior fortes registros da história judaica, emerge uma literatura que expressa a difícil comunicação do homem moderno. Do desenraizamento pessoal de Kafka em relação ao seu judaísmo que, para ele, tanto dói, e que ele registra, em seus escritos, como verdade sobre si, irradia-se uma poderosa rede de imagens, emerge um discurso eficiente para falar da alienação em geral a que os homens estão sujeitos na modernidade. Kafka é um bom exemplo de que, dando-se conta do particular, pode-se chegar ao universal.

---

11. M. Brod (org.), *Diários*, *op. cit.*, 19 de julho de 1910.

Diz ele, em 24 de novembro de 1914, anotando sua participação na entrega de mantimentos e roupas aos judeus do Leste da Galícia, refugiados de guerra que se encontravam em Praga, sobre a postura do Dr. Chaim Nagel:

[...] Pessoas que ocupam tão satisfatoriamente o lugar que lhes corresponde em seu círculo que os supomos capazes de obter tudo no círculo maior de todo o mundo; mas, uma de suas perfeições consiste precisamente em não sair de seu círculo.

Do mesmo modo, a escritura de Kafka abrange o círculo maior do mundo por ter se fincado precisamente em seu círculo.

Passemos agora a observar um conjunto de passagens de textos seus em que as referências a judeus e judaísmo estão enunciadas de forma explícita. Não trabalharemos seguindo uma rigorosa cronologia, pois nosso intuito não é o de percorrer algo assim como uma evolução pessoal de seu posicionamento em relação ao judaísmo. É quase um consenso entre os críticos observar um processo de engajamento cada vez maior de Kafka com a questão judaica, processo esse que o levaria, ao final de sua vida, a pensar seriamente na possibilidade de migrar para Israel e vir a estabelecer-se ali. Mas, é que não constitui propriamente o nosso campo de investigação acompanhar seu posicionamento pessoal em torno da questão judaica. Se estamos nos atendo a escritos nos quais Kafka aborda explicitamente judeus e judaísmo, é com o intuito de obtermos um novo vértice para irmos ao encontro de nossa preocupação central, a de verificar se podemos encontrar aspectos da tradição e da condição judaicas no interior de sua obra ficcional. Não pretendemos também fazer das passagens selecionadas algo assim como germes a partir dos quais se desenvolveria o conjunto da escritura kafkiana, não vemos nelas uma origem capaz de produzir sua ficção. Tudo o que queremos é ver se os elementos que encontramos na análise de seus textos podem ser também reconhecidos quando de suas incursões sobre judeus e judaísmo. Tampouco queremos fazer dessas passagens exemplos de algo maior. Elas não serão trazidas na condição de terem uma função exemplar em relação ao conjunto de seus escritos ou de suas posições em relação à questão judaica. Trata-se apenas de fragmentos cuja análise não queremos fazer dissipar na generalidade de sua obra. A importância de cada passagem encerra-se em si própria. E nossa seleção configurará algo assim como um arquipélago por cujo campo faremos agora afluir nossas leituras.

Escolher um fragmento dos escritos de Kafka para apresentá-lo é um exercício temeroso e que merece sempre a desconfiança do leitor. Porque a complexidade que ele conseguiu imprimir na forma escrita opera num nível que não se deixa reduzir a qualquer um de seus enunciados. Em Kafka, as partes de seus textos, mais do que complementarem-se entre si, tensionam-se. Isso ocorre tanto no nível micro – a oração característica da escrita de Kafka é sempre recheada de conjunções adversativas que, ao relativizar o dito, o problematizam –, quanto no nível macro – em que, pegando o conjunto de sua obra, nenhum texto esclarece propriamente o anterior ou é esclarecido pelos que se seguem, criando uma configuração que se opõe a uma operação de síntese. Mas nosso intuito não é o de integrar o todo de sua obra através do recurso a uma ou outra referência que, por si, a esclareça. Quando muito, o que visamos é um núcleo que opere em ressonância com os elementos textuais que encontramos na análise de seus textos e que tenha referências explícitas suas a judeus e judaísmo.

Em seus diários e cartas, diversas páginas estão ocupadas com temas judaicos, os quais, como já dissemos, sem dúvida constituem-se em questões centrais de sua existência. Ele próprio explicita isto em diversas passagens. Assim, Kafka incursiona em seu judaísmo e no judaísmo de sua geração, no de seus pais, no judaísmo do Leste europeu, no judaísmo hassídico, do teatro e das novelas, na história judaica; coleta antigas tradições, vai à procura de citações talmúdicas, realiza exegeses bíblicas e acompanha o desenvolvimento da idéia sionista. Agregue-se a todos esses campos de incursão aqueles em que o judaísmo é visto sob o olhar do europeu, suas reflexões sobre o ídiche e suas incursões pelo hebraico. Enfim, é o mundo judaico explorado desde os mais diversos vértices e nas mais diferentes formas, ora em sonhos, ora na análise de um texto, na mera citação, na exegese propriamente dita, na análise de uma cena cotidiana ou como um campo para o diálogo com o pai, com Felícia – a namorada com quem esteve prestes por duas vezes a se casar –, com Milena – a intelectual checa com quem manteve um amor basicamente missivo –, com Max Brod – seu amigo mais próximo – e com tantos outros de seu círculo de conhecidos. Nesse conjunto de escritos, Kafka problematiza de modo complexo a situação existencial do judeu de seu tempo, deixando emergir diversas nomeações do ser judeu, numa escritura que realiza sionismo, ortodoxia, assimilação e até a própria aniquilação. Todas essas realizações, porém, não devem ser compreendidas isoladamente se não quisermos perder de vista o essencial. De pouco valeria trazer uma citação específica a fim de provar a existência de todos esses Kafkas. O essencial é que ele toma para si, ao nosso ver, o ter que lidar com a condição de ser judeu, reduzida, pelo parco legado que seu pai lhe transmitiu, a um termo cujo sentido tinha se contraído quase até a total anulação de sua essência.

25 de fevereiro de 1918[12].

Não é preguiça, má vontade ou falta de jeito – se bem que há algo de tudo isso, porque "o inseto nocivo nasce do nada" – o que me fez fracassar, ou o que não me

---

12. Esta passagem encontra-se nos *Cadernos Azuis em Oitavo*, nos quais Kafka anotava seus pensamentos durante os anos de 1917 a 1922. As traduções para o portu-

deixou nem sequer fracassar em todas as minhas coisas: a vida familiar, a amizade, o casamento, a profissão, a literatura; mas a falta de chão, de ar, de mandamento. Criá-los é minha tarefa, não para que, com isso, possa recuperar algo perdido, mas, sim, para que eu não perca nada, dado que a tarefa é tão válida quanto qualquer outra. Ou melhor, ela é até mesmo a mais primordial das tarefas ou, pelo menos, o seu reflexo, assim como, tendo escalado até uma altura de ar rarefeito, pode-se, de imediato, caminhar à luz do sol distante. Por outro lado, nem se trata de uma tarefa excepcional, visto que, com certeza, já se apresentou com freqüência. Não sei, contudo, se nessa medida. Para as exigências da vida, não trouxe, ao que me parece, nada comigo, salvo a debilidade humana, como todos. Com esta – que, desse ponto de vista, é uma força poderosa –, absorvi valentemente quanto havia de negativo em meu tempo, do qual me sinto muito próximo e ao qual não tenho nunca o direito de combater, mas, em certo sentido, de representar. Por outro lado, não herdei parte alguma do escasso patrimônio positivo de meu tempo, nem daquele pouco que, de tão exasperadamente negativo, transforma-se, sem mais, em positivo. Aliás, não fui conduzido na vida, como Kierkegaard, pela mão minguante, mas pesada, do cristianismo, nem pude tampouco agarrar-me à última franja do manto judaico de orações que, esvoaçando, já se vai, como os sionistas. Eu sou princípio e fim.

A passagem acima exposta apresenta alguns dos elementos mais freqüentes no modo pessoal com que Kafka se expressa em seus diários. Ela tem como remetente a si próprio. É de si que ele fala e é para si que se dirige, num misto de justificativa e recriminação insaciável. Procura explicar um fracasso pessoal? Não. Porque nem sequer deixa-se encerrar na qualidade de fracassado. Lança palavras que qualifiquem e expressem sua situação existencial e, ao mesmo tempo, evade-se, gerando uma escrita que é uma espécie de corrida atrás de si, na qual a palavra, por assim dizer, adentra-o mas não o agarra – uma perseguição cujo rastro mais expõe do que revela algo de si, num peculiar exercício de confissão pessoal. "Não é preguiça, má vontade ou falta de jeito". Ou seja, não é da ordem pessoal – "se bem que há algo de tudo isso" – o que o leva a uma realização insatisfatória "em todas as minhas coisas [...] mas a falta de chão, de ar, de mandamento". Não faltam em seus diários queixas sobre a educação recebida e sobre essa situação vivencial da qual ele se aproxima não através de uma definição que a precisasse com mais concretude, mas através do uso de uma imagem, "a falta de chão", uma imagem que remete a uma certa insustentabilidade de ser, um desenraizamento, um estado de vertigem. Esse tipo de comentário já está presente nas primeiras páginas de seu diário, em 1910. Escreve ele, dessa vez preocupado porque

[...] não pude escrever nada que me deixasse satisfeito [...] surge em mim a ocorrência de falar uma vez mais comigo mesmo [...] meu estado não é de infelicidade, porém tampouco de felicidade, nem indiferença, nem debilidade, nem esgotamento, nem qualquer outro interesse, o que é então? O fato de que não saiba relaciona-se sem dúvida com a minha

guês das passagens dos *Cadernos Azuis em Oitavo* utilizadas neste trabalho foram feitas por nós a partir da versão em espanhol: M. Brod, (org.), *Consideraciones acerca del Pecado, el Dolor, la Esperanza y el Camino Verdadero*, Barcelona, Editorial Laia, 1975, seguida de revisão técnica no original, utilizando a seguinte edição: M. Brod, (org.), *Gesammelte Werke*, op. cit., 1995.

incapacidade de escrever. E esta, creio compreender sem conhecer sua causa. De fato, tudo o que me ocorre na mente, não me ocorre desde a sua raiz, mas somente a partir de algum ponto situado na metade. Que tente então alguém agarrá-la, que tente alguém colher uma erva e retê-la junto a si, quando essa erva cresce desde a metade do talo para cima. Talvez possam consegui-lo alguns indivíduos, por exemplo alguns malabaristas japoneses que sobem uma escada de mão cuja parte inferior não repousa no chão, mas nas plantas dos pés de uma pessoa semideitada, e cuja parte superior não se apóia na parede, mas se ergue no ar. Eu não posso fazê-lo, além do que minha escada não dispõe sequer daquelas plantas de alguns pés. Naturalmente, isso não é tudo, e não basta semelhante demanda para fazer-me falar. Mas, ao menos, deveria dirigir-se a mim uma linha a cada dia, como dirigem agora os telescópios em direção ao cometa [...].

Nessa citação, a falta de chão relaciona-se com as ocorrências desenraizadas, que constituem o frágil material de que ele dispõe e que impossibilita uma escrita que o satisfaça. Em seus diários, Kafka costuma registrar suas impressões sobre sua atividade de escritor e sobre sua escrita utilizando imagens muito próximas das que constrói para dizer de si. Se não escreve bem, porque as ocorrências que lhe vêm à mente são desenraizadas, também não vive bem, porque lhe falta um chão. Assim, Kafka entrelaça os fios de reflexão sobre sua vida com os fios de reflexão sobre sua atividade como escritor, fazendo surgir um feixe no qual vida e escritura imbricam-se por inteiro. A mesma falta de chão que, na vida, impede suas realizações maiores, na escrita pode, através de uma figuração que expressa sua situação, criar: "[...] que tente alguém colher uma erva e retê-la junto a si, quando essa erva cresce da metade do talo para cima". Essa figuração, na vida, é pura impossibilidade. Na escritura, é plena realização. Na vida, a realização do negativo de seu tempo é impedimento. Na escrita, a afirmação desse mesmo negativo é realização. A impossibilidade num campo, o da vida, torna-se possibilidade num outro, o da literatura, como representação da impossibilidade. Essa literatura, que é a expressão bem-sucedida de um insucesso, já é em si um oximoro, pois sua realização é a representação de uma não realização, como em "A Ponte", em que o texto ergue-se com sucesso para falar de seu insucesso. Na passagem do dia 25 de fevereiro de 1918, Kafka nomeia Kierkegaard, talvez tendo em mente não apenas o cristianismo deste, mas também seu pensamento de que "um indivíduo não pode ajudar ou salvar uma época, somente pode expressar que é uma época perdida"[13]. Diante de sua percepção de falta de chão, de ar, de mandamento, o pensamento de Kierkegaard talvez leve a concluir que "[...] não tenho nunca o direito de combater mas, em certo sentido, de representar [...]". Kafka, porém, visa algo mais, pelo menos no início dessa citação. Não se trata ape-

---

13. Citado em George Steiner, *Linguagem e Silêncio*, São Paulo, Companhia das Letras, 1988, p. 161.

nas de representar a falta de chão, ar e mandamento, mas de criá-los. E ele ergue esta criação à condição de tarefa pessoal, "a mais primordial das tarefas [...]". Ou seja, diante desse negativo de seu tempo, Kafka assume uma posição, se não de combate, muito menos de oposição, com certeza não de passividade. Quer ser capaz de agir com tal energia que, dele, não se diga que perdeu algo, "[...] para que eu não perca nada [...]". Partir atrás do que se perdeu seria, talvez, fragilizar a tarefa de criar um chão, o ar e o mandamento. Seria um esvaimento da possibilidade de representá-los na plenitude da sua falta. Kafka parece querer plantar-se diante dessa falta e lançar-se com ímpeto na criação, como todas aquelas suas personagens que são impelidas com obstinação a se porem em movimento de um lugar a outro. Uma estranha maneira de evadir-se, de dar o fora dali, como o senhor de "A Partida", sem propriamente sair, mas pondo-se num movimento que, pela imagem utilizada, visa uma elevação. "[...] assim como, tendo escalado até uma altura de ar rarefeito, pode-se, de imediato, caminhar à luz do sol distante". Nessa imagem, o chão se materializa na possibilidade que se abre de caminhar. O ar, bem, se algo dele é criado por essas alturas, ganha a qualidade de rarefeito. E o mandamento transforma-se, na imagem, num sol distante, na radiação que ilumina, para o andante, o caminho a seguir. Como em "Uma Carta do Rei", de Rabi Nakhman, a condição de Kafka diante da falta de chão, ar e mandamento torna-o sozinho e distante. Porém, aqui não há pai que acuda. O esforço para sentir um chão, um ar que o oxigene e um mandamento para referenciá-lo deve ser totalmente empreendido por ele próprio. Kafka diz que essa tarefa, na verdade, não é nada de tão excepcional, visto que muitos já tiveram que levá-la adiante, mas não "nessa medida", de forma tão ampla e solitária. E de tudo o que ele dispõe para realizar essa tarefa é a sua debilidade, debilidade essa que, mais do que apontar para uma singularidade, o vincula à humanidade como um todo. É como um débil homem desprovido de chão, ar e mandamento que Kafka escala em sua procura. O solitário desse exercício está em não ter herdado "parte alguma do escasso patrimônio positivo de meu tempo". Sua história não o vincula à mão cristã que segurou Kierkegaard, aquela mão que, mesmo minguante, ainda assim fazia sentir seu peso. Ele é do círculo judaico, mas, neste, o manto judaico de orações, se é que lhe veio minguado como herança paterna, "já se vai, como os sionistas", e Kafka, dada a sua tarefa, não pode, se quer criar, representando o negativo de seu tempo, desviar-se, apegando-se à franja desse manto, e esvoaçar junto com ele.

Kafka, nessa passagem, se contextualiza. A riqueza dela está na ponte que estabelece entre os fracassos de sua vida pessoal e as circunstâncias de seu tempo. Não visa absolver-se, não trata de justificar-se pelo estado de coisas em que está inserido, mas, sim, de elaborar uma situação que esclareça a singularidade por ele assumida diante do contexto em que vive. Kierkegaard, de acordo com Kafka, produziu em plena conexão, sob o peso das mãos dadas com uma forma religiosa que, mesmo estando em crise, mesmo minguante, ele conhecia bem. Kafka está no círculo judaico numa condição mais órfã. Não tem sequer uma mão minguante para conduzi-lo. Observa apenas as profundas transformações que dinamizam esse seu círculo e que chacoalham o manto judaico de orações, impelindo-o a sair dali, "como os sionistas". Em 8 de janeiro de 1914, ele escreve:

> Que tenho eu em comum com os judeus? Mal chego a ter algo em comum comigo mesmo, e deveria meter-me num canto, em completo silêncio, contente por poder respirar.

"Eu sou princípio e fim". Sua tarefa guarda tanto a força produtiva de um pioneiro quanto a agonia de um ponto final. Sua criação de chão, ar e mandamento é também a denúncia do ocaso. Felizes dos sionistas e desse manto de orações que se vão. No interior desse círculo tão agitado, Kafka, órfão de tradição, solitário e sob a ação de ter que cumprir uma tarefa obstinadamente, fica para, no esforço de sua escalada em busca de chão, ar e mandamento, deixar emergir as fissuras da falta de chão, ar e mandamentos de seu tempo. Uma ação positiva que beira quase o impossível envolve a representação do negativo de seu tempo, porque o que ele visa criar não é passível de invenção, e o que lhe falta é tudo aquilo que deveria vir dado, aquilo que se recebe enquanto vivente. Chão, ar e mandamento são forças que deveriam atuar sobre ele pelo simples fato de ele existir. Mas, o Kafka de nossa citação não sente assim. Ele não se vê sob a ação dessas forças, mas também não as põe em questão. Enquanto corpo, a ação da gravidade deveria aproximá-lo de um chão. Como organismo, o ar garantiria a oxigenação e, como homem, o mandamento deveria oferecer referências para suas relações com o mundo, com os outros homens e consigo próprio. É dessas forças que ele se sente apartado, como apartada está cada personagem das outras personagens em seus textos. Porém, o estar apartado não põe em questão a existência dessas forças. A ação delas, como sugerimos, deveria se fazer sentir com certeza, pelo simples fato de estar vivo. Mas, a mensagem que as signifique com propriedade pessoal, que as presentifique de modo a conferir a essa existência um sentido, não chegou. E, enquanto todos ao seu redor se agitam, ressignificando chão, ar e mandamento, Kafka mantém-se quieto em seu canto, abrindo as janelas de si por onde deixa sair a representação do negativo de seu tempo, na espera de que, assim atuando, uma mensagem se realize.

Talvez seja essa ousada tarefa que Kafka toma para si que faz com que ele, de acordo com Marthe Robert, "entre na literatura como se entra na religião"[14]. Escreve ele, em 25 de janeiro de 1918, no final do terceiro caderno em oitavo (8C):

[...] Antes de ingressar no Santo dos Santos [Santo Santorum], deves tirar os sapatos, não somente os sapatos, mas tudo, roupas de viagem e equipagem e, de baixo, a nudez e tudo o que está debaixo da nudez, e tudo o que se esconde debaixo dela, e depois o miolo e o miolo do miolo, e depois o resto e depois o resto e depois ainda o reflexo do fogo eterno. Somente o fogo mesmo será absorvido pelo Santíssimo e se deixa absorver por Ele. Não se pode resistir a nenhum dos dois.
    Não devemos tirar de nós, mas nós mesmos nos consumirmos.

A passagem alude ao lugar mais reservado e santo do Templo Sagrado, tal como descrito na Bíblia. Nesse lugar, dada sua santidade, apenas podia entrar o sacerdote principal e, mesmo ele, ungido em vestimentas especiais, num único dia do ano, o dia da expiação, *Iom Kipur*. A condição para o acesso era a extrema pureza. De acordo com o texto bíblico, qualquer sinal de impureza, qualquer falha no cerimonial, promovia o surgimento de um fogo que aniquilava instantaneamente o incauto oficiante. Desse modo, nesse dia e a partir desse lugar, atingia-se o contato mais próximo com o Eterno, viabilizando-se assim, através das oferendas, a expiação de todos. Em 22 de janeiro, três dias antes, Kafka reflete sobre a arte:

A arte voa em torno da verdade, mas com a decidida intenção de não se queimar. Sua habilidade consiste em encontrar um lugar na escuridão vazia onde o raio de luz, sem que ninguém dele tivesse se dado conta antes, pode ser recebido bem intensamente.

Entre arte e verdade, Kafka estabelece uma relação na qual a habilidade da arte para realizar a verdade aproxima-se dos procedimentos que devem ser seguidos para ingressar e atuar no Santo dos Santos. A arte deve fazer emergir a verdade, como uma luz emerge na escuridão vazia. Mas, cuidando de seguir os procedimentos, "sua habilidade", para não ser queimada. A verdade como o fogo, a arte como um instrumento para presentificá-lo. Assim, a descrição da atividade no Santo dos Santos sugere uma exposição dos procedimentos para, através da arte, fazer emergir a verdade. Para além de implicar um estado de pureza necessário, essa descrição termina sugerindo que o trabalho deve ser, como se diz em relação à escultura, não *per via de porre*. Em Kafka, nem *per via de levare* – "não devemos tirar de nós" –, mas consumindo-se. O escritor como um sacerdote que, em busca de pureza, deve consumir-se para deixar surgir a luz que ninguém antes notava na escuridão vazia, num empreendimento que é solitário por natureza e que implica a vida por inteiro, que deve ser oferecida em sacrifício. Pelo nada que herdara, o Santo dos Santos localiza-se, para

14. *Idem*, p. 113.

ele, numa escuridão vazia, e toda a ritualística, no auge de seu silenciamento, deve ser substituída por uma operação consigo próprio de desnudamento do desnudamento. Entre os fragmentos de cadernos e folhas soltas[15], encontra-se a seguinte passagem:

> Confissão, confissão sem reservas, as portas abrem-se de par em par, aparece no interior da casa o mundo, cujo turvo reflexo estancava-se, até então, no exterior. [...]

A confissão sem reservas abre as portas para que o exterior, o mundo, penetre no interior da casa. Por esse meio, a escritura que emerge da confissão não seria apenas um reflexo do mundo, mas sua presentificação. Se a arte relaciona-se com a verdade, se é o raio de luz desta que a arte deve fazer surgir e se, ao mesmo tempo, não se dispõe nem de chão, nem do ar, nem de mandamento, o único acesso à verdade é uma enunciação sobre si: a confissão. É no trabalho consigo próprio e sobre si, abstendo-se de qualquer saída fácil que, nessa radical situação, pode-se encontrar o modo de deixar emergir um raio dessa luz. Kafka chega a trabalhar esse tema ficcionalmente. Em "Investigações de um Cão"[16], seu último trabalho, um dos recursos que o cão utiliza para investigar a relação entre alimento, mundo e cães é o jejum, uma forma de abstinência radical através da qual pretende saber algo da relação dos seus com o alimento. O mesmo tema já aparecia em "Um Artista da Fome"[17], obra que ele corrigiu no leito de morte para publicação. Aqui, o empenho do jejuador transforma-se em espetáculo que, mais do que enaltecer sua profunda entrega, o banaliza no interior do circo em que é apresentado como atração desgastante e decadente para um público mais interessado em observar a ação enérgica da jovem pantera, com sua alegria de viver brotando da garganta, carregando consigo a própria liberdade, que "[...] parecia estar escondida em algum lugar de suas mandíbulas".

Mas, Kafka, que questiona e duvida de tudo, também relativiza a via da confissão. Assim, em outra anotação[18], escreve:

> Confissão e mentira são a mesma coisa. Para poder confessar, mente-se. O que se é não se pode expressar, precisamente porque se é; não se pode comunicar senão o que não somos, isto é, a mentira. Somente no coro poderia haver certa verdade.

15. M. Brod (org.), *Consideraciones acerca del Pecado, el Dolor, la Esperanza y el Camino Verdadero, op. cit.*, p. 161.

16. Em F. Kafka, *La Muralla China. Cuentos, Relatos y otros Escritos*, Madrid, Alianza Editorial, 1983. Tradução de Alfredo Pippig e Alejandro Guiñazú.

17. Em F. Kafka, *Um Artista da Fome* e *A Construção*, São Paulo, Brasiliense, 1984. Tradução de Modesto Carone.

18. M. Brod (org.), *Consideraciones acerca del Pecado, el Dolor, la Esperanza y el Camino Verdadero, op. cit.*, p. 204.

Falar de si é uma tarefa incompleta, porque o que se é, se é. E a expressão, se quer dar conta do que se é, precisa da pluralidade, de um coro, para poder pôr de manifesto o que somos. Uma só voz não pode expressar plenamente a verdade do só, porque ele também é um múltiplo. Até um só é sempre acompanhado, e a verdade sobre si só pode emergir quando se deixam surgir todas as vozes e relações que se estabelecem nessa companhia que é o só. Como em *O Veredicto* ou em *Um Médico Rural*, em que a narrativa pode ser compreendida como uma unidade na qual a ação entre as personagens serve para pôr de manifesto um interjogo de forças emocionais.

Mas, apesar da companhia, dessa reunião que compõe o só – ou quem sabe, por causa dela –, o só precisa de alguém, e Kafka deixa emergir essa necessidade em suas anotações pessoais, de um modo que muito lembra a demanda da personagem de "Uma Carta do Rei", de Rabi Nakhman, no interior do contexto de "A Partida":

> Fora daqui, por favor, fora daqui! Não me digas para onde me levas. Onde está a tua mão? Ai, não consigo encontrá-la na escuridão. Se agarrasse a tua mão, creio que não me rechaçarias. Me escutas? Estás neste quarto? Talvez nem sequer estejas aqui. Por outro lado, o que poderia conseguir atrair-te até os gelos e as neves do Norte, onde nem sequer cabe pensar que viva alguém? Não estás aqui. Escapaste destes lugares. Mas, para mim, é uma questão de vida ou morte saber se estás ou não estás[19].

Aqui, a demanda não é ficção, ou é? Novamente, em Kafka é difícil marcar uma linha que separe escritos pessoais de textos ficcionais. Diz ele, numa frase solta: "Escrever como forma de oração"[20].

E o trecho que selecionamos acima, o que é? Uma súplica pessoal? Uma variante ficcional de um tema familiar ao de "A Partida", na qual ganhamos acesso maior aos anseios do senhor que quer dar o fora daqui? E a trompa, que só ele ouve soar à distância, seria uma resposta às demandas aqui explicitadas? Ou uma nova representação mais distanciada figurativamente, mais carregada de insinuações simbólicas, mais trabalhada artisticamente, de modo a expressar, numa realização poética, o sentido contido na oração final do fragmento que aqui selecionamos: "[...] para mim, é uma questão de vida ou morte saber se estás ou não estás"? Porque, talvez seja assim, nesse performatizar de uma situação de vida, que a arte pode fazer surgir o raio de luz da verdade.

No texto de Rabi Nakhman, a personagem, que vive só e distante, chama pelo pai, enquanto que, no fragmento de Kafka acima citado, aquele que pede, espera por alguém mais indefinido, por alguém de quem não tem certeza se aventurar-se-ia a aproximar-se desses gelos e neves onde ele está. O relato de Rabi Nakhman deixa surgir a mão que

19. *Idem*, p. 154.
20. *Idem*, p. 208.

sua personagem pede. Já aqui, não acode a mão pedida. Num outro fragmento próximo a esse, diz Kafka:

> Outra vez, outra vez, exilados longe, exilados longe. Há que atravessar monta-nhas, desertos, uma terra para além das fronteiras[21].

Sua demanda por vinculação, seu sentimento de distância e a re-lação que estabelece entre arte e verdade talvez sejam as matrizes de que emerge uma literatura tão impregnada de religiosidade e meta-física. Nesse exílio que parece ser o exílio do exílio, onde a procura é uma questão de vida ou morte, qualquer ato pode vir a ganhar a condi-ção de um épico. A mais simples atividade emparelha-se às questões cruciais da existência. Nesse pano de fundo, perguntar pela estação de trem pode fazer vibrar essas questões e, nessa solidão em que se está, ninguém, infelizmente ninguém pode ter uma resposta para oferecer. Ou melhor, talvez essa seja a única resposta, a de que ninguém pode dar uma resposta mais precisa. Esse estado de coisas, essas circunstân-cias, se podem deixar surgir algo, são apenas os labirintos da solidão, labirintos esses capazes de apresentar o mapa da estrutura jurídico-político-ideológica da vida administrada da contemporaneidade, por onde vagueiam homens à maneira de peças soltas que podem ser apro-veitadas ou descartadas, dependendo da situação, criando um estado de estranhamento no qual o homem, em seu encerramento, não apenas sente-se distante dos outros, mas distante de si próprio.

> 25 de setembro de 1917.
> De uma carta a F., talvez a última.
> Quando examino a mim mesmo para saber qual é o meu objetivo final, vejo que, na realidade, não me esforço por ser uma boa pessoa e dar satisfação a um tribunal superior; mas, bem ao contrário, trato de ter uma visão panorâmica de toda a comuni-dade humana e animal, de descobrir suas principais preferências, seus desejos, seus ideais morais; de reduzi-los a preceitos simples e evoluir em sua direção o antes possí-vel, para satisfazer por inteiro a todos e para fazê-lo de tal modo (eis aqui a incoerência) que, sem perder o amor geral, termine por ser o único pecador que não será queimado, a quem se lhe permita desenvolver abertamente, diante do olhar de todos, as ignomínias que leva dentro de si. Resumindo, não me interessa mais que o tribunal humano, e a esse pretendo enganar, ainda que sem enganá-lo de todo.

Se citamos esse trecho de seus diários, que Kafka copia de uma carta a Felícia, é para não driblar o essencial da questão: Kafka não se deixa circunscrever em qualquer campo específico outro que não o da literatura, em que ele se planta portando sua especificidade e dela ten-tando dar conta. Se adentramos o campo da religião e, por um instante, o vimos transmutado em sacerdote, não foi com o intuito de achá-lo aí de forma mais definida, mas porque sua tentativa de inserção pessoal

---

21. *Idem*, p. 155.

inclui uma elaboração sobre o judaísmo de seu tempo e, dentro deste, uma incursão pelo campo da religiosidade. Diante de um tribunal supremo ou diante de um tribunal humano, sua ficção pode ser por nós compreendida como uma parábola que, ao tentar falar de si e de seu contexto, oferece, parafraseando o próprio Kafka, "uma visão panorâmica de toda a comunidade humana [...]".

Kafka, o solitário. Em outubro de 1911, ele tem a oportunidade de entrar em contato com o teatro ídiche. Num pequeno café de Praga, as apresentações de um grupo de atores judeus poloneses encenando peças de um repertório de autores judeus em ídiche o impactam profundamente. Páginas e mais páginas de seus diários são as melhores testemunhas do quanto Kafka pôde extrair dessas apresentações na formulação de seu estilo pessoal. Diversos autores, tendo Evelyn Torton Beck à frente, já incursionaram com propriedade nesses registros, para constatar o quanto de seu estilo tem raízes nessas apresentações. Nós não iremos propriamente ingressar nesse tema, bastando aqui trazer algumas das observações que o atento processo de crítica de Evelyn Torton Beck[22] permitiu colher: a conjunção de mistério e ironia presente nessas encenações; o paradoxo como veia principal do humor encenado; a elevada natureza conotativa do ídiche, que cria, segundo ela, um mundo entre mundos, uma criação numa encruzilhada de referências; a poderosa qualidade visual da obra que emerge numa encenação simples, breve e compacta e que transforma o espectador essencialmente num observador. Ainda de acordo com a autora, é o próprio enredo dessas peças que, de alguma maneira, Kafka aproveita em sua criação literária, como por exemplo em *O Veredicto*, a cuja análise a autora dedica diversas páginas, mostrando uma diversidade de materiais tanto estilísticos quanto de encenação e de temas que operariam em extrema proximidade com aqueles presentes em *D'us, Homem e Diabo* e *O Selvagem*, de Yakov Gordin e *Kol Nidrei*, de Avraham Sharkanski, peças todas encenadas por essa companhia de atores judeus itinerantes. Kafka assiste a essas apresentações noite após noite, entre outubro de 1911 e os primeiros meses de 1912, tornando-se não apenas um apreciador do grupo, mas também seu promotor, chegando a envolver-se pessoalmente na divulgação do trabalho, até mesmo organizando um recital de poesia ídiche apresentado por Isaac Lowy, no qual realiza a fala introdutória[23]. Kafka tem a oportunidade não só de ver um modo de encenar e atuar diferenciado, mas também, e não menos importante, vive nas apresentações um sentimento de pertinên-

---

22. E. T. Beck, *Kafka and the Yiddish Theater*, Madison, Milwaukee, Londres, The University of Wisconsin Press, 1971.

23. Nessa fala, que é um exercício lingüístico aguçado, Kafka aponta para a ambigüidade de uma geração que, por assim dizer, fala ídiche em alemão, não lembrando mais do próprio ídiche e achando que é só alemão.

cia, a ação de um laço que o vincula tanto ao drama representado quanto aos atores em si e ao esforço destes por fazer surgir gestos ao mesmo tempo judaicos e artísticos, falados em língua ídiche. Em 5 de outubro de 1911, ele assiste pela primeira vez à encenação do grupo e imediatamente recolhe, em seus diários, os registros do que vira.

Algumas canções, a expressão *idiche kinderlach* [crianças judias, no original em ídiche transcrito em alemão], um ou outro olhar dessa mulher que, desde o palco, pelo fato de ser judia, atrai a nós, espectadores, porque também somos judeus, sem nostalgia ou curiosidade pelos cristãos, tudo isso produziu em mim um tremor nas bochechas [...]

O que Kafka está expressando é a realização, por alguns instantes, de seu extremo desejo de sentir-se parte de uma comunidade. O impacto dessas apresentações permite a atualização de um sentimento de pertinência tão intenso que chega a se exteriorizar no tremor das bochechas e, por um instante, na perda de qualquer interesse por algo estranho a esse contexto. Gestos e língua, canções e expressões, tal como aquelas velhas trombetas, fazem desabar os muros em que Kafka se via encerrado, preso à sua solidão. Um laço se materializa, um laço que tem, numa de suas pontas, canções, expressões e o olhar de uma mulher e, na outra, espectadores, e o que as une é o elemento judaico, expresso numa e despertado na outra. Se a função da arte, e do teatro em especial, é despertar consciências, esse grupo mambembe, encenando uma produção barata em condições precárias, para o espectador Kafka cumpriu plenamente a sua tarefa. É verdade que, mais tarde, Kafka será por vezes crítico tanto da qualidade das peças apresentadas quanto das próprias atuações e encenações. Mas, algo de muito importante foi aqui aberto. Sua ânsia por sentir-se integrado não é mais uma mera expectativa racional. Ela foi realizada por ele nessas apresentações, passando a fazer parte de sua experiência pessoal. O teatro judaico tocou em profundos extratos pessoais de Kafka e, como espectador, naquele instante, diante da cena apresentada, ele talvez tenha se sentido atraído e reconhecido como um *ídiche kinderlach*, como alguém entre os seus, como um filho de Israel, como parte dos cinco de "Comunidade", que estão juntos e vão continuar assim. Esse teatro e esses atores funcionam para Kafka como uma ponte. Ele se torna amigo pessoal de Lowy e este lhe traz notícias do lado de lá: da vida nas pequenas aldeias judaicas (os *schtetl*), da tradição (Lowy foi um estudante de *ieschivá*, escola de formação religiosa judaica) e da dinâmica produção cultural judaica que vinha sendo realizada num contexto em vertiginosa transformação. Lowy parece ter sido um mensageiro que conseguiu chegar portando uma mensagem – pelo menos, parece ter sido assim, em alguns momentos, aos olhos de Kafka, que chega a receber com pleno entusiasmo e constante atenção o que vem de lá. E o que vem de lá, mais do que incitar em Kafka um desejo de ir para ali, o ajuda a nomear melhor o lugar onde está. Porque o lá a que esse teatro remete serve para explicitar, para o espectador Kafka, a distância entre o judaísmo sem consistência e desprovido de significação que ele vivia, que era uma herança de sua casa paterna e uma manifestação comum entre os judeus emancipados de Praga, e um judaísmo capaz de significar com plenitude um estar no mundo, de oferecer um contexto originário de onde ele houvesse se desenraizado. Kafka, o sem raízes, pode, através desse teatro, imaginar o chão do qual se desprendeu. Se, às vezes, a nostalgia desse chão o faz acreditar ser possível retornar, lançar-se novamente às suas profundezas, o mais certo é que o sentimento de desenraizamento, através dessa visão da terra originária, por assim dizer, fortalece a imagem da erva que cresce da metade para cima e lhe dá elementos para poder falar com mais propriedade e verdadeira intensidade de uma falta de chão, de ar e de mandamento. Rabi Nakhman, o praticante, constrói no lado de lá uma ficção para os desenraizados, apontando o caminho para sentirem novamente o chão de que se desprenderam. Kafka, do outro lado, desenraizado, constrói uma literatura na qual se realiza esse desenraizamento.

O teatro a que ele assiste e os atores com que passa a conviver não estão propriamente inseridos no interior do campo da tradição judaica. O repertório que apresentam, bem como a biografia de cada um deles, e a de Lowy em particular – que tanto interessava a Kafka, a ponto de realizá-la por escrito –, é representante de um mundo em transição, no qual elementos da atmosfera do velho *schtetl* misturam-se com propostas estéticas portadoras de um ideário que visa a transformação de todo esse mundo tradicional. O teatro ídiche, como bem o apresenta Jacó Guinsburg em *Aventuras de uma Língua Errante*[24], era um espaço privilegiado para a ação dos *maskilim*, os "ilustradores", artistas e pensadores que visavam a integração social e cultural das massas judaicas no seio da cultura européia vigente. Diz Guinsburg:

> [...] Secularizar-se, ilustrar-se, profissionalizar-se, europeizar-se, integrar-se na cultura e nos valores dos povos em cujo seio o judeu vivia, dignificar e renovar o modo de existência do indivíduo e da coletividade israelita, era a pregação e a bandeira de luta dos *maskilim*, nas pegadas do modelo liberal e burguês que lhes vinha do Ocidente [...][25].

Mas, Kafka é um espectador especial, que olha, por assim dizer, na contramão das propostas principais desse teatro. Ele inicia essa mesma passagem do dia 5 de outubro descrevendo a roupa da atriz, uma "imitadora" de personagens masculinas.

---

24. J. Guinsburg, *Aventuras de uma Língua Errante*, São Paulo, Editora Perspectiva, 1996.
25. *Idem*, p. 185.

Ontem, no Café Savoy. Com os atores judeus. – A sra. K., "imitadora" de personagens masculinas.

Gabardo, calças curtas e pretas, meias brancas, uma camisa branca de lã fina que surge do colete preto abotoado no peito por um botão feito de feixes de fios, e que logo se abre formando uma gola larga, folgada, com pontas alongadas. Sobre a cabeça, ocultando o cabelo feminino – mas necessário também de qualquer forma –, e também sobre a cabeça de seu marido, um gorrinho escuro, sem bainha; por cima, um grande chapéu de cor preta, com a aba dobrada para cima. Na realidade, não sei que personagens ela e seu marido representam. Se quisesse explicá-lo a alguém a quem não desejasse confessar minha ignorância, diria que os tomo por ajudantes do templo, preguiçosos com quem a comunidade chegou a um acordo, mendigos privilegiados por alguma razão religiosa, pessoas que, em virtude de sua posição e sempre de olho em algo distinto, estão sempre próximas do centro da vida da comunidade, sabem muitas canções, conhecem nos dedos as relações existentes entre todos os membros da comunidade, mas, devido à sua falta de conexão com a vida profissional e de trabalho, não são capazes de empreender nada com tais conhecimentos; pessoas que são judias de uma maneira especialmente pura, somente porque vivem na religião, mas sem esforço, compreensão ou lamentação. Parecem zombar de todo mundo, riem quando acaba de ser assassinado um nobre judeu, vendem-se a um renegado, dançam, levando as mãos às costeletas, de puro gozo, quando o assassino, desmascarado, se envenena e clama a D'us, e fazem de tudo simplesmente porque são leves como uma pena, porque se derrubam à menor pressão, são sensíveis, choram com freqüência com a cara seca (se desfazem em pranto entre caretas); mas, assim que a pressão desaparece, demonstram ser pessoas sem nenhum peso.

Essa descrição que se inicia ressaltando o claro-escuro das roupas, salpicando-se num cenário que apresenta a um só tempo a ação dramática e um contraponto, operando em unidade com o todo da cena, em que personagens deixam emergir de forma amplificada uma gestualidade física enérgica – "dançam, levando as mãos às costeletas, de puro gozo", "se desfazem em pranto entre caretas" etc. –, encontra na cena apresentada uma superfície de grossa texturização, propícia para a manifestação da arte expressionista. O estranhamento de Kafka diante da ação dessas personagens – "na realidade, não sei que personagens representam" – aponta para uma emancipação do gesto representado de qualquer situação da vida real. O significado desses gestos, mais uma vez em pleno acordo com a escola expressionista, deve ser buscado na própria situação encenada em que emergem, pois foi ali que foram gerados. E eles são manifestações da situação emocional interna à cena representada, e não um espelhamento de um código gestual exterior. Diante dessa cena, o verbal tem limites: algo que escapa ao pleno entendimento discursivo e não se deixa encerrar na palavra se realiza, não através, mas no gesto expressivo. O gesto apresenta-se como um campo em aberto que não se deixa capturar por inteiro pela palavra que se lança para capturá-lo, em sua tarefa de dotá-lo de sentido. As personagens de Kafka são essas estranhezas dotadas de gestualidade. Basta, em "Uma Mensagem Imperial", o imperador acenar a cabeça. Esse minúsculo gesto remete por inteiro ao imperador e o dota de uma verdade em presença, inesgotável. Da mesma maneira, a ação do mensageiro realiza-se plenamente na descrição gestual: "é um homem robusto, infatigável; estendendo ora um, ora o outro braço, ele abre caminho na multidão". E o próprio *você* da mesma narrativa é apresentado na realização de um gesto: "você, no entanto, está sentado junto à janela e sonha com ela quando a noite chega". E assim ocorre com todas as personagens. O sexto de "Comunidade" ganha concretude no beicinho que faz; o guarda de "Desista!" vira-se com grande ímpeto; a ponte estende-se rígida e fria sobre o abismo, metendo as mãos barro adentro, a fim de segurar-se, e o ser humano pula com ambos os pés no meio de seu corpo. Todas essas personagens, se não se deixam penetrar em compreensão, é porque o que delas temos é essencialmente a manifestação de um gesto. E, contudo, por serem exatamente um gesto, acenam para nós despertando nossa curiosidade e interesse por significá-las. Nesse teatro, o judaico acena para Kafka em sua dimensão de gesto e faz irromper um tremor nas bochechas: um gesto emocionado de reencontro? De culpa pela distância? De vergonha por se sentir pertencendo? De excitação pela convocação? De constrangimento pela revelação? O fato é que parece que Kafka descobre e vive algo de judaico que está, para além das palavras, numa dinâmica de gestos.

No dia 6 de outubro, Kafka assiste à segunda apresentação. Novamente, o entusiasmo pelo que se passa em cena transparece na detalhada análise que realiza. Sua observação registra modulações de voz – destacando, como já o fizera na noite anterior, a melodia talmúdica, ou seja, o ritmo de uma fala que avança produzindo frases carregadas de perguntas precisas, giros explicativos, atenuações, novas perguntas –, a ação das melodias e a descrição do diálogo gestual que se desenvolve em cena. Faz uma minuciosa descrição do argumento da peça, e o enredo parece ter prendido tanto a sua atenção que ele pressupõe um limite na encenação que aquele grupo consegue pôr em cena. Escreve ele:

> O desejo de ver um grande teatro ídiche, já que essa apresentação talvez sofra por causa do reduzido elenco e de uma falta de mais ensaios. Também, o desejo de conhecer a literatura ídiche que, ao que parece, tem demonstrado uma posição de luta nacional ininterrupta, que determina cada uma de suas obras, uma posição que nenhuma outra literatura tem, nem sequer a do povo mais oprimido, de um modo tão amplo. [...]

Esse teatro, que, apresentado em Praga, é uma encenação fora de seu contexto originário, transforma-se, para Kafka, numa janela por onde lhe acena, despertando o seu desejo, a cultura ídiche, em especial sua literatura. O que chama aqui a atenção é que a paisagem que Kafka intui configurar-se através dessa janela inclui uma literatura que se realiza no centro do povo, colada a um coletivo, vinculada à vida de homens e mulheres reais – uma literatura que faz parte e até ocupa um lugar privilegiado na "luta nacional". Através dela, esses homens e mulheres podem fortalecer-se. O escritor e sua obra não são elementos isolados, dispostos na periferia das relações sociais.

Essas primeiras impressões sobre arte e luta nacional tornam-se, através das anotações do dia 25 de dezembro do mesmo ano, um verdadeiro manifesto em favor do que ele nomeou como literatura menor. Emerge do quadro que ele apresenta uma literatura vinculada tão radicalmente aos seus leitores que se constitui no "diário de uma nação", na responsável maior pela integração de seus membros, bem como em espaço privilegiado para o despertar de novas aspirações para todo o corpo social. E não só. A literatura constitui-se aqui também em lugar de debate, diz ele, "especialmente doloroso, mas libertador e digno de perdão" dos defeitos nacionais, assim como na possibilidade de diálogo entre as gerações. Citemos o trecho inicial dessa magnífica reflexão sobre as relações entre literatura e sociedade, posteriormente trabalhada por Deleuze e Guattari[26], que viram ali um modelo para o surgimento de uma escrita capaz de promover transformações, mesmo num meio tão homogeinizador e diluidor de diferenças como é o nosso meio cultural contemporâneo.

25 de dezembro de 1911.

O que, através de Lowy, descubro da literatura judaica contemporânea, e o que descubro em parte com minha própria experiência da atual literatura checa, indica muitas vantagens do trabalho literário: o movimento dos espíritos; a coesão unitária da consciência nacional, freqüentemente inativa na vida pública e sempre em dispersão; o orgulho e o suporte que recebe a nação através de uma literatura, para ela mesma e em face do ambiente hostil; a atividade de manter o diário de uma nação, que é algo diferente da historiografia e que tem, como conseqüência, um desenvolvimento mais rápido e, não obstante, minuciosamente examinado em suas diversas facetas; a espiritualização detalhada da superficializada vida pública; a integração de elementos insatisfeitos, que são imediatamente úteis nessa esfera, na qual apenas a estagnação pode causar mal; a organização do povo em todo o seu conjunto, que se cria através da circulação de publicações periódicas; o fato de localizar a atenção da nação em seu próprio círculo e de receber o estrangeiro somente por reflexo; o surgimento do respeito às pessoas que se dedicam à atividade literária; o transitório despertar, que não deixará de ter repercussões, de aspirações mais elevadas entre as novas gerações; a inclusão de acontecimentos literários nas inquietações políticas; o enobrecimento e a possibilidade de debate da oposição entre pais e filhos; a apresentação dos defeitos nacionais de um modo, sem dúvida, especialmente doloroso, mas libertador e digno de perdão; a formação de um intercâmbio de livros que seja vivo e, por isso, consciente de si mesmo; e o desejo de possuir livros. Todos esses efeitos podem ser promovidos por meio de uma literatura que não se desenvolve realmente com uma amplitude excessiva, mas que parece fazê-lo, pela falta de talentos de grande destaque. A vitalidade de tal literatura é inclusive maior do que a de uma literatura rica em talentos, já que, como nesse caso, não há escritores diante de cujas aptidões tenham que silenciar ao menos a maioria dos cépticos. [...]

26. G. Deleuze & F. Guattari, *Kafka: Por uma Literatura Menor*, Rio de Janeiro, Imago, 1977.

Trata-se de 15 vantagens que, por si só, justificam, e em muito, a atividade literária. Para Kafka, isto não é de pouca importância. Seus diários deixam surgir o registro de um conflito pessoal entre a realização de sua vocação literária e o cumprimento de uma vida profissional que fosse ao encontro das expectativas de seu pai e do sistema de valores do grupo social em que se inseria. Se, nesse grupo, o escritor vale pouco, e se, para realizar-se, ele deve romper com os seus, isolando-se, lá, na paisagem cultural judaica que Kafka vislumbra, o escritor não apenas tem um lugar no centro da dinâmica social, como é através da obra que cria que ele consegue relacionar-se intimamente com todos os seus. E não só. Através dessa obra, através do livro, o grupo social pode relacionar-se entre si e com as gerações que o antecederam.

[...] A força criadora e benéfica, nas direções acima apontadas, de uma literatura ruim em seus aspectos individuais, revela-se especialmente dinâmica quando se inicia o registro de escritores desaparecidos com um critério histórico-literário. Suas inegáveis repercussões anteriores e atuais convertem-se em algo tão evidente, que podem ser confundidas com suas criações literárias. Fala-se dessas últimas e pensa-se nas primeiras e, inclusive, lê-se essas últimas e somente se vêem aquelas. Mas, como essas repercussões não podem ser esquecidas, e as criações literárias não influem de maneira autônoma na lembrança, tampouco existe um esquecimento, nem uma nova lembrança. A história da literatura oferece um bloco inamovível e digno de confiança, ao qual pouco prejudicam os gostos do dia.

A intuição que Kafka revela sobre o lugar que a literatura ídiche ocupa no interior do povo, a partir do que Lowy lhe apresenta, é extremamente acertada. Um exemplo disso podemos obter lendo o trabalho de Guinsburg[27], no qual a apresentação do conjunto de autores em língua ídiche leva, de algum modo, à apresentação de uma história desse povo. Cada obra em si ocupa um lugar menor diante do conjunto e, principalmente, diante de um coletivo que é não apenas a personagem central, mas o próprio contexto em que essa literatura se desenvolve. Mas, queremos chamar a atenção para um outro aspecto que está contido nessas observações de Kafka, e que diz respeito ao diálogo de um autor e sua obra com o conjunto de obras que lhes são contemporâneas e passadas, um diálogo com capacidade para criar uma tradição que é permanente transformação de uma permanência. A literatura é uma ponte através da qual se dá o deslizar histórico de um agrupamento humano. Porque, através da experiência com ela, esses homens e mulheres podem se desdobrar sem rupturas, construindo um lastro que é algo assim como um agregado de anotações com capacidade para serem utilizadas em novas situações. Nessa dinâmica de escritos e leitores, cada nova obra tem seu lugar no conjunto maior, de modo que chega a se confun-

27. J. Guinsburg, *op. cit.*

dir se é do conjunto geral que emerge o que uma obra, em particular, tem a dizer, ou se é na obra específica que se realiza o conjunto geral. Comentário e criação imiscuem-se. "Suas inegáveis repercussões anteriores e atuais convertem-se em algo tão evidente, que podem ser confundidas com suas criações literárias". Nenhuma criação aqui é tida com plena autonomia, nenhuma obra fica solta. Cada obra dialoga com as anteriores, cada obra é, ao mesmo tempo, uma extração do conjunto e uma nova inserção. Surge dessa dinâmica um bloco inamovível diante do qual o povo se cria, extraindo dele nomeações sobre si, o bloco e o contexto que o cerca e inscrevendo nele a totalidade de seus atos, de modo que esse bloco sem esquecimento nem nova lembrança e digno de confiança, incapaz de sofrer os arranhões dos gostos do dia, passa a refletir a vida do povo. Cada escrito pertence organicamente a esse povo, no mesmo grau em que o povo depende dele.

A descrição que Kafka desenvolve sobre a construção dessa literatura que, assim colocada, pertence com mais propriedade ao coletivo do que a cada autor específico, pode servir também para abordar a mecânica da transmissibilidade da tradição judaica. Nesta, constrói-se um bloco inamovível e digno de confiança que perdura sem esquecimentos nem novas lembranças, ou seja, sem rupturas maiores que fragmentem esse bloco a ponto de tornar cada parte dele estranha e irreconhecível para a outra, interrompendo assim a permanente progressão de sua permanência. De acordo com essa tradição, ao redor de um texto produzem-se outros textos que são tanto comentários quanto desdobramentos, com tendência, portanto, a integrar-se ao texto fundante que, de algum modo, estende-se nessa operação que visa o delicado trabalho de precisão de cada um de seus termos. Essa precisão dos termos, essa procura por realizar uma melhor leitura de um texto inesgotável, está, no entanto, tão intimamente conectada à tarefa de aperfeiçoamento da vida dos leitores que essa operação de leitura nada mais é do que uma expressão desse anseio de aperfeiçoamento da vida concreta. Lê-se visando o aperfeiçoamento do mundo, o comentário que consegue esclarecer algo do texto e desdobrá-lo realiza também um esclarecimento e um desdobramento sobre a vida do povo como um todo. Livro e vida imiscuem-se de um modo que, para aperfeiçoar a vida, o livro é a ponte. Kafka continua, nessa mesma citação:

A memória de uma nação pequena não é menor do que a de uma nação grande, daí que assimile mais a fundo o material de que dispõe. Sem dúvida, dará ocupação a menos historiadores de literatura, mas a literatura não é tanto um assunto da história literária como um assunto do povo e, por essa razão, se conservará de um modo, senão tão puro, muito mais seguro. Porque as exigências que a consciência nacional, dentro de um povo pequeno, coloca ao indivíduo, trazem consigo que cada um deva estar sempre disposto a conhecer a parte da literatura que caiu em suas mãos, a conservá-la, a defendê-la, e a defendê-la em qualquer caso, ainda que não a conheça nem a conserve.

Os velhos textos escritos recebem muitas interpretações, as quais, diante do incontestável material, procedem com uma energia somente amortecida pelo temor à possibilidade de penetrar demasiado facilmente até o fim, assim como pelo respeito que todos concordam em conceder a ditos textos. Tudo se produz do modo mais honesto, só que se trabalha dentro de uma turvação que não se resolve nunca, que não admite fadiga e que se propaga a muitas milhas de distância pelo simples gesto de uma mão hábil. Mas, depois de tudo, essa turvação não somente supõe o impedimento da visão panorâmica, mas também o da visão dos detalhes, com o que se traça um risco sobre todas essas observações.

No contexto que Kafka tem em mente, a nação pequena mergulha no material de que dispõe e se faz nesse mergulho, tornando esse mar de escritos seu assunto, e não o objeto de estudo de alguns especialistas. Homens e livros estão tão intimamente conectados que um conserva o outro, e as exigências da pertinência a esse coletivo demandam que essa vinculação seja sempre defendida. Toda essa observação de Kafka que, em si, já é um comentário sobre o que Lowy lhe apresenta[28], avança com grande força argumentativa, deixando cada vez mais vigorosa a idéia dessa literatura em atividade, tão bem plantada no meio de seus leitores que são, ao mesmo tempo, personagens, autores e comentadores. Até que, na descrição dessa ação interpretativa ininterrupta, que se propaga a milhas de distância, que avança no espaço, mas com certeza tem repercussões temporais, Kafka introduz a imagem da turvação. Essa nova imagem tende a pôr em risco toda a argumentação por ele construída até aqui. Porque, até esse momento, Kafka operava a partir de uma confiança de que essa construção literária fosse realizada com plena eficácia por seus comentadores que, através de sua atividade, permanentemente atualizariam o gesto da mão hábil, o erguimento do bloco inamovível e digno de confiança. Mas, ao aproximar comentário de turvação, vislumbra-se agora uma nova idéia que considera essa sucessão de comentários algo assim como um congestionamento do ambiente de produção e, então, aquilo que antes era um bloco inamovível e digno de confiança, agora transforma-se num ambiente turvo que impede a visão panorâmica e a observação dos detalhes, deixando surgir o que poderíamos chamar de um mal da tradição. A linha associativa de Kafka leva-o a continuar essa reflexão:

Ao faltar a coesão das pessoas, falha também a coesão das ações literárias. (Um único assunto é submerso até as profundezas, para que se possa observá-lo desde as alturas, ou é lançado às alturas para que se possa afirmar-se ao seu lado. Errôneo.)

---

28. Exponhamos aqui, não à guisa de argumento, mas apenas como constatação, que essa observação se inicia sob a mesma fórmula que os mestres da Torá utilizam para dirigir-se aos seus discípulos no estudo, tratando de expor-lhes um exemplo de sua própria vida. Eles dizem: *kah shamati*, ou seja, "isto ouvi", que quer dizer: "esta é a tradição que me foi transmitida pelos meus próprios mestres". E Kafka inicia: "O que, através de Lowy, descobri da literatura judaica [...]".

Ainda que, freqüentemente, o assunto concreto seja examinado a fundo e com calma, nem por isso se chega aos limites, onde se entraria em conexão com outros assuntos afins; muito mais fácil é atingir o limite na política e, inclusive aspira-se a ver esse limite antes de que este se apresente, e a descobrir, por todo lado, esses limites restringidos. A estreiteza do espaço e, além disso, o respeito pela simplicidade e a homogeneidade e, finalmente, a consideração de que, por causa da autonomia interna da literatura, é inofensiva sua conexão externa com a política, conduzem a que a literatura se estenda pelo país, em virtude de que se aferra a palavras de ordem políticas.

Existe, em geral, complacência no tratamento literário de pequenos temas, que somente podem ter magnitude suficiente para que se possa consumir neles um pequeno entusiasmo, e que possuem perspectivas e respaldo polêmicos. Insultos pensados como algo literário vão circulando de um lado para outro; voam no âmbito dos temperamentos mais enérgicos. Aquilo que, dentro das grandes literaturas, se produz na parte mais baixa e constitui um sótão do qual se poderia prescindir no edifício, ocorre aqui à plena luz; o que ali provoca uma concorrência esporádica de opiniões, aqui coloca nada mais, nada menos do que a decisão sobre a vida e a morte de todos.

As reflexões de Kafka sobre a literatura judaica constituem uma verdadeira visão panorâmica da função da produção literária no seio do povo judeu que, partindo da construção do "bloco inamovível e digno de confiança", atinge um momento de crise, tanto por razões internas – o congestionamento de comentários turvando a visão do bloco inamovível –, quanto pela falta de coesão das pessoas – talvez fruto da turvação gerada pela coleção de comentários acumulados –, vindo a tornar-se um instrumento de circulação e debate polêmico de anseios que visam ser alcançados através da ação política. Para entender melhor esse giro que Kafka observa, citemos uma anotação desse mesmo diário, do dia 23 de outubro, dois meses antes:

> Disputa entre Tschissik e Lowy. – Ts.: Edelstatt é o maior escritor judeu. É sublime. Claro, Rosenfeld é também um grande escritor, mas não é o primeiro. – Lowy: Ts. é socialista e como Edelstatt escreve poemas socialistas (é redator de um jornal socialista judaico em Londres), por isso Ts. o considera o maior. Mas, quem é Edelstatt? Só o conhecem seu partido e ninguém mais; já Rosenfeld é conhecido em todo o mundo. – Ts.: Não se trata de ser conhecido. Tudo o que Edelstatt escreve é sublime. – L.: Também o conheço bem. *O Suicida*, por exemplo, é muito bom. – Ts.: De que serve discutir? Não nos poremos de acordo. Eu sustentarei minha opinião até amanhã, e você, igualmente. – L.: Eu, até depois de amanhã.

A discussão que envolve esses dois atores do teatro ídiche deixa emergir um contexto em que a literatura é ainda o lugar privilegiado para a circulação dos ideais coletivos. Mas, acoplados a uma ação política. Assim, os autores a que esses atores fazem referência não são mais, em si, propriamente comentadores de um único texto, "do bloco inamovível". Eles, agora, de acordo com a imagem utilizada por Kafka, operam em seus escritos seguindo muito mais um eixo vertical e pessoal, aquele que trata de um único assunto, submergindo-o nas profundezas para poder observá-lo desde as alturas – ou seja, aquele autor que cria uma situação de decadência para poder deixar emergir para o leitor o elevado ideário de suas visões de mundo –, ou o que apresenta uma cena sublime como forma de apresentar apologeticamente suas próprias concepções. Para avançar horizontalmente, para que aquilo que é produto pessoal englobe o coletivo, o autor ídiche permite que o espaço textual seja o lugar da expressão dos ideários políticos, único modo, diante da falta de coesão das pessoas, de ampliar o estreito espaço da produção, de modo a integrar o coletivo. Assim, a dinâmica dos comentários que mobilizava a construção literária passa a assumir uma característica manifestamente política, transformando aquilo que primeiramente se apresentava como um "bloco inamovível e digno de confiança" e depois era uma camada de turvação, numa polêmica política exposta à plena luz e levada adiante pelos temperamentos mais enérgicos. Povo e livro continuam profundamente imiscuídos, mas o velho intérprete que visava, através do seu comentário, esclarecer o texto e aperfeiçoar seu coletivo, transformou-se num comentador da situação desse coletivo e um apresentador de propostas que colocam "nada mais, nada menos do que a decisão sobre a vida e a morte de todos". Ts., a atriz judia, não tem mais um rabino através de cuja compreensão dos textos respeitados ela pudesse se inserir no interior da consciência nacional coletiva. Ela, agora, tem um autor que, por ser socialista como ela, é capaz de dizer sobre a história de seu povo, de expressar a consciência nacional, de acordo com seu viés pessoal.

Kafka, em toda essa longa citação, apresenta a literatura judaica sem propriamente realizar um corte, nem reconhecer que se trata de duas realidades inteiramente diferentes – a da criação no interior do campo da tradição religiosa judaica e a do escritor contemporâneo. A produção de ambos tem o mesmo compromisso com o coletivo, ambos estão organicamente ligados a este e são dele porta-vozes, apesar de, na primeira, o texto conter o povo e, na segunda, o texto dar vazão a palavras de ordem políticas sobre o seu destino. Kafka estabelece um laço de continuidade entre a produção literária de tradição rabínica e a produção literária dos autores modernos, pelo fato de que ambas mantêm uma profunda vinculação com o coletivo. Todos são comentadores, todos são produtores de um texto que é um comentário sobre os destinos desse coletivo, todos são leitores de um povo – os últimos, politizados. Entre rabinos, sionistas e escritores socialistas, nesse contexto, é possível traçar uma linha de reflexão que, de algum modo, os unifica. Para todos eles, o texto é uma ponte que pretende levar o coletivo a uma outra margem. O texto é o lugar de realização da consciência nacional. Kafka apresenta uma brilhante intuição sobre o lugar do autor nesse povo e estabelece para si um cenário onde a produção literária pode englobar tanto a atividade do sábio rabino, que desdobra os textos da tradição, quanto do autor moderno, que propõe uma ação concreta para a realização do coletivo. Ele não diferencia entre atividade religiosa e atividade laica. O que lhe interessa é essa mecânica de criação literária plantada no centro da vida dos homens. Aqui, todo texto é eficaz e todo autor é legítimo, porque são comentadores autorizados, sentem e têm o que dizer sobre o chão, o ar e o mandamento desse coletivo. A matéria desses escritores é o coletivo a que pertencem, do qual são, por assim dizer, seus narradores.

Em várias obras de Kafka, surge essa voz que faz parte de um coletivo, tem dele uma visão panorâmica e assume a condição de narrador. É assim em "Investigações de um Cão", "Josefina, a Cantora", "A Muralha da China" e tantos outros. Peguemos o exemplo de "Uma Folha Antiga"[29]. O texto quer-se um documento, um registro solto do acontecido a um coletivo, uma folha em que o narrador, um sapateiro, deixa impressa a violência que se instalou e a barbárie que está em vias de acontecer pela invasão dos nômades, diante do imobilismo do imperador e o despreparo dos artesãos e comerciantes – os membros dessa pátria – para lidar com esses acontecimentos. O texto finaliza dizendo "...vamos nos arruinar", e o título que Kafka dá confere à narrativa o valor de um testemunho, um registro, a sobra de um destino. Dos textos com que lidamos, "Comunidade" é o que traz esse narrador, que é alguém que toma para si a voz de todos e fala sobre eles. Está imiscuído mas os vê com perspectiva, possibilitando um comentário sobre os cinco a que pertence.

Talvez seja o importante lugar que o escritor tem nesse cenário que ele intui no interior da vida judaica que leva Kafka, alguns parágrafos mais adiante desse rico dia de anotações de diário, a apresentar-se como um judeu: "Em hebraico, me chamo Amschel [...]".

Porém, no coletivo judaico de que Kafka fazia parte, em Praga, as coisas davam-se de outra maneira. Um dia antes, 24 de dezembro, ele participa da cerimônia de circuncisão de seu sobrinho. Após descrever com uma objetividade que destaca os procedimentos realizados em total distância de qualquer significação, ele escreve:

Quando hoje, depois da comida, ouvi a reza do moel[30], e os presentes, à exceção dos dois avós, passavam o tempo entediados ou sonhando, sem entender absolutamente nada da oração, vi diante de mim o judaísmo europeu ocidental implicado numa transição evidente e de imprevisíveis conseqüências, que não preocupa aos imediatamente afetados, os quais, como autênticas pessoas de transição, aceitam o que lhes vem imposto. Essas formas religiosas, chegadas ao seu definitivo final, tinham, na prática de hoje, um caráter tão indiscutível e meramente histórico, que somente parecia necessário um brevíssimo espaço de tempo, dentro dessa mesma manhã, para interessar historicamente aos presentes com relatos sobre o antiquado costume primitivo da circuncisão e suas orações entoadas.

---

29. Em F. Kafka, *Um Médico Rural*, São Paulo, Brasiliense, 1990. Tradução de Modesto Carone.

30. No original. Oficiante que realiza o ato da circuncisão.

No cenário em que ele vive, configura-se a decadência de uma identidade. Kafka registra a distância entre o rito que teimam em manter e o significado que este tem. Da cerimônia, todos participam, de alguma forma, como estrangeiros – "sem entender absolutamente nada" – do próprio rito que realizam. Esse esvaziamento de significado que restringe toda uma prática a uma mera ação concreta, distanciando acontecer de sentido, é o contexto que talvez melhor materialize a falta de chão, ar e mandamento que Kafka observa. O povo, por assim dizer, separou-se do livro. Ficou com uma espécie de obrigação que se realiza desprovida de uma narrativa, distanciado da qual participa do rito entre entediado e sonhando. E é a esse agrupamento que Kafka pertence. Nesse contexto, os livros não são ponte e os escritos tornam-se estranhos como Odradek. O velho exercício do comentário, o vivo debate de idéias, toda essa operação literária aqui está silenciada. Os membros da família realizam, através dessa cerimônia, um costume primitivo, algo que, de tão velho e sem sentido, há muito deveria ter sido extinto. E o estranho é que ainda seja realizado, que, apesar de todo esse "absolutamente nada" que acompanha a realização do ato, mesmo assim eles se vejam compelidos a realizá-lo.

Os pais de Kafka pertenceram à primeira geração de judeus assimilados e, aos olhos dele, o judaísmo teria ficado reduzido a uma farsa e a sinagoga a um lugar de horrível tédio e insensatez. Seu pai não teria conseguido transmitir-lhe o significado do ser judeu, mas apenas o fato concreto de sê-lo, a imposição de uma obediência esvaziada de sentido. A carta ao pai, escrita entre 10 e 20 de novembro de 1919, quando Kafka tinha 36 anos, é um documento que conta com 45 páginas manuscritas e se constitui num dos textos mais instigantes e, ao nosso ver, importantes do século XX. Um filho revela a incompetência do pai, num texto que tem potencial para se transformar num verdadeiro manifesto de filhos contra pais. Até então, ao filho cabia seguir os ordenamentos paternos, pelo menos dentro das regras que imperavam numa família burguesa. Essa carta, uma prestação pessoal de contas, introduz no interior desse ambiente familiar uma exposição articulada, prova de que a autoridade do lar, o pai, pode andar seriamente equivocado. Se os textos ficcionais de Kafka transformam a literatura, conseguindo no máximo, como ele diz, representar o mal de sua época e não combatê-lo, a publicação da *Carta ao Pai*[31] outorga novamente ao texto a força de promover transformações concretas na vida das pessoas. O impacto de sua leitura com certeza não deixa ninguém indiferente diante desse discurso que o filho remete ao pai. Quanto do pensamento contemporâneo, que se caracteriza por uma suspeita das instituições que regem nossas vidas e de suas produções, e da cultura

31. F. Kafka, *Carta ao Pai*, São Paulo, Brasiliense, 1986. Tradução de Modesto Carone.

popular – da canção de protesto juvenil, por exemplo, e do questionamento dos costumes e da moral, levados adiante nos anos que se seguiram à Segunda Guerra Mundial –, não tiveram, nessa carta, uma de
suas principais bases para sua manifestação? Se Kafka sentiu o peso
da rígida mão do pai de família, essa carta oferece os elementos para
provocar algumas fissuras no interior dessa rigidez. Nenhum pai pode,
depois dessa carta, pôr-se como horizonte de autoridade de forma inocente. Kafka sabia da poderosa carga que esse texto contém. Escreve
ele, sobre essa carta a seu pai, para Milena, no verão de 1920:

> O que mais temo, o que me assusta com os olhos abertos e com um insensato
> ensimesmar-me no medo (se pudesse dormir tal como me afundo no medo, já não
> viveria), é somente esta conspiração interna contra mim (que entenderás melhor com a
> ajuda da carta a meu pai, mas não por inteiro, pois a carta está construída focando em
> demasia o seu destinatário), que se fundamenta em que eu, que no grande jogo de
> xadrez nem sou o peão de um peão, longe disso, contra as regras do jogo e para descon-
> certo geral, me proponho agora a ocupar o lugar da rainha – eu, peão do peão, uma peça
> que nem existe, que não participa do jogo – e, a seguir, talvez também o lugar do
> próprio rei ou, inclusive, do tabuleiro inteiro; e, se realmente quisesse fazê-lo, isto teria
> que ocorrer de outra forma, mais desumana.

De fato, a carta tem o poder de virar as regras do jogo, ou, pelo
menos, de questionar o valor de cada uma das peças que estão em jogo
e, portanto, de suscitar a dúvida sobre se vale a pena sacrificar os peões
para manter de pé o rei.

Parte desse texto versa sobre judaísmo. Kafka implica diretamente seu pai no que seria uma falta séria no processo de transmissão. Do
ponto de vista judaico, ao menos a partir de uma leitura do texto de
Kafka, o pai é um dos principais mensageiros da tradição para as novas gerações. A fórmula "e as ensinarás a teus filhos..." (as palavras
da Torá e as ordenações que regem o dia-a-dia) repete-se numa diversidade de passagens dos textos fundamentais, na forma de aforismos,
ordenações diretas, como horizonte a que conduzem um sem-fim de
relatos midráschicos e até através do lugar que é dado desempenhar
ao pai no dia-a-dia e em cerimônias religiosas, diante do filho. O pai é
o instrutor e guia, narrador através de cuja boca e atitude a lei e seus
desdobramentos são atualizados para os novos homens e mulheres.
Ele é a ponte através de quem um ontem, que carrega muitas milhas de
distância de trabalho acumulado e uma enorme expectativa de arregi-
mentar novas forças, chega para os atuais implicados, o guarda a quem
cabe cuidar e oferecer acesso à lei. Enfim, dos funcionários dessa
maquinaria que atravessa os tempos, o pai é um sobre quem recai enormes responsabilidades, não apenas pela continuidade, mas também
pelo aperfeiçoamento de seu funcionamento.

Uma vez que o conteúdo dessa carta é apresentado de forma extremamente direta e com total imediatidade na manifestação do senti-

do que visa expressar, damos lugar aqui aos trechos dessa carta que versam sobre judaísmo. Na verdade, Kafka não precisa de intermediação.

[...]

Tampouco o judaísmo pôde me salvar de você. Aqui sem dúvida seria pensável a salvação em si mesma; mas teria sido ainda mais pensável que ambos tivéssemos nos encontrado no judaísmo, ou mesmo que nele tivéssemos um ponto de partida comum. Mas que judaísmo foi o que recebi de você! No decorrer dos anos eu me situei diante dele mais ou menos de três maneiras diferentes.

Quando menino eu me recriminava, em consonância com você, porque não ia bastante ao templo, não jejuava e assim por diante. Acreditava desse modo cometer uma falta não só contra mim, mas também contra você, quando então me invadia a consciência de culpa, que estava sempre pronta.

Mais tarde, quando adolescente, eu não entendia como você, com o nada de judaísmo de que dispunha, podia me recriminar pelo fato de não me esforçar (mesmo que fosse por piedade, como você se exprimia) para realizar um nada semelhante ao seu. Até onde posso ver, era realmente um nada, uma brincadeira, nem mesmo isso. Você ia ao templo quatro dias por ano e nele ficava no mínimo mais próximo dos indiferentes do que daqueles que o faziam a sério, livrando-se, pachorrento, das orações como formalidade, causando-me às vezes espanto por conseguir me mostrar no livro de orações a passagem que estava sendo recitada; de resto eu podia, quando estava no templo (o principal era isso), divagar como quisesse. Em meio, pois, a bocejos e cabeçadas de sono, eu passava horas e horas ali (só me entediei assim mais tarde, acho eu, nas aulas de dança), procurando na medida do possível me alegrar com as pequenas variações que lá ocorriam, por exemplo quando abriam a Arca da Aliança, o que sempre me lembrava as barracas de tiro ao alvo, onde também se abria uma porta de armário quando se acertava no alvo, só que lá de dentro sempre saía alguma coisa interessante, e aqui sempre as mesmas velhas bonecas sem cabeça. Aliás, no templo eu sentia também muito medo, não apenas, como era óbvio, das inúmeras pessoas com as quais se entrava em contato mais estreito, mas também porque certa vez você mencionou de passagem que até eu podia ser chamado para ler a Torá. Durante anos tremi diante dessa possibilidade. No mais, porém, meu tédio não foi essencialmente perturbado, a não ser no máximo pelo Barmitzvá, que no entanto só exigia um ridículo esforço de decorar e que portanto só levava a uma prova ridícula; depois, no que dizia respeito a você, por pequenos incidentes pouco importantes, por exemplo, quando era chamado para ler a Torá e se saía bem nesse acontecimento que no meu modo de sentir era exclusivamente social, ou quando na Reza dos Mortos você permanecia no templo e eu era mandado embora, o que durante muito tempo, evidentemente por causa de ser mandado embora e da falta de uma participação mais profunda, suscitava em mim o sentimento – que mal chegava à consciência – de que aqui se tratava de algo indecente. Assim era no templo, e em casa se possível pior ainda, limitando-se ao primeiro Seder, que se tornava cada vez mais uma comédia com acessos de riso, decerto por influência dos filhos que cresciam. (Por que você precisava se submeter a essa influência? Porque a tinha provocado.) Esse, pois, o material de fé que me foi transmitido, ao qual se acrescentava no máximo a mão estendida apontando para "os filhos do milionário Fuchs", que iam ao templo nas grandes solenidades em companhia do pai. Eu não entendia que com esse material se pudesse fazer coisa melhor do que se desfazer dele o mais rápido possível; para mim justamente livrar-se disso parecia ser a ação mais piedosa.

Ainda mais tarde, no entanto, encarei as coisas de outro modo e entendi por que você podia acreditar que também nesse aspecto eu o traía malevolamente. Da pequena comunidade aldeã, semelhante a um gueto, você tinha de fato trazido um pouco de judaísmo; não era muito e um tanto se perdeu na cidade e no serviço militar; mesmo assim as impressões e as lembranças da juventude bastavam, em escassa medida, para uma espécie de vida judaica, especialmente porque você não necessitava desse tipo de ajuda: era de uma estirpe muito forte e dificilmente a sua pessoa podia ser abalada por escrúpulos religiosos quando estes não estavam muito misturados com escrúpulos sociais. No fundo, a fé que guiava sua vida consistia em acreditar na correção indiscutível das opiniões de uma determinada classe social judaica; portanto, na medida em que essas opiniões faziam parte do seu ser, você na realidade acreditava em si mesmo. Também aí ainda havia bastante judaísmo, mas para ser transmitido ao filho era muito pouco, e enquanto você o transmitia ele foi-se perdendo lentamente até a última gota. Eram em parte impressões intransferíveis da juventude, em parte o seu temido ser. Impossível também tornar compreensível a um filho com uma capacidade de observação exacerbada por puro medo que as poucas futilidades que você praticava em nome do judaísmo – com uma indiferença correspondente a elas – podiam ter um sentido mais alto. Para você elas tinham sentido como pequenas recordações dos tempos passados e por isso queria transmiti-las a mim; mas uma vez que também para você elas não tinham valor intrínseco, isso só era possível através da insistência ou da ameaça; por um lado, a coisa não podia dar certo, por outro, na medida em que aqui você não reconhecia de modo algum a fraqueza da sua posição, tinha de ficar furioso comigo por causa da minha aparente teimosia.

Certamente esse conjunto não é um fenômeno isolado; sucedia coisa semelhante a uma grande parte dessa geração de transição de judeus que emigraram do campo ainda relativamente religioso para as cidades; era um resultado espontâneo, só que acrescentava à nossa relação, na qual por certo não faltavam atritos, mais um, bastante doloroso. Por outro lado, também aqui você deve, da mesma maneira que eu, acreditar na sua ausência de culpa, mas precisa explicá-la pelo seu modo de ser e pelas relações históricas, e não meramente pelas circunstâncias externas; portanto, não dizer que, por exemplo, teve trabalho e preocupações demais para poder além disso se ocupar dessas questões. Era desse modo que costumava virar as coisas e transformar a sua inquestionável ausência de culpa numa acusação injusta contra os outros. É muito fácil rebater isso em qualquer parte e aqui também. Sem dúvida não se tratava de algum ensinamento que você devesse ter dado aos seus filhos, mas sim de uma vida exemplar; se o seu judaísmo tivesse sido mais forte, o seu exemplo também teria sido mais convincente; isso é óbvio e mais uma vez não constitui, de modo algum, uma recriminação, apenas uma defesa contra as recriminações que você faz. [...]

[...]

Recebi uma certa confirmação posterior dessa concepção do seu judaísmo também através do seu comportamento nos últimos anos, quando lhe pareceu que eu me ocupava mais com os assuntos judaicos. Como você tem, de antemão, antipatia por qualquer ocupação minha, e particularmente pela maneira como esse interesse se expressa, também neste caso você a sentiu. Mas mesmo assim seria possível esperar que aqui você fizesse uma pequena exceção. Sem dúvida era o judaísmo do seu judaísmo que aí revivia e com ele também a possibilidade de estabelecer novas relações entre nós. Não nego que essas coisas, caso você tivesse mostrado interesse por elas, teriam, justamente por isso, se tornado suspeitas para mim. É claro que não me ocorre querer afirmar que neste aspecto eu seja de algum modo melhor que você. Mas à comprovação disso nunca se chegou. Por meu intermédio o judaísmo se tornou repulsivo para você, os escritos judaicos, "ilegíveis", "causavam-lhe asco". Isso podia significar que você insistia em que a única coisa certa era exatamente o judaísmo que me havia mostrado na minha infância; além dele não existia nada. Mas que você insistisse nisso era uma coisa quase inconcebível. Sendo assim o "asco" (sem levar em conta que ele se dirigia em primeiro lugar não contra o judaísmo, mas contra a minha pessoa) só podia significar que você reconhecia inconscientemente a fragilidade do seu judaísmo e da minha educação judaica, e não queria de forma alguma ser lembrado disso, reagindo a qualquer lembrança com ódio declarado. Aliás, a sua supervalorização negativa do meu novo judaísmo era muito exagerada; em primeiro lugar, ele já incluía a sua maldição e, em segundo – uma vez que a relação fundamental com os semelhantes era decisiva para o seu desenvolvimento – ele foi mortal no meu caso.

O acento da carta recai sobre um olhar que pode recolher impressões vividas e as dirige, fazendo uso do melhor de seus recursos, para aquele que é apresentado como o regente de tudo. "Para mim, quando criança, tudo o que você bradava era logo mandamento do céu [...] Da sua poltrona, você regia o mundo [...] era a medida de todas as coisas", o território em que se pode viver. "[...] Imagino um mapa-múndi aberto e você estendido transversalmente sobre ele." O pai a quem o narrador se dirige não é apenas um outro, mas o próprio espaço em cujo interior se está encerrado, como aquele filho do rabino do texto de Rabi Nakhman que, sentindo que lhe falta algo, não consegue, no entanto, atravessar o círculo paterno. Kafka, nessa carta, explicita também o seu encerramento no círculo paterno. "Do ponto de vista espiritual, sou manifestamente incapaz de me casar." E é isso que a carta, em sua totalidade, expõe, pois como ele diz, o êxito de toda essa carta depende de tornar compreensíveis ao pai suas tentativas de casamento, ou seja, a impossibilidade de sair do círculo paterno, a condenação à condição de solteiro, ponto desconectado e final de uma cadeia de transmissão.

No trecho maior selecionado, Kafka fala de três tempos, três maneiras diferentes de ele se relacionar com o judaísmo. Um primeiro, na infância, em que o pai é visto como um legítimo funcionário do campo judaico, cujas ordenações, se não cumpridas, podem nele despertar recriminações e, no filho, culpa. Um segundo momento em que o filho, adolescente, observa a incoerência entre o que o pai demanda e o que realiza. "Eu não entendia como você, com o nada do judaísmo de que dispunha, podia me recriminar pelo fato de não me esforçar [...] para realizar um nada semelhante ao seu. Até onde posso ver, era realmente um nada, uma brincadeira, nem mesmo isso." O nada de judaísmo a que Kafka se refere é a redução de tudo que advém desse campo a uma mera formalidade que opera em consonância com certas convenções sociais assumidas como relevantes e que se tornam a medida de todas as coisas. Nesse contexto, a letra silencia, ou melhor, recolhe-se até o lugar do incompreensível. A Torá, o rolo que contém o manuscrito do texto hebraico do Pentateuco e é guardado na arca sagrada da sinagoga, assume a representação da ininterrupta tarefa de leitura e desdobramento de uma Lei revelada que cada um dos fiéis deve receber, adotar e cultivar. Na imagem de Kafka, esse rolo da Torá não tem mais força para revelar coisa alguma, toda sua dimensão de letra está apagada. Ela se apresenta reduzida à sua materialidade, que lembra a ele "velhas bonecas sem cabeça", daquelas que costumam fazer parte das barracas de tiro ao alvo das feiras de diversão. Nessa sinagoga, os homens desprenderam-se do Livro, ou melhor, ainda o guardam, o conservam, mas numa singular metamorfose através da qual mantém-se o ritual familiar, mas o núcleo da experiência é de completo estranhamento. "Esse, pois, o material de fé que me foi transmitido." Odradek, o carretel de linha achatado e em forma de estrela, revestido de fios, de pedaços de linha rebentados, velhos, atados uns aos outros, além de emaranhados e de tipo e cor os mais diversos, prejudica menos do que o "ridículo esforço de decorar e que portanto só levava a uma prova ridícula [...]" em que se transformou o exercício de leitura dessa letra despossuída de qualquer significado. O ambiente da sinagoga transformado numa feira de vaidades com barraquinhas de tiro ao alvo: "Esse, pois, o material de fé que me foi transmitido, ao qual se acrescentava no máximo a mão estendida apontando para 'os filhos do milionário Fuchs', que iam ao templo nas grandes solenidades em companhia do pai". Livrar-se de tudo isso, diz Kafka, "parecia ser a ação mais piedosa".

Kafka observa a seguir que essa forma de judaísmo podia ser eventualmente legítima para quem carregava consigo a experiência de ter feito parte "da pequena comunidade aldeã, semelhante a um gueto" e realizado a incrível jornada em direção à cidade, deixando apenas um mínimo indispensável para caracterizar uma "espécie de vida judaica". "No fundo, a fé que guiava a sua vida consistia em acreditar na correção indiscutível das opiniões de uma determinada classe social judaica; portanto, na medida em que essas opiniões faziam parte do seu ser, você na realidade acreditava em si mesmo." O retrato da fé do pai de Kafka, desse homem que se fez e conseguiu sua inserção entre os comerciantes e artesãos ao redor da velha praça central, emparelha-se à do pai rabino de "O Filho Único do Rabino", que também, no fundo, só acredita em si e em suas concepções. O pai como medida das coisas, como horizonte máximo, não funciona, de acordo com Kafka, para transmitir o judaísmo. Na jornada de seu pai da pequena aldeia à cidade, todo o imbricamento do homem com a lei e seu povo tinha se reduzido a "pequenas recordações dos tempos passados" que, só por isso, deviam ser transmitidas ao filho. Kafka tinha consciência de que este fenômeno assimilatório que restringia o judaísmo à concretude vazia do significante ser judeu era uma situação comum à maioria das famílias de classe média judaicas de língua alemã. Diz ele, nessa carta: "Todo este fenômeno, é claro, está longe de ser um fato isolado; algo bastante parecido aplica-se a um amplo segmento desta geração transicional de judeus que foram em bandos para as cidades, provenientes de uma área rural ainda relativamente devota".

O terceiro tempo é o da aproximação pessoal de Kafka ao judaísmo. "Sem dúvida, era o judaísmo do seu judaísmo que aí revivia e com ele também a possibilidade de estabelecer novas relações entre nós". Tal como o filho do rabino, Kafka também costumava sentar-se e estudar, tal como era o costume dos ricos. Só que ele sentia que lhe faltava algo e não sabia o quê... Porém, isso que poderia tê-lo aproximado do pai, pois se tratava de algo comum a ambos, apenas gera mais distanciamento. "Por meu intermédio, o judaísmo se tornou repulsivo para você [...]" Kafka não tem pelo pai reconhecido com legitimidade o judaísmo que encontra. Mas o interessante é a análise que Kafka faz sobre a repulsa que o pai manifesta diante desse judaísmo. De acordo com ele, essa repulsa seria o reconhecimento inconsciente, pelo pai, da fragilidade do judaísmo que tinha a oferecer, uma reação de ódio declarado que é a expressão, ao ver de Kafka, de uma defesa diante do que podem ser as exigências do que foi esquecido, um verdadeiro retorno do reprimido, através da produção do filho. O judaísmo que o pai de Kafka suporta deve ser tão silencioso quanto o canto das sereias no dia em que elas resolvem não cantar.

A falta de um solo judeu firme sob os pés da qual Kafka se queixa até o fim da vida é o próprio precipício onde ele mergulha e, a partir desse salto, tem somente a si mesmo para se segurar. O judaísmo que na carta ao pai Kafka diz que poderia ter sido um terreno de entendimento entre os dois e algo em que se segurar nessa queda é, ao nosso ver, a própria queda. E essa experiência viva, especificamente judaica, Kafka converte, na sua escritura, num dos dilemas universais do homem. Tal como Proust, Kafka lança-se à procura do tempo perdido, mas aqui ele não tem nenhuma *madeleine* que o remeta para alguma possibilidade de recriação. Nesse caso, a concretude do momento que o envolve não se deixa transcender, e Kafka não acha que iludi-la seja verdadeiro. Propõe-se, em vez disso, a tornar letra esse mergulho no vazio a que foi condenado, esse ser solteiro, solto com relação aos significados que deveriam preencher e dar pulsação viva à palavra judeu. Esse ser solteiro é o judaísmo a que foi relegado e, assim como ele mantém uma relação sinuosa e atribulada com as mulheres à procura de um casamento, mantém a mesma relação sinuosa e atribulada com o judaísmo. Na verdade, acompanhando seus inúmeros registros sobre o judaísmo presentes nas cartas e diários, e que parecem querer preencher de significado sua condição judaica, vemos emergir diversas nomeações do ser judeu. Assim como a concretização de um casamento com Felícia, a moça judia de origem semelhante à dele, teria lhe dado um determinado filho, a consumação de um casamento com Milena, a intelectual checa não judia, teria lhe dado outro e Dora, a judia ancorada numa firme identidade judaica, um outro ainda, emerge diante de nós um Kafka que na escritura realiza sionismo, ortodoxia, assimilação e até a própria aniquilação.

16 de janeiro de 1922.

Durante a última semana, sofri algo muito próximo de um colapso total, tão total quanto o foi, por exemplo, o que tive uma noite, há uns dois anos. Tudo parecia acabar, e as coisas não me parecem hoje muito diferentes. Pode-se interpretar de duas maneiras, e são provavelmente as seguintes.

Primeira: Colapso, impossibilidade de dormir, impossibilidade de estar acordado, impossibilidade de suportar a vida, ou mais precisamente, o curso da vida. Os relógios não coincidem; o de dentro marcha a uma velocidade diabólica ou demoníaca ou, de qualquer forma, inumana; o de fora segue atropeladamente sua marcha habitual. Não pode ocorrer outra coisa que não uma separação dos dois mundos distintos, e se separam, ou ao menos tendem a desgarrar-se de um modo horrível. A velocidade delirante da marcha interior pode ter diversos motivos; o mais visível é a auto-observação que não deixa descansar uma só idéia, sai ao encontro de todas elas para depois ser perseguida de novo como idéia por uma nova auto-observação.

Segunda: Esta perseguição me separa da humanidade. A solidão, que em sua maior parte tem vindo impor-se a mim desde sempre, e em parte foi buscada por mim – ainda que, não foi isso também uma imposição? –, torna-se agora totalmente inequívoca e chega ao seu extremo. Para onde conduz? Pode conduzir, e isto parece o mais lógico, à loucura; nada mais posso dizer a respeito; a perseguição me atravessa e me desgarra. Ou bem posso – posso? –, ainda que seja em uma parte insignificante, manter-me erguido e, por conseguinte, deixar-me arrastar. Então, aonde vou? A palavra "perseguição" é somente uma metáfora; também posso dizer "assalto às últimas fronteiras terrenas", e seria um assalto desde baixo, um assalto a partir da humanidade, e, posto que isto é também uma metáfora, posso substituí-la pela imagem de um assalto desde cima, lançado contra mim.

Toda esta literatura é um avanço contra as limitações e, se não tivesse intervindo o sionismo, teria podido converter-se facilmente numa nova doutrina secreta, numa Cabala. Disto continuam existindo indícios. Ademais, neste aspecto, seria preciso um gênio quase inimaginável, que levasse suas raízes ao fundo dos séculos passados, ou recriasse os séculos passados sem esgotar-se por isso, mas começando a prodigar precisamente então.

O que chama nossa atenção nessa anotação do dia 16 de janeiro de 1922 é esse deslizar de significações que Kafka opera, desde sua vida pessoal até sua literatura para, dentro dela, pôr em cena o sionismo e aquilo que ele denomina de uma "nova doutrina secreta, uma Cabala". Seu sentimento de colapso total emerge como território para a sua incursão interpretativa, um território que tem como base sua experiência emocional pessoal, para a qual dirige a sua observação, que é, por sua vez, observada por uma nova observação, num movimento centrípeto que transforma a si próprio no único horizonte possível de ser percorrido. Kafka utiliza aqui a mesma descrição de dissincronia entre os relógios que vimos presente na estruturação do relato "Desista!". Entre o relógio pessoal, o de dentro, e o relógio de fora, dá-se a mesma diferença que entre o relógio daquele que ia até a estação e o relógio da torre. Só que, aqui, numa relação inversa. É o relógio pessoal que marcha adiantado, numa "velocidade diabólica ou demoníaca ou, de qualquer forma, inumana" em relação ao de fora, que "segue atropeladamente sua marcha habitual". O que Kafka conclui nessa passagem é a explicitação do encerramento em que se vê envolvido. "Não pode ocorrer outra coisa que uma separação dos dois mundos distintos, e se separam, ou ao menos tendem a desgarrar-se de um modo horrível", uma conclusão que se assemelha ao estado em que a resposta do guarda deixa a personagem que se encontrava à procura da estação. Só, sem ninguém que possa lhe indicar o caminho. Aliás, em toda essa anotação do diário, vemos intensas ressonâncias dos oito textos com que trabalhamos. Além da dissincronia dos relógios de "Desista!", temos aqui também presente o anseio do senhor de "A Partida" por sair de seus domínios, a problematização da possibilidade de chegar à próxima aldeia, o manter-se erguido e desgarrar-se de "A Ponte", a não abertura para o outro de "Comunidade", a impossível distância que o mensageiro deve percorrer para levar a mensagem de um plano a outro, a observação do pai de família dirigida para esse carretel solto e vórtico e até a solidão e as amarras desse Ulisses de "O Silêncio das Sereias".

O que se destaca nessa citação é o intransponível limite que Kafka via e fazia de si próprio. Ele denomina esse vórtice auto-observador de "perseguição", uma perseguição que o separa da humanidade. Aqui, emerge a solidão. "Para onde conduz?" Dois desfechos possíveis: a loucura ou manter-se erguido, deixando-se arrastar por esse vórtice. Manter-se erguido significa desdobrar a perseguição em "assalto às últimas fronteiras terrenas" ou um "assalto desde cima, lançado contra mim". Aí, instaura-se sua atividade de escrita, uma escrita que faz do vórtice de auto-observação o lugar de um questionamento da ordem do universo (são as últimas fronteiras que estão em questão) que é semelhante, em intensidade, ao de Jó questionando a justiça divina, pois põe em cena nesse assalto toda a ordem do mundo e do homem, instaurando dois planos, o de cima e o de baixo. Seu vórtice auto-observador participa do amálgama de sua escritura, que seria tanto uma resposta ou uma pergunta desesperada a partir da humanidade – nesse sentido, de baixo para cima –, quanto a realização de uma condenação – e, nesse sentido, de cima para baixo.

Em nossas leituras de seus textos, também encontramos presente esse ir e vir entre dois planos, aqui apresentados como um "de cima" e um "de baixo", evidenciados por ele em jornadas peculiares. E é a esse ir e vir entre planos – que, no apontamento de seu diário, ele diz ser um "avanço contra as suas limitações" – que Kafka se refere, nesse mesmo apontamento, dizendo que poderia ter se convertido "numa nova doutrina secreta, numa Cabala", "se não tivesse intervindo o sionismo" – termo este que dá a impressão, no contexto em que é utilizado, de ser uma resposta autêntica em direção à humanidade.

Pela leitura que fizemos de sua anotação sobre a literatura judaica, podemos entender melhor o que ele aqui está dizendo. Kafka está fixando seus escritos no interior dessa literatura que se realiza no diálogo com o "bloco inamovível e digno de confiança" e que, dada a turvação produzida pelo congestionamento de comentários acumulados com o passar dos anos e a "falta de coesão das pessoas", lança mão da política para se realizar: entre a Cabala e o sionismo. Mas, Kafka não vislumbra o bloco inamovível, a turvação é enorme e, como ele constrói da metade do talo para cima, sem chão, ar e mandamento, todo o seu esforço dentro desse campo o levaria, fora da política, a uma nova Cabala. Não são mais os velhos textos escritos que podem receber muitas interpretações. Se ele quisesse dirigir esse talo que cresce da metade do talo para cima à procura dos séculos passados, precisaria recriá-los. Essa é a difícil tarefa. É nesse contexto que seus escritos, enquanto ponte, realizam-se não se realizando. Que eles, com seu enorme poder de significação, apesar de tudo permanecem soltos, à deriva, desenraizados, enunciando sem parar, numa polifonia harmoniosa, um mal de identidade, a busca de luz numa escuridão vazia, a manifestação de um poder coercitivo que separa o homem de suas realizações, alienando-o, o confinamento dos homens em si próprios, tudo isso emergindo na tentativa de equilibrar esse talo que cresce da metade para cima e que, em Kafka, é tanto corpo quanto história pessoal e texto – mais do que uma metáfora, uma verdade sobre si e o seu contexto erguida à condição de uma linguagem capaz de nomear o homem deste século.

7. Perspectivas Exegéticas

Entre as anotações dos diários de Kafka, encontram-se passagens nas quais ele põe por escrito considerações sobre o modo como o judaísmo devia ser tratado na literatura. Assim, por exemplo, em 14 de janeiro de 1911, analisando uma novela de Beradt[1], ele escreve: "Mau judaísmo em quantidade [...]".

E, a seguir, critica o modo como, nesse texto, é possível detectar "uma súbita, monótona e cômica aparição do autor". O que parece deixar Kafka descontente nessa novela, pelo modo como a nota se desenvolve, é a feição forçada da narrativa, que não consegue integrar plenamente a exposição ficcional, deixando transparecer um certo artificialismo na montagem. Diz ele:

[...] Também em Hamsun, existe algo semelhante, mas ali é tão natural como os nós da madeira; já aqui goteja sobre a ação como um remédio de moda sobre o açúcar [...].

Kafka não gostava de uma escritura que deixasse transparecer sua dimensão de artifício. A imagem que ele utiliza na análise de Hamsun é a de uma escrita em que o todo ficcional se integra de um modo tal que o conjunto das concepções do autor passa a fazer parte da própria estrutura do texto, "como os nós da madeira". Já na obra de Beradt, Kafka detecta criticamente as concepções do autor gotejando sobre a ação, como um remédio amargo sobre o açúcar, ou seja, sem

---

1. Martin Beradt (1881-1949), novelista judeu-alemão.

uma plena integração e adequada subordinação da narrativa às intenções autorais.

Em 26 de março do mesmo ano, criticando um texto de Brod, Kafka escreve essa passagem que citamos em sua plenitude, para vermos como ele compreendia a abordagem da questão judaica na literatura. Se, neste capítulo, pretendemos apresentar o modo como Max Brod e Walter Benjamin definiram o campo de investigação sobre as relações entre a obra de Kafka e o judaísmo, vale a pena, no entanto, iniciar por ele mesmo e fazer de sua abordagem uma espécie de modelo ao qual poderemos aproximar as abordagens desses autores e também a que nós realizamos neste trabalho. A abordagem de Kafka poderá servir de núcleo para poder operar sobre todas essas leituras, relacionando-as entre si e permitindo que ensaiemos uma espécie de localização de nossa leitura em relação a esse conjunto.

Nas narrativas européias ocidentais, assim que se pretende incluir um grupo de judeus, estamos acostumados a buscar e a encontrar imediatamente a solução da questão judaica por baixo ou por cima do narrado. Não obstante, em *Jüdinen* [As Judias], não aparece dita solução, nem sequer se a conjectura, porque precisamente as personagens que se ocupam dessa questão estão muito distanciadas do centro nevrálgico do relato, numa zona onde os acontecimentos desenvolvem-se com maior rapidez, de modo que, ainda que possamos observá-las atentamente, já não temos a oportunidade de obter delas uma informação circunstanciada de suas aspirações. Num primeiro momento, reconhecemos nisso um defeito da narrativa e nos sentimos tanto mais autorizados a formular tal ponto de vista porque hoje, desde o advento do sionismo, as possibilidades de solução se ordenam com tanta clareza em torno do problema judaico que ao escritor teria bastado dar alguns passos para encontrar uma solução adequada ao seu relato.

Mas esse defeito nasce de um outro. Às *Jüdinen* faltam os espectadores não judeus, esses homens respeitáveis que servem de contraste, que em outras narrativas permitem a exteriorização do especificamente judaico, que avança em direção a eles com admiração, dúvida, inveja, temor e, finalmente, finalmente produz confiança em si mesmo e, em todo caso, somente frente a eles pode erguer-se em toda a sua extensão. É isso o que exigimos, e não sabemos ver outra solução de todo esse judaísmo. Tampouco nos remetemos a esse sentimento unicamente neste caso; ele é geral, ao menos em certo sentido. Assim, nos encanta também sobremaneira, quando andamos por algum caminho na Itália, a estremecida aparição de uma lagartixa diante de nossos pés, e sempre que isso ocorre desejamos inclinar-nos; mas, se as vemos às centenas na loja de um comerciante, arrastando-se nos grandes frascos onde se costumam guardar os pepinos, então não sabemos o que fazer.

A ambos os defeitos junta-se um terceiro. Às *Jüdinen* permite-se prescindir do jovem que se situa em primeiro plano, que costuma atrair para si o melhor da narrativa e a conduz, numa bela irradiação, até os limites do círculo judaico. Nisto, precisamente, não transigimos: no fato de que a narrativa possa prescindir desse jovem; aqui, pressentimos um defeito, mais do que realmente o vemos.

Apesar de não conhecermos o texto de Brod sobre o qual toda essa passagem versa, ela nos parece ser de muita importância para o tema de que estamos tratando. Como dissemos antes, através dela, Kafka está nos permitindo vê-lo pensar sobre o modo pelo qual a questão judaica deveria ser abordada na literatura. Logo de início, chama a atenção a própria formulação que fizemos: um modo de abordar algo em literatura? Mas, é disso que parece se tratar – de pôr em ação um procedimento literário capaz de constituir um campo textual que mobiliza significações com vistas a alcançar um resultado esperado. A questão judaica não é, em si, um tema de literatura, ou melhor, o é como qualquer outra questão, como qualquer material com que um autor visa trabalhar e em relação ao qual, portanto, tem como problema encontrar a forma favorável para poder outorgar-lhe uma força expressiva propícia para sua formulação ficcional. Para Kafka, nessa passagem – e generalizando o que ele diz –, a ficção seria a estruturação de um campo metafórico, a expressão de uma referência que vai do estado de coisas à obra e que, por meio das relações internas entre todos os elementos da narrativa, deixa emergir um sentido, ou melhor, um feixe de sentidos que apontam para uma questão que não se encontra explicitamente manifesta na obra, mas que se ergue diante do leitor. De acordo com essa passagem, para ele, a relação entre obra e realidade extra-obra não está suspensa – pelo menos, é isso o que entendemos quando o vemos analisar o texto levando em consideração um acontecimento do real tal como o sionismo. Kafka, ao incluir a questão da referência na análise de uma obra, realiza uma hermenêutica, porque perguntar-se sobre a referência, de acordo com Paul Ricoeur[2], é um problema da hermenêutica. Kafka parece compreender o modo de abordar um texto literário na contramão dos modos de abordagem contemporâneos mais freqüentes, que costumam entender que, na literatura, a relação do sentido com a referência está suspensa. Incursionar nesse campo significa perguntarmo-nos, parafraseando Ricoeur em seu sétimo estudo de *A Metáfora Viva*, "Metáfora e Referência", quando pergunta "o que diz a metáfora a respeito da realidade?": o que diz a obra literária a respeito da realidade? Pelo que podemos depreender dessa passagem, o judaico deve emergir num espaço que não é o da obra em si e nem propriamente do real, mas, digamos assim, num terceiro campo, o da leitura, num território virtual que emerge do encontro da força expressiva do texto com o leitor. À obra cabe, através de seu poder conotativo, deixar que se exteriorize, ou seja, apontar o judaísmo. Para Kafka, a obra não seria apenas uma apresentação de si mesma, mas a apresentação de alguma outra coisa, através dela. Kafka, no modo com que aborda o texto de Brod, não abre mão de que uma obra literária seja referenciada por produções ou acontecimentos do real. Logo ele!, um autor tão poderoso na criação de seu discurso que poderia servir de paradigma para aqueles que entendem que, no discurso literário, o símbolo não representa nada fora de si mesmo, mas sim vincula, no interior do discurso, as partes ao

---

2. Paul Ricoeur, *La Metáfora Viva*, Buenos Aires, Ediciones Megálopolis, 1977.

todo. Para o Kafka da citação com que estamos trabalhando, a fabulação forjada no discurso literário não deve perder de vista sua condição de exemplaridade de um estado de coisas e ter a potencialidade de pôr em evidência, para o leitor, uma condição de si que se manifesta, através da leitura, em estado de latência – no caso, aqui, o judaico, que deve emergir, segundo suas palavras, "por baixo ou por cima do narrado".

Nessa citação, Kafka relaciona texto e contexto, completando um círculo hermenêutico segundo o qual o "especificamente judaico" emerge num campo que não é o da literalidade do texto. Para ele, o "especificamente judaico" não está propriamente na representação de uma figuração que, à maneira de ilustração, caracterize o judeu. Personagens com nomes judaicos, barbas compridas, gabardos, solidéu, descrições de cenas ritualísticas judaicas, etc. não são capazes por si só de fazer emergir, para o leitor, o judaico em si. Proceder desse modo, trazendo uma cena que pudesse ser literalmente reconhecida como pertencendo ao campo judaico, seria, no máximo, ilustrá-lo, tipificá-lo. O "especificamente judaico", para Kafka, parece ser, se podemos nos expressar desse modo, algo da subjetividade do ser, um oculto cuja presença só pode ser reconhecida na ficção de forma conotativa, algo que a escritura só pode fazer emergir se souber colocar na situação personagens – de acordo com Kafka, espectadores não judeus – capazes de fazer com que se exteriorize, pelo contraste, o "especificamente judaico que avança em direção a eles com admiração, dúvida, inveja, temor [...]". Na literalidade do texto, o judaico deve estar contido à maneira como são fabricados aqueles remédios homeopáticos cuja substância básica foi tão diluída que, dela, resta apenas uma sombra. O "especificamente judaico" deve ser mais pressentido do que visto.

A imagem que Kafka utiliza a seguir é categórica: se alguém, andando por um caminho na Itália distraído com a paisagem que se descortina, é surpreendido, de repente, pelo aparecimento súbito de uma lagartixa em sua estremecida, convulsiva atividade – figuração essa através da qual ressalta o surpreendente da aparição, a mudança de escala que é operada pelo deslocamento repentino do olhar que, entretido com a amplidão da paisagem, passa a focar-se no detalhe vivo que se agiliza sob os pés, e o que há de propriamente ágil, dinâmico, através de seu movimento rápido, convulsivo, que está longe de se prestar a um estudo anatômico, porque não se trata de uma dissecação, mas de deixá-la agir em sua atividade peculiar, que inclui a capacidade de evasão, de não se deixar capturar com facilidade. E devemos ainda agregar a todo esse conjunto de efeitos expressivos implicados nessa figuração o que há nela de estranho, de desconhecido – a irrupção de um estranhamento materializado em animalidade. É tudo isso que observamos condensado na imagem da lagartixa que Kafka faz emer-

gir nesse andar por um caminho na Itália. Nessa cena, o "especificamente judaico" não está no caminhante, nem no caminho por onde
anda, tampouco na lagartixa. Ele emerge no contexto de expressividade a que toda essa situação dá abertura.

No detalhe singular, diante da súbita emergência de uma lagartixa, todo esse estremecimento leva, de acordo com Kafka, a que nos
sintamos convidados a levá-la em consideração com atenção e curiosidade. Agora, se em vez de emergir como que ao acaso, furtivamente,
todo esse estranhamento que uma lagartixa não esperada é capaz de
provocar, vemo-las "às centenas na loja de um comerciante, arrastando-se nos grandes frascos onde se costumam guardar os pepinos, então não sabemos o que fazer". O excesso, o exagero põe a perder o
impacto desejado. No lugar da atenção e da curiosidade, diante de
tamanha explicitação, "não sabemos o que fazer": fugir apavorados,
deixando para trás tão estranha loja?

Kafka agrega ainda a esses dois defeitos que ele vê no romance
de Brod – o de não ter levado em consideração as possibilidades de
solução da questão judaica advindas do sionismo e o de exibir judeus
explicitamente no lugar de projetar para o exterior o especificamente
judaico – um terceiro, que podemos tomar como realização interna ao
texto do modo como Kafka, no início dessa citação, relacionou texto e
contexto, ou seja, a questão da orientação da referência, um vetor que,
para Kafka, deve ir do contexto à obra, do estado de coisas ao texto, e
não do texto ao estado de coisas, da obra ao contexto. Expliquemos
melhor: de acordo com ele, a narrativa não pode prescindir de um jovem situado em primeiro plano, que "costuma atrair para si o melhor
da narrativa e a conduz, numa bela irradiação, até os limites do círculo
judaico". Essa personagem tem a função de realizar uma transferência,
atraindo para si aspectos da narrativa e conduzindo-os, em irradiação,
"até os limites do círculo judaico". A mecânica é a mesma: da narrativa à personagem. A personagem é uma exemplificação da narrativa,
ela não denota esta última. Como ela só atrai para si "o melhor da
narrativa", não pode representá-la propriamente, muito menos descre-
vê-la ou analisá-la. A personagem só pode exemplificar a narrativa
através de si. E, nessa exemplificação, deixar surgir uma irradiação
que conduz até os limites do círculo judaico. Kafka não está aqui trazendo um novo argumento. Ele está retornando ao primeiro momento
de sua análise, mas absorvendo agora seu pensamento sobre a peculiar
relação texto-contexto para o interior da obra, que deve funcionar com
uma força poética capaz de performatizar expressivamente esse círculo hermenêutico.

Ao nosso ver, essa hermenêutica é apropriada também para descrever, em linhas gerais, a mecânica da tradição judaica. Nesta, uma
sucessão de textos encadeia-se de modo a atualizar, em cada um deles,
aspectos de um texto fundante que, em sua inesgotabilidade de senti-

dos, referencia todo esse corpo textual, sendo cada um dos textos, em particular, o campo de realização de uma situação exemplar, através da qual presentifica-se um sentido do texto originário. Assim opera a forma midráschica. O *midrasch* não referencia o texto fundante, mas é referenciado por ele, numa orientação, portanto, que inicialmente não vai do *midrasch*, do comentário, ao texto fundante, mas deste ao *midrasch*. Cada *midrasch* não nomeia o texto fundante propriamente dito, não o descreve, mas, tornamos a dizer, o exemplifica através da situação que expõe. Cada *midrasch* comporta-se como, de acordo com Kafka, "aquele jovem que atrai para si o melhor da narrativa e a conduz, numa bela irradiação, até os limites do círculo judaico". E o que emerge do *midrasch*, um feixe de sentidos advindos do poder conotativo resultante tanto da fabulação organizada quanto das palavras utilizadas, aponta para o texto fundante de um modo que o esclarece, desdobrando-o em sua significação, e não o amarrando numa definição fechada. Nesse caminho de volta da referência, que completa o círculo hermenêutico, a ação do *midrasch*, por assim dizer, consegue incrustar-se no interior do texto fundante e ganhar a condição de promover uma via por onde pode emergir de forma incrementada o sentido desse texto. Assim, a natureza da ação do *midrasch* é detectada por comentadores rabínicos, por exemplo, num versículo de Isaías (40:3-5) – e é bom ressaltar que o *midrasch*, na sua forma clássica, sempre opera com uma passagem pequena do texto fundante, um versículo:

> Uma voz clama no deserto: abri o caminho do Eterno; na estepe, aplainai uma vereda para o nosso D'us. Todo vale será exaltado, e todo monte e colina descerá; e será o torto, direito e as alturas, vales. E será descoberta a honra do Eterno e verão todas as criaturas, de uma só vez, que a boca do Eterno falou.

O primeiro aspecto para o qual gostaríamos de chamar a atenção é que, ao explicarem a ação de um *midrasch* a partir dessa passagem bíblica, os comentadores já estão pondo em ação um exercício midráschico. Mas, como podem ver eles nessa passagem a intenção desse exercício? Tentemos explicar.

"Uma voz clama no deserto". A suposição básica que subjaz o exercício midráschico clássico, que é um exercício exegético, é que o texto fundante é o campo de emanação do divino, que se manifesta na dimensão de Voz que, através desse texto, no interior desse campo, guarda toda a potencialidade para desdobrar-se enquanto linguagem. A Voz que clama, portanto, pode ser compreendida não em analogia, mas em completa integração com o texto através do qual se expressa. E, enquanto Voz, comunica incessantemente, clama ininterruptamente – um clamor que é, ao mesmo tempo, Criação e Revelação. No caso dessa passagem, já entendida a partir de um exercício midráschico incrustado em seu interior, essa Voz demanda algo, ou seja, referencia: "abri o caminho do Eterno; na estepe, aplainai uma vereda para o nosso D'us. Todo vale será exaltado, e todo monte e colina descerá; e será o torto, direito e as alturas, vales". A analogia com a paisagem – estepe, vales, montes, colinas – indica um terreno acidentado e difícil de ser percorrido. Aponta também para a existência de obstáculos que impedem uma visão mais aberta. Entre a Voz que clama e as criaturas, interpõe-se essa paisagem de obstáculos. Se algum comentador viu nessa passagem a manifestação da intencionalidade do exercício midráschico, agora podemos entender toda essa paisagem, a estepe, vales, montes e colinas, como obstáculos que, à maneira de um véu, escondem a Voz que clama e que, nesse caso, pede para que lhe seja dada uma passagem, uma vereda. O exercício cé esse aplainar da paisagem, é esse fazer descer as montanhas de modo a deixar "descoberta a honra do Eterno e verão todas as criaturas, de uma só vez, que a boca do Eterno falou". Por isso, o exercício midráshico é uma operação que, lidando com o texto, visa aproximá-lo das criaturas e modificá-las. Cada *midrasch* organiza-se como uma ponte de duas mãos, através da qual as criaturas podem ouvir o clamor da Voz e a Voz pode falar às criaturas.

O *midrasch*, um exercício da tradição, é também um exercício de interpretação. Em hebraico, a palavra *midrasch* serve tanto para nomear a interpretação da lei judaica quanto designar o gênero rabínico de exegeses bíblicas. No *midrasch* clássico, é um versículo da Torá que referencia o comentário que o *midrasch* realiza através de sua fabulação, sendo esta a exposição de uma situação exemplar que, ao mesmo tempo, esclarece e desdobra o sentido que emana do versículo. A palavra *midrasch* vem da raiz *darasch*, que significa estudar, investigar, pesquisar, buscar. Os textos de Rabi Nakhman, embora não sejam *midraschim* clássicos, fazem parte da forma midráschica. Neles, como Kafka gostaria, há pouco judaísmo explícito. Em "Uma Carta do Rei", na literalidade do texto, nenhum. Um filho distante, seu pairei e uma carta enviada pelo último ao primeiro não guardam em si nem entre si nada de especificamente judaico. As ressonâncias judaicas originais estão na voz que narra (Rabi Nakhman), mas também, ao ganhar autonomia em sua forma escrita, essas ressonâncias sustentam-se ainda na irradiação, na força conotativa do texto, um campo em que o leitor encontra um poderoso contexto para o retorno aos textos da tradição. E, então, o texto começa a assumir um caráter alegórico, mas não às custas de que se abra mão do que é dito literalmente. O mero deslocamento de carta para a Torá, de rei para D'us e de filho para povo de Israel não basta. Se não se sustenta na interpretação toda a intensidade do que é apresentado na literalidade, perde-se tudo o que o autor está expondo. Nesse caso, o alegórico funciona, por assim dizer, no interior do texto. Ele não é um exercício de aproximação entre dois textos distintos, mas pressupõe que o espaço narrativo que está sendo efetivado, por ser referenciado pelo texto original, é em si um fragmento, se assim pudermos dizer, em atividade no interior do texto original, tal como o jovem atuando e atraindo para si "o melhor da narrativa" – um traço a mais naquilo que Kafka denomina de "bloco inamovível e digno de confiança".

Como dissemos, os *midraschim*[3] de Rabi Nakhman não são mais os do período clássico rabínico em que o *midrasch* era direta e exclusivamente referenciado pelo texto fundante. Os *midraschim* de Rabi Nakhman são, utilizando a análise de Kafka sobre a literatura judaica, ainda produções da Cabala, mas com ressonâncias sionistas. Ou seja, eles se situam num ponto desse contínuo que Kafka estabelece entre a Cabala e o sionismo, ponto no qual Rabi Nakhman não mais visa apenas o esclarecimento do texto originário, mas também apontar para uma situação em que os homens vivem em privação, cativos, de alguma forma, de si próprios. E o faz introduzindo em seu interior aspectos do conto popular. Essa é a originalidade de Rabi Nakhman em relação à tradição judaica. Suas narrativas fabulam não diretamente sobre um material textual, mas sobre uma situação dos homens. Rabi Nakhman expõe, na forma de *midrashim*, a situação daqueles que se desenraizaram da tradição judaica. Por isso, foi-nos possível utilizar elementos de sua narrativa na abordagem de fragmentos dos diários de Kafka e da carta ao seu pai. Através de sua fabulação, expõe-se a situação de homens que não podem ou não conseguem sair de si mesmos, que estão desamparadamente desgarrados da trama maior da qual originalmente fazem parte e encontram-se encadeados a si próprios. Só que, nessas narrativas, a voz que narra é a do *tzadik*, e, ao narrar a situação em que seus fiéis se encontram, oferece-lhes também um caminho de volta. A própria narrativa é a realização desse caminho, ela funciona como uma ponte, uma situação exemplar que expõe a condição de desamparo e isolamento e realiza vinculação e integração. E a plena compreensão do texto, a vinculação com o judaico em si – porque isto é o fundamental nos textos de Rabi Nakhman –, não está explicitamente colocada em sua literalidade. O encontro com o especificamente judaico dá-se muito mais num terceiro campo, que é o do encontro do texto com o leitor e que é organizado tanto pelo poder conotativo do texto quanto pelo patrimônio de conhecimentos e experiências do leitor. Aqui, revela-se a dimensão simbólica do texto que, em Rabi Nakhman, apesar de nós não a termos explorado, tem ainda força para reenviar aos textos fundantes. A totalidade textual, tanto em sua dimensão literal quanto em sua dimensão simbólica, constitui a sua função didática, capaz de restituir ao seu contexto uma possibilidade de desdobramento para além de si, que o encadeia novamente à sua origem.

---

3. Plural de *midrasch*.

Se tomarmos como modelo a função desse "jovem que se situa em primeiro plano e costuma atrair para si o melhor da narrativa e a conduz, numa bela irradiação, até os limites do círculo judaico" para compreender o exercício da transmissibilidade do judaísmo de uma geração para a outra, então, a falta desse jovem que Kafka pressente, mas não vê propriamente, manifesta-se em toda a sua evidência na *Carta ao Pai*. Lá, como pudemos observar, o pai falta por não ter sido capaz de, poderíamos dizer, "atrair para si o melhor da narrativa e a conduzir, numa bela irradiação, até os limites do círculo judaico". Confundimos literatura e vida? Bem, foi o próprio Kafka que entrelaçou vida e literatura e, por isso, pôde querer almejar a verdade através da literatura. O texto de Brod erra no mesmo ponto em que o pai de Kafka errou. A literalidade exibindo papéis explicitamente judaicos não basta para deixar que se exteriorize o "especificamente judaico", que é o que interessa a Kafka na análise que faz do texto de Brod. Mas, não é só Brod e o pai de Kafka que falham nesse aspecto – um na literatura e o outro na vida real. Ambos não são, como na *Carta ao Pai* Kafka diz, "um fenômeno isolado". O que Kafka aponta é um mal da tradição, que pôde ser por ele detectado tanto na atividade literária quanto na vida real. Toda essa geração, o estado de coisas em que Kafka estava implicado e a conjuntura social e cultural do ambiente em que vivia constituíam uma situação na qual, lembrando a reflexão de Kafka sobre a literatura judaica, a turvação tinha atingido tais proporções que estava impedida a visão do "bloco inamovível e digno de confiança". E, diante de todas essas reflexões que estamos realizando, podemos também abordar sua literatura como um *midrasch* sobre esse estado de coisas. Ela guarda, da forma midráschica, essa mesma mecânica de uma narrativa referenciada e deixa também surgir uma bela irradiação. Ou seja, sustenta a mesma mecânica da forma midráschica, mas perdeu de vista o texto fundante sem, no entanto, abrir mão de se querer como ponte, apesar de só ter, como elemento referenciador, o silêncio desses textos e o estado de coisas em que está enredado. As narrativas curtas de Kafka com que lidamos neste trabalho adquirem também, tal como na produção midráschica, a condição de exemplaridade. Se, na análise de "Desista!", encontramos, na dissincronia entre os relógios da personagem e o da torre, uma realização do paradoxo dos relógios de Einstein, é que o texto pôde construir uma fabulação e, nesse sentido, ser exemplar de um estado de coisas em que os homens estão encerrados em si, sem ter a oportunidade de obter um do outro – ou de qualquer coisa que esteja sob a ação de uma referência externa a eles – qualquer orientação ou conselho sobre o caminho a seguir. A narrativa como um todo é a realização dessa situação. Tanto em sua dinâmica interna – que, como pudemos ver na análise que realizamos, pelo recurso da mudança do tempo verbal utilizado no meio de uma oração, em certo momento do texto perdemos o narrador onisciente

com horizonte tão amplo do início e que tem, portanto, algo para narrar –, quanto pelo que o texto enuncia ao leitor, ou seja, a sua impossibilidade de indicar algo a nós, ou melhor – porque em Kafka é assim
que as coisas se dão –, indicar-nos que não pode nos indicar – "de
mim você quer saber o caminho?" –, a resposta que o guarda dá à
personagem é também a resposta que o texto nos dá, porque, enquanto
texto, ele sabe da sua eficácia em nos instigar. Se o *midrasch* visa
aplainar um caminho para que possamos ouvir a Voz, esse *midrasch*,
o *midrasch* kafkiano, não pára de dizer que estamos enfrentando uma
situação de brava turbulência e, devido às nossas falhas – de um nós
bem plural e abrangente –, a turvação é tanta que o texto está desconectado e, portanto, incapaz de dizer qualquer coisa, a não ser isto
mesmo. E, então, vire-se!

Pudemos observar nas leituras que realizamos que a voz narrativa
é um ponto de vista que se debruça sobre si com perspectiva. Agreguemos agora que ela opera com tal intensidade poética que oferece ao
todo da narrativa a possibilidade de se manifestar na condição de um
objeto textual dotado das qualidades que são realizadas em seu interior.
O texto "A Ponte" ganha toda a sua força quando o compreendemos
como uma voz que apresenta a si própria, enquanto texto e voz.
Quando lemos na literalidade o seu início – "Rígido e frio, eu era uma
ponte [...]" – e compreendemos que é do próprio texto que essa voz se
ergue e é ao próprio texto que essa voz se refere, então emerge uma
apresentação de si, no caso um objeto textual, que é uma ruína, uma
ponte despencada e furada. É essa apresentação de si, em seu fracasso
enquanto ponte, que, erguida à condição de objeto textual, aproximamos da forma midráschica. Porque, aqui, nem tanto se descreve uma
situação dos homens quanto se expõe a situação do próprio texto, na
expressão de seu fracasso em desempenhar a função de ponte. Um
midrasch impossível que, apesar de sua impossibilidade, não abre mão
de ser uma ponte que, a partir do lugar de seu fracasso, de ponte desa-
bada, ergue-se para falar sobre si, apresentando-se e realizando-se enquanto objeto textual. O mesmo vimos em "A Preocupação do Pai de
Família". Em nossa leitura, Odradek não é apenas uma personagem
desse texto. Ele é o modo do texto apresentar-se, de se dar a conhecer
como objeto textual, como "um carretel de linha achatado e em forma
de estrela [...] pedaços de linha arrebentados, velhos, atados uns aos
outros, além de emaranhados e de tipo e cor os mais diversos", sendo
todo esse emaranhado a preocupação do pai de família. O que preocupa não é o fato de Odradek, como objeto textual, ser capaz de permanecer em pé e apresentar-se com extraordinária mobilidade. Odradek,
como texto, funciona. O doloroso, utilizando a expressão do narrador,
talvez seja essa estranheza toda que advém do encerramento em si
próprio como objeto textual. Odradek não deriva de nada ou, ao menos, a incerteza sobre as interpretações existentes não deixa "desco-

brir através de nenhuma um sentido para a palavra". Odradek é Odradek, e só. Porque perdeu, ou perdeu-se, toda a conexão com suas origens, porque toda a conexão com sua origem está turvada. Nenhum estudo filológico pode dar conta de um fenômeno Odradek, desse objeto textual, a não ser aquele que o reconhece em sua singularidade. Odradek não deixa de ser uma outra forma de apresentação do mesmo objeto textual que "A Ponte" apresentava. Ambas são realizações de um objeto textual que, em sua função de absorver o melhor da narrativa e conduzi-la, numa bela irradiação, para algo fora de si, fracassa. No máximo, conseguem apenas dar-se a conhecer, e isso não é pouco se optassem por restringir-se ao campo da ficção. Mas, parecem querer algo mais – ser uma ponte, um terreno de vinculação. E sua impossibilidade os transforma em Odradeks, peças soltas de domicílio incerto. Se fossem ponte, eventualmente poderiam transportar a mensagem imperial e fazê-la chegar até "você". Mas, em "Uma Mensagem Imperial", toda a complexidade do palácio, seus pátios, "o segundo palácio que o circunda; e outra vez escadas e pátios; e novamente um palácio; e assim por diante, durante milênios" não se deixam atravessar, por mais infatigável que seja o mensageiro. "[...] E se afinal ele se precipitasse do mais externo dos portões – mas isso não pode acontecer jamais, jamais – só então ele teria diante de si a cidade-sede, o centro do mundo, repleto da própria borra amontoada. Aqui ninguém penetra; muito menos com a mensagem de um morto".

A fim de destacar a natureza da ação do *midrasch*, utilizamos acima uma passagem de Isaías em que a Voz que clama pede para que lhe seja aberto um caminho, através do qual as criaturas possam ouvir o que a sua boca fala. O caminho deve emergir a partir da reorganização de toda a topografia, de forma que as criaturas ouçam o que a boca falou. No texto de Kafka, o imperador, em seu leito de morte, fala a um mensageiro, que deve abrir um caminho para que a voz do imperador chegue "a você, o só, o súdito lastimável, a minúscula sombra refugiada na mais remota distância diante do sol imperial". Porém, a topografia que o texto de Kafka apresenta não se deixa transpor. A voz do profeta pretende a transitividade, enquanto Kafka a aspira, mas não consegue ultrapassar a intransitividade. Estepes, colinas e vales, na citação de Isaías, apresentam-se mais maleáveis, talvez porque respondam aos imperativos dessa Voz. Mas, aqui, esse conjunto de círculos concêntricos intermediados por escadarias e pátios – em cujo interior o imperador segreda a mensagem para o mensageiro – impede o avanço deste, que, apesar de seu esforço, permanece encerrado no interior desse conjunto "durante milênios". E se, hipoteticamente, o mensageiro se precipitasse pelo "mais externo dos portões", teria que vencer toda a cidade-sede, "o centro do mundo, repleto da própria borra amontoada" – um esforço impossível para fazer com que "você" escute a mensagem do imperador. De alguma maneira, "Uma Mensagem Imperial" problematiza a ação que é demandada no versículo de Isaías, em sua dimensão midráschica. A narrativa de Kafka, enquanto objeto textual, é portadora de uma mensagem sobre a impossibilidade de passar uma mensagem. Entre nós e o imperador, diz o texto, avolumaram-se milhares de anos e o mensageiro está em algum lugar enredado por entre todas essas construções, em espessa turvação. E tudo o que esse texto pode fazer é nos contar isto.

O que estamos querendo salientar é que, nos textos de Kafka com que trabalhamos, para além de uma apresentação de seres isolados e encerrados em si mesmos – como esse Ulisses que, atualizado através de um comentário, silencia e seduz sereias, tamanha a confiança em seus próprios pequenos recursos, em "O Silêncio das Sereias"; ou Odradek, o carretel emaranhado; os cinco que saem de casa em grupo no texto "Comunidade", e o sexto que teima em se intrometer; o neto de "A Próxima Aldeia", que lembra a fala do avô sobre a impossibilidade de se chegar à próxima aldeia no tempo de uma vida humana; o senhor que não se entende com seu criado e quer dar o fora daqui, em "A Partida"; o mensageiro que não chega, o imperador que não escutamos e "você" que espera, apesar de tudo, em "Uma Mensagem Imperial"; e a personagem que, perdida, não tem a quem recorrer, em "Desista!" –, seres cujo encerramento é semelhante ao apresentado por Rabi Nakhman e cuja condição – ou será um transtorno? – é a solidão, apresenta-se um objeto textual que se dá a conhecer como isolado, como fragmento solitário, como peça impossibilitada de cumprir sua função de atrair algo e irradiá-lo, a não ser essa estranha condição de ser fragmento solto, despencado ou enredado, incapacitado de deixar fazer chegar uma mensagem, impossibilitado de indicar um caminho, anunciando a impossibilidade de se chegar à próxima aldeia. Trata-se de textos que, como dissemos no capítulo "Kafka: Apontado pelos Textos", preocupam-se tanto com a sua eficácia para chegar até nós, leitores, quanto em estabelecer-se como ponte entre nós e algo além de nós. Como dizíamos, trata-se de uma escritura que se apresenta como condenada a ser solta, uma escritura solteira, como irremediavelmente solteiro via-se o autor, como soltos via os judeus de seu círculo próximo e como solto via-se em relação ao judaísmo. O "especificamente judaico" que os textos de Kafka podem exteriorizar é essa situação de isolamento, de turvação quase impenetrável que põe à distância o "bloco inamovível e digno de confiança" e deixa cada um reduzido à condição de ter como horizonte a si próprio. Que toda essa situação sirva para diagnosticar a condição humana dos nossos tempos é, ao nosso ver, uma contribuição que tem como origem o fato de um brilhante escritor judeu fazer de si e de sua condição o objeto de sua escritura e apresentar a sua falta de chão, ar e mandamento na forma de texto. Diz um ditado difícil de comprovar que todos os caminhos levam à Roma. Desse autor, tão pessoal, tão centrado em si próprio e em suas questões pessoais, com certeza emerge uma obra que, ao falar de seu estado de coisas pessoal, alcança Roma, se por Roma entendermos o universal. Diz Kafka:

> Não é necessário que saias de casa. Fica na tua mesa e escuta. Nem sequer escuta, espera somente. Nem sequer espera, fica completamente só e em silêncio. O mundo chegará a ti para fazer-se desmascarar, não pode deixar de fazê-lo, se prostrará em êxtase aos teus pés[4].

O universal chega através do mergulho em si próprio, na solidão e no silêncio. E, agreguemos nós, no mergulho no nome e sobrenome, Franz Kafka, um nome de quem sempre se costuma dizer de passagem que é de origem judaica.

Já entre os primeiros leitores dos textos de Kafka, sua obra repercutiu como manifestação original de um contexto de significações capaz de fazer ressoar a situação dos judeus na Europa nas décadas que inauguraram o século XX. Assim, entre os textos de Kafka e a situação judaica, alguns de seus leitores já detectavam o que, de forma genérica, poderíamos denominar como uma transação de contextos, na medida em que todas aquelas narrativas serviam como veículo para a expressão da condição dos judeus naquele momento. Numa carta a Felícia de 7 de outubro de 1916, Kafka escreve:

> No último número de *Neue Rundschau*, cita-se *A Metamorfose*[5], ela é rechaçada com argumentos razoáveis e, a seguir, se diz algo assim como: "a arte narrativa de K. possui um algo de raiz profundamente alemã. No artigo de Max [Brod], ao contrário, está dito: "as narrativas de K. formam parte dos documentos mais judaicos da nossa época".
> Um caso difícil. Sou um ginete de circo que cavalga sobre dois cavalos? Desgraçadamente, não sou nenhum ginete, e estou jogado ao chão.

O texto de Max Brod a que Kafka se refere tinha como título "Nossos Escritores e a Comunidade" e foi publicado na Revista *Der Jude I*, n. 7, de outubro de 1916. Nele, Brod afirma, sobre Kafka: "Se bem que em suas obras jamais apareça a palavra *judeu*, elas formam parte dos documentos judaicos de nossa época". Como pôde Brod chegar a essa conclusão? Devemos ter presente que, dada a insólita situação de vida dos judeus em Praga ao iniciar-se o século XX, quase a totalidade do núcleo primeiro de recepção dos escritos de Kafka era constituída de judeus seriamente implicados em questões relativas à sua identidade e ao destino dela. A questão judaica estava de tal ma-

---

4. Quarto caderno em oitavo (8D). Em M. Brod, (org.), *Consideraciones acerca del Pecado, el Dolor, la Esperanza y el Camino Verdadero*, Barcelona, Editorial Laia, 1975, p. 90.
5. A narrativa fora publicada em outubro de 1915 em Leipzig.

neira na ordem do dia que ninguém de sua geração podia simplesmente vivê-la sem que, sobre ela, recaísse uma reflexão cujas respostas implicavam nada mais, nada menos do que a posição dos sujeitos em relação a si próprios e à vida. Essa geração de judeus falantes da língua alemã, aos quais suas histórias familiares e as circunstâncias socioculturais do momento tinham possibilitado o ingresso na cultura européia, via-se no centro do turbilhão de um processo multifacetado que estava longe de ser resolvido. Claro que estamos nos referindo a um segmento judaico intelectualizado que tinha feito parte dos bancos universitários e que, agora, participava da vida cultural e dos debates em voga no contexto intelectual daquele momento, debates que conjugavam elementos de tão difícil síntese quanto o nacionalismo e um individualismo exacerbado, num ambiente que impressiona pela velocidade das transformações. As contradições do processo assimilatório comum a todos os judeus de língua alemã – que caracterizavam a si próprios, tal como aponta Gershom Scholem[6], como sendo de ascendência judaica, porque não tinham mais quaisquer outros laços internos com a tradição judaica e muito menos com o povo judeu – assumiram em Praga, entre esse grupo de judeus intelectuais, uma exacerbação maior. Afinal de contas, eles constituíam uma minoria educada numa língua estrangeira à dos habitantes dessa cidade, o alemão. Em 1900, a cidade de Praga contava com 415.000 checos, 25.000 judeus e cerca de 10.000 falantes do alemão não judeus[7]. Praga fazia parte do Império Austro-Húngaro e o alemão era utilizado nas repartições públicas por ser a língua oficial da burocracia do Império. Os judeus, uma maioria no interior dessa minoria de falantes do alemão, assimilavam-se à cultura do Império e às suas fortes raízes na cultura alemã como se tivessem se inserido no interior de uma bolha estranha ao contexto maior da cidade. Através da língua e das preocupações culturais com que lidavam, podiam se sentir plenamente assimilados, mas – e aqui radica a singularidade do processo assimilatório dos judeus de Praga –, toda essa experiência dava-se basicamente no interior de um círculo judaico, dado que os judeus em Praga constituíam, como dissemos, a maior parte dos falantes de língua alemã. Essa singularidade não podia passar despercebida da atenção deles. Lembremos que, durante a vida escolar de Kafka, por exemplo, num colégio de língua alemã, a absoluta maioria de seus colegas era proveniente de lares de descendência judaica. Diz Felix Weltsch, amigo de Kafka desde a Altstädter Staatsgymnasium, escola secundária alemã:

6. Em G. Scholem, "Jews and Germans", *Jews and Judaism in Crisis*, Nova York, Schocken Books, 1987.

7. Informação extraída de H. Tramer, "Prague – City of three Peoples", *Leo Baeck Institute, Year Book IX*, Londres, Jerusalém, Nova York, East and West Library, 1964.

Havia somente dois alunos cristãos nos quatro anos do curso secundário [...]. A situação na escola elementar era até mais grotesca. Os judeus costumavam mandar seus filhos ao Piaristenschule alemão. Ali, os professores eram clérigos católicos, na maioria de origem checa. A língua de instrução era o alemão e a esmagadora maioria de crianças eram judias. O estranho é que, para ninguém, essa combinação parecia inusual. Parecia a todos natural... que clérigos católicos de origem checa devessem ensinar crianças judias a apreciar a cultura alemã[8].

Na época em que Kafka inicia os seus escritos, nos anos que antecedem a Primeira Guerra Mundial, um profundo debate sobre o destino desse estado de coisas toma conta das preocupações de uma parcela desse grupo de jovens, com a qual ele se relacionava com proximidade. De algum modo, eles são simpáticos às idéias nacionalistas checas mas, por hábitos de educação e, principalmente, pela língua que dominavam, não se sentiam fazendo propriamente parte do povo checo, ainda que também não integrados a associações nacionalistas alemãs. Assim, à medida que vão se incrementando as idéias nacionalistas checas, vai emergindo cada vez com mais força no interior desse círculo um debate sobre o nacionalismo judaico e suas implicações. Para alguns dos que, dentro desse grupo, desempenhavam a atividade da escrita, essas circunstâncias faziam-se sentir intensamente. As repercussões desse debate em Kafka podem ser sentidas, por exemplo, na passagem de seus diários sobre as "literaturas menores" de que tratamos no capítulo anterior, na qual ele tenta conciliar atividade literária e consciência nacional, utilizando termos tais como "diário de uma nação", "organização do povo", "fronteiras nacionais" e "memória de uma nação". Não podemos nos esquecer que esse grupo de jovens escritores vivia em Praga, não em Berlim ou Viena e, portanto, seu público de leitores potenciais estava restrito quase que em sua totalidade àqueles que, como eles, eram de descendência judaica. Em Berlim, um judeu emancipado que dominasse a arte da escrita podia, ao menos em tese, alcançar todos os leitores de seu país, situação esta que se prestava a servir como constatação de um processo de integração realizado. Em Praga, não. Faltava o público propriamente alemão, o que não lhes permitia sentir-se plenamente integrados, muito menos alemães. Portanto, não podiam, em seus escritos, se não quisessem evadir essa realidade – e Kafka visa, com a literatura, nada mais nada menos do que a verdade –, colocar-se na posição de porta-vozes de um coletivo alemão. No máximo, poderiam dar vazão à situação insólita da configuração de que faziam parte. Qualquer outra posição seria insustentável, por ser artificial. Se, para a geração dos pais de Kafka, o desafio colocado era o de integrar-se à vida das grandes cidades, para uma parte da geração de Kafka o desafio era o de dar sentido a

8. F. Weltsch, "The Rise and Fall of the Jewish-German Symbiosis", *Leo Baeck Year Book*, pp. 258-259, Londres, East and West Library, 1956.

isso, a partir de uma situação em que já tinha se operado um desenraizamento das tradições passadas e o modo como as coisas se apresen-
tavam não permitia observar um pleno enraizamento no contexto mais
amplo. Daí, cada vez mais nesse grupo de escritores, a temática judaica vir a ganhar relevância. Torna-se um problema de primeira ordem
como abordar a questão judaica, em princípio não só porque se gostaria de resgatar uma concepção de mundo que teria se perdido ou
fragilizado no processo de assimilação da geração anterior, mas porque a questão judaica trazia em si uma reflexão sobre a situação presente dessa geração, na medida em que falava deles e de suas circunstâncias.

Foi uma reflexão desse tema que Kafka realizou em sua anotação
de 26 de março de 1911, que serviu para a nossa análise no início deste
capítulo. Devemos lembrar que esta não é uma reflexão marginal de
Kafka, mas que um punhado considerável de cartas suas aborda esse
tema e a própria situação do escritor judeu em língua alemã. Lembremos, por exemplo, a carta que ele escreve em junho de 1921 para Max
Brod, carta que é sempre citada quando se põe em questão o tema da
relação entre sua literatura e o judaísmo. Nessa carta, Kafka, analisando um texto de Karl Kraus, reflete sobre porque teria se dado um profundo apego dos judeus à língua alemã e, num certo trecho, expõe,
numa criação imagética tão característica dele, o que seria o estado de
coisas dessa obstinada tentativa de inserção de um grupo no interior
de uma língua estranha. Diz ele:

[...] O que desejava a maior parte dos jovens judeus que começava a escrever em alemão
era deixar o judaísmo para trás, geralmente com a vaga aprovação de seus pais (o ultra-
jante é esse aspecto vago). Mas, suas patas traseiras ainda se aderiam ao judaísmo dos
pais, e suas patas dianteiras, agitando-se, não encontravam nenhum novo chão. O desespero resultante tornou-se sua inspiração.

As leituras que realizamos neste trabalho vão ao encontro dessa
imagem formulada por Kafka. Nela, toda a história da assimilação dos
judeus no contexto alemão cria uma metamorfose da qual emerge um
híbrido animal em situação de desequilíbrio e vertigem, por ter as traseiras fincadas no vago chão judaico dos pais e as dianteiras agitando-
se sem chão à frente. E Kafka aqui é mais uma vez explícito, ao dizer
que é essa situação a fonte da inspiração, generalizando para toda uma
geração de escritores o que, ao nosso ver, tão bem se aplica ao seu caso.

Max Brod foi, para além do primeiro biógrafo de Kafka, seu amigo
mais próximo e o grande responsável pela publicação de seus textos.
Foi a ele que Kafka confiou o monstruoso testamento em que pedia a
queima de sua obra, querendo desse modo, quem sabe, dar mais um
passo na perpetração dessa terrível verdade que se via impingido a desempenhar: a de ser um solteiro, uma impossibilidade de deixar um
legado, um ponto final. Brod não só não cumpriu o testamento como

também não mediu esforços para salvar as produções de Kafka, primeiro do destino a que o próprio Kafka as condenava e, depois, das ações nazistas, que visavam destruir a totalidade das produções realizadas por quem quer que tivesse alguma pata aderida a um chão judaico. Brod conheceu Kafka melhor do que ninguém e foi dos primeiros a reconhecer sua extraordinária capacidade como escritor. Foi ele o responsável por inserir Kafka num grupo do qual faziam parte, entre outros, os irmãos Weltsch e Hugo Bergmann, grupo esse que viveu uma transformação na visão que tinha do mundo nos anos que antecederam e se seguiram à Primeira Guerra Mundial, transformação que os levou, de um estado de assimilação em que o fator judaico não desempenhava nenhum papel mais relevante, a um sério compromisso, por parte de muitos deles, com as idéias sionistas, das quais vieram a tornar-se realizadores importantes e infatigáveis combatentes. Kafka acompanhou de perto essa transformação e, sem dúvida, através de sua singular leitura do estado de coisas, em alguma medida foi participante nesse processo. A polêmica biografia de Kafka que Brod escreve[9] deixa clara essa participação de Kafka, e é justamente esse fator o que, ao nosso ver, torna tão sujeita a críticas a leitura que ele faz dos textos de Kafka. É que Brod, em sua análise, não se atém exclusivamente à leitura desses textos, mas expõe toda a experiência do convívio junto a Kafka e o impacto de sua presença. Emerge, então, mais do que uma homenagem ao homem Kafka, o retrato de alguém capaz de promover um poderoso impacto. Daí, talvez, ele privilegiar mais a visão de Kafka do que propriamente seus escritos. E é isto que levou muitos críticos, a começar por Walter Benjamin, a ter uma recepção quase que desdenhosa das apreciações feitas por Brod. É que, de acordo com eles, Brod estaria realizando um exercício de mistificação do autor, cujo resultado distorceria a força expressiva contida em seus textos. Mas, por que recriminá-lo com tanta força, se é quase esse mesmo retrato de um homem que exerce como que a função de um guru o que emerge de tantos outros que o conheceram, tão diferentes entre si quanto Felix Weltsch, Gustav Janouch e até o que se desprende da nota por motivo do falecimento de Kafka, feita por Milena Jesenska?

Para Brod, que teima em passar a idéia de que estaria presente em atividade no interior dos escritos de Kafka uma teologia positiva e uma crença na redenção, é importante saber se Kafka confiava na intervenção do mundo do absoluto no mundo dos homens pois, de acordo com ele,

[...] Parece-me que é este, precisamente, o ponto mais importante, quando se descreve um homem de tendência religiosa: expor as conexões que esse homem reconhece entre

9. M. Brod, *Kafka*, Buenos Aires, EMECE Eds., 1951. As passagens que utilizaremos foram por nós traduzidas para o português.

o mundo visível finito e o mundo transcendente perfeito, onde se encontram ditas conexões, e se as negou, refutou ou se, talvez, faltou acidentalmente com elas, enquanto buscava conhecê-las, aspirava por elas e desejava vivê-las[10].

Na análise dos textos de Kafka com que trabalhamos, pudemos utilizar, aceitando a sugestão de Blanchot, a ponte de madeira do início da novela *O Castelo* como ponto de observação, e ela nos foi de utilidade pela ressonância que essa construção imagética tem com uma intenção que pressupõe planos a serem vinculados, margens separadas e uma atividade de trânsito, ligação, contato, comunicação e também de saída e transição. Foi a partir desse ponto que pudemos observar o conjunto dos textos trabalhados e, se conseguimos um resultado razoável, foi porque todos esses textos, de alguma maneira, trabalham em ressonância com os sentidos que estão implicados nessa construção. Se esse aspecto é um índice que serve para pôr de manifesto uma intenção religiosa do autor na construção de seus textos, não saberíamos dizer com certeza porque, em todos os textos de que tratamos, a religiosidade é muito mais pressentida do que propriamente vista. Aliás, nesse sentido, é interessante a leitura de Karl Grözinger[11], que leva a sério aquela anotação de Kafka que nós também trouxemos à cena no capítulo anterior: "Escrever como forma de oração".

Para esse autor, Kafka teria, através de seus escritos, um intento teúrgico, ou seja, a finalidade de intervir na direção divina das coisas, seguindo o mesmo caminho de uma reza. De acordo com Grözinger, Josef K., a personagem de *O Processo*, e K., o agrimensor de *O Castelo*, são homens que sabem da natureza interligada dos mundos revelados e ocultos e fracassam em sua tentativa de atingir uma meta mais elevada, capaz de mobilizar o mundo superior para transformar o estado de coisas do mundo revelado. A oração deles, por assim dizer, não consegue elevar-se o suficiente, de forma a atingir os portões da piedade divina. Kafka, de acordo com esse autor, poria em atividade, em seus textos, uma concepção de mundo talhada na tradição cabalística judaica, à qual ele teria tido acesso não através da leitura de fontes primárias, mas por seu contato com narrativas midráschicas, fontes secundárias, através de seu amigo Langer, que tinha optado por uma vida hassídica e a própria experiência pessoal em momentos de prática religiosa judaica (suas eventuais idas à sinagoga etc.). Segundo essa tese, diversos textos de Kafka trabalhariam em ressonância com uma concepção da Cabala de que a vida é um transcorrer através de diversas instâncias judiciais celestiais e que o homem deve, através de seus atos e pedidos, despertar a clemência divina. Grözinger apresenta um argumento instigante, ao mostrar uma implicação entre o tema

---

10. *Idem*, p. 215.
11. K. E. Grözinger, *Kafka and Kabbalah*, Nova York, Continuum, 1994.

de alguns dos escritos de Kafka e o momento em que foram feitos, o que estaria de acordo com uma visão mística judaica. Assim, por exemplo, *O Veredicto* teria sido escrito em setembro de 1912, na noite que se seguiu ao dia de *Iom Kipur*, ocasião em que, de acordo com essa tradição, sela-se o veredicto divino sobre toda vida para esse ano. Passagens importantes do romance *O Processo* também teriam sido escritas nesse período de celebração dos "Dias Temíveis", no ano de 1914, período em que, novamente de acordo com a tradição judaica, a vida humana é julgada. Tudo isso leva Grözinger a concluir que

À luz desses achados, ou seja, do conhecimento que Kafka tinha dos dias santos e da implicação destes com uma situação de julgamento – conhecimento que penetrou igualmente em seus diários e suas narrativas –, estamos certamente justificados em considerar se Kafka não teria composto seu próprio tratado judicial com base no modelo tradicional, precisamente durante os dias santos do calendário judaico reservado ao arrependimento, à auto-reflexão e ao julgamento[12].

Nas citações dos diários com que trabalhamos, foi-nos possível ver Kafka aproximar a atividade do escritor da atividade desempenhada pelo Sumo Sacerdote no Santo dos Santos que, diga-se de passagem, só entrava ali para desempenhar suas obrigações no dia de *Iom Kipur*. Mas, claro que nossa leitura não nos permite acompanhar a análise de Grözinger, em primeiro lugar porque nós não trabalhamos com a visão de mundo da mística judaica e depois porque, entre os textos que selecionamos, nenhum opera mais propriamente com a questão da lei e suas implicações no mundo dos homens. Este último fator é talvez uma falta em nosso trabalho, dada a extrema importância que esse tema tem no interior da tradição judaica e, sem dúvida, teria sido um exercício frutífero examinar o lugar que a lei ocupa no interior dos textos de Kafka, aproximando-o da compreensão especificamente judaica. Mas lembremos a nosso favor que nossa intenção não foi a de ir à procura de concepções sobre as coisas e o homem que, estando implicadas nos textos de Kafka, poderiam também ser situadas no interior do campo judaico. O que nós pretendemos foi ir atrás de uma forma de funcionar textual e ver se ela podia ser aproximada de formas literárias que operam no interior da tradição judaica.

Voltemos agora a Brod e sua argumentação em favor de um Kafka portador de uma crença positiva.

A visão fundamental poderia reduzir-se mais ou menos à seguinte fórmula: quase tudo é inseguro, mas a partir de certo grau de conhecimento, já não nos equivocamos [...][13].

12. *Idem*, p. 31.
13. *Idem* à nota 9.

E agrega, logo adiante:

> Apesar de toda sua tristeza pela imperfeição e falta de clareza dos atos humanos, Kafka estava convencido de que havia verdades inamovíveis. Não o expressou com palavras, mas, sim, com a conduta de toda a sua vida. Por isso, apesar da depressão que o tomava, sentíamo-nos bem ao seu lado. Revelava-se o "indestrutível"; o comportamento de Kafka, discretamente suave, mas firme, era, por assim dizer, uma garantia das leis eternas da vida, da razão e da bondade [...].

Neste trabalho, nós não abordamos o homem Kafka, tampouco sua visão de mundo, à maneira como Brod opera na biografia. Mas, se ele dedicou todo um capítulo à evolução religiosa de Kafka e expôs justamente aí suas leituras mais minuciosas dos textos desse autor, privilegiando uma abordagem teológica, ou melhor, trazendo à luz uma possível leitura teológica capaz de ser depreendida desses escritos, é porque ele devia ter alguns bons motivos para isso. Nós não queremos polemizar, seja a favor ou contra essa visão, porque, em nossa abordagem, tratamos os textos como pertencentes ao campo da literatura, procurando não tomá-los como expressão de alguma idéia preconcebida e, principalmente, não tratá-los numa dimensão religiosa. Se, na investigação dos textos de Kafka, optamos por ver como eles se comportavam quando aproximados das narrativas de um autor plenamente inserido na tradição judaica e encontramos elementos importantes em comum atuando em suas estruturas narrativas, e se, na análise de algumas passagens de seus diários e escritos de cunho pessoal, obtivemos pistas que não apenas trazem à luz a constatação de que ele levava seriamente em consideração o campo judaico, mas que também expressam, de algum modo, uma intenção pessoal de localizar sua produção no interior desse campo – "toda essa literatura é um avanço contra as limitações e, se não tivesse intervindo o sionismo, teria podido converter-se facilmente numa nova doutrina secreta, numa Cabala [...]" –, e se, ainda, ao investigar uma análise sua sobre como o tema judaico deveria ser abordado na literatura, encontramos o desenho de uma realização literária que serve para apresentar a forma *midráshica* e que é também propícia para a descrição do modo de funcionar dos textos que dele estudamos, não foi propriamente com o intuito de expor o pensamento religioso desse autor, nem de argumentar a favor de uma leitura religiosa de sua obra, mas para investigar se poderíamos aproximar os escritos de Kafka de produções especificamente judaicas. O que conseguimos recolher desse exercício não parece desdizer aspectos essenciais dentre os que são apresentados por Brod. Só que nós não ousamos ir tão longe quanto ele, principalmente porque não vimos nos textos de Kafka os elementos necessários para dar esse passo além, que Brod realiza. Diz ele, por exemplo:

[...] Tudo isso condiciona em sua obra a sensação tão penetrantemente expressa da distância de D'us. Com isso, compreende-se melhor a vida verdadeira e a verdade do que por meio de construções teológicas [...][14].

Da distância de D'us, não sabemos. Mas, que Kafka se via solto e que problematiza uma escritura solta, isso nós vimos. Se solto é distante de D'us, bem, isso é o seu amigo Brod quem diz. ·

Continua Brod:

[...] O eterno mal-entendido entre o homem e D'us leva Kafka a expor repetidas vezes tal desproporção numa imagem de dois mundos que jamais hão de entender-se entre si; daí, que a distância infinita entre o mundo animal e o homem seja um dos temas principais das tantas histórias de animais que, não por casualidade, contém sua obra [...][15].

Novamente, Brod dá um passo a mais. Mas se, como vimos nos textos de Kafka, é possível um sujeito perder-se irremediavelmente à procura da estação, claro que o mundo é incomensurável, e o homem, "uma minúscula sombra refugiada na mais remota distância diante do sol imperial". Não podemos afirmar que seja de D'us que o homem está infinitamente distante. Mas que, em Kafka, cada personagem é um condensado plantado na distância, isso é.

Diz Brod:

O absoluto existe, mas é incomensurável para a vida humana; esta parece ser a experiência fundamental de Kafka [...][16].

De fato, o sol brilha desde longe, mas como poderíamos falar do absoluto nos textos que lemos? Absoluto é Odradek, condenado a ficar para sempre como a estranheza de que é feito, e absoluto também é o estado de ruínas a partir de onde o que era ponte se expressa. Absoluto também é o esforço do mensageiro, mas também a impossibilidade de fazer chegar a mensagem. No entanto, é também absoluto o sentimento de fracasso de todos esses textos no intuito de cumprir a sua função de vinculação com um algo para além deles: um absoluto superior a todas essas situações?

Brod:

[...] Está-nos prescrita uma boa vida, mas somos intrinsecamente incapazes de assumi-la. Por isso, o mundo divino transforma-se para nós em região transcendente e, no verdadeiro sentido da palavra, estrangeira, trágica [...][17].

14. *Idem*, p. 202.
15. *Idem*, p. 203.
16. *Idem, ibidem*.
17. *Idem*, p. 204.

De nossas leituras, depreendemos a situação de estrangeiro que parece ser inerente a cada uma das personagens. Odradek é um estrangeiro, a ponte é estrangeira, pelo lugar em que se implanta, as cinco personagens de "Comunidade" são estrangeiras e o sexto, do mesmo texto, também, estrangeira é também a condição da personagem de ".Desista!", perdida entre as ruas da cidade. Na verdade, a próxima aldeia já é um lugar transcendente, de impossível acesso e, de algum modo, todos esses textos enunciam que nós, leitores, somos estrangeiros em relação a eles.

Para além de uma análise teológica, Brod reconhece também na obra de Kafka um debate a respeito da questão judaica.

[...] A palavra judeu não aparece em *O Castelo*. Porém, está ao alcance da mão a evidência de que, em *O Castelo*, Kafka conseguiu dizer mais sobre a situação conjuntural do judaísmo atual, extraindo-o de sua alma judaica e derramando-o num simples relato, do que é possível ler em centenas de tratados eruditos [...][18].

Brod pergunta-se por que Kafka não teria exposto de forma direta, em sua obra literária, essa questão. A resposta que ele dá parece levar em consideração a crítica que o próprio Kafka tinha feito de sua obra *Der Jüdinen* (As judias), já que ele (Brod) situa o judaico em Kafka no espaço simbólico do texto – diríamos nós, no terceiro campo, criado pela ação conotativa da narrativa. Sua argumentação inclui uma compreensão do que seria a alegoria que o leva a afastar os escritos de Kafka dessa classificação.

Para Brod, a alegoria emerge "quando se diz algo 'por meio de algo distinto', isto quer dizer que esse 'algo distinto' não tem maior importância em si". Os textos de Kafka seriam simbólicos porque "o símbolo está igualmente nos dois planos, no que é sugerido e no da realidade objetiva. Reúne ambos os planos de maneira especial, os expõe – como também o expressa a palavra grega de onde nasceu – um junto ao outro, e de forma tal que, quanto mais profundamente se penetra no caso particular [...] tanto mais claramente se vê o universal".

E continua, mais adiante:

[...] O símbolo é irrupção espiritual, é produto da força em tensão (energia) que faz irradiar o caso particular até o ilimitado; de acordo com a distância do plano de corte que se pratique na radiação criada, encontrar-se-á elucidada a questão relativa ao indivíduo, ao povo ou à humanidade, e tudo isso simultaneamente, com as mesmas palavras, numa única situação[19].

Sem entrar em considerações sobre o entendimento de Brod a respeito do alegórico e do simbólico na estrutura narrativa, o que nos

18. *Idem*, pp. 216-217.
19. *Idem*, p. 225.

parece mais significativo é a importância que Brod dá à narrativa propriamente dita. Ela não é, para ele, um mero suporte para a expressão de alguma outra idéia externa ao texto, à maneira como, por exemplo, Ritchie Robertson[20], apesar de toda uma elaboração complexa sobre as narrativas de Kafka, acaba por privilegiar uma leitura alusiva, um exercício que pressupõe uma compreensão muito próxima da forma como Brod entende o termo alegoria. Na leitura alusiva de Robertson, o dito é um suporte para a realização de um não-dito sobre o processo assimilatório dos judeus, presente no contexto sociocultural. Para Brod, se entendemos bem, o texto guarda uma autonomia em relação ao contexto e é de seu poder expressivo que se irradia um leque de significados capaz de abarcar diversos aspectos do humano, dentre eles o judaico, compreendido aqui não apenas como uma concepção particular da vida e do homem, mas também como uma situação sociopolítica e cultural que diz respeito a esse povo. Nossas leituras também permitem uma compreensão semelhante, na qual o judaico emerge dessa irradiação que o texto promove, através da fabulação realizada. Por que Kafka não quis referir-se literalmente em seus textos ficcionais a judeus e judaísmo é uma incógnita que Brod não consegue explicar plenamente, mesmo quando põe em cena a dimensão simbólica desses textos. E, para nós, também, mantêm-se ainda para além de nossa compreensão os motivos que levam Kafka a cancelar tão obstinadamente qualquer referência mais explícita à vida judaica, apesar de entendermos o argumento das lagartixas, ou seja, de que uma aparecendo repentinamente é mais palatável do que vê-las às centenas diante de nós.

Seria esse um modo de universalizar o alcance de sua literatura? Uma maneira de expressar sua falta de chão, ar e mandamento? Um modo de abordar a questão judaica de um ponto de vista sionista, ponto de vista que leva em consideração o aspecto político – a situação dos judeus nesse contexto sociocultural – no interior de uma intenção de realizar uma literatura capaz de, apesar de toda a turvação presente, avistar, de algum modo, o "bloco inamovível e digno de confiança", ou seja, realizar uma literatura no interior da Cabala? O que estamos considerando é se Kafka não estaria tratando de lidar com todo esse estado de coisas – a falta de chão, ar e mandamento – no interior de uma ação judaica que leva seriamente em consideração a dimensão do sagrado, tal como Grözinger aponta, e que, para tanto, para não correr o risco de falar o nome do Eterno em vão – e observemos que, apesar de todos os rodeios que Kafka dá em torno da religião judaica, e mesmo quando aborda abertamente esse tema, como em seus diários e cartas, o nome do Eterno nunca aparece explicitamente colocado –, dada a enorme turvação, qualquer referência à dimensão judaica de-

---

20. R. Robertson, *Kafka – Judaism, Politics, and Literature*, Oxford, Clarendon Press, 1985.

via também ser apresentada de modo turvo, sem imediatidade, a fim de poder realizar um exercício de escrita capaz de almejar a expressão de uma verdade. Responder a essas questões lança-nos, ao nosso ver, a um campo puramente especulativo. Tudo o que podemos dizer é que, de algum modo, não é só o judaico que está cancelado. Qualquer outro aspecto do real também escapa a uma explicitação mais direta. Até o nome das personagens: quem é K., por exemplo, uma personagem de quem, na literalidade, nem sequer o nome aparece, tal a fabulação realizada? Mas temos a convicção de que esse é mais um dos muitos enigmas para os quais, justamente pela impossibilidade de uma resposta, lançamo-nos com intensidade ao interior do texto, assumindo a postura de velhos cabalistas que o agitam de todas as maneiras possíveis na esperança de ouvir uma resposta. O fato é que Kafka escreve assim. E, talvez, nem seja correto esperar dele outra forma de escritura que não essa. É o próprio Kafka quem diz que o "especificamente judaico" ou a solução da questão judaica devem ser encontrados "por baixo ou por cima do narrado".

Sejamos, contudo, mais objetivos no que diz respeito à abordagem teológica que Brod põe em cena. Ao nosso ver, o problema é que ele toma como ponto de partida aquilo que, na obra de Kafka, emerge numa dimensão conotativa resultante de tudo aquilo que está posto em jogo no campo textual. Se nós encontramos alguns elementos que possibilitam aproximar sua obra de formas literárias da tradição judaica, isto pode ser compreendido como mais um argumento em favor do ponto de vista de Brod. Mas, toda a nossa intenção consiste em ater-nos ao estudo da estrutura narrativa e, portanto, sentimo-nos desincumbidos da tarefa de argumentar a favor ou contra a posição de Brod. Quanto à tese que Brod defende com um empenho que às vezes chega a parecer violentar a própria obra de que trata, afirmando a existência de um núcleo positivo de crença e otimismo diante da possibilidade de superar a distância entre homem e D'us, sugerimos tratar-se de uma espécie de justificativa por não ter levado adiante o pedido do amigo de destruir toda a sua obra não publicada em vida. Kafka via-se diante de um fracasso e nós pudemos ver que os textos enunciam sua situação de falha, de fracasso. O que Brod está tentando com seu empenho é, ao nosso ver, retirar essa marca de fracasso que faria parte da obra de Kafka e a impulsionaria à sua destruição. O fato de a obra ser literariamente bem-acabada na perspectiva teológica que Brod põe a descoberto não é suficiente, e urgiria a ele encontrar o positivo realizado para não trair o desejo do amigo. Brod estaria observando a obra de Kafka a partir dos desejos de realização que o próprio autor almejava atingir através de sua produção textual. Desse modo, vendo os textos como um espaço no qual se vislumbra a possibilidade de realização do encontro do homem com o Eterno, o pedido do amigo seria um engano proveniente de um erro de juízo, daqueles a que está tão sujeito um autor em relação à sua obra.

A discussão sobre o lugar do fracasso na obra de Kafka ganha uma nova luz na correspondência entre Gershom Scholem e Walter Benjamin[21]. O assunto Kafka ocupa um lugar importante na correspondência entre esses dois autores, ganhando uma intensidade dramática no ano de 1938, dado o contexto e o tema em torno dos quais essa correspondência gravita. A obra de Kafka constitui-se, para ambos, num terreno propício a ser explorado na tentativa de nomear um estado de coisas tão bem cunhado por Ingmar Bergman como "o ovo da serpente" – um alvorecer de fúria e terror do qual alguém tão lúcido e ágil quanto Benjamin não foi capaz de escapar. Queremos tratar especificamente de sua brilhante carta a Scholem do dia 12 de junho de 1938, na qual realiza uma análise que confere aos escritos de Kafka toda a potência para se transformar num documento capaz de nomear uma força destrutiva que pareceria estar para além do nomeável. Kafka, através da leitura de Benjamin, emerge como um facho de luz que aponta para a sinistra escuridão que rudemente caía sobre o acontecer humano. Ao nosso ver, nunca Kafka tinha sido tão plenamente compreendido e nunca mais o será. Porque ali, dadas as condições reinantes, Benjamin tem, nos escritos de Kafka, uma mão que o leva a ver com a transparência de uma revelação o estado de barbárie que o contexto histórico preparava em suas entranhas, na Europa de 1938. Os textos de Kafka funcionam nessa carta, dada a abordagem de Benjamin, à maneira de uma legenda sobre o acontecer das coisas. Nessa carta, infelizmente, texto e vida real voltaram a vincular-se, e Benjamin pôde observar no real a realização da sentença kafkiana.

Mas, para entrarmos propriamente nessa carta, devemos antes retroagir quatro anos. Dez anos após a morte de Kafka, Gershom Scholem convence Robert Weltsch, amigo de Kafka e chefe de redação do *Judische Rundschau*, a solicitar a colaboração de Walter Benjamin para escrever um artigo em homenagem a essa data. Na carta do dia 19 de abril de 1934, Scholem comunica ao seu amigo Benjamin essas tratativas: "Creio que um belo ensaio sobre Kafka nesse jornal poderia te ser muito útil". O convite vem permeado de algumas recomendações, parte delas atribuídas a Weltsch e parte explicitadas pelo próprio Scholem: "[...] Você não terá como evitar uma formulação explícita estabelecendo uma relação com o judaísmo". (Scholem explicava a Benjamin que, por imposição da censura, o jornal *Rundschau* estava limitado a tratar de temas judaicos.)

Não entraremos na apresentação e análise do magistral texto que Benjamin realiza. Destaquemos apenas que Scholem, em carta de 17 de julho de 1934, adverte Benjamin de que ele teria procurado os aspectos judaicos nas margens quando ele se realça no ponto principal, de forma tão notória e sem rodeios que o seu silêncio sobre isso chega

21. W. Benjamin e G. Scholem, *Correspondência*, São Paulo, Perspectiva, 1993.

a parecer enigmático. "Ou seja, eles estão na terminologia da lei que você teima e insiste em considerar apenas pelo seu lado profano [...] o mundo moral da *Halahá*[22], seus abismos e sua dialética estavam bem diante do seu nariz". Essas colocações de Scholem fazem emergir uma polêmica epistolar que leva à carta de 12 de junho de 1938.

A carta inicia-se com Benjamin pondo a descoberto toda a fragilidade que, ao seu ver, acomete o texto de Brod sobre Kafka. Brod, entre outras limitações, não teria tido "a capacidade de avaliar as tensões que marcaram a vida de Kafka". De acordo com Benjamin,

[...] a singularidade do ser e da escrita kafkianos certamente não é "aparente", como opina Brod, e muito menos se captam as exposições de Kafka indicando-se que elas são "puramente verdadeiras". Esse tipo de excursos sobre a obra de Kafka faz com que a interpretação da sua concepção de mundo seja problemática de antemão. Se Brod diz que Kafka estaria mais ou menos na linha de Buber, isto equivale a buscar a borboleta na rede, quando ela, voando, projeta sua sombra sobre esta. A "interpretação, por assim dizer, realista – judaica" de *O Castelo* oculta as feições repulsivas e medonhas de que está dotado o mundo superior em Kafka, a favor de uma interpretação instrutiva que precisamente aos sionistas deveria parecer suspeita.

O que Benjamin está ressaltando é que, no caso da obra de Kafka, não se pode reduzir o objeto à sombra que ele lança. Nós afirmávamos algo semelhante quando dizíamos que Brod tomava como um *a priori* aquilo que era emergente da ação conotativa do texto em atividade. Benjamin é bem mais intenso. Na imagem que ele traz – e este é mais um autor para quem as imagens com que opera não são apenas o suporte para a expressão de uma idéia, mas um veículo essencial na apresentação delas –, o texto de Kafka borboleteia, e cabe ao crítico acompanhar toda a sinuosidade, seu ir e vir, o pousar abrupto expondo-se em esplendor, para novamente ziguezaguear por entre altos e baixos. Todo esse peculiar comportamento de borboleta, incluindo o fato de ser este o resultado de uma metamorfose, deve ser levado em consideração na difícil observação que a obra de Kafka demanda. E não é possível ir atrás dela portando rede alguma, porque o que capturamos, seja qual for a rede, será apenas a sombra do objeto em si. A crítica à interpretação "realista-judaica" aponta para o limite de todas aquelas leituras tais como a realizada por Gershom Shaked[23], que aprisionam toda a complexa dinâmica do texto na rede de uma sociologia sobre o lugar dos judeus na história ocidental. Falar da aldeia sem levar em consideração o que se passa no castelo ou, pior ainda, desconsiderar a distinção entre castelo e aldeia, reduzindo tudo a uma história desprovida de implicações metafísicas e/ou religiosas, limita perigosamente

---

22. Palavra em hebraico que designa a lei judaica.
23. G. Shaked, *Sombras de Identidade*, São Paulo, Associação Universitária de Cultura Judaica.

o alcance do movimento da borboleta, ao ponto de, através desse gesto que reduz, implicar uma banalização da própria idéia sionista. Porque, o que Benjamin sugere é que a concepção sionista não deve apenas construir uma aldeia particular demasiadamente humana na qual possam ser acolhidos os judeus, e só. Isso, como ele diz, deveria parecer suspeito.

Depois de fazer uma crítica extremamente severa a Brod, Benjamin passa a expor um esboço de sua visão pessoal da obra de Kafka, esboço que é, ao ver dele, "relativamente independente das minhas reflexões anteriores". Trabalharemos com essa passagem em sua íntegra, e em partes, com a paciência que ela merece, tomando a leitura de Benjamin como campo para a realização de uma avaliação pessoal de nossas leituras. Podemos assim agir porque nós não partimos do texto de Benjamin para iniciar nossas análises dos textos de Kafka. Tentamos ler sem mediação e, agora, estamos nos aproximando, com o material que conseguimos obter de nossas leituras, da leitura de Benjamin, que é, ao nosso ver, o leitor insuperável de Kafka.

A obra de Kafka é uma elipse cujos pontos centrais e bastante afastados um do outro constituem, por um lado, a experiência mística (que é, sobretudo, a experiência da Cabala), e, por outro, a experiência do homem das grandes cidades modernas. E, ao me referir à experiência do moderno habitante das metrópoles, incluo diferentes aspectos. Por um lado, falo do cidadão moderno, entregue a um aparelho burocrático interminável, cuja função é comandada por instâncias que permanecem imprecisas para os próprios órgãos executivos, que diria então para as pessoas a elas subordinadas (é fato conhecido que nisto se concentra uma das camadas de significado dos romances, particularmente de *O Processo*). Por outro lado, quando falo do habitante moderno das grandes cidades, refiro-me aos físicos contemporâneos. Quem ler a seguinte passagem de *Weltbild der Physik* [Panorama Geral da Física], de Eddington, acreditará que está ouvindo Kafka.

Estou no batente da porta, prestes a entrar em meu quarto. Esse é um ato complicado. Em primeiro lugar, tenho que lutar contra a atmosfera, que me pressiona com uma força à razão de um quilo para cada centímetro quadrado do meu corpo. Além disso, devo tentar aterrizar numa tábua, que voa ao redor do sol a uma velocidade de trinta quilômetros por segundo; apenas um atraso de uma pequena fração de segundo e a tábua já se encontrará a milhas de distância. E esse malabarismo deve ser efetuado enquanto estou pendurado num planeta de forma esférica, com a cabeça para fora e em direção para dentro do quarto, ao mesmo tempo em que um vento vindo do espaço sopra por todos os poros da minha pele, sabe-se lá a que velocidade. A tábua também não é de substância sólida. Pisar nela significa pisar num enxame de moscas. Não irei cair através dele? Não, pois quando eu me atrever a pisar nela, uma das moscas me acerta e me empurra para cima; caio novamente e sou atirado para cima por uma outra mosca, e assim por diante. Portanto, posso contar com que o resultado geral seja que eu permaneça de forma constante, aproximadamente à mesma altura. Mas se por acaso e apesar de tudo eu caísse através do chão ou levasse um empurrão tão violento que me fizesse voar de encontro ao teto, esse acidente não representaria uma violação das leis naturais e sim uma coincidência de acasos, extraordinariamente improvável [...] Realmente é mais fácil que um camelo passe pelo buraco de uma agulha, que um físico atravesse o batente da porta. Se se tratasse da porta de um celeiro ou da torre de uma igreja, talvez fosse mais sábio que ele se conformasse em ser uma pessoa comum, atravessando simplesmente a soleira, em vez de esperar até que solucionassem todas as dificuldades aliadas a uma entrada cientificamente impecável.

Desconheço na literatura uma outra passagem que reflita, na mesma intensidade, o gesto de Kafka. Seria fácil acompanhar cada trecho dessa aporia física com frases da prosa kafkiana, e com razão se alinhariam aqui várias das "mais incompreensíveis". Portanto, ao dizer, como acabo de fazê-lo, que as experiências de Kafka estavam sob uma violenta tensão em relação às místicas, disse apenas uma meia verdade. O que em Kafka é incrível e absurdo, no sentido mais preciso, é que este mundo de experiências mais recentes tenha lhe sido trazido pela tradição mística. Naturalmente isto não foi possível sem fenômenos devastadores dentro dessa tradição (nos quais voltarei a falar). Ao que tudo indica, foi preciso apelar nada menos que para as forças dessa tradição, se é que um indivíduo (que se chamou Franz Kafka) deva ser confrontado com a realidade que se projeta como sendo a nossa, teoricamente, por exemplo, na física moderna e praticamente na técnica de guerra. Com isso quero dizer que essa realidade praticamente não é perceptível para o indivíduo e que o mundo de Kafka, tão alegre e povoado de anjos, é o complemento exato para uma época que se dispõe a aniquilar em grande escala os habitantes desse planeta. Só é de se esperar que as grandes massas façam essa experiência, que corresponde à de Kafka como pessoa particular, incidentalmente e por ocasião desse aniquilamento.

Que experiência é essa que Benjamin espera que as massas façam "incidentalmente e por ocasião desse aniquilamento" e "que corresponde à de Kafka como pessoa particular"? Não podemos deixar de destacar, antes de adentrar a análise do texto e conduzi-lo para o interior das questões que nos inquietam neste trabalho, o teor de pungência que as últimas palavras desse parágrafo contêm. É um momento em que a reflexão se torna tão lúcida que é capaz de expressar, na sua mais completa transparência, o estado de coisas que se apresentava. Diante da realidade da Europa em 1938, o mundo de Kafka, "alegre e povoado de anjos", é "o complemento exato". As massas, para Benjamin, seriam compostas por aqueles modernos habitantes das metrópoles, entregues, por um lado, a um aparelho burocrático interminável que parece abarcar todo o horizonte em que transitam, encerrando-os num interior de cujo centro é impossível observar algo para além do próprio aparelho; e, por outro – que talvez não deixe de ser, utilizando as palavras de Benjamin, um complemento dessa redução da vida humana à vida administrada que caracteriza o cotidiano nas metrópoles –, ao estremecimento das referências resultantes do legado cultural da história humana, que esvazia os seus conteúdos mais significativos para dar vazão apenas ao efêmero e à novidade. O que essas massas compostas de *indivíduos*, singularidades solitárias, não conseguem confrontar, por estarem imersas na vida administrada, é a teoria e a prática dessa realidade – uma teoria que, para poder dar conta desse real, Benjamin não busca propriamente na sociologia, mas na física, e uma prática que encontra a sua referência nuclear não nas relações de trabalho, mas nas técnicas de guerra. A vida administrada implica sempre que se opere com mais engenho do que arte, ou, talvez, transformando a arte em engenho, em técnica capaz de incrementar a velocidade, multiplicar indefinidamente os objetos e erguer a máquina à condição de modelo para o funcionamento do homem, num proceder que se caracteriza pela ação planejada, que vai do fim, do objetivo almejado, para o início. Todo o acaso deve ser evitado e todas as situações devem ser, de algum modo, levadas em consideração, revelando-se a eficácia da técnica em seu poder destrutivo nos campos de batalha. Por outro lado, na teoria, esse referencial físico compreende o mundo, em toda a sua extensão, como estando entregue ao mais completo acaso – um lance num jogo infinito de probabilidades. E Benjamin poderia agregar a essa teoria, se quisesse, o estado das matemáticas[24], com o surto das geometrias gerais (não euclidianas) inaugurado por Lobatchevski que, em 1826, constrói o modelo hiperbólico no qual o quinto postulado de Euclides (aquele que diz que, por um ponto do plano, pode-se traçar uma e só uma paralela a uma reta do plano) é negado, mostrando que se podem traçar duas retas paralelas; e continuado por Riemann, que constrói um outro modelo não euclidiano, hoje conhecido como elíptico, de acordo com o qual, por um ponto do plano, não se pode traçar nenhuma paralela a uma reta do plano. Na teoria, o alcance de todos esses resultados separa verdade de evidência. "A verdade" passa a ser compreendida como relativa ao sistema de axiomas inicialmente colocados, da mesma maneira como na cinemática de Einstein, em que os contextos espaço-temporais variam em função da velocidade. Por um lado, o relativismo da teoria, por outro, o totalitarismo da prática. O que as massas de indivíduos – diríamos hoje, cidadãos – não conseguem superar é o céu burocrático em que estão encerradas e, lendo o texto de Benjamin, pensamos que talvez nós em nossas leituras também não tenhamos conseguido perfurar propriamente o campo de recepção a partir do qual as efetivamos. Porque, em nossas análises, faltou-nos a urgência de historicizá-las, já que, de acordo com Benjamin, toda essa realidade que não é perceptível para o indivíduo acometeu Kafka em sua literatura. Ele, plantado nessa realidade que é a do mundo moderno no início do século XX, invoca uma tradição e, nessa operação, consegue perfurar o limitado céu que o encerrava e confrontar-se com a realidade dessa teoria e prática. Se Kafka foi um cabalista, no sentido de invocar a tradição, Benjamin não esquece que foi também um advogado de uma companhia de seguros em Praga. Kafka não é um cabalista à margem da história, e nem a Cabala – entenda-se aqui a tradição judaica – é uma operação deshistoricizada. Kafka foi, enquanto escritor, um cabalista burocrata inserido nessa realidade teórico-prática e seus textos são a atividade de todo esse estado de coisas. Ritchie Robertson foi mais cuidadoso do que nós na descrição desse mundo urbano no qual Kafka escreveu. A nosso favor, digamos que

24. Informação extraída de F. Châtelet (org.), *A Filosofia do Mundo Científico e Industrial: de 1860 a 1940*, vol. 6, Rio de Janeiro, Zahar, 1974, p. 174.

quisemos nos ater aos textos e que temos como horizonte algo que, em si, talvez seja muito específico – o judaísmo – mas que, no caso de Kafka e tal como apresentado por Benjamin, é um dos pontos centrais dessa elipse em que se constitui a obra de Kafka. Contudo, encontramos em nossas leituras reflexos tanto dessa teoria quanto da prática que Benjamin destaca. Da teoria, pudemos ver que, nesses textos, coloca-se em atividade o problema de deslocamentos num interjogo de funções espaço-temporais. Assim, em "A Próxima Aldeia", observamos que o aforismo pode ser tomado como um problema de mensuração do tempo de deslocamento de um jovem a cavalo de um ponto de referência espaço-temporal inicial a um outro de chegada. Em "Desista!", demos com a cinemática apresentada por Einstein e, em "Uma Mensagem Imperial", também encontramos esse problema de deslocamentos numa extensão espacial. Ou seja, vimos nos textos de Kafka essa geometria através da qual se reiteram dificuldades de deslocamentos espaciais com repercussões temporais, essa geometria que denominávamos do impossível ou, pelo menos, uma geometria na qual a comunicação se impossibilita. Se nossa leitura não cuidou de inserir os textos de Kafka no contexto da modernidade, no entanto, encontramos, no interior deles, a teoria dessa modernidade, tal como apresentada por Benjamin. E a prática dessa realidade, também exposta por ele, dela nos foi possível encontrar alguma ressonância nos textos de Kafka, apesar de, como já apontávamos anteriormente, termos deixado de incluir neste trabalho textos que coloquem como protagonista a lei, ou algum de seus muitos textos que protagonize o poder. Mas, detectamos o encerramento a que cada personagem está condenada e esse diálogo no qual se compartilham palavras mas não propriamente compreensão. E a análise do texto "O Silêncio das Sereias" permitiu-nos apontar a arrogância daquele que transforma num canto de sereias seus pequenos recursos, um pequeno indicador dessa prática da técnica.

Quando Benjamin compreende a obra de Kafka na figura de uma elipse, está destacando a geometria que a obra constrói. Mas a palavra também faz referência a uma figura gramatical que, no caso de Kafka, tem relevância. Entende-se por elipse a omissão de palavras que são subentendidas. Quando Benjamin fala que o mundo de Kafka é o complemento exato de uma época, é que, em sua obra, se omite o estado de coisas que se apresenta no real porque se subentende a sua presença na figuração que o texto realiza. Essa é a grandeza de Kafka. Todo esse arquipélago textual é uma elipse não apenas do judaísmo, mas também do real, configurada, como Benjamin disse, a partir de dois pontos centrais: "a experiência mística (que é, sobretudo, a experiência da Cabala) e [...] a experiência do homem das grandes cidades modernas". Kafka amalgama ambas. Seus textos conseguem adquirir a condição do que denominávamos realidades textuais, precisamente na sua intenção de se quererem ponte para um além de si. Manifestam o seu limite e enunciam-se como peças soltas exatamente por visar um algo para além deles que não seja exclusivamente o leitor, mas, sim, uma realidade à qual deveriam lançá-lo. Querem-se peças complementares através das quais se poderia completar o sentido do conjunto a que objetivam nos lançar. É nesse sentido que se comportam como peças de uma tradição. Diz Benjamin: "O que em Kafka é *incrível* e absurdo, no sentido mais preciso, é que este mundo de experiências mais recentes tenha lhe sido trazido pela tradição mística". Em nossas leituras, encontramos uma mecânica interna aos textos que os aproxima da forma midráschica. Nessa forma, o texto é um complemento do texto original. A novidade de Kafka é que seus textos complementam o silêncio a que o texto original foi reduzido, mas num exercício que opera de acordo com a mesma mecânica. E o espanto de Benjamin é que, na realização desse exercício, apresenta-se a teoria e a prática do mundo contemporâneo. Talvez o homem moderno e a Terra em que ele habita tenham sido lançados para o exílio e tenha se interposto, entre eles e a Voz, uma turvação, de modo que o que seria a experiência de um jovem adulto judeu sem chão, ar e mandamento, ergueu-se à possibilidade de nomear a atualidade do homem e da Terra em sua generalidade, de forma semelhante à da tradição judaica, em que cada elemento do conjunto performatiza em seu interior todos os aspectos do conjunto maior.

Mas, voltemos a Benjamin:

> Kafka vive num mundo *complementar*. (No que tem um exato parentesco com Klee, cuja obra, em sua essência, é tão única na pintura, como a de Kafka na literatura.) Kafka distingue o complemento sem distinguir aquilo que o rodeia. Se se disser que ele se apercebeu do que vinha vindo sem aperceber-se do que hoje existe, isso significa que ele o faz essencialmente como o indivíduo a quem isso afeta. Seus gestos de terror se beneficiam da maravilhosa margem de ação com que a catástrofe não há de contar. Mas a sua experiência estava baseada somente na tradição, a que Kafka se dedicou; nada de uma visão mais ampla, nem do "dom de vidência". Kafka escutava o que lhe dizia a tradição e quem ouve intensamente não vê. Esse ato de ouvir é cansativo, sobretudo porque só coisas confusas chegam até aquele que ouve. Não há doutrina a se aprender nem conhecimento que se possa conservar. O que se capta de repente são coisas que não estão determinadas para nenhum ouvido em especial. Isso inclui um estado de coisas que caracteriza estritamente a obra de Kafka por seu lado negativo (quase sempre sua característica negativa será mais rica de perspectiva que a positiva). A obra de Kafka representa um adoecimento da tradição. Tratou-se de definir a sabedoria, às vezes, como o lado épico da verdade. Assim, a sabedoria é caracterizada como um bem da tradição; ela é a verdade em sua consistência *hagádica*.

Na oração "Kafka vive num mundo complementar", Benjamim imiscui o autor e sua obra. Nós vimos, acompanhando alguns fragmentos dos diários de Kafka, elementos que nos levaram a afirmar que seus escritos são um mergulho em si próprio, em sua condição e em seu corpo, fazendo de si mesmo o problema ou a charada central a qual ele se propõe, senão dar conta, pelo menos apresentar, tornando um imperativo pessoal a necessidade de transformar corpo, cotidiano e atividade em escritura. E assim como Kafka, dada a sua biografia pessoal, "vive num mundo complementar" ao real que o rodeia, a apresentação de si através de seus escritos pode ser tomada como um complemento desse mesmo mundo, porque a escrita dele é o resultado do desafio de expor o que ele denominava serem suas "mais estranhas ocorrências". Como vimos, ele vai atrás de si e de seus sonhos, não com o intuito de explicar-se, mas de derramar-se na escrita. Pode emergir então uma obra que manifesta o complemento, o expõe "sem distinguir aquilo que o rodeia". É que Kafka contava, como indivíduo, de acordo com Benjamin, da "maravilhosa *margem de ação*" porque, à diferença dos demais indivíduos, o mundo complementar em que se inseria o afetava. Longe estava Kafka de sentir-se confortável no círculo em que vivia. Sentia o incômodo da falta de chão, ar e mandamento e a expôs na literatura na imagem da "erva que cresce a partir da metade do talo para cima". É sua condição que ele expõe na forma escrita à maneira do registro de um sonho pessoal, guardando deste toda a intensidade e vivacidade presentes em seu conteúdo manifesto. Kafka não conseguiu, de acordo com Benjamin, transcender os limites do mundo complementar em que vivia, mas, por ter sido tão completamente afetado, por ter sentido toda a instabilidade de quê esse complemento era feito, deixa surgir uma invocação, uma demanda que o posiciona – na expectativa de quebrar esse círculo em cujo interior se organiza seu mundo complementar – à escuta de algo para além desse mundo, e que só pode vir, com a força necessária, desde longínquas eras, como uma tradição. Graças a essa afetação, Kafka pode arder sem se consumir, à diferença do restante dos indivíduos que, de acordo com Benjamin, só iriam aperceber-se da insustentabilidade de sua condição no momento em que fossem consumidos pela catástrofe que os devoraria. É essa peculiar condição de um homem judeu afetado e vertido em escritura que se dá a ver, se expõe à luz em seus textos. Se Kafka, como judeu, não tinha o texto original para realizar o complemento midráschico, tomou a si próprio e seu mundo complementar como matéria para a realização de um *midrash*, de uma exposição exemplar de si e de sua ânsia por vincular-se a uma exterioridade de tão difícil acesso quanto o outro que habita ao nosso lado. Porque ousou posicionar-se de forma a escutar o que poderia lhe chegar atravessando o silêncio que parecia encerrar seu mundo complementar, Kafka não sentiu-se livre como o vento, plantou-se firmemente na falta de chão e, escutando o que lhe chegava, assumiu, com extrema coragem, a tarefa de representar o solteiro de sua condição e enfrentá-lo através da evocação de um algo para além de si a que ele aspiraria vincular-se. É esse gesto, esse querer ouvir, que Benjamin ergue à condição de fonte de seus escritos, e talvez seja esse gesto o que Kafka expõe quando fala do "escrever como uma forma de oração". A oração principal do povo de Israel inicia-se convocando a escuta: "Ouve, Israel...". Kafka posiciona-se seguindo esse mandamento, mas o que lhe chega, de acordo com Benjamin, não é propriamente uma "doutrina a se aprender e nem conhecimentos que se possam conservar". Do mundo complementar em que Kafka se inseria fazia parte uma densa turvação que não podia ser evitada, salvo abrindo mão da ousadia de enfrentar a verdade. A doutrina e os conhecimentos, o patrimônio de um infatigável trabalho que se mede por eras, esse "bloco inamovível e digno de confiança" erguido ao longo de todo o passar das gerações, não mais poderia revelar-se em seu pleno esplendor. É sua integridade que está em questão nesse contexto, e é por isso que Benjamin afirma categoricamente que "isso inclui um estado de coisas que caracteriza estritamente a obra de Kafka por seu lado negativo". Aqui, Benjamin afasta-se completamente de Brod. No entanto, a favor deste último podemos lembrar que o querer escutar de Kafka é o avesso da passividade que Levinas[25] diz que se produz quando já não há esperança. Sua obstinação em ouvir – "esse ato de ouvir é cansativo" – é também a manifestação de uma obstinação em encontrar possibilidades. Enquanto o texto avança, há esperança, como esperançosas são todas essas personagens que povoam os textos de Kafka e que obstinadamente visam atingir seus fins. Se o negativo ergue-se com força nos limites do próprio texto, da mesma forma como as metas que as personagens visam alcançar terminam por posicionar-se sempre um passo além das suas possibilidades – tal como em "A Próxima Aldeia" –, no entanto, esses textos são a prova da impossibilidade de Kafka abrir mão da esperança e assumir a morte que toda essa insustentabilidade manifestava. Porque é bom lembrar que Kafka ousou escutar um-para-além tendo escutado em toda a sua veemência a insustentabilidade de seu mundo complementar. Ao nosso ver, Brod está certo. O legado de Kafka é também um legado de esperança. Porque Kafka nos demanda não apenas o reconhecimento da insustentabilidade que habita todo mundo complementar, que é o mundo de cada indivíduo, mas também a necessidade de escutar um-para-além do círculo que nos circunscreve. E, então, mesmo que seja às margens do texto e da leitura, abre-se espaço para a esperança, senão no destino humano, na obstinação dos homens. Porém, nossa leitura vai ao encontro do que Benjamin pensa quando diz que "a obra de Kafka representa um adoecimento da tradição". Se os seus textos manifestam-se enquanto objetos textuais impossibilitados de nos conduzir à outra margem, eles, como complementos, expressam seu desgarramento da tradição. Se conduzissem à outra margem, emergiria deles uma sabedoria outra que não apenas a afirmação do encerramento a que estão confinados. Foi o próprio Ben-

---

25. E. Levinas, *El Tiempo y el Otro*, Barcelona, Paidós, 1993, p. 114.

jamin que afirmara, em seu texto "O narrador", que "a sabedoria é o lado épico da verdade", querendo dar a entender que aquela não é, em si, um bem da tradição, mas uma operação que emerge do contato do homem com ela. Ele agrega nessa carta que "ela [a sabedoria] é a verdade em sua consistência *hagádica*". *Hagadá*, em hebraico, quer dizer narrativa, e costuma ser usualmente definida de um modo negativo, ou seja, como toda aquela porção do ensinamento rabínico que não é *halahá* (caminho, trilha ou lei, toda a tradição legalística do judaísmo expressa em códigos de lei), mas com a qual guarda uma íntima relação, por ser dela uma expressão exemplar. Toda *hagadá* é um *midrasch*, assim como também toda *halahá* é um *midrasch*, um modo de expor e desdobrar o texto fundante. A *hagadá* é complemento do texto fundante em sua versão ficcional. Perguntam-se os sábios no *Talmud*: "Pode a interpretação *hagádica* ser matéria de crença?" E respondem: "Não, mas realizam a interpretação e recebem a recompensa devida, portanto". A *hagadá* é um exercício de interpretação diante da Lei; assim, sua efetivação é um embrenhar-se na Lei. Ela deve, em sua condição de exemplaridade, irradiar uma verdade porque, "por baixo ou por cima do narrado", sente-se a proximidade do texto fundante. E o que se perdeu, nesse real de teorias relativistas e práticas totalitárias em que a vida do indivíduo transcorre encerrada em seu mundo complementar, é essa consistência da verdade. Kafka, de acordo com Benjamin, diante dessa situação, teria ousado mudar o foco da questão. Diante da inconsistência, ele abre mão da verdade, desprendendo-se de qualquer visão ou entendimento que possa vir a ocupar o lugar daquela. Mas, aferra-se à mecânica de sua transmissibilidade. Continua Benjamin na mesma carta:

É essa consistência da verdade que se perdeu. Kafka estava muito longe de ser o primeiro a ver-se confrontado com este fato. Muitos haviam se acomodado à circunstância, apegando-se à verdade ou àquilo que cada um tomou pela verdade; e desistindo, com maior ou menor facilidade, à sua transmissibilidade. O verdadeiramente genial em Kafka foi que ele experimentou algo totalmente novo: ele abriu mão da verdade, a fim de ater-se à transmissibilidade, ao elemento "hagadístico". A literatura de Kafka é originalmente de parábolas. Mas sua beleza e sua desgraça é ter que ser mais do que parábolas. Ela não se coloca aos pés da doutrina, assim como a *Hagadá* o faz em relação a *Halahá*. E quando se submete, de repente levanta uma poderosa garra contra ela.

Por isso, não se pode falar de sabedoria na obra de Kafka. Restam apenas os produtos da sua dissolução. Estes são dois: em primeiro lugar, o boato das coisas verdadeiras (uma espécie de jornal teológico sussurrado, no qual se trata de assuntos de má fama e obsoletos); o outro produto dessa diátese é a insensatez que, por um lado, dissipou totalmente o conteúdo próprio da sabedoria, mas, por outro, conserva a complacência e a serenidade que emanam do boato. A loucura é a essência dos preferidos de Kafka: desde Dom Quixote, passando pelos escudeiros e ajudantes até os animais. (Para ele, ser um animal significa simplesmente ter desistido da figura e da sabedoria humanas, por alguma espécie de vergonha. Assim como um senhor distinto, que vai parar num bar de baixa categoria, por vergonha desiste de limpar seu copo.) Para Kafka indubitavelmente isto estava certo: em primeiro lugar, que uma pessoa tem que ser louca para ajudar;

segundo: a ajuda de um louco é realmente um auxílio. Porém isto é incerto: ela se prende ao ser humano? A insensatez talvez seja de maior ajuda aos anjos (vide a sétima passagem sobre os anjos que têm algo a fazer [referência a uma passagem da biografia de Kafka feita por Brod]) que aliás se arranjariam de outro modo. Portanto, como diz Kafka, há uma esperança infinita, só que não para nós. Esta frase contém, de fato, a esperança de Kafka. Ela é a fonte de sua resplandecente alegria.

Por elemento "hagadístico", entendemos essa mecânica da transmissibilidade que pudemos ver realizada nos escritos de Kafka. Se eles não conseguem trazer a mensagem do imperador, põem em ação o mensageiro. Se não conseguem estabelecer a ponte, deixam que, a partir do lugar de sua ruína, manifestem sua intenção de ligação. Enfim, se não conseguem nos aconselhar o caminho, expõem a sua impossibilidade de orientar-nos. De fato, essa é a "sua beleza" e é também a "sua desgraça". Benjamin diz que se trata de parábolas, ou seja, de narrativas cujo conjunto de elementos evoca outra realidade de ordem superior. Essa é a beleza. A desgraça é que, realizada a evocação, não emerge uma sabedoria proveniente dessa ordem superior. É que, ao nosso ver, enquanto parábolas, o que evocam é seu desgarramento, sua condição de complemento solto e encerrado em si próprio. Rabi Nakhman, quando expõe o encerramento dos homens, apresenta uma solução. Seus textos são, à diferença de Kafka, a performatização de uma possível vinculação. Se ousarmos perguntar às suas personagens, elas têm algo a nos dizer. Em seus textos, há ainda lugar para um sábio porque, por mais encerradas que estejam as personagens – por maior que seja, de acordo com Benjamin, a sua vergonha, e por mais que tenham aberto mão de sua figura humana e se metamorfoseado em perus –, ainda há lugar para o conselho, para algo que é o produto da transmissibilidade, a sabedoria. Em Kafka, performatiza-se um estado de coisas em que o sábio está posto de lado. Se ele emergir será, como aponta Benjamin, "um sinal de loucura". Porque, no mundo de Kafka, só um louco pode achar que pode ajudar ou ser ajudado. Ali, o encerramento operou de tal forma que afeta todos os instrumentos implicados na transmissão, a saber, mensagem, texto e leitor. Sua narrativa, de acordo com Benjamin, é a narrativa possível de sua época. Se há teologia em seus textos, ela é expressa na forma de boato, à maneira das matérias jornalísticas, como um "boato das coisas verdadeiras". E, de fato, "Uma Mensagem Imperial", por exemplo, não deixa de ter esse tom de boato, de um assunto que é sussurrado. Nesse aspecto, seus textos são o complemento para esse contexto em que senhores distintos comportam-se como se estivessem num bar de baixa categoria, deixando ao redor expostos os sinais da sua participação nesse contexto, atuando como se ninguém os visse ali, como se tudo não passasse de um boato, ou melhor, como se pudessem esconder o fato real na forma de boato, como se a verdade encontrasse refúgio no boato que, ao ser espalhado, amortecesse, anestesiando e encobrindo a verdade que o origina. Quem erguer os textos de Kafka à condição de textos religiosos, mais do que verdades, encontrará boatos, e se tomar os boatos por verdades, estará sendo, por assim dizer, novamente cuspido para a realidade que buscava transcender ou, então, estará reduzindo o transcendente ao bar nosso de cada dia. Os textos de Kafka são, como dizíamos no capítulo "Kafka e Nakhman: Aproximação das Leituras", um registro sobre os transtornos da transmissão de uma mensagem num contexto de homens encerrados em si e, portanto, isolados e sós.

No que nós não conseguimos concordar com Benjamin é que os textos de Kafka, realizações *hagádicas*, levantem uma poderosa garra contra a *halakhá*. Verdade que eles não se colocam aos pés da doutrina, mas essa é a sua ruína. Porque, ao nosso ver, a *halakhá* faz parte da margem a que querem mas não conseguem vincular-se. Portanto, não se opõem propriamente à doutrina, ao contrário, anseiam por ela encerrados na mais remota distância. Se é que erguem uma poderosa garra, é em relação a si próprios e aos leitores, tal como faz, em "A Preocupação do Pai de Família", o pai de família em relação a Odradek, e em "Desista!", o guarda que se vira com grande ímpeto, mandando desistir tanto a personagem perdida quanto nós. A *halakhá* mantém-se no além do texto como a lei atrás do portão, naquela famosa passagem de *O Processo*. Talvez seja a expressão de uma condenação o encerramento a que o texto está confinado, apesar de toda a sua intenção. Mas, então, seria a *halakhá* que levanta sua poderosa garra sobre todo esse estado de coisas.

Toda essa expressão de desconexão, de acordo com Benjamin, constitui-se numa manifestação, por complementaridade, de um estado de coisas intransponível. Benjamin e Kafka parecem emparelhar-se quanto à esperança diante dessa realidade. Benjamin, na carta, deixa claro não ver mais esperança para poder deter a catástrofe que se avizinhava. Mas, essa lúcida leitura, que não desiste de penetrar no interior de um texto para se apropriar de um conhecimento, não abre mão da construção *hagádica*, expondo, como dizíamos a respeito de Kafka, uma esperança na obstinação humana.

Embora este resumo não deixe de representar um determinado risco quanto à perspectiva, transmito-lhe esta breve visão com certa tranqüilidade, por saber que você poderá elucidá-la com as idéias, desenvolvidas a partir de outros aspectos, no meu trabalho sobre Kafka publicado no *Jüdische Rundschau*. O que hoje em dia me predispõe contra esse artigo é a característica apologética que lhe é inerente. Para fazer justiça à figura de Kafka em toda a sua pureza e peculiar beleza, não se pode perder de vista uma coisa: trata-se da pureza e da beleza de um fracassado. São múltiplas as circunstâncias desse malogro. Poder-se-ia dizer que uma vez seguro do fracasso final, tudo deu certo para ele no caminho, como em sonho. Nada é mais memorável do que o fervor com que Kafka ressaltou seu fracasso. Para mim, a sua amizade com Brod é sobretudo um ponto de interrogação que ele quis pintar à margem dos seus dias.

E assim o círculo estaria fechado por hoje, e no centro coloco as mais cordiais saudações a você.

Seu, Walter

Benjamin, nessa carta a Gershom Scholem, apresenta-se com a esperança de um construtor de *midraschim*, que espera que um outro – no caso, o amigo Scholem –, seja capaz de "elucidá-la", de aproveitar o resumo que ele realiza num movimento que dê continuidade ao desdobrar épico da verdade. Benjamin despede-se à maneira de Kafka, fechando o círculo. E nós, também, encerramos aqui o círculo das investigações deste trabalho. Esperamos ter posto no centro dele os textos de Kafka, aos quais pretendemos ser fiéis e colocá-los no amplo campo da experiência humana, ao qual legitimamente pertencem, como uma de suas melhores vozes, expressa com sotaque judaico.

Um Apêndice à Maneira de Moldura

Shoáh (Holocausto), o filme documento de Claude Lanzmann, encerra-se com o relato do sobrevivente Simcha Rotten. Ele fazia parte do grupo decidido a opor uma resistência armada à evacuação de todos aqueles homens, mulheres e crianças judeus confinados e isolados, por muralhas e barragens, do restante da população de Varsóvia. A evacuação significava o transporte para a morte, ponto final de toda uma complexa e sofisticada maquinaria elaborada no intuito de acabar com toda e qualquer alma e identidade judaicas. Ao irromper a batalha do grupo de confinados contra o exército, Simcha Rotten recebe a missão de sair do gueto e estabelecer contatos com membros dos grupos de resistência poloneses à procura de auxílio externo em armas, munições e atitudes. Ele narra o contraste desses dois mundos – o do gueto, onde corpos humanos transformavam-se em ruínas, e o da cidade – o entorno que abraçava esse punhado de quarteirões, por cujas vias a rotina transcorria na normalidade do ir e vir das pessoas e automóveis e do frenesi próprio dos bares, restaurantes, cinemas e comércio. Consegue pouco e agora deve retornar. Quando da sua volta, depara-se com escombros e silêncio, envolvidos numa densa fumaça. Põe-se a vagar por entre os escombros. O silêncio é rompido por uma voz feminina, um pedido que se extingue antes que ele possa identificar sua procedência. O silêncio volta a imperar, dessa vez soberano. Nada mais existe para quebrá-lo. A Simcha Rotten ocorre o pensamento de ser o último judeu na face da terra.

Não era. O judaísmo sobreviveu, ou melhor, um judaísmo de sobreviventes sobreviveu. Sobreviver é um modo peculiar de permanecer, uma tarefa quase impossível de realizar. Reafirma a vida, aspectos do indestrutível parecem ser confirmados. Mas o sobrevivente tem que se haver com esse silêncio, os escombros, a voz que se extingue e uma densa bruma.

Se o sobrevivente é tomado por um sentimento de permanência apesar de tudo e sobre a vida, nesse caso o cenário de ruínas, silêncio e fumaça contrai-se ao máximo, transformando-se num nada, num outro silêncio. Sobreviver seria viver sobre esse silêncio. O sentimento de vitória sobre os poderes da destruição, da finitude e do limite impõe-se realizando o silêncio do silêncio, dos escombros e seus vapores. E isso num movimento sem fim, em que sempre a ação de um silêncio vem reafirmar todos os silêncios precedentes. Um dos modos de sobreviver pode ser então confirmar o silêncio que a destruição gerou. Ganha-se por continuar inserido nos horizontes da vida, como traço iniludível de permanência feito tatuagem na pele da civilização. Mas ao assumir o vazio de suas formas anteriores, ao afirmar o silêncio permanentemente, ao concretizar num aqui e agora permanente a destruição, ao destruir o próprio acontecimento da destruição, o sobrevivente sobrevive como cúmplice. Ele sustenta a tarefa destrutiva, sobrevive em função disso.

Se, por outro lado, o sobrevivente aferra-se aos escombros para trazer à luz as ruínas, o produto da destruição, nesse caso afirma-se a força destrutiva sem realizá-la, mas reconhecendo a sua ação. No seu limite, o sobrevivente pode desvincular-se do que há de indestrutível, outorgando às ruínas a concretude de um final. Sobreviver seria então viver após a morte. É viver como testemunha da morte. A destruição novamente é afirmada.

Um terceiro modo de sobreviver: fixar-se na voz extinta e arrancá-la de entre os escombros, implantando-a na vida atual. O desespero de extinguir o fato da extinção e de manter essa voz ativa reduz a voz a um pseudomito, na medida em que, ao extinguir o fato da extinção, extirpa-se a verdade da voz e, junto com ela, sua dinâmica e singularidade. O sobrevivente é reduzido à vivência de uma nostalgia mítica, através da qual cria a ilusão de estar em contato com aquela voz.

O último elemento, a nuvem de poeira e fumaça, as brumas. Mergulhado nela, o sobrevivente permanece num contexto vago, num limiar em que a continuidade da vida limita a destruição no clímax da sua ação, no instante imediatamente anterior à sua consecução final, no qual a destruição cristaliza um momento da vida e o mantém sempre presente.

Como opor-se à destruição, como enfrentá-la sem destruí-la enquanto fato, mas sem afirmá-la enquanto ação? Essa é a tarefa quase impossível de realizar que o sobrevivente é imperiosamente levado a enfrentar. Estamos nos referindo às dificuldades presentes no judaísmo no ato de simbolizar o acontecimento do holocausto, mesmo para as gerações atuais, aquelas não imediatamente vinculadas aos fatos que se sucederam há 50 anos, mas que carregam consigo ainda intensas ressonâncias desse acontecimento, o que as torna também sobreviventes.

Na verdade, o tema da sobrevivência parece ser um dos aspectos constitutivos da identidade judaica. Sobreviver é uma das bênçãos escritas nos textos originários e sobreviver é uma das tarefas históricas. A própria concepção de um D'us eterno traz em si algo como a impossibilidade de um cessar. Acrescente-se à enorme quantidade de parágrafos em que essa Voz Eterna afirma e reafirma um pacto de permanência, a manutenção e perseverança na leitura desses textos e na constante reafirmação da fidelidade originária, em contextos tão diversos que só o desenfreado curso da história é capaz de criar. Teremos então no sobreviver um modo de viver.

O ser judeu, quando vinculado aos aspectos presentes nos textos originários, ou seja, como modo de leitura de sua bagagem tradicional, não apresenta em si nenhum mistério: a obra produz o seu leitor, que encontra guarida na tessitura de significados que a constitui e passa a constituí-lo, pulsando em ressonância com as histórias e manifestações significativas que compõem o texto. O pacto reafirma-se no próprio ato de debruçar-se sobre o texto, a ponto de penetrar no seu interior como lugar de cidadania (se é possível assim dizer) e de enfrentamento da realidade. Uma velha história conta que quando da destruição do Segundo Templo e da autonomia judaica nacional (anos 70 da Era Comum), o mandatário romano perguntou ao rabino Yochanan ben Zakai o que ele gostaria de manter. A resposta foi "uma academia de estudos". O texto como lugar de moradia. E assim foi por muito tempo. Viver do texto e no texto permitiu sobreviver.

Porém, de meados do século XVIII em diante, como resultado das unificações e centralizações sociopolítico-econômicas e do decorrente advento das nações, o povo do Livro é chamado a participar da construção das cidades. Ainda que esse chamado fosse permeado de uma enorme ambigüidade, é inegável que o povo judeu passou a constituir parte da realidade urbana. Um marco político com o qual parecem coincidir todos os historiadores para essa virada é a Revolução Francesa (1789) que, ao subverter a ordem do antigo regime e criar um novo arranjo social, estabeleceu as condições para a absorção do elemento judaico no conceito de cidadania. Porém, o contexto cultural para aquilo que se denominou emancipação judaica tivera lugar alguns anos antes, na Alemanha, sob a ação das idéias iluministas de pensadores alemães tais como Lessing e Schiller, bem como dos racionalistas franceses, cujas idéias de tolerância e razão encontraram um ambiente intelectual mais receptivo naquele país.

Em Berlim, surge o primeiro expoente daquilo que viria a ser uma revolução no modo do homem judeu encarar sua condição no mundo: Moses Mendelssohn (1729-1786). Esse homem, grande amigo de Lessing, introduz as idéias iluministas dentro do ambiente judaico. Sua tradução da Bíblia para a língua alemã é tida como um emblema do caminho que inseriu os judeus na língua e cultura alemã e numa vida além do gueto. No entanto, o objetivo de Mendelssohn, a meta a ser atingida, não era o alemão e nem a cultura alemã em si, mas abrir o caminho do judaísmo para o bojo da humanidade. Ele vislumbrava no humanismo o surgimento de um judaísmo cosmopolita: a participação na construção de uma civilização que englobasse todos os homens e para a qual o judaísmo aportaria com sua especificidade.

Esse movimento emancipatório/assimilatório que adentra o século XIX pode ser em traços gerais caracterizado como um processo paradoxal, tanto no que se refere às relações do judaísmo com o seu entorno quanto ao impacto dessa relação e da nova realidade no âmago do judaísmo. Se por um lado a aquisição de direitos cívicos e o ganho de uma legitimidade criavam uma nova forma de convivência, levando a crer que o Estado teria se tornado a figura jurídica capaz de realizar a conciliação das diferenças religiosas, por outro, o resultado parecia sempre descambar em diversos graus de assimilação. O respeito às singularidades minoritárias constitutivas dos diversos Estados na verdade parecia funcionar mais como um chamariz para a colocação em marcha de uma função homogeneizadora.

Não faltam exemplos tragicômicos para indicar como esse processo revestia-se de um sem-fim de contradições, sem ter sido a questão verdadeiramente solucionada na época. O exemplo do Sanedrim levantado por Napoleão é interessante como ilustração: de regresso da batalha de Austerlitz (1805), Napoleão ouve cidadãos da Alsácia que apresentam petições contra os judeus. Na opinião deles, os judeus nunca poderiam vir a ser cidadãos verdadeiros, dado que, mais do que uma religião, constituem um povo. Napoleão era da idéia de que expulsar judeus era repetir as velhas fórmulas políticas para as quais na verdade ele se apresentava como uma opção diferente. Propõe-se a criar uma situação que viesse a modificar o judaísmo. Seu intuito é transformar judeus em franceses. Em junho de 1806, convoca uma assembléia da qual participam judeus notáveis. O dia fixado não é aleatório: 29 de junho, um sábado. O que está em questão é "saber se os judeus estavam dispostos a obedecer e a infringir suas próprias leis"[1]. Aos delegados são apresentadas as famosas doze perguntas: as três primeiras relacionavam-se com a vida em família. Seguem-se outras três perguntas sobre a vinculação com os franceses não judeus.

1. S. Dubnov, *Historia Contemporánea del Pueblo Judío*. Primera parte (1789-1815), Buenos Aires, Asociacion Hebraica, 1925, p.109.

As perguntas seguintes versavam sobre a nomeação e jurisdição dos rabinos. As últimas três faziam referência à usura e ao veto ao exercício de algumas profissões. Terminavam perguntando se os judeus consideravam a França como seu país e se estavam dispostos a defendê-la[2]. As declarações dos notáveis, se bem que satisfizessem à política napoleônica, deixavam ainda uma margem de dúvidas: como legitimar as declarações desses notáveis no seio do povo judeu? Ou seja, como garantir que as respostas dadas por esses notáveis tivessem a mesma força que as respostas advindas da tradição? A maneira pensada foi a de constituir um novo Sanedrim, instituição que evoca os tempos da existência do Templo, quando um conselho assim denominado determinava as leis máximas. Napoleão exigia uma garantia religiosa de que se cumpririam fielmente as resoluções adotadas. Esse Sanedrim ressuscitado pela vontade imperial e cujas decisões "deveriam reger tanto como o *Talmud* e gozar da maior autoridade entre os judeus de todos os países"[3] inicia as suas sessões em 1807. Traz rabinos escolhidos da Itália e da Alemanha, e não lhe falta pompa e esplendor: detalhes ínfimos como os referentes à vestimenta também são levados em consideração.

Essa articulação quase que teatral dos acontecimentos traz à tona a desconfiança que permeava o trato recíproco entre os órgãos representativos do poder e a comunidade judaica, desconfiança esta proveniente do enorme fosso, preenchido de preconceitos depositados pela história, que existia entre a cultura política européia e a tradição judaica. Ilustra também que, para o judaísmo, o preço a ser pago pelo direito à cidadania trazia em seu bojo a abdicação de seu legado histórico. Ou, como referiu-se o poeta Heinrich Heine com ironia pungente, os judeus precisavam comprar o seu ingresso para a cultura européia na pia batismal.

Não mais que um ano após a espetacular convocação do Sanedrim, Napoleão assina o assim chamado decreto infame (1808). Esse decreto acompanha um outro, firmado no mesmo dia (17 de março), no qual se estabelece que, nos atos oficiais, deveria se empregar a palavra "israelita" no lugar da velha palavra "judeu"[4]. O chamado "decreto infame" criava um órgão policialesco encarregado de vigiar o cumprimento das obrigações civis pelos judeus. Ao mesmo tempo, zerava as dívidas para com os judeus e os impedia de participar de certas atividades comerciais. E não só. Os judeus perdem o direito elementar de viajar livremente e são proibidos de se estabelecer na região da Alsácia. Esse decreto, que de acordo com a lei deveria vigorar por dez

---

2. J. Kastein, *Historia y Destino de los Judios*, Buenos Aires, Editorial Claridad, 1945, pp. 350-354.

3. *Idem*, p. 353.

4. S. Dubnov, *op. cit.*, p. 120.

anos, acabou tendo validade em grande parte das províncias até a queda de Napoleão[5].

É importante salientar que o movimento emancipatório ocorre em idas e vindas, sob decretos de outorga de igualdade seguidos de decretos restritivos, e em ritmos e processos totalmente diferentes se pensarmos nas regiões de língua francesa, alemã ou eslava. E mesmo nos territórios de mesma língua, os processos emancipatórios dão-se de maneira diversificada.

O processo emancipatório ocorrido no Império Austro-Húngaro, ainda que guardasse semelhanças com o da Alemanha, manteve uma dinâmica singular. Se formos resenhar aspectos desse processo específico, devemos levar em consideração que ele ocorreu em ritmos e modos diferentes nas diversas regiões do Império. Tomando como referência o Édito de Tolerância de 1782, realidades diversas emergiram se pensarmos em Viena, Boêmia, Hungria ou Galícia (ampla faixa de terra anexada da Polônia pelo Império Austro-Húngaro que se modifica permanentemente entre o final do século XVIII e início do século XIX). Em Viena, sede do Império, a monarquia, em seu afã de resistência aos ventos que sopram pela Europa, lança-se numa sucessão de reformas e contra-reformas que produzem um ambiente acometido por relâmpagos progressistas seguidos de trovoadas conservadoras. Fora perder a Coroa do Santo Império Romano e de se haver com problemas em regiões de fronteiras, no todo o Império mantinha-se em pé, regendo sobre povos tão heterogêneos.

Uma densa população judaica distribuía-se nas diversas zonas do Império, a parcela mais escassa em Viena e na Áustria alemã; na região da Boêmia e Morávia, 76 mil judeus; na região da Galícia, 295 mil; e na região da Eslovênia e Trieste, 85 mil, segundo o censo de 1803[6]. Essas três regiões do Império constituíam a zona legal. Nas demais, os judeus somente residiam provisoriamente. Três sistemas legislativos diferentes regulavam a situação cívica dos judeus, de acordo com as diferentes regiões: em Viena e na Áustria alemã, somente alguns privilegiados podiam obter concessões para residir e negociar, mediante o pago de um alto imposto. Por esse motivo, nada mais do que 130 famílias, algo em torno de 1.300 pessoas, viviam legalmente "toleradas" em Viena no início do século XIX[7]. Na Boêmia e Morávia, existiam normas legais quanto ao número de residentes judeus que não podiam ser ultrapassadas. Na Galícia e na Hungria (região da Eslovênia e Trieste) não existiam restrições quanto ao número de residentes, mas toda vida judaica estava regulamentada por leis restritivas[8].

5. J. Kastein, *op. cit.*, p. 354.
6. S. Dubnov, *op. cit.*, p. 189.
7. R. Mahler, *A History of Modern Jewry 1780- 1815*, Nova York, 1971, p. 237.
8. S. Dubnov, *op. cit.*, p. 190.

Ou seja, Viena ficava longe do alcance das massas judaicas, e restrições nesse sentido eram demandadas até mesmo pelos judeus "tolerados", que viam como ameaça à sua condição a chegada de novos migrantes judeus à cidade. Em 1802, surge um edito imperial que suspende a venda de certificados de tolerância. Mais tarde, interpretou-se que a "tolerância" só era válida para o judeu em vida e que, após a morte, filhos e viúva deveriam abandonar a cidade. Aos judeus era vedado comprar ou construir casas em Viena[9].

Na região da Boêmia e Morávia, imperava o sistema regulamentador do número de judeus: tratava-se de uma antiga norma que estabelecia o número de 8.600 famílias na Boêmia e 5.400 na Morávia[10]. Com enorme zelo, a burocracia cuidava de que esses números não fossem ultrapassados. Apenas o filho maior de cada família podia casar. Os demais, só se saíssem do país ou se novas vagas fossem abertas pela mudança de outras famílias. O cumprimento do serviço militar voluntário anulava esse decreto, e mesmo aqueles para quem a primogenitude outorgava condições para o casamento somente podiam fazê-lo sob a condição de serem maiores de 22 anos no caso do homem ou de 18, no caso da mulher. Os noivos deviam apresentar um certificado de conclusão de uma escola primária normal, cristã. Além disso, documentos deveriam comprovar uma fonte de sustento segura. Esse controle burocrático da natalidade foi abolido apenas no ano de 1847.

Na Galícia, lugar de densa população judaica, não era possível limitar o número de judeus. Porém, havia uma série de leis restritivas que na sua íntegra compunham uma constituição à parte para os judeus, recheada de infindáveis anexos – na realidade, um código penal para os judeus, com o título deslumbrante de "edito à base do qual desfrutarão os judeus de todos os direitos e privilégios iguais aos demais cidadãos"[11]. Toda essa jurisprudência tinha o intuito de despojar os judeus da autonomia cultural que, mal ou bem, tinha se efetivado em longos anos de convivência sob o regime polaco. O que ocorre nessa região permite trazer à luz o tremendo choque de concepções e visões de mundo que fica oculto por trás de nomes como emancipação, ilustração ou assimilação. Ali, movimentos históricos ocasionados por políticas de expulsão quase ininterruptas que pipocaram em diferentes regiões da Europa Ocidental acabaram por criar um grande adensamento de vida judaica. Na sua generalidade, essa população habitava pequenas aldeias afastadas dos grandes centros, mas próximas umas das outras. As dificuldades de subsistência e a pobreza estavam quase sempre presentes. Uma cultura milenar de aprendizado e

9. "Somente em 1811 conseguiu-se, após longas gestões, a permissão para a construção de um local destinado a servir de sinagoga e escola", *idem*, p. 193.
10. *Idem*, p. 195.
11. *Idem*, p. 198.

fidelidade para com os textos originários criou as instituições e legitimava as lideranças que regiam a plenitude da vida. Do amanhecer ao anoitecer, do nascer ao morrer e para cada estação do ano, regras de conduta regiam a vida desses homens, nas atividades privadas, nas de trabalho e na vida social. Questões referentes à vida religiosa, ao auxílio social e mesmo aspectos da justiça eram regidos por instituições provenientes do interior dessas comunidades, que modelavam e imprimiam a singularidade de sua rotina em relação ao entorno.

O ídiche, língua cuja origem remonta ao ano 1000 e às cidades à margem do médio Reno, é a manifestação viva de uma tradição feita de incorporações de experiências sobre uma base de língua hebraica – um campo aberto que permitia absorver e dar guarida em seu interior a palavras e expressões do alemão, tcheco, polonês, ucraniano e russo[12]. Isso quer dizer que essa língua, esse jargão popular através do qual a vida judaica manifestava-se e que vinculava a quase totalidade do judaísmo da Europa Ocidental e Oriental, era em si mesma uma língua de assimilação. Harshav afirma: "Sob vários aspectos, essa cultura tornou-se uma cultura eslava com idioma de base alemã a viver em uma biblioteca hebraica"[13]. Só que a assimilação, tal como efetivada no interior da língua ídiche, permitia uma vitalização dos aspectos originários e não seu encobrimento. Dessa maneira, expressões provenientes do campo propriamente religioso, tais como exemplificadas por Benjamin Harshav, são atualizadas, ou seja, são absorvidas para o uso diário num movimento que ao mesmo tempo as mantêm próximas da tradição bíblica e talmúdica e deslocadas para a singularidade da experiência histórica do falante. Essa maneira de dizer, que parece funcionar como uma esponja cujas porosidades absorvem experiências e as irradiam misturando umas com as outras, é feita não apenas da fusão de várias línguas, mas também de suas gramáticas, de suas sentenças e máximas, que são expressões da personalidade de suas culturas, aqui incorporadas, deslocadas e reorganizadas. Harshav oferece lindos exemplos de como essas incorporações são realizadas. Citemos um, pois essa ilustração esclarece tudo o que dizíamos anteriormente:

[...] *beMOrem scheEYn isch / iz a hering oyKh a fisch* ("lá onde não há homem, arenque também é peixe"). Esse é um típico poema rimado ídiche. A primeira metade está em hebraico genuíno, a segunda em ídiche básico de tronco alemão. A parte hebraica não contém nenhum vocábulo que seja usado independentemente em ídiche, mas é uma citação do livro popular *Pirkey Avot* (em ídiche, *Pirkes Oves*, "A Ética dos Pais"), é uma alusão ao seu contexto: "lá onde não há homem, esforce-se por ser um homem" (ou, em ídiche simplesmente, "seja a *mentsch*", "homem", "pessoa"). A estrutura da máxima segue o padrão regular de estudo e citação: uma sentença hebraica é seguida por sua tradução ou elucidação em ídiche (tronco alemão). Aqui, porém, temos uma

---

12. B. Harshav, *O Significado do Ídiche*, São Paulo, Perspectiva, 1994, p. 31.
13. *Idem, ibidem.*

torção surpreendente. A segunda parte do refrão, embora utilize apenas palavras alemãs, relaciona-se a um provérbio russo freqüentemente citado também em ídiche: *na bezRYbie i rak ryba* (literalmente, "Na falta de peixe, um caranguejo também passa por peixe"). Mas a idéia é traduzida para o universo da imagística ídiche, em que o caranguejo não é *kasher*[14] e não é conhecido como um tipo de comida, ao passo que o arenque é um personagem maior[15].

O ídiche permitiu, num movimento de dupla mão, por assim dizer, europeizar a experiência judaica e judaizar a experiência européia. Daí que o surgimento do judaísmo moderno – tanto no seu modo secular de expressão quanto em suas formas de expressão hoje conhecidas na vida judaica como próprias da ortodoxia – tenha sido constituído, na verdade, de experiências assimilatórias em terreno europeu. Exemplos disso são, por um lado, o movimento iluminista judaico (Hascalá) e, por outro, os movimentos hassídicos do século XVIII até os nossos dias. Só que nesse último caso, a assimilação é realizada sobre uma base eminentemente religiosa, de modo tal a oferecer às formas religiosas modos novos de expressão que as revitalizam. Devemos ter em mente que, quando do surgimento do movimento hassídico, as comunidades judaicas encontravam-se numa dinâmica de crise bastante acentuada, a ponto de existir algo assim como um divórcio, ou uma distância, entre as lideranças jurídico-religiosas e os homens do povo. Se acentuamos esse fato, é porque queremos sublinhar que mesmo o modo de vida judaico assim chamado tradicional nunca deixou de se renovar a fim de responder às necessidades do momento. O processo de assimilação é inerente à história judaica, mesmo nas suas formas mais tradicionais e ortodoxas. É um erro supormos que aqueles setores do judaísmo mais ortodoxos sejam algo assim como um fóssil vivo saído das páginas bíblicas ou talmúdicas. A chegada do Hassidismo implicou um choque de grandes proporções com a oficialidade rabínica do momento, e não foram poucas as vozes que acusaram Baal Shem Tov e seus seguidores de corromperem o judaísmo por estarem se afastando da tradição. Tudo leva a crer que o processo assimilatório teria tido sempre uma dinâmica através da qual paulatinamente aspectos do entorno são incorporados, de modo a ganharem em determinado momento um potencial de explosão que vem a transformar o campo judaico. E isso num processo ininterrupto, desde os primórdios do exílio.

O movimento hassídico é um movimento tipicamente idichista, não apenas porque é realizado em ídiche, mas porque faz uso da estru-

14. Palavra hebraica que designa os alimentos que, de acordo com a Lei judaica, são permitidos para o consumo.
15. *Idem*, pp. 37-38.

tura dessa língua na sua atividade de revitalização do judaísmo. Não é por acaso que os principais ensinamentos hassídicos, apesar das obras de referência serem escritas em hebraico, estejam contidos nas anedotas dos fundadores desse movimento, as quais ativam as peculiaridades gramaticais e emotivas do ídiche, bem como sua predominância oral.

O fato é que o Hassidismo penetrou fundo na alma judaica e fazia parte de sua constelação quando dos primeiros passos rumo à assimilação secular. Poderíamos dizer que o próprio Hassidismo, ao exaltar a vida, a rotina, ao outorgar dignidade ao homem simples, valorizar o fervor e enfatizar com entusiasmo a esperança, bem como ao inserir a figura de seus fundadores e líderes num terreno de santidade, constituiu-se numa resposta religiosa a um contexto em que a autonomia religiosa judaica encontrava-se em risco, dada a distância anteriormente mencionada entre a liderança e o povo.

Porém, esse movimento, cujo impacto promoveu uma renovação da vida religiosa judaica, trouxe consigo também um revigoramento dos aspectos mais míticos da religião. E isso num contexto em que as idéias iluministas começavam a deitar raízes mais profundas no ambiente cultural europeu.

A primeira tentativa de ilustração da população judaica da Galícia veio através do decreto anteriormente citado, o "edito à base do qual desfrutarão os judeus de todos os direitos e privilégios iguais aos dos demais cidadãos". Essa tentativa, um bom exemplo da maneira como era conduzida a política pelos déspotas esclarecidos, pretendeu obrigar a educação das crianças judias com o intuito principal de torná-las falantes de língua alemã. Para tanto, abriram-se escolas em toda a região e um seminário para a formação de professores na cidade de Lemberg. O homem escolhido para gerir esse projeto foi Herz Homberg, um judeu nascido em Praga que viveu em Berlim, participando do círculo de Mendelssohn. A partir de 1787 e no transcurso de quatro anos, ele conseguiu abrir na Galícia cerca de cem escolas primárias germano-judaicas, "com muito de alemão e pouco de judaísmo"[16]. Todo esse projeto foi rejeitado pela população, que via nessa tentativa forjada uma ameaça séria à continuidade da tradição judaica. O próprio Homberg foi mal recebido. O Imperador Francisco José II então o auxilia, anexando ao decreto de 1789 a obrigação de se enviar os filhos a essas novas escolas. Sem o certificado outorgado por uma escola desse tipo, nenhum jovem poderia estudar o *Talmud* e, sem um comprovante de estudo do alemão, estava proibido o casamento. Isso tudo foi sentido como uma violência na vida espiritual, levantando enormes protestos. Em 1806, o Imperador volta atrás e manda fechar

16. S. Dubnov, *op. cit.*, pp. 199-201.

as escolas. Homberg passa a escrever livros em hebraico, com tradução alemã, que propagandeiam a "correção" dos judeus com vistas aos ideais patrióticos do Império. Alguns desses textos transformaram-se em leitura obrigatória nas escolas judaicas por imposição governamental, e os casamentos, tanto na Galícia como na Boêmia, só podiam ser realizados após os noivos prestarem uma prova diante da polícia com questões versando sobre os escritos de Homberg.

Nesse caso fica patente, em primeiro lugar, como o princípio de autonomia estava firmemente implantado na alma judaica, e até que ponto o Hassidismo e o rabinato mais tradicional detinham controle total da vida judaica. Qualquer tentativa de renovação ou qualquer modificação vindas de fora despertavam um imediato rechaço do organismo como um todo. Fica também evidenciada a complexidade das forças atuantes no processo de desenvolvimento da vida judaica. Não podemos compreender o judaísmo como um objeto passivo que reage às reorganizações históricas de seu entorno. Tampouco devemos fazer a leitura de uma história judaica realizada à margem ou apesar dos processos históricos maiores. A vinculação entre ambos os processos – o judaico e o de seu entorno – parece, ao contrário, ocorrer de maneira sempre singular. Toda tentativa de compreensão histórica baseada num modelo reduz essa singularidade, que é a responsável pelas peculiaridades que assume a vida judaica em cada contexto de seu acontecer histórico. Daí a diversidade de respostas, ou melhor dito, de sínteses que a vida judaica soube fazer ao longo da história.

A Galícia era um território onde o adensamento judaico distribuía-se de maneira tal que, principalmente em sua região mais oriental, era possível encontrar localidades de população exclusivamente judaica, tais como Belz, imortalizada em canções do folclore ídiche, Sokal, Tarnopol e Brody, essa última sendo talvez o centro comercial mais importante da região, competindo com Cracóvia em importância econômica. Ali, nenhum decreto vindo de fora conseguiria quebrar o que, de acordo com as nossas concepções atuais, poderíamos denominar de corporativismo religioso. O historiador Salo Baron diz que a emancipação judaica era uma necessidade a ser realizada pelos estados modernos a fim de obter a homogeneidade exigida para o funcionamento das políticas centralizadoras[17]. Isso é verdade, mas se essa imperiosidade fosse apenas uma força externa ao organismo judaico, ela não teria produzido frutos de longo alcance, como bem o demonstra o caso da emancipação forjada da Galícia. Nesse caso, fica evidente que a ação exter-

17. "Na verdade, a emancipação era uma necessidade ainda maior para o Estado moderno do que para os judeus. O Estado moderno, particularmente o Estado democrático, só podia ser estabelecido depois de abolidas as distinções corporativas e da substituição da estrutura corporativa pela estrutura democrática da sociedade". S. W. Baron, *História e Historiografia*, São Paulo, Perspectiva, 1974, p. 129.

na criou, isso sim, as condições políticas para o início do movimento iluminista, a Hascalá, dessa região. É do interior da vida judaica, da dinâmica e das contradições inerentes tanto aos processos internos quanto às demandas advindas do campo externo, que surgem as necessidades de reformulação mais legítimas. E essas reformulações introduzem um dinamismo na vida judaica que é assimilatório.

Ao nosso ver, o que outorga legitimidade a esses processos, para além da resposta eficaz às demandas históricas, é o fato de emergirem do interior da língua – esse campo em que as experiências são decantadas, o legado permanece imbuído de um potencial que, quando ativado, põe em atividade uma rede de significados capazes de dizer o que sempre vinha sendo dito de uma forma nova. Por isso o Iluminismo, no contexto idichista da Galícia, só poderia ser eficazmente inaugurado por um legítimo pensador ídiche: Mendel Lefin (1749-1826). O impacto de suas idéias no interior do judaísmo da Galícia, Polônia e Rússia outorga ao seu nome e à sua obra o mérito de serem os verdadeiros intermediários do movimento inaugurado em Berlim, por Mendelssohn. Onde Homberg fracassou, Lefin transformou. Não porque fosse apenas mais eficaz, mas porque sua atuação não estava a serviço da burocracia imperial, ainda que seus fins se aproximassem muito da expectativa almejada por essa burocracia, no sentido de incorporar plenamente essa parcela da população. Lefin agia de forma autônoma e inserido no interior da problemática judaica. Estudante do *Talmud*, leitor do *Guia dos Perplexos*, de Maimônides – o livro de referência de toda a primeira geração da Hascalá – e conhecedor das ciências naturais e da matemática, Lefin passou uma temporada, no ano de 1780, em Berlim, onde partilhou da companhia de Mendelssohn e seu círculo.

A temática do livro acima citado, o *Guia dos Perplexos*, calava fundo no coração de vários homens judeus. Maimônides endereçava o livro a um discípulo seu que se encontrava perplexo diante da filosofia grega e dos escritos judaicos. Perplexo pois apercebia-se das verdades contidas nos escritos gregos e desejava manter-se fiel na observação dos ensinamentos judaicos. No livro, o autor define o perplexo como aquele que

não sabe se adere ao que aprendeu conforme seu saber e entendimento, ao imaginar, nesse caso, trair os fundamentos da sua Lei, ou se se atém ao que captou, sem ingressar no raciocínio. Neste último caso, renuncia à razão ao distanciar-se dela, certo do dano e da perda que causaria à sua religião. Obcecado por semelhantes fantasias, fica enredado na inquietação e na angústia, com o coração apertado e uma violenta perturbação[18].

Essa crise de identidade, esse estado de espírito que Maimônides atribui ao perplexo, era conhecido da geração de Lefin. Eles também

---

18. Maimônides, *Guia de Perplejos*, Madrid, Editora Nacional, 1983, p. 59.

podiam se pôr no lugar do discípulo e ler o *Guia dos Perplexos* como que se dirigindo a eles próprios e lhes garantindo que uma síntese era viável, que a opção podia não ser a da escolha que rejeita ou abdica de um dos campos, mas que é possível assimilar os conhecimentos adquiridos pela humanidade e, através deles, reorganizar o campo judaico, fazendo com que o legado humano passasse a ser verbalizado também judaicamente.

O que distingue Lefin de outros importantes iluministas de sua geração é a sua defesa do ídiche. O ídiche, para os iluministas, não passava de um jargão criado às custas de um rebaixamento das línguas que lhe deram origem, principalmente o hebraico e o alemão. Por isso, a maior parte dos iluministas judeus tomavam o partido seja da germanização ou do renascimento do hebraico, livres das corruptelas idichistas. Esse último grupo, dos assim chamados *maskilim* – os hebraicistas –, mostrou-se, sob a perspectiva histórica que nos é dada passados mais de um século, o grupo que tinha a opção mais adequada, se pensarmos na realidade do estado judeu de Israel e do hebraico moderno como língua de seus cidadãos.

Lefin não apenas via no ídiche um meio para que suas idéias pudessem ser absorvidas pelas populações judaicas, mas pensava também na possibilidade de, por assim dizer, se viver esclarecido em ídiche. Seus trabalhos levantaram enorme polêmica, e não apenas aqueles em que ele expressava oposição ao que ele denominava de superstições e cabalismos hassídicos, mas principalmente a sua tradução da Bíblia para o ídiche. Lefin acreditava ser essa a sua tarefa principal. Iniciou-a tarde demais, quando o seu estado de saúde se deteriorava, e não chegou a completá-la. Aqui ele ganhou a oposição não apenas dos setores mais ortodoxos, mas também de setores iluministas que não concordavam com esse apego ao ídiche. O fato é que tanto essas traduções quanto os tratados medicinais e obras pedagógicas que ele escreveu, assim como a tradução simplificada que fez do *Guia dos Perplexos*, tiveram grande repercussão na vida judaica. Lefin também não mediu esforços no sentido de atrair às suas idéias rabinos não hassídicos (*mitnaguim*), predispondo parcela significativa desse setor para as idéias iluministas. Toda essa sua obra permitiu ao ídiche renovar-se e o predispôs para que viesse a emergir de seu interior a rica literatura ídiche moderna.

Assim, as políticas homogeinizadoras e centralizadoras do Império, a ação de Lefin e seus diversos discípulos, tais como Mordechai Suchostaver e Eliezer Tzvi Zweifel, e as idéias dos demais iluministas, tanto os da ala germanista quanto os hebraicistas, criaram um contexto novo na vida judaica.

É interessante observar em textos hassídicos do século XIX a existência de um conflito profundo no interior do judaísmo em relação à repercussão dessas idéias iluministas e seculares. O livro mais importante do Rebe Rashab (Shalom Dov Ber, 1860-1920), quarto líder do movimento Chabad, é um testamento em que ele exprime suas concepções sobre o modo como deveria se dar a educação de seu filho, a fim de que este não se afastasse do temor a D'us e do cumprimento das *mitzvot*[19]. O livro, escrito em 1888, é algo assim como um manual de pedagogia. Manuais como esse estavam muito em voga naquela época. A pedagogia, aliás, ganha no século XIX um grande destaque, vindo a ocupar um lugar proeminente na vida intelectual. Todo pensador dedica parte de sua obra a emitir juízos sobre a melhor forma de educar. Esse era um tema central num período de políticas homogeinizadoras. O testamento, uma verdadeira peça de resistência, é uma demonstração do receio e da ameaça que pairavam sobre as formas tradicionais do existir judaico.

[...] Com respeito ao nosso filho, eu rogo que você olhe por ele em todas as áreas, tanto materiais como espirituais. Especialmente hoje em dia, devemos estar muito vigilantes.

É de importância primordial que ele seja protegido da companhia íntima de jovens que se livraram do temor a D'us e da aceitação de Seu jugo, e que são desocupados e inconseqüentes. Essas crianças poderiam engendrar dentro dele, que D'us o impeça, traços negativos de caráter e pensamentos ofensivos – através de suas conversas sobre assuntos tais de que os jovens de alguns anos atrás não tinham qualquer conhecimento.

Essas crianças freqüentemente dispõem de livretos ou novelas, escritos em ídiche, que um amigo passa para o outro. Parte desse material pode levar o leitor a noções estranhas sobre a Torá, as *mitzvot* e as orações; o que, por sua vez, esfria o seu ardor por tudo isso e por outros temas semelhantes.

Devido à pecaminosidade excessiva dos dias de hoje, as crianças também têm uma participação nisso. (Que D'us tenha compaixão pelo remanescente do povo judeu, e que nosso Justo Redentor chegue rapidamente em nossos dias.)

Para esse fim, eu te peço que o supervisiones com um olhar zeloso, muitíssimo bem, em cada detalhe, para assegurar-te de que ele absolutamente não tenha qualquer ligação com tais crianças; que ele diga suas orações todos os dias; que ele recite as bênçãos para os prazeres (antes e depois [de comer ou beber]) e pelas *mitzvot*, tais como a bênção do *tzitzit*, da lavagem ritual das mãos e coisas afins. Em relação a todas essas coisas – é impossível discriminar tudo – eu te peço que o supervisiones muito de perto[20].

Os livretos e novelas a que ele se refere são as publicações que fazem parte da moderna literatura ídiche, na qual destacam-se autores do vulto de Mêndele Moykher Sforim (1835-1917), Scholem Aleichem (1859-1916), I. L. Peretz (1852-1915) e Isaac Bashevis Singer (1904-1991), entre tantos outros. Essa literatura, que serviu como um canal

19. Procedimentos que, de acordo com a Lei judaica, devem ser cumpridos acompanhando as diversas atividades do dia-a-dia.

20. Rashab (Shalom Dov Ber), "The Foundation of Education", *The Chassidic guide to discipline*, www.chabad.org/gopher/chabad/classics/chanoch/cha:003.htm. Tradução própria.

para o ingresso da cultura ocidental, fortalecendo uma tendência europeizante, tornou-se palco do iluminismo judaico. O lugar que essa literatura ocupava na vida dos seus leitores ficou magistralmente registrado num pequeno conto de I. L. Peretz, sob o título de "A Leitora". Vejamos o conto:

"A Leitora"[21]
Noite de sexta-feira.

No casebre reina terrível quietude. Num espaço de quatro varas dormem sete almas.

O velho aguadeiro não conseguiu carne, nem pescado, nem aguardente, nem pão branco para o Schabat. Pronunciou a bênção sobre o pão comum. Apenas lhe sobraram dois níqueis para comprar as velas sabáticas. Não pôde sequer dar-se o luxo de trocar de camisa.

Só lhe restou um prazer sabático: o de dormir pela semana inteira.

Do mesmo prazer desfruta a sua mulher... Durante toda a semana percorre as aldeias, comprando ovos, cordas, trapos. Esta semana saiu sem dinheiro. Em vão pediu que lhe fiassem e voltou para casa, sexta-feira à tarde, sem mercadoria, extenuada, morta... E mal concluiu a benção das velas, caiu, exausta, e adormeceu.

Em geral o pai deita-se com três filhos – e ela com dois. Hoje, ambos foram dormir muito cedo. Os filhos não quiseram acordá-los. Assim, dormem e roncam estendidos no chão nu.

Das velas sabáticas, uma ainda tremeluz, e dos moradores da casa um ainda está desperto.

É a filha mais velha.

Seus cabelos desgrenhados são ruivos; o rosto – amarelo: alimentado com batatas e nunca à saciedade. Nos olhos, entretanto, arde uma chama. O peito encovado, arfa. As mãos esquálidas tremem...

À luz bruxuleante, ela devora um romance de Schumer. Os lábios tremem de impaciência.

Está agitada. Receia: e se a vela extinguir-se antes que ela saiba da sorte de seu herói!

O conto nos introduz impactantemente numa noite de *Schabat*, num lar de sete almas onde impera uma enorme pobreza. Nada do que auxiliaria a tornar essa noite um momento especial, ou seja, uma noite de *Schabat*, está presente. Nem o pão de *Schabat*, nem as vestimentas, nem carne ou pescado, nem aguardente. O árduo trabalho da semana dera apenas para o velho aguadeiro comprar as velas sabáticas. E a mulher em vão saíra procurando que lhe fiassem os alimentos. Ao casal só restava um prazer sabático: o de dormir pela semana inteira. Logo após a mulher concluir a benção das velas, ambos se encontram

21. Extraído de *Contos de I. L. Peretz*, organização, tradução e notas de J. Guinsburg, São Paulo, Perspectiva, 3ª ed., 2001.

dormindo e roncando, estendidos no chão duro. Logo a seguir, os outros quatro filhos também estão dormindo. Apenas a filha mais velha continua desperta, e das velas sabáticas uma ainda tremeluz. "Seus cabelos desgrenhados são ruivos; o rosto – amarelo: alimentado com batatas e nunca à saciedade. Nos olhos, entretanto, arde uma chama. O peito encovado, arfa. As mãos esquálidas tremem...

À luz bruxuleante, ela devora um romance de Schumer. Os lábios tremem de impaciência.

Está agitada. Receia: e se a vela extinguir-se antes que ela saiba da sorte de seu herói!"

Schumer, pseudônimo de Nochem Meyer Sheichevitch, era autor de romances sentimentais muito lidos por volta do ano de 1870. Na cena descrita por Peretz, esse romance, em conjunto com o sono das demais personagens, é o único elemento presente a trazer para esse ambiente o "espírito" do *Schabat*. No *Schabat*, tal como diz a oração: "as exclamações e também as angústias cessam nesse dia, e aparecem rostos renovados, espíritos novos e almas suplementares"[22]. Graças a esse romance, nos olhos da leitora pode arder uma chama. Peretz é mestre em fazer uso da pontuação para criar o clima emocional da cena descrita. Assim, o ponto final do breve parágrafo inicial nos introduz violentamente num *Schabat* miserável. Os três pontos usados por três vezes num conto tão curto dão o tom da resignação a que essas almas são submetidas. A exclamação com que finaliza o texto traz à luz a intensa vida de fantasia que pulsa no interior dessa leitora num contexto tão empobrecido. Mais do que o religioso, nesse conto é o elemento onírico e/ou ficcional que podem trazer "rostos renovados, espíritos novos e almas suplementares".

Não seriam poucos os exemplos de obras dessa literatura que poderíamos apresentar a fim de mostrar o quão rica ela é. A literatura ídiche não apenas permitiu outorgar a essa língua um lugar diferente do que o do mero jargão, mas foi também um campo de experimentação, um lugar de preparo e efetiva realização de ingresso na cultura ocidental. Através de suas páginas – e aqui vale a pena destacar a enorme quantidade de publicações, principalmente se levarmos em consideração a falta de recursos que permeava a vida judaica –, clássicos da literatura ocidental podiam ser compartilhados, bem como matérias advindas da ciência, tecnologia, medicina, política etc. Esse intenso movimento literário, junto a um fervilhar cultural vivido através das canções (principalmente as de Tsuntzer, 1835-1913), da rica produção teatral e da discussão e atividade político-partidária, acabou por dar

---

22. *Sidur Tefillat Masliah* (Livro de Orações), tradução, explicações e comentários do Rabino Meir Masliah Melamed, Rio de Janeiro, Freitas Bastos, 1966, p. 218.

legitimidade à defesa da existência de uma cultura ídiche para além da religião.

O papel preponderante que a literatura ídiche teve nesse movimento fica exemplificado pelo papel que Peretz assume ao final de sua vida. Ele passa a ser, para além de um escritor, um dos líderes daqueles que tinham a esperança de modernizar a vida judaica através do ídiche. Foi um dos organizadores da Conferência de Tchcrnovitch (1908), em que o ídiche é proclamado língua nacional, ou seja, a língua de uma nação ídiche.

Nessa literatura, o legado originário, as narrativas bíblicas, os adendos dos *midraschim*, as discussões legais dos rabinos, a maneira de argumentar dos estudiosos do *Talmud*, os aforismos e as alegorias do campo jurídico-religioso e até as exaltações, súplicas e lamentos dos livros das orações diárias passam agora a ser dinamizados também num novo campo, o da criação estético-literária. Como no conto "A Leitora", *Schabat* e Schumer vinculam-se de maneira tal que algo de essencial do *Schabat* é assimilado e resgatado através da leitura de Schumer. E o romance de Schumer adquire um lugar específico por se tratar de uma leitura no *Schabat*. E mais: essa articulação Schumer-*Schabat* é realizada no terreno de um conto. Uma literatura que se debruça sobre o seu lugar junto ao leitor e sobre sua vinculação com a tradição.

"Médicos"[23]

SCHOLEM ALEICHEM

– *Poderia me informar amigo, onde mora o doutor Fainfinkelcroit?*

– *Como? Doutor o quê? Fainfinfain...?*

– *Fainfinkelcroit*

– *Fainfinkelcroit? Ah! Isso é outra coisa! Fainfinkeltroit... Não me é estranho. Tem que ser ele, ou poderia ser outro? Aqui há muitos desses, graças a D'us. Logo aqui em frente vive um. Ou melhor, dois: Um médico e um dentista. E três casas à frente tem outro, que mesmo sendo moço, recém-saído do forno, é muito bom. Já tem muita clientela. Aqui nesta aldeia, todos os médicos têm clientela, porque temos muitos doentes, graças a D'us. Como disse que se chamava esse doutor? Finfainfin...*

– *Fainfinkelcroit. Não é para mim...*

– *Ah! Para sua esposa? Vá ali, está vendo? Lá tem um médico de senhoras. Quer dizer, um médico parteiro. Dizem que é muito bom. Um especialista. É esse o costume agora, um médico para cada especialidade: médico de estômago, médico de pulmões, de olhos, dos*

---

23. Tradução própria a partir do livro Sh. Aleichem, *Cuentos e Monólogos*, Buenos Aires, 1970. Tradução espanhola de Mario Cales.

nervos, de crianças... E o modo de tratar não é mais o mesmo de antes. Isso também mudou. Antes te davam remédios, receitas, pílulas, pós, ervas amargas; agora estão na moda as máquinas, as fricções, as massagens, os banhos, um simples banho. Os médicos transformaram-se em banhadores, e ao que parece é um bom negócio. Qual é a especialidade do médico que você procura? É judeu?

– É, judeu, claro. Não percebeu pelo sobrenome? Fainfinkelcroit.

– Fainfinkelcroit? Sim, claro, é judeu. Se se chama Fainfinkelcroit, é judeu. Aqui na aldeia quase todos os médicos são judeus. Ainda que os judeus, na realidade, prefiram os médicos não judeus. Do mesmo jeito que preferem os advogados não judeus, as lojas dos não judeus, os professores não judeus. Os judeus gostam muito dos não judeus. Como você dizia que se chamá seu médico? Fáifer?

– Não, Fáifer não. Faifinkelcroit. Eu preciso dele para outra coisa...

– Ah! Para o serviço militar? Para lhe pedir uma ajuda? Agora eu entendo. Ah, não? Não é para isso? Não será para uma proposta de casamento? Se é isso, não procure mais por esse... como se chamava?... Esqueça dele. Eu vou te indicar outros médicos muito melhores. Depende, é claro, de qual é a situação do outro. Quanto daria de dote? Lógico que, se quer alguém com maior clientela, maior tem que ser o dote. E mesmo que não tenha clientela, da mesma forma tem que pagar. Hoje em dia, não se compra por menos de cinco ou seis mil rublos nem sequer um simples estudante, desde que esteja na universidade, é claro. Imagine então um doutor formado, mesmo que seja o último dos piores... Diga-me exatamente o que é que quer o outro, o pai da noiva.

– Mas, senhor, não é isso! Você está enganado.

– Não discuta. Ouça bem o que eu te digo. Se o outro pode pagar um bom preço, esse em quem eu estou pensando cai como uma luva. Ele é um médico excelente, um professor. Atende de tudo: estômago, nervos, dente, crianças, operações. As mulheres o apreciam muito, porque é um homem imponente, alto, forte. Além disso é sionista e tem uma lábia que D'us me livre. É uma jóia, uma verdadeira jóia.

– Mas não, eu estou te dizendo que o que eu preciso...

– Ah, é isso? E por que não falou? Por que não disse antes? Tá vendo aquela porta branca?

– Lá mora Fainfinkelcroit?

– Lá não mora Fainfinkelcroit. Lá mora Meír Tolochinov. Um judeu rico. Numa época era pobretão. Agora, tomara que você e eu tivéssemos a sua fortuna, sem tirar dele. Tem uma filha que é feia como a morte. Mas com a ajuda de D'us, uns dez ou quinze mil rublos tapam a cara dela se se trata de um doutor de Kiev. Quer dizer, um doutor formado em Kiev mas nascido em Umán...

– *Por que você me conta tudo isso?*
– *Você não está procurando...?*
– *O doutor Fainfinkelcroit? Eu não o estou procurando porque preciso de um médico para um acordo de casamento, mas porque o doutor Fainfinkelcroit é...*
– *Se você tivesse me dito antes! Eu pensava que se tratava de um casamento. Se é assim, ouça bem, com muita atenção. Tenho um especialista, tinindo; abriu o consultório, há pouco tempo. Recebeu uma herança de alguns milhares de rublos e investiu todo o dinheiro numa máquina. Viajou pessoalmente para o estrangeiro para comprá-la. Clientes, por enquanto, não tem. Mas tomara os meus gastos para o Schabat me preocupassem tão pouco quanto os clientes para ele. Não se aflija, que ele já vai ter clientes, e dos melhores, porque os médicos que atendem essas doenças têm todos eles clientelas numerosas e de classe. São especialistas... Ei, ei, o que há? Aonde você vai? Espere, espere um pouco ainda. Não terminei. Conheço alguns outros médicos...*
– *Mas pelo amor de D'us! Me deixe tranqüilo. Pare de me amolar! Não preciso de médicos, nem de ajuda para o serviço militar, nem de noivos para casá-los, nem de especialistas. Não sou mais do que um empregado. Estou procurando o doutor Fainfinkelcroit por outro motivo. Ele nos deve a conta da lenha de todo o inverno...*
– *A conta da lenha? Que absurdo...! Que petulância! Parar um desconhecido na rua para incomodá-lo com qualquer bobagem! Fainfinkeincroit! Sem a mínima consideração, sem pensar que o desconhecido estará perdendo tempo, que talvez esteja tentando arrumar um rublo para o Schabat. Eu logo percebi que você devia ser um vendedor de lenha, eu juro, que D'us me dê uma velhice com alegrias. Esses vendedores de lenha... veja só!*

Na introdução à antologia de contos *Entre Dois Mundos*[24], Anatol Rosenfeld afirma que um conto, enquanto ficção,

não pode pretender qualquer tipo de verdade exata, em termos científicos ou históricos [...] mais do que conhecimento preciso, a ficção comunica, graças à sua vibração estética, uma experiência vivida capaz de ser apreendida como vívida experiência. Se de conhecimento se quiser falar, tratar-se-á de conhecimento ao nível da vivência e contemplação intuitiva e não do raciocínio conceitual [...] por isso a ficção contém sempre menos que o conhecimento racional, por não ter a precisão dele, e ao mesmo tempo mais, por suscitar um amplo jogo de vivências imaginárias [...][25].

Dessa maneira, Anatol Rosenfeld defende a idéia de que o texto literário pode servir como um documento "não tanto pelo que a abor-

24. A. Rosenfeld, J. Guinsburg, R. Simis & G. Gerson de Souza (orgs.), *Entre Dois Mundos*, São Paulo, Perspectiva, 1967.
25. *Idem*, pp. 7-8.

dagem fictícia da realidade apresenta de verdade objetiva, mas pelo que ela contém de confissão, depoimento, experiência pessoal, auto-análise e, sobretudo, de deformação subjetiva"[26].

O conto acima apresentado pode ser compreendido também como um documento do contexto de que estamos tratando. Ele pode nos servir para fazer uma síntese dos processos emergentes na vida judaica e no homem judeu ao final do século XIX.

O texto é um diálogo narrado na forma direta sem a presença da voz de um narrador. Essa maneira de narrar faz com que nós, leitores, sejamos compelidos a participar do diálogo, a fazer parte, por assim dizer, da sua roda. Não há nenhuma distância, nós não somos informados sobre um diálogo. Este flui no aqui-e-agora da nossa leitura, no presente dela. O leitor não é compreendido pelo autor como um elemento situado fora do contexto do texto. Pelo contrário, há um esmero por parte do autor em congregar, vincular o leitor com o que está sendo descrito. Esse esforço de juntar parece ser sua atividade principal. Sugerimos que ela responde às profundas cisões que já se manifestavam no interior do corpo judaico. Assim como no conto os médicos se especializam, "médico de estômago, médico de pulmões, de nervos, de crianças...", o judaísmo também se "especializava": ortodoxos hassídicos, ortodoxos não hassídicos, sionistas, idichistas, assimilacionistas etc.

O texto é uma verdadeira jóia de humor. Impossível não achar graça na maneira como a situação é apresentada. E o fato de ser um texto humorístico pode também ser entendido dentro disso que denominávamos ser o esforço do autor. O humor congrega. Quando rimos, temos um sinal claro de sermos tomados por uma experiência. O riso traz a certeza da proximidade e o autor quer que riamos, ou seja, que através da leitura, permaneçamos no interior do contexto que é criado. A risada garante a pertinência ao interior dessa ambientação e desses significados que são especificamente judaicos. Trata-se de uma escritura que opera resistindo às fragmentações, às especializações.

Mas, de que rimos? A cena descreve um mal-entendido no qual dois aspectos parecem ser relevantes. O primeiro é a dificuldade que um dos interlocutores tem em absorver o nome Fainfinkelcroit, um significante já de per si cheio de enredamentos e construído à maneira de peças justapostas, sílabas que parecem bastar-se por si próprias – Fain-fin-kel-croit –, o que dá origem à possibilidade do interlocutor rearranjá-las de modos diversos, na tentativa de agarrar esse nome que na verdade sempre lhe escapa. Daí ele poder compor Fainfinfain, Finfainfin ou a redução em Fáifer. Esse nome, que o interlocutor tenta apreender como um quebra-cabeças, é vinculado ao ser judeu. Isso é explicitamente colocado quando a personagem que é interpelada no início, esse que tem dificuldade em absorver o nome, pergunta: "É

26. *Idem*, p. 8.

judeu?", o que dá vazão a uma resposta positiva. Então, aquele que anteriormente tinha dúvida, agora tem certeza: "Claro, se se chama Fainfinkelcroit, é judeu". É interessante que no mesmo momento em que concorda, a personagem dá continuidade ao diálogo referindo-se, com um traço irônico, ao gosto que os judeus têm pelo mundo não judeu, o que ao nosso ver ajuda a colocar em relevo a dificuldade em afirmar positivamente a judaicidade, que equivale à dificuldade em absorver o nome Fainfinkelcroit. Nessa dificuldade em apreender o nome, ecoa também o fato de que a posse de um sobrenome pelo homem judeu foi uma imposição do entorno para o ingresso na cidadania, ou seja, referir-se a alguém pelo sobrenome já diz respeito à existência de um processo emancipatório e já fala de uma distância do aspecto judaico originário.

Outro elemento que definia nesse período o ingresso à cidadania era a obrigatoriedade do serviço militar. Essa obrigatoriedade foi vivida com angústia. Quando do surgimento das leis referentes ao cumprimento do serviço militar, as comunidades judaicas sentiram essa obrigação como uma grave ameaça para a vida cotidiana a que estavam habituadas. Na melhor idade da vida, quando o jovem estaria apto a iniciar seus estudos mais aprofundados da lei talmúdica e dos demais textos clássicos, quando ele estaria apto a contrair núpcias e iniciar alguma atividade formal lucrativa, ele era arrancado dos seus e levado para fazer uma guerra que não era sua e num contexto para o qual não tinha referência alguma. Daí nada mais óbvio do que alguém procurar a ajuda de um doutor a fim de obter uma dispensa do serviço militar. Mais um sinal importante de ingresso no mundo ideológico de então era a atuação político-partidária. No caso, a personagem do conto, ao exaltar as qualidades de um de seus médicos conhecidos, anuncia que ele é sionista.

A posse de um título é mais um fato destacado. Não se trata apenas de Fainfinkelcroit, é doutor Fainfinkelcroit. Em diversos trechos, aparece claramente a idéia do quanto esse título é valorizado e até que ponto esse ideal de formação tinha se expandido: "[...] aqui na aldeia, quase todos os médicos são judeus". A possibilidade de ingresso de judeus nas universidades já atingira até mesmo a Rússia e, no texto, há diversos indícios de que valores da sociedade burguesa adentraram a vida judaica. Assim, ganha mais valor aquele que se destaca em sua profissão. Trata-se de uma meritocracia implantada em solo judaico, ainda que não em estado puro. A cidade de origem ainda tem o seu valor: "[...] se se trata de um doutor de Kiev. Quer dizer, um doutor formado em Kiev mas nascido em Umán [...]"

O segundo aspecto que promove o mal-entendido responsável pelo humor do texto é o fato de a personagem interpelada tentar, por assim dizer, saber das intenções do outro antes de ele expressá-las. O primeiro é uma personagem que está tentando sempre antecipar-se, que se mostra querendo ter controle de uma situação que lhe escapa. Na sua fala, vemos indícios de que vive um tempo de profundas mudanças, um tempo no qual emergem um sem-fim de novidades que abalam estruturas mais tradicionais. Velhas tradições não são mais seguidas – "antes te davam remédios, receitas, pílulas, pós, ervas amargas; agora estão na moda as máquinas, as fricções, as massagens [...]" – e a quantidade de fatos novos que devem ser absorvidos parece ser enorme para a nossa personagem. Que o judeu seja agora um doutor, isso ele parece já ter absorvido e até incorporado em seu referencial de valores. Mas que o doutor trate como um banhador, isso é algo ainda novo e envolto em ironia. Sugerimos que nossa personagem antecipa-se ao homem que a interpela por ser alguém que tenta se haver com um mundo que se lhe escapa das mãos tentando controlá-lo por inteiro. Ele tem certeza do motivo por que o outro precisa do doutor Fainfinkelcroit. Se não acerta, não faz mal, uma nova certeza o invade. Daí o raciocínio ser tão contraditório. E essa contradição, que reforça o humor do texto, não promove nenhuma insegurança na personagem, apesar de, ao nosso ver, essa atitude revelar uma enorme insegurança. Depois de todas as suas frustradas tentativas de entendimento, quando a realidade se impõe, a reação de nossa personagem é de ira e desprezo por essa realidade. Nessa tentativa de controle da realidade, o velho e o novo se justapõem. O que alguém pode querer de um doutor, a não ser tratar de si, de sua esposa, livrar-se do serviço militar, casar a filha ou fazer sociedade? Nessas expectativas e no modo como são formuladas, aspectos da vida tradicional convivem com aspectos novos. O dinheiro necessário para a realização do *Schabat*, uma preocupação que é indício claro de se tratar de alguém de poucos recursos econômicos, convive com um saber sobre as modernas tendências da medicina. Esse mundo de novidades é também um mundo onde indivíduos mudam sua situação financeira rapidamente: "[...] Numa época era pobretão. Agora, tomara que você e eu tivéssemos a sua fortuna [...]"

Se o cobrador de lenha é um indício da vida real, nossa personagem mantém com a realidade um vínculo paradoxal. Por um lado, está em relação – quer ser prestativa, ser útil, quer responder às necessidades que lhe são apresentadas. Mas por outro, encontra-se encapsulada nas suas próprias conjeturas e com dificuldades de escutar a verdadeira demanda que vem de fora. Ele está só e em relação ao mesmo tempo.

Há ainda um aspecto que fazia parte desse contexto, mas que não está diretamente presente no texto, sendo apenas mencionado tangencialmente: é o fato de essas comunidades viverem processos de deslocamento maciços. No texto, a personagem faz referência ao estudante de Umán que foi à cidade de Kiev para estudar. O próprio autor do texto, Scholem Aleichem, terminou sua vida em Nova York. Esse deslocamento é a concretização desse mundo em mudanças. Das aldeias para as grandes cidades, do interior para os grandes centros urbanos, essa era a mão única a ser trilhada. Ser um médico era um dos resultados possíveis do deslocamento para as grandes cidades. O título do texto, "Médicos", ao nosso ver traz uma condensação do que estamos dizendo. No original, "Doktoirem", uma nova palavra usada no velho ídiche. Nela há origem e atualidade, aldeia e cidade grande.

Mas judeus doutores, ou seja, judeus esclarecidos e capazes de fazer do conhecimento mais geral a sua profissão, já existiam em séculos anteriores ao que estamos tratando. Por exemplo, o próprio Maimônides era médico da corte de Saladino. Por isso, ao nosso ver, não é a ilustração em si que outorga novidade ao judeu do início do século XX. Nem tampouco a própria emancipação, se por ela entendermos a inserção plena do judaísmo no contexto circundante. Novamente o judaísmo no mundo islão dos séculos XI e XII nos serve de exemplo de uma inserção plena, salvo, é claro, as diferenças totais de significado que essa inserção assumiu. O que de fato é novo e define melhor a especificidade do momento de que estamos tratando é a pergunta sobre o ser ou não ser judeu de Fainfinkelcroit. Essa identidade que nunca era posta em questão, menos ainda por membros da própria comunidade, passa por um estremecimento coletivo. O aburguesamento, os deslocamentos migratórios, o advento das idéias nacionalistas e a consolidação do capitalismo criam uma atmosfera em que as respostas tendem a ser cada vez mais individuais, visando o sucesso e a satisfação pessoal. Isso fragiliza a noção de identidade de um grupo específico. Cada "doktor" pode outorgar uma resposta pessoal ao fato de ser judeu. Ele não está mais restrito a permanecer na aldeia, amarrado por entre as tramas de sua tradição. Pode ir para a grande cidade, sair dessas amarras e ressignificá-las com a liberdade que a distância oferece. Ser judeu então passa a ser uma questão, um problema existencial e não apenas político-cultural-social. Como diz Jacques Le Rider, "a judaicidade transforma-se numa busca, numa interrogação, numa invenção perpétua. Aquilo que um século antes parecia ser definido pela lei mais rígida, torna-se flutuante e indeterminado. Aquilo que contava como uma das características elementares do indivíduo (da mesma maneira como o seu sexo) torna-se, doravante, parte da sua mais secreta intimidade. Todas as combinações, mesmo as mais paradoxais, todos os encaminhamentos, mesmo os mais tortuosos, podem ser apresentados"[27]. E no mundo da aldeia que já não existe mais, nesse mundo de onde tantos *doktoirem* e não *doktoirem* saíram, os que ali permaneceram ou estavam em vias de sair foram pegos pela mão da morte nazista que, cansada de tanta pedagogia, de tanto ir-e-vir na tentativa de absorvê-los, optou pela aniquilação.

27. J. Le Rider, *A Modernidade Vienense e as Crises de Identidade*, São Paulo, Civilização Brasileira, 1993, p. 344.

Bibliografia

DA OBRA DE KAFKA

Relatos Escritos entre 1916 e 1922

"A Preocupação do Pai de Família". Em: *Um Médico Rural*. São Paulo, Brasiliense, 1991. Tradução de Modesto Carone.
"A Próxima Aldeia". Em: *idem*.
"Uma Mensagem Imperial". Em: *idem*.
"A Partida". Em: *Folha de S. Paulo*, 3.7.1983, Folhetim. Tradução de Modesto Carone.
"Comunidade". Em: *idem, ibidem*.
"Desista!". Em: *idem, ibidem*.
"O Silêncio das Sereias". Em: *idem*, 6.5.1984. Tradução Modesto Carone.
"A Ponte". Em: PAES, José P. (org.). *Contos Fantásticos*. São Paulo, Ática. Tradução de José Paulo Paes.
No original, todos os relatos com que trabalhamos encontram-se no livro:
Die Erzählungen und andere ausegewählte Prosa. Frankfurt, Fischer Taschenbuch Verlag, 1999.
Foi também utilizada para consulta aos originais a seguinte edição de suas obras completas:
BROD, M. (org.). *Gesammelte Werke*. Frankfurt am Maim, Fischer Taschenbuch Verlag, 1995.

Diários e Cartas

BROD, M. (org.). *Letters to Friends, Family and Editors*. (1902-1924). Nova York, Schocken Books, 1977. Tradução de Richard e Clara Winston.

_____. *The Diaries of Franz Kafka*, vol. 1 (1910-1913); vol. 2 (1914-1923). Nova York, Schocken Books, 1971. Tradução de Joseph Kresh.

_____. *Diarios*, vol. 1 (1910-1913); vol. 2 (1914-1923). Barcelona, Editorial Lumen, 1975. Tradução de Feliu Formosa.

_____. *Consideraciones acerca del Pecado, el Dolor, la Esperanza y el Camino Verdadero*. Barcelona, Editorial Laia, 1975.

HELLER, E. e BORN, J. (org.). *Letters to Felice* (1912-1917). Nova York, Schocken Books, 1973. Tradução de James Stern e Elisabeth Duckworth.

_____. *Carta ao Pai* (1919). São Paulo, Brasiliense, 1986. Tradução de Modesto Carone.

HAAS, W. (org.). *Cartas a Milena* (1920-1922). Madrid, Alianza Editorial, 1981. Tradução de J.R. Wilcock.

Novelas

A Metamorfose. São Paulo, Brasiliense, 1985. Tradução de Modesto Carone.

América. Madrid, Alianza Editorial, 1971. Tradução de D. J. Vogelmann.

O Processo. São Paulo, Brasiliense, 1989. Tradução de Modesto Carone.

El castillo. Buenos Aires, El Ateneo, 1982. Tradução de Ines e Raul Gustavo Aguirre.

Outros Textos

Wedding Preparations in the Country and other Posthumous Prose Writings. (Inclui as "Considerações sobre o Pecado, a Dor, a Esperança e o Caminho Verdadeiros", "Oito Cadernos em Oitavo", "Fragmentos de Anotações e Páginas Perdidas" e "Paraliponema".) Todos estes textos, organizados por Max Brod, abarcam os anos de 1917 a 1924. Londres, Secker and Warburg, 1954. Tradução de Ernst Kaiser e Eithne Wilkins.

Contemplação e *O Foguista*. São Paulo, Brasiliense, 1991. Tradução de Modesto Carone.

O Veredicto e *na Colônia Penal*. São Paulo, Brasiliense, 1986. Tradução de Modesto Carone.

La Muralla China. Cuentos, Relatos y otros Escritos. Madrid, Alianza Editorial, 1983. Tradução de Alfredo Pippig y Alejandro Guiñazú.

Um Médico Rural. São Paulo, Brasiliense, 1990. Tradução de Modesto Carone.

Um Artista da Fome e *A Construção*. São Paulo, Brasiliense, 1984. Tradução de Modesto Carone.

SOBRE KAFKA E SUA OBRA

ADORNO, T. "Apuntes sobre Kafka". *Critica Cultural y Sociedad*. Barcelona, Ediciones Ariel, 1973.

ALTER, R. *Anjos Necessários*. Rio de Janeiro, Imago Editora, 1993.

_____. "O Cabalista Kafka". *Em Espelho Crítico*. São Paulo, Perspectiva, 1998.

ANDERS, G. *Kafka: Pró e Contra*. São Paulo, Perspectiva, 1969.

BECK, E. T. *Kafka and the Yiddish Theater*. Madison, Milwaukee, Londres, The University of Wisconsin Press, 1971.

BENJAMIN, W. "Franz Kafka: on the Tenth Anniversary of his Death". *Illuminations*. Organização e introdução de Hannah Arendt. Nova York, Schocken Books.

BINDER, H. "Franz Kafka and the Weekly Paper 'Selbstwehr'". *Leo Baeck Institute, Year Book XII*. Londres, Jerusalém, Nova York, East and West Library, 1967.

BLANCHOT, M. *De Kafka a Kafka*. México, Fondo de Cultura Económica, 1991.

BLOCH, E.; LUKÁCS, G.; BRECHT, B.; BENJAMIN, W. e ADORNO, T. *Aesthetics and Politics*. Londres-Nova York, Verso.

BORGES, J. L. "Kafka y sus Precursores". *Otras Inquisiciones. Prosa Completa*, vol. 2. Barcelona, Editorial Bruguera, 1980.

BROD, M. *Kafka*. Madrid-Buenos Aires, Alianza Editorial, 1982.

BUBER-NEUMANN, M. *Milena*. Rio de Janeiro, Editora Guanabara, 1987.

CANDIDO, A. "Na Muralha". *O Discurso e a Cidade*. São Paulo, Duas Cidades, 1993.

CANETTI, E. *El otro Proceso de Kafka*. Barcelona, Muchnik Editores, 1981.

CENTRE GEORGES POMPIDOU. *Le Siecle de Kafka*. Paris, 1984.

COELHO, R; DOMDEY, H.; ROSENFELD, A. e THEODOR, E. *Introdução à Obra de Franz Kafka*. São Paulo, FFLCH-USP, 1996.

DELEUZE, G. e GUATTARI, F. *Kafka: Por uma Literatura Menor*. Rio de Janeiro, Imago Editora, 1977.

FLORES, A. (org.). *Expliquémonos a Kafka*. México, Siglo veintiuno editores, 1983.

GRANDIN, J. M. *Kafka's Prussian Advocate – A Study of Heinrich von Kleist on Franz Kafka*. Columbia, South Carolina, Camden House, 1987.

GOEBEL, R. J. *Constructing China – Kafka's Orientalist Discourse*. Columbia, SC, Camdem House, 1997.

GOLDSTEIN, B. *Reinscribing Moses*. Cambridge, Harvard University Press, 1992.

GRÖZINGER, K. E. *Kafka and Kabbalah*. Nova York, Continuum, 1994.

HAYMAN, R. *Kafka Biografia*. Barcelona, Editorial Argos Vergara, 1983.

HELLER, E. *Kafka*. São Paulo, Cultrix/Edusp, 1976.

JANOUCH, G. *Conversas com Kafka*. Rio de Janeiro, Nova Fronteira, 1983.

LUKÁCS, G. *Realismo Crítico Hoje*. Brasília, Coordenada-Editora de Brasília Ltda., 1969.

MAGNY, C. E. *Ensayo sobre los Limites de la Literatura*. Caracas, Monte Avila Editores, C.A., 1970.

MANN, T. "Franz Kafka y 'El Castillo'". *El Artista y la Sociedad*. Madrid, Ediciones Guadarrama, 1975.

ROBERT, M. *Acerca de Kafka. Acerca de Freud*. Barcelona, Editorial Anagrama, 1980.

_____. *Franz Kafka o la Soledad*. México, Fondo de Cultura Económica, 1982.

ROBERTSON, R. *Kafka-Judaism, Politics, and Literature*. Oxford, Clarendon Press, 1985.

ROSENFELD, A. "Kafka e Kafkianos". *Texto/Contexto I*. São Paulo, Perspectiva, 1978.

_____. *Letras e Leituras*, "Kafka Redescoberto". São Paulo, Perspectiva, 1994.

SCHOLEM, G. *Correspondência*. São Paulo, Perspectiva, 1993.

SCHWARZ, R. "Uma Barata é uma Barata é uma Barata". *A Sereia e o Desconfiado*. *Ensaios Críticos*. Rio de Janeiro, Paz e Terra, 1981.

_____. "Tribulação de um Pai de Família". *O Pai de Família e Outros Estudos*. Rio de Janeiro, Editora Paz e Terra, 1992.

SHAKED, G. *Sombras de Identidade*. São Paulo, Associação Universitária de Cultura Judaica.

SOKEL, W. H. "Franz Kafka as a Jew". *Leo Baeck Institute, Year Book*.

STEINER, G. *Linguagem e Silêncio*. São Paulo, Companhia das Letras, 1988.

STRAUSS, Walter A. *On the Threshold of a New Kabbalah*. Nova York, Peter Lang, 1988.

SUSSMAN, H. *Franz Kafka: Geometrician of Metaphor*. Madison, WI, Coda Press, 1979.

TRAMER, H. "Prague – City of Three Peoples". *Leo Baeck Institute, Year Book IX*. Londres, Jerusalém, Nova York, East and West Library, 1964.

WAGENBACH, K. *Franz Kafka*. Madrid, Alianza Editorial, 1981.

_____. *La Juventud de Franz Kafka*. Caracas, Monte Avila Éditores, 1969.

WELTSCH, F. "The Rise and Fall of the Jewish-German Symbiosis: the Case of Franz Kafka". *Leo Baeck Institute, Year Book*, Londres, East and West Library, 1956.

Publicações em Jornais e Revistas

CARONE, M. "Contos de Fadas para Dialéticos". *Folha de S. Paulo*, 3.7.1983, Folhetim.

GUINSBURG, J. "O Rato". *Revista Shalom*, ano 27, n. 298, São Paulo, 1993.

_____. "Religião e Religiosidade em Kafka". *Folha de S. Paulo*.

_____. "Kafka, a Iconicidade de uma Escritura". *Revista USP*, n. 38, São. Paulo, 1998.

_____. "Kafka Aleikhem". *Revista Shalom*, ano 228, n. 299, São Paulo, 1993.

JOSEF, B. "Há 40 Anos Vagueio ao Sair de Canaã". *Suplemento Cultura do Estado de S. Paulo*, 3.7.1983.

BIBLIOGRAFIA SOBRE O RABI NAKHMAN DE BRATZLAV

NAKHMAN DE BRATZLAV (Rav). *Likutey Moharan*. Jerusalém/Nova York, Breslov Research Institute, 1990. Tradução para o inglês de Moshe Mykoff.

_____. *Sipurei Maasiot*, Jerusalem, Bratzlav Research Institute, 1998.

_____. *The Thirteen Stories of Rabi Nakhman de Bratzlav*. Jerusalém, Hillel Press, 1978. Tradução para o inglês de Ester Koenig.

SEAR, David. *Tales from Rabi Nakhman*. Nova Iorque, Artscroll Mesorah.

STEINSALTZ, A. *Beggars and Prayers*. Nova York, Basic Books, Inc., Publishers, 1985.

RABI NATAN DE BRESLOV. *Alabanza del Tzadik e Relato del Viaje del Rebe Najman a la Tierra de Israel*. Jerusalém, Breslov Research Institute, 1996.

BESANÇON, Itschac. *Rabi Nachman de Breslav*. São Paulo, Editora Maayanot, 1995.

BIBLIOGRAFIA COMPLEMENTAR

ALEICHEM, S. *Cuentos y Monólogos*. Buenos Aires, Centro Editor de America Latina, 1970.

CANDIDO, A.; ROSENFELD, A.; PRADO, D. A. e GOMES, P. E. S. *A Personagem de Ficção*. São Paulo, Perspectiva, 1995.

BACHELARD, Gaston. *A Poética do Espaço*. Rio de Janeiro, Eldorado/Tijuca Ltda.

BENJAMIN, W. "Alegoria e Drama Barroco". *Documentos de Cultura, Documentos de Barbárie: Escritos Escolhidos*. São Paulo, Cultrix/Edusp, 1986.

CARDINAL, R. *O Expressionismo*. Rio de Janeiro, Zahar, 1988.

DERRIDA, J. *A Escritura e a Diferença*. São Paulo, Perspectiva, 1971.

DUBNOV, S. *História Contemporánea del Pueblo Judío*. Buenos Aires, Asociacion Hebraica, 1925.

FOSTER, E. M. *Aspectos do Romance*. Porto Alegre, Editora Globo, 1969.

FRYE, N. *The Great Code. The Bible and Literature*. Nova York, A Harvest/HBJ Book, 1983.

_____. *Anatomía de la Crítica*. Caracas, Monte Avila C. A., 1991.

GUINSBURG, J. *Aventuras de uma Língua Errante*. São Paulo, Perspectiva, 1996.

HARSHAV, B. *O Significado do Ídiche*. São Paulo, Perspectiva, 1994.

HOMERO. *Odisséia*. São Paulo, Cultrix.

JENKS, W. A. "The Jews in the Habsburg Empire, 1879-1918". *Leo Baeck Institute, Year Book XVI*. Londres, Jerusalém, Nova York, East and West Library, 1968.

KASTEIN, J. *História y Destino de los Judios*. Buenos Aires, Editorial Claridad, 1945.

KESTENBERG-GLADSTEIN, R. "A Voice from the Prague Enlightment". *Leo Baeck Institute, Year Book IX*, 1964.

KIEVAL, H. J. *The Making of Czech Jewry. National Conflict and Jewish Society in Bohemia, 1870-1918*. Nova York, Oxford University Press, 1988.

LE RIDER, J. *A Modernidade Vienense*. Rio de Janeiro, Civilização Brasileira, 1992.

MAHLER, R. *A History of Modern Jewry 1780-1815*. Nova York, Schocken Books, 1971.

MAIMÔNIDES. *Guia de Perplejos*. Madrid, Editora Nacional, 1983.

MEZAN, R. *Psicanálise, Judaísmo: Ressonâncias*. Campinas, Escuta, 1987.

PERETZ, I. L. *Contos Escolhidos*. São Paulo, Rampa, 1950.

POLIAKOV, L. *A Europa Suicida*. São Paulo, Perspectiva, 1985.

_____. *De Voltaire a Wagner*. São Paulo, Perspectiva, 1985.

PROPP, V. *Morfologia do Conto*. Lisboa, Vega Universidade, 1992.

_____. *As Raízes Históricas do Conto Maravilhoso*. São Paulo, Martins Fontes, 1997.

TOLEDO, D. de O. (org.). *Teoria da Literatura – Formalistas Russos*. Porto Alegre, Editora Globo, 1976.

POUILLON, J. *O Tempo no Romance*. São Paulo, Cultrix, 1974.

RICOEUR, P. *La Metáfora Viva*. Buenos Aires, Ediciones Megálopolis, 1977.

ROSENZWEIG, F. *El Nuevo Pensamiento*. Madrid, Visor, 1989.

SANDROW, N. *A World History of Yiddish Theater*. Nova York, Harper & Row, Publishers, 1977.

SCHOLEM, G. *On Jews and Judaism in Crisis*. Nova York, Schocken Books, 1987.

_____. *Walter Benjamin: A História de uma Amizade*. São Paulo, Perspectiva 1989.

_____. *A Mística Judaica*. São Paulo, Perspectiva, 1972.

_____. *The Messianic Idea in Judaism*. Nova York, Schocken Books, 1974.

SCHOLES, R. e KELLOGG, R. *A Natureza da Narrativa*. São Paulo, McGraw-hill, 1977.

STEINER, G. *No Castelo de Barba Azul*. São Paulo, Companhia das Letras, 1991.

TODOROV, T. *Os Gêneros do Discurso*. São Paulo, Martins Fontes, 1980.

WELLEK, R. e WARREN, A. *Teoria da Literatura*. Lisboa, Publicações Europa-América, 1971.

YERUSHALMI, Y. H. *Zakhor: História Judaica e Memória Judaica*. Rio de Janeiro, Imago Editora, 1992.

ZUMTHOR, P. *Introdução à Poesia Oral*. São Paulo, Editora Hucitec, 1977.

_____. *Performance Recepção Leitura*. São Paulo, Educ, 2000.

LITERATURA NA PERSPECTIVA

Franz Kafka: Um Judaísmo na Ponte do Impossível
    Enrique Mandelbaum (E193)

Poder, Sexo e Letras na República Velha
    Sérgio Miceli (EL04)

Relações Literárias e Culturais entre Rússia e Brasil
    Leonid Shur (EL32)

O Romance Experimental e o Naturalismo no Teatro
    Émile Zola (EL35)

Leão Tolstói
    Máximo Górki (EL39)

Textos Críticos
    Augusto Meyer e João Alexandre Barbosa (org.) (T004)

Panorama do Movimento Simbolista Brasileiro
    Andrade Muricy – 2 vols. (T006)

Ensaios
    Thomas Mann (T007)

Caminhos do Decadentismo Francês
    Fulvia M. L. Moretto (org.)(T009)

Aventuras de uma Língua Errante
    J. Guinsburg (PERS)

Termos de Comparação
    Zulmira Ribeiro Tavares (LSC)

CRÍTICA NA PERSPECTIVA

Este livro foi impresso na
LIS GRÁFICA E EDITORA LTDA.
Rua Felício Antonio Alves, 370 – Jd. Triunfo – Bonsucesso
CEP 07175-450 – Guarulhos – SP – Fone: (011) 6436-1000
Fax.: (011) 6436-1538 – E-Mail: lisgraf@uninet.com.br